U0040931

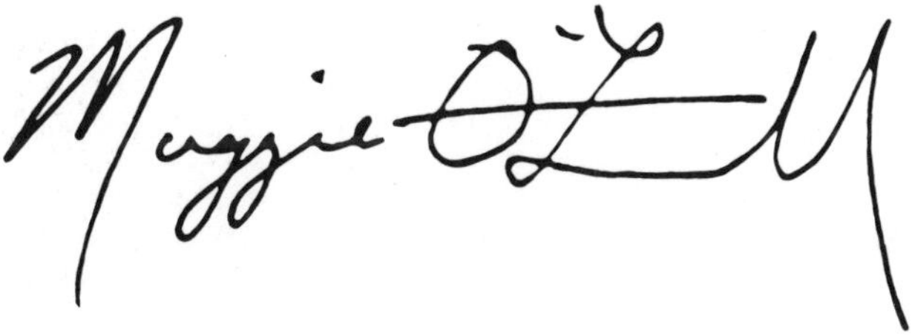

瑪姬·歐法洛 印刷簽名

Hamnet

Maggie
O'Farrell

哈姆奈特

瑪姬・歐法洛——著　葉佳怡——譯

獻給威爾

歷史背景說明

一五八〇年代，一對住在斯特拉特福（Stratford）亨利街（Henley Street）的夫妻生了三個小孩：老大是蘇珊娜，接著是名為哈姆奈特和茱蒂絲的雙胞胎。

男孩哈姆奈特在一五九六年時過世，得年十一歲。

大約四年後，他的父親寫了一齣劇，劇名是《哈姆雷特》（*Hamlet*）。

他已經死了，女士，
他死了不能再來；
他頭上有青草皮，
腳底下有塊石碑。[1]

——《哈姆雷特》第四幕第五景

哈姆奈特（Hamnet）和哈姆雷特（Hamlet）其實是同一個名字，在斯特拉特福十六世紀晚期及十七世紀初期的紀錄中，兩個名字完全可以互相代用。

——斯蒂芬．格林布拉特（Steven Greenblatt），〈哈姆奈特之死和《哈姆雷特》的創生〉（*The death of Hamnet and the making of Hamlet*），《紐約書評》（*The New York Review of Books*）（二〇〇四，十月二十一日）

---

1 本書引述莎士比亞著作的翻譯，譯者參考了《哈姆雷特》梁實秋譯本（遠東圖書公司）。

I

有個男孩從樓梯上走下來。

這個狹窄的樓梯井先是往他的前方又往後方轉。他每一步都走得很慢，幾乎是沿著牆邊滑行，靴子每踩一階就發出一聲悶響。

快走到底時，他暫時停下腳步，往後看了看來時路，然後突然下定決心，像往常的習慣那樣，從最後三階往下一躍。他落地時踉蹌了一下，膝蓋跌在石板地上。

這是夏末一個滯悶、無風的日子，樓下的空間被一條條細長光線切開。太陽從屋外逼視著他，被窗格分割成一片片的黃色陽光此刻正棲息在灰泥牆上。

他站起身，揉了揉腿，先朝上往樓梯的方向看，再看向另一邊，無法決定自己該往哪個方向走。眼前的空間沒有人，爐火正在金屬爐柵後方沉思，橘色的餘火上方冒出輕柔、旋轉的煙。受傷的膝蓋隨著心跳抽痛，他站在那裡，一隻手擱在通往樓梯的門閂上，磨損的皮靴尖端抬起，隨時準備好要動作、準備好要逃亡。他的額頭上方翹著一簇簇幾乎像是金色的淺色頭髮。

這裡沒人。

他嘆氣，溫暖又滿是灰塵的空氣因此受到擾動，他移動穿過眼前的空間，跑出前門來到街上。此時包括手推車、馬匹、小販、人們相互喊叫，以及有個男人從高處窗戶甩下一只麻袋的嘈雜聲響都沒能傳進他耳裡。他沿著屋子前方遊蕩，走進隔壁人家門口。

他祖父母這間大屋子內的味道總是一樣：那是一種混和著柴煙、上光油、皮件和羊毛的氣味。這裡的氣味跟隔壁那間兩房公寓類似，但又有著難以解釋的差異，那間公寓是他祖父在一片緊鄰大屋子的狹小空地上建造的，男孩就在那裡跟母親和一對姊妹住在一起。有時他真不明白這種事怎麼可能發生。這兩個住處之間說到底只用輕薄的籬牆隔開，可是聞起來的空氣種類不同、氣味不同，就連溫度也不同。

平常的時候，這棟屋子內的空氣總是隨著他祖父工坊中的各種敲打動作、窗邊顧客的大呼小叫、後方庭院的喧擾雜沓，以及他叔叔們往來走動的聲音流動著、旋轉著。

可是今天不是這樣。男孩站在走廊上仔細聽是否有人在屋內，他可以從此處看見右方的工坊空蕩蕩的，工作檯旁的凳子上也沒坐人。檯面上散放著各種工具，另外還有一大托盤廢棄的手套像有人不小心留在那裡任人檢視的掌紋。有疊餐巾堆在長桌上，另外還有一根沒點燃的蠟燭、一整坨羽毛。此外就什麼都沒有了。

他大喊一聲，那是為了打招呼的喊叫，是一種帶有疑問的聲響。一次、兩次，他不停發出這個聲響，然後歪著頭，仔細聽有沒有人回應。

沒有。只有樑柱在陽光中輕柔膨脹時的吱嘎作響，氣流從門下嗚咽穿過，並在不同的房間內穿梭，這間屋內原本會有亞麻布窗簾的沙沙摩擦、火堆的劈啪作響，還有其他各種難以言明的噪音，此刻卻靜止著，到處都空蕩蕩的。

他的手指緊握著鐵製門把。雖然時間已經這麼晚，白日的熱氣仍讓汗水從他的額頭皮膚泌出，流下到背部。他感覺膝蓋的痛變得更尖銳、彷彿陣陣抽搐著，然後再次退去。

男孩張開嘴。他開始喊大家的名字，一個接著一個喊，他喊的是所有住在這裡的人，也就是平常住在這棟屋子裡的人，包括祖母、女僕、幾個叔叔、姑姑、學徒，還有祖父。這男孩嘗試喊了所有人的名字，一個接著一個。他曾有一度突然想喊出父親的名字，想大吼著找他，可是父親在距離此地無數英里又需要無數小時才能抵達的地方。他在倫敦，而那是這男孩從未去過的地方。

可是他想知道母親、姊姊、祖母，還有幾個叔叔究竟都去了哪裡？女僕呢？祖父呢？他通常不會在白天時離開房子，而且你總能在工坊找到他，他平常不是在不停指使學徒就是在帳本上計算收入。大家都去哪了？怎麼可能兩間房子都沒人？

他沿著走廊前進，在工坊門口停下腳步。他快速轉頭往後瞄了一眼，確定那裡沒有人在，然後踏進工坊。

祖父的手套工坊是他很少獲准踏入的地方。就連在入口停下腳步都是被禁止的。別在那裡閒晃啊，祖父總會這樣對他大吼。我這樣一個男人白天老實工作，難道還得被人這樣無禮地盯著看嗎？難道你除了在這裡一邊遊蕩一邊抓蒼蠅之外沒別的事好做了嗎？

哈姆奈特是個腦筋動得特別快的孩子：他在學校總能毫無障礙地理解老師上課的內容。他能聽懂那些邏輯及道理，而且能輕易背誦起來。他能輕而易舉地回想起之前學過的文法、時態、修辭、數字和計算方式，有時甚至因此讓其他男孩忌妒。但他也是個很容易分心的人。上希臘文時，街上經過的一臺手推車就能讓他的注意力從手上的石板走，然後忍不住開始想：這輛手推車要去哪裡呢？裡頭裝什麼？對了他叔叔曾經讓他和姊姊還有妹妹一起搭乾草車，那次實在太棒了吧？無論是新割下的乾草氣味及扎人感受，還是車輪隨著疲累母馬蹄子的步伐往前滾動的節奏。最近幾週他在學校已經因為上課不專心挨了不只兩次鞭子（祖母說了，只要再發生一次，她就會派人去向他父親告狀）。學校老師都不能理解他為什麼這樣。哈姆奈特明明學得很快，什麼都能倒背如流，可就是不願好好學習。

光是天空上一隻鳥的叫聲就能讓他停止說話、還忘記之後要講什麼，就彷彿天空出手一掌把他打得又聾又傻。如果他從眼角瞥到一個人走進房間，不管手頭上正在做什麼——無論是吃飯、閱讀，還是抄寫學校作業——都會立刻中斷，然後他會彷彿對方是專門為他帶來什麼重要訊息般盯著那個人。他有一種總能輕易溜出眼前可見的真實世界，並進入另一個空間的特質。就算實體的他坐在房間裡，他腦中的自己還是可以身處他處、成為另一個人，而且是在沒有人認識他的地方。醒來啊，小鬼，祖母會這樣吼他，同時對他彈手指。回到現實啊，姊姊蘇珊娜會一邊對他低聲怒吼一邊彈他的耳朵。給我專心一點喔，學校老師也會這樣大喊。你是跑去哪裡啦？茱蒂絲會在他終於回到現實世界時悄聲問他，此時的他會環視四周，發現自己在家裡、坐在桌邊，身邊圍繞著家人，母親則似笑非笑地盯著他，彷彿完全清楚他剛剛溜去哪裡。

而此刻同樣地，在走進這個之前不被允許進入的手套工坊空間時，哈姆奈特已經徹底忘記自己原本的目的。他的思緒如脫韁野馬，完全忘記茱蒂絲身體不舒服需要有人來照顧的事，也忘記他本來的目的是要找到母親、祖母、或任何可能知道現在該怎麼辦的人。

許多獸皮掛在一根釘子上。哈姆奈特至少能認出那些有銹紅色斑點的是鹿皮、細緻飽滿的是小山羊皮、比較小塊的是松鼠皮，而粗糙又長滿硬毛的是野豬皮。隨著他靠近，那些吊掛的獸皮開始彼此摩擦、晃動起來，就彷彿裡頭還殘留著一些生命，就那麼一點，其份量剛好足以讓那些獸皮聽見他的到來。哈姆奈特伸出手指碰觸山羊皮。那觸感柔軟得難以言喻，就像他在大熱天游泳時河草刷過雙腿的感受。那張鹿皮輕柔地前後搖擺，四條腿向外攤開，彷彿那隻鹿正在逃亡，又像是一隻鳥或裡頭藏著一隻食屍鬼。

哈姆奈特轉身仔細審視那兩張工作檯邊的座位：有皮革坐墊的那張因為祖父馬褲的摩擦而顯得光滑，另外那張學徒奈德坐的則是硬木凳子。他看著那些工具，工具都掛在工作檯上方的牆面掛鉤上。他可以辨認出其中有些是用來切割、有些是用來伸展皮料，另外還有些是用來處理下釘或縫製的工作。他發現比較窄的手套伸展夾——女性手套用的——沒掛在原本的地方，而是留在工作檯面上，而且是在奈德平常低頭拱背用焦躁、靈活的手指在忙碌的那個位置前方。哈姆奈特很清楚，祖父只要一點小事就會對那男孩大吼，有時甚至連理由都不需要，所以他拿起那支手套伸展夾、在手上掂掂這個溫潤木夾的重量，然後重新掛回原本的鉤子上。

就在他正要把裝著一束束縫線和一盒盒鈕釦的抽屜打開時——他的動作小心、很小心，因為知道抽屜會嘎吱作響——此時有個聲音傳進他耳裡，聽起來像是有什麼被輕微移動或刮擦到什麼。

沒有幾秒鐘的時間，哈姆奈特就已衝出屋外，沿著走廊跑進庭院。他重新想起自己的任務。他到底在做什麼？竟然跑進工坊亂翻？妹妹現在不舒服，他應該是要去找人來幫忙才對。

他用力把門敲開，一扇又一扇，包括煮飯房、釀造房和洗衣房，但所有地方都沒人，而且裡頭全都陰暗又寒冷。他再大喊了一聲，這次嗓音有點啞，喉嚨因為吼叫而輕微刺痛。他靠在煮飯房的牆邊踢一片堅果殼，那片堅果殼瞬間飛越整座庭院。如此孤單的處境讓他極度不知所措。一定會有人在這裡才對啊，這邊總是有人在啊；他們去哪裡了呢？他到底該怎麼辦？他們怎麼可以全都出門了啊？母親和祖母怎麼可以不在家？她們通常都會在家用力拉開爐門，並在爐火上攪動一鍋食物才對啊。他站在庭院裡，先是四下張望，然後看著通往剛剛那條走廊的門、通往釀造房的門，以及通往他們公寓的門。他該往哪裡去？他該找誰來幫忙？大家都去哪裡了？

所有生命都有其核心，那是一切匯聚的中心、是一切的震央，生命的萬事萬物也從中流淌而出，最後也都會回歸此原點，而這個片刻就是此刻不在場的母親所擁有的生命核心：這個男孩、這棟空蕩蕩的屋子、荒涼的庭院，以及無人聽聞的吶喊。他站在這裡，站在這棟屋子的後方，努力叫喊著那些人，那些人餵養他、襁褓他、哄他入睡、在他踏出第一步時握著他的手、教會他使用湯匙、在喝肉湯前要先吹涼、過馬路要小心、別去惹睡覺的狗[2]、喝水前先把杯子沖乾淨，還有小心避開深水區。

在她剩下的人生中，這個片刻始終會留在她心底的最深處。

哈姆奈特的靴底在庭院的砂石地上磨擦。他可以看見他和茱蒂絲不久前玩遊戲留下的痕跡：有許多松果上都綁了麻繩，為的是能扯著繩子逗煮飯房那隻貓生的小貓玩。那些小生物啊，牠們的臉像三色堇花，腳上的肉墊很軟。那隻貓跑進儲藏室的一個大桶子內生下小貓後，就把一窩貓藏在那裡好幾個星期。哈姆奈特的祖母到處在找這窩貓，打算找到後把牠們全部淹死，這是她一直以來的做法，可是這隻貓讓她束手無策，因為牠把寶寶藏得很隱密、很安全，而現在牠們都已半大不小，其中兩隻還開始到處跑，牠們不但爬上麻袋，還會追著羽毛、羊毛碎布和落葉玩耍。茱蒂絲沒辦法跟這些貓分開太久。她通常會把其中一隻裝在圍裙口袋裡，外人一看就會發現那個突起藏了一隻貓，更何況口袋裡還會伸出兩隻耳朵。祖母一看到就會大吼著要把貓丟進集雨桶裡淹死。不過哈姆奈特的母親悄聲對他們說，那些小貓現在已經大到不可能被祖母淹死了。「她現在做不到，」她私下對他們說，同時擦掉茱蒂絲驚恐臉龐上的淚水，「她已經下不了手了——牠們會掙扎，你們也很清楚吧，牠們會反擊。」

哈姆奈特往那些被丟在地上的松果閒晃過去，那些麻繩躺在庭院內受人來回踩踏的泥土地上。到處都看不到那些小貓。他用腳趾頂了頂其中一顆松果，松果以不滑順的弧形滾動開來。

他抬頭望向那兩棟屋子，然後望向大屋子的許多窗戶還有他們那間公寓的陰暗入口。一般來說，他和茱蒂絲若發現家裡沒有其他人會很開心。每當遇到這種時候，他會想辦法說服她跟著自己爬上煮飯房的屋頂，這樣就可能搆到隔牆鄰居家那棵李子樹的粗樹枝。那些樹枝上的李子結實纍纍，每顆李子的紅金色果皮都熟到快要炸開；哈姆奈特從祖父母房子的樓上窗戶仔細觀察過這些李子。如果這是個一般的日子，現在的他已經在幫忙把茱蒂絲推上屋頂，好讓她的口袋塞滿偷來的水果，完全不管她有多麼不安或不情願。她不喜歡做任何不老實或被人禁止的事，個性上一點也不狡猾，可是通常還是可以被哈姆奈特的三言兩語說服。

不過今天就在他們跟那些逃過幼年劫難的小貓玩耍時，她說她頭痛、喉嚨痛，而且身體好冷，之後又說好熱，所以必須進屋躺下。

哈姆奈特重新走進大屋子後穿過走廊，卻在正要走上街道時聽見了一些聲響，聽起來像是喀搭一聲或有什麼在移動，總之是個很微弱的聲音，但絕對是另一個人類發出的聲音。

「哈囉？」哈姆奈特大喊。他等待。沒有回應。沉默重新從餐廳及更遠的起居室朝他壓迫而來。「誰在那裡？」

有那麼一刻，就那麼一刻，他有點開心地想，或許屋內的人會是父親，說不定就是他偷偷從倫敦回來給大家驚喜——畢竟這件事之前也發生過。說不定父親就在那裡，就在那扇門後，只是為了跟他們玩才躲

---

2 「let the sleeping dogs lie」這個諺語有「過去的事就讓他過去」之義，不過在這個語境中，孩子可能還沒辦法意會到這個層面，所以依照字面直譯。

起來，純粹想玩點小花樣。如果哈姆奈特走進那個房間，他幻想著父親會跳出來；他的旅行袋和包包內會裝滿禮物；他的身上會有馬、乾草，還有在路上奔波好幾天的氣味；他會用雙臂環抱住兒子，哈姆奈特會把臉頰緊貼著父親無袖緊身短上衣上早已磨損的綁帶。

他知道這個人不會是他的父親。他知道，他真的知道，因為他父親聽到他喊這麼多聲一定會回應，而且絕不會躲在空蕩蕩的屋子裡。即便如此，當哈姆奈特走進起居室看見祖父蹲在那張矮桌下時，還是逐漸湧現彷彿正往下墜落的失望感受。

這個空間充滿陰鬱氣息，大部分的窗戶都被遮蓋起來。祖父背對他站著，姿態佝僂，手邊正在翻弄著什麼：一些紙張、一只布袋，另外還有一些計算機之類的物件。桌上擺著一個酒壺和一個杯子。祖父的手在那些物品間游移，頭低垂著，呼吸時發出一陣陣響亮的嘶嘶聲。

哈姆奈特禮貌地咳了一聲。

他的祖父瞬間轉過身來，表情狂亂、憤怒，雙手高舉在空中揮舞，彷彿要抵禦偷襲者。「誰在那裡？」他大叫：「是誰？」

「是我。」

「誰？」

「我。」哈姆奈特走向從窗戶射進來的狹窄光線中，「哈姆奈特。」

他的祖父砰一聲坐下。「你真是要嚇死我了，小鬼，」他大叫：「你到底想做什麼？為什麼這樣偷偷摸摸的啊？」

「很抱歉，」哈姆奈特說：「我叫了好幾次，但沒人回答。茱蒂絲她——」

「她們都出門了，」祖父直接打斷他，姿態粗魯不耐地甩了一下手腕，「你找那些女人要做什麼？」他抓住壺頸打算朝杯子裡倒。壺裡的液體——麥芽啤酒吧，哈姆奈特心想——猛然被傾倒出來，有些進入杯子有些濺在紙張和桌面上，他的祖父因此咒罵起來，再用袖子把那些酒擦掉。哈姆奈特此時才第一次意識到祖父可能醉了。

「你知道她們去哪裡了嗎？」哈姆奈特問。

「啊？」他祖父一邊說一邊還在擦那些紙張。因為酒灑出來而產生的怒氣從他身上延伸出來，就像一把長劍出鞘。哈姆奈特可以感受到刀尖在整個空間內遊蕩，到處尋找著對手。他有一度想到母親的榛木條，那木條擁有指向水源處的特性，不過他並不是地下水，他祖父的怒氣也完全不是那抖動的尋水木條。他的怒氣割人、尖銳、難以預測。哈姆奈特不知道接下來會發生什麼事，也不知道該怎麼做。

「別在那裡呆愣著，」他祖父咬牙切齒地說：「幫我啊。」

哈姆奈特窸窸窣窣地往前走了一步，接著又是一步。他戒慎恐懼，父親說過的話正在他腦中盤旋：如果你爺爺狀態不好，離他遠一點。記得要和他保持距離。總之站遠一點，聽見沒？

父親是在上次回家時跟他說了這些話，當時他們正在幫忙把來自製革廠的貨從貨車搬下來。祖父約翰把一綑獸皮扔進泥堆中，之後突然來了一股脾氣，把一把削皮刀甩向庭院的牆面。他父親立刻把哈姆奈特拉到他身後，免得擋住他的路，不過此時約翰已經一言不發地衝過他們身邊進屋去了。父親用雙手捧住哈姆奈特的臉，手指勾住他的後頸，凝視他的眼神篤定但又帶著探詢意味。他不會碰你的姊妹，但我擔心的是你，父親喃喃地說，而且說話的當下眉毛都皺在一起。你知道我說的是什麼意思，是吧？哈姆奈特點點頭，但又希望這一刻可以永遠持續下去，他好希望父親繼續這樣捧著自己的頭：這讓他有一種輕快、安全，而且完全被理解及信任的感受。在此同時，他也意識到有一種不自在的感受在體內凝結、晃動，彷彿吃了腸胃承受不了的食物。他想起在他父親和祖父之間刺穿空氣的那些話語片段，還有他的父親跟父母一起坐在桌邊時總要伸手鬆開領口的樣子。答應我，父親在他們倆一起站在庭院裡時這樣說，嗓音沙啞。答應我。我必須知道就算我不在這裡看著你，你也能安全。

哈姆奈特相信自己有遵守承諾。他站得很遠，待在火爐的另一邊，就算祖父嘗試要抓他，這個距離也抓不到。

他的祖父正單手舉起杯子把酒喝完，同時用另一隻手把紙面上的酒甩掉。「拿著。」他將紙遞向他，命令他接下。

哈姆奈特往前彎腰，但沒有移動雙腳，只是用指尖的最尖端去接下那張紙。他祖父瞇眼看著，態度警戒，舌頭還從嘴巴側邊伸出來。他坐在自己的椅子上，背脊駝著，看起來就像石頭上一隻年邁、憂傷的蟾蜍。

「還有這張。」他祖父又遞出一張紙。

哈姆奈特又用同樣的姿態彎腰，但仍保持必要的距離。他想起父親，他一定會以他為傲，而且一定會滿意他的表現。

但他祖父往前一撲，動作像狐狸般靈巧。一切都發生得好快，事後哈姆奈特甚至無法確定事情發生的順序：先是那幾張紙飄落到兩人之間的地上，然後祖父扣住他的手腕、抓住他的手肘，把他往前拖入兩人之間的空隙，也就是父親要他保持距離以觀察對方的空隙，接著他把仍握著杯子的另一隻手往上高舉，動作迅速。哈姆奈特意識到視線前方出現一條條色彩——紅色、橘色、火的顏色，這些顏色從他的眼角湧進來——之後才感覺到痛，那是遭人毆打的一陣陣尖銳抽痛。那只杯子的杯緣正好打在他的眉毛下方。

「這樣可以給你個教訓，」他祖父用冷靜的語氣說：「讓你知道不該偷偷摸摸接近別人。」眼淚從哈姆奈特的雙眼噴湧而出，兩隻眼睛都一樣，不只有受傷的那隻。

「你還哭啊你？像個小女娃一樣啊？你就跟你爸一樣糟，」他的祖父語帶不屑地說，同時放開他的手。哈姆奈特立刻往後彈開，小腿骨敲到臥榻側邊，「一天到晚不是哭哭啼啼就是在抱怨，」他祖父喃喃地說：「沒骨氣。沒腦袋。他的問題就是這樣，總是什麼都堅持不了。」

哈姆奈特重新跑到屋外，一邊沿街奔跑一邊擦抹自己的臉，想辦法用袖子把血擦掉。他走進自家前門，爬上樓梯來到樓上房間，那裡有個人躺在他們父母掛著垂簾的大床邊的小床上。那人打扮成要出門的模樣——棕色襯衣、白色女帽，沒綁起來的帽繩散落在脖子上——不過此刻正躺在床單上。她已經把鞋子踢掉，兩隻鞋子以內八的姿態躺在她身邊的地上，像一對空空的豆莢。

「茱蒂絲，」男孩說話時摸了一下她的手：「妳有覺得好一點了嗎？」

女孩抬起眼皮。有那麼一陣子，她凝視弟弟的樣子就彷彿身處在距離他很遠的地方，然後她再次閉上眼睛。「我在睡覺。」她喃喃地說。

她有一張跟他一樣的心形臉龐，額頭也很凸，額頭上方同樣長著挺翹的玉米色髮絲。那對只看了他一下的雙眼也跟他同樣顏色——帶著金色光點的溫暖琥珀色。他們的相似是有原因的：他們同一天出生，在那之前也一起住在母親的肚子裡。這男孩和這女孩是雙胞胎，兩人出生的時間只相隔幾分鐘。他們的相像程度就像是裹著同一層胎膜出生一樣。

他用手指扣住她的手指——他們有同樣的指甲、同樣形狀的指關節，只不過他的都大一些、寬一些，而且也髒一些——他努力不去想她的手指摸起來又滑又燙。

「妳怎麼樣？」他說：「有好一點嗎？」

她動了一下，手指也扣住他的手指。她抬起下巴點了一下。此時男孩看見了，她的喉嚨底部腫起一塊，肩膀連接到脖子的地方也腫起一塊。他盯著那兩個腫塊，看起來就像兩顆鵪鶉蛋在茱蒂絲的皮膚底下。那兩顆蒼白的卵在那裡若隱若現，彷彿正等待孵化的時刻到來。其中一顆在她的脖子，一顆在她的肩膀。

她正在說些什麼。她張開雙唇，舌頭在口腔中移動。

「妳說什麼？」他彎腰靠近她問。

「你的臉，」她說：「你的臉怎麼了？」

他摸摸額頭，感覺那裡有點腫，而且還摸到潮濕、新鮮的血。

「沒什麼，」他說：「真的沒什麼。聽我說，」他說話的語氣更焦急了，「我要去找醫生。不會花很久的時間。」

她又說了些什麼？

「媽媽？」他重複她的話。「她——她快來了。她在附近了。」

*

事實上，她在距離家一英里外的地方。

艾格妮絲在休蘭茲有一片土地，那片土地是她向弟弟租來的，那片土地從她出生的屋子一路延伸到森林。她在那裡用麻織蜂巢罩養蜜蜂，那些勤奮又專注的生命就在其中嗡嗡作響。此地的一排排草葉、花朵、植物和莖枝最後都成為用來支撐蜂巢的枝條。這裡是「艾格妮絲的花園」，她的繼母這樣稱呼這個地方，說的時候還會翻個白眼。

一年中有非常多個星期，人們都能看見艾格妮絲在這一排排植物間來回走動，有時拔拔雜草、有時把手放在一球球麻布蜂巢罩上、有時修剪枝條，有時還會把特定的花朵、葉片、花苞、花瓣和種子收藏進掛在臀部的一個皮囊中。

今天她是被哥哥叫過去的，他派了牧童來跟她說蜜蜂有點不對勁——牠們離開蜂巢罩後在樹林間搗亂。

艾格妮絲繞著那些蜂巢走，她在聽蜜蜂想傳遞給她的訊息；她的眼睛盯著果園裡的蜂群，那片蜂群看起來像是枝條間的黑灰汙點，此刻正因憤怒而不停震顫、抖動。一定是有些什麼惹到牠們了。是天氣、溫度改變，還是有人驚擾蜂巢嗎？是附近的孩子？某隻逃跑的綿羊？還是她的繼母？她身穿寬鬆直筒連身裙，身體因為站在彷彿河水顏色的陰暗樹蔭底下感到清涼，她把厚重的辮子捲起固定在頭頂，再全部用白色頭巾包住。她的臉上沒戴養蜂人的面紗——她從來不戴那個。如果靠得夠近，你能看見她的嘴唇在動，她正喃喃地對在她頭邊盤旋、降落在她袖子上，還有直接撞上她臉的這些昆蟲發出微小的聲響和彈舌音。

她從蜂巢罩內取出一個蜂巢，蹲下來仔細檢查。蜂巢表面滿滿覆蓋著一整片好像在移動的東西：那片東西是棕色的，上頭有一條條金色細帶，裡頭許多翅膀的形狀就像一顆顆迷你愛心。那是數百隻蜜蜂擠在一起緊抓住牠們的蜂巢，那是牠們的戰果、是牠們的勞動成果。

她舉起一把冒煙的迷迭香後在蜂巢上方輕柔揮舞，那些煙在靜定的八月空氣中留下一條條痕跡。蜜蜂們一起飛起來後聚集在她的頭頂，形成一朵沒有邊界的雲，像一張空中的網子不停在撒開又撒開。

淡白色的蜂蠟已被她小心、謹慎地刮入籃子裡；滴出的蜂蜜則以謹慎又近乎不情願的姿態離開蜂巢，速度緩慢如同樹液。蜂蜜的顏色是橘金色，散發出刺鼻而強烈的百里香氣味和薰衣草的甜美花香，最終全都滴入艾格妮絲拿去接的罐子中。那條從蜂巢連接到罐子的蜂蜜就這樣不停延長、變寬、扭轉。

她有種什麼正在改變的感受，那是一種空氣中的擾動，就彷彿有隻鳥沉默地從她頭上飛過。仍蹲在地上的艾格妮絲抬頭往上看。那個不知名的動態讓她的手晃了一下，蜂蜜因此滴到她的手腕後流到手指上，最後沿著罐子滑下。艾格妮絲皺起眉頭，放下手中的蜂巢，站起身，舔了舔她的指尖。

休格蘭茲這片土地上許多蓋滿茅草的屋簷映入她的眼簾，在她右側可以看見頭頂上方如同岩屑堆的白雲，還有樹林中那些不停躁動的枝條，而左側則是蘋果樹之間的蜂群。她往遠方看，她們家年紀第二小的弟弟正沿著騎馬專用道趕綿羊，手上拿著一根柔軟細枝，有條狗對著羊群不停衝刺又跑遠。所有事物都在應有的狀態。艾格妮絲有一陣子盯著不停如水流般扭曲抽動的羊群，她看著牠們細碎的步伐，還有又濕又髒還沾滿乾硬泥巴的羊毛。有隻蜜蜂降落在她的臉頰上，她伸手揮開。

此後她的所有人生都在想，如果他這時候停下手邊工作，收拾好她的袋子、植物、蜂蜜後上路回家，又如果她有正視那份突兀又無以名之的不安，或許就能改變接下來發生的事。如果她任由那些蜂群決定自身的命運、任由牠們迎接自己的結局，而不是努力想把牠們哄回蜂巢，她或許就能阻止即將發生的事。

然而她沒有這麼做。她輕輕沾掉額頭和脖子上的汗水，告訴自己別犯傻了。她拿蓋子把裝滿蜂蜜的罐子蓋上，用一片葉子把那片蜂巢包起來，然後把手緊貼著下一個蜂巢罩，她的目的是要解讀裡頭的蜜蜂、她要去理解。她把身體靠近那個蜂巢罩，感覺到它一直發出低沉的音響、感覺到它不停震顫的內裡；她感知到其中的力量、能耐，就彷彿面對著一場即將來襲的風暴。

男孩哈姆奈特正沿街快步走著，他轉過一個街角，避開一隻耐心站在兩支貨車長桿中間等待的馬，還繞過一群聚在行會會館外的男人，這些擠在一起的男人一臉嚴肅。他經過一位懷中抱著嬰兒的女性，她正在哀求年紀比較長的那個孩子走快一點，要他趕快跟上；另外有個男人正在打驢子的屁股，有條正在埋頭吃些什麼的狗在哈姆奈特跑過時抬頭瞄了他一眼。那隻狗吠了一聲，聲音尖銳又帶有警告意味，然後繼續低頭啃食。

哈姆奈特抵達醫生家——他剛剛是向抱著嬰兒的女性問路——開始用力敲打大門。他一度被自己手指和指甲的形狀分了心，因為望著它們讓他想起茱蒂絲；他把門敲得更用力了。他猛敲、他怒吼，他大叫。

那扇門被人用力甩開，門縫間露出一個女人惱火的窄臉。「你到底在幹什麼？」她扯高嗓門喊，同時對他揮動一塊布，彷彿要把他趕開，也彷彿他是一隻蟲，「連死人都會被你的鬼吼鬼叫吵醒，趕快走開吧。」

她正打算關上門，可是哈姆奈特跳上前去。「不，」他說：「別關。我很抱歉，女士。我需要找醫生。我們需要他。我妹妹——她不舒服。可以讓醫生來我們家嗎？他可以現在來嗎？」

那女人的手因為緊握門把而泛紅，可是看著哈姆奈特的眼神充滿關懷，而且非常專注，就彷彿正藉由他的五官解讀情況的嚴重性。「他現在不在，」她最後說：「他去看病人了。」

哈姆奈特必須努力把口水吞下去，而且得用力吞，「什麼時候回來？可以告訴我嗎？」

緊壓住門的力量稍微放鬆了。他把一隻腳踏進屋內，另一隻腳留在身後的門外。

「不好說。」她上下打量他，然後望向那隻踩進她屋內走廊的腳，「你妹妹得的是什麼病？」

「我不知道。」他努力回想茱蒂絲的狀況，想她躺在床單上的樣子、她緊閉的雙眼、她泛紅卻又蒼白的肌膚，「她發燒了，已經躺上床休息。」

那女人皺起眉頭，「發燒？她有結腫[3]嗎？」

「結腫？」

「就是腫塊。皮膚底下的腫塊。在脖子跟手臂下方。」

哈姆奈特盯著她，盯著她眉毛中間那片皺起來的皮膚、她的帽子下緣、那頂帽子在她耳朵邊磨光的一塊皮膚，以及從帽子背後逃逸而出又如同鐵絲般的頭髮。他想了想「結腫」這個詞，這個詞不知為何讓人聯想到一種蔬果，讀起來的節奏似乎也是在模仿那個物體從地底啵啵啵冒出來的聲響。一股冰冷的恐懼刷洗過他的胸口，瞬間讓他的心臟被一層劈啪作響的冰霜包覆起來。

那女人的眉頭皺得更深了。她把手放上哈姆奈特的胸口，把他往後推到她的家門外。

「走吧，」她說話時整張臉都皺了起來，「回家吧。快。走吧。」

她打算把門關上，但透過狹窄的門縫，她用不能說不親切的語氣開口：「我會叫醫生過去。我知道你是誰，你是手套師傅家的男孩，對吧？他的孫子？住在亨利街？等他回來之後，我會要他去你家一趟。現在走吧，回家的路上別逗留。」

然後像是突然想到一樣，她又補充：「祝你一路平安。」

他回頭朝家的方向跑。世界感覺變得更刺眼，而且人們說話的聲音變大、街道變得更長，天空的藍色帶有侵略性，彷彿差一點就能刺傷他。那匹馬還站在那輛小貨車前；狗現在蜷縮在一棟房子門前的階梯上。結腫，他又想了一下這個詞。他之前就聽過，他知道是什麼意思，也知道可能代表什麼結果。

絕對不可能的，他在轉進通往他家的街道時心想。不可能是那樣。不可能。那種事——他不會說出它的名字，他不容許那幾個字現身，就算只是在他腦中也不行——已經有好多年沒出現在這座小鎮上了。

到時候就會有人在家了，他很清楚，等他走到家門前就沒事了。等他打開大門、跨越門檻，並開口喊人時，無論家裡有誰都好，總之會有人回應。到時候就會有人在家。

他不知道的是，在前往醫生家的路上，他其實經過了家裡的女僕、祖父母，還有姊姊身邊。祖母瑪莉當時正沿著河流附近的小巷走來，她正在把做好的手套送到顧客手上，同時握著一根棍子阻止一隻特別易怒的小公雞接近，蘇珊娜則跟在她身後。蘇珊娜是被祖母叫來幫忙拿那些裝手套的籃子——鹿皮手套、小山羊皮手套、松鼠皮內襯手套、羊毛內襯手套、刺繡手套、素面手套。「老天爺啊我真是不懂為什麼，」當哈姆奈特從巷尾閃過卻沒人看見時，瑪莉正在說：「那些人跟妳打招呼時，妳竟然連正眼看人家都做不到。那些人都是付很多錢給妳爺爺的客戶，對他們稍微表示一點禮貌絕不會錯嘛。現在我真的覺得……」緊跟在她身後的蘇珊娜翻了個白眼，手上吃力拎著一個裝滿手套的籃子。這些手套真像一堆斷掉的手呢，她心想，同時任由她祖母的說話聲被她自己的嘆息聲抹去，而在她看見從建築物頂端斜切入的一片天空時，那些話語也逐漸沒入背景。

3 Bubo指的是淋巴結腫。

哈姆奈特的祖父約翰則和聚在行會會館外的那群男人站在一起。哈姆奈特上樓去找茱蒂絲的時候，他已經離開起居室並丟下原本在計算的帳目，而當哈姆奈特跑去找醫生時，他剛好背對著那個奔跑的男孩。如果那男孩曾在經過時轉頭，就會看見他的祖父正努力擠進人群，他不停貼近其他男人、抓住他們不情願的手臂、跟他們開玩笑，同時不停催促大家跟他一起上酒館。

約翰沒被邀請參加這次聚會，但聽說了大家會來這裡，所以特地跑來這裡，希望能在散會前逮到幾個傢伙。他只想要恢復自己曾經有份量、有影響力的地位，也希望藉此重振自己的聲望。他做得到，他知道自己做得到。他只需要這些男人認真聽他說，這些人已認識他多年，不但了解他，也能擔保他是個勤奮又忠於這座小鎮的人。就算不說別的，至少也能因此原諒他身為行會或小鎮官員時的作為，或者將那些過去拋在腦後。他曾是財產執行官，又當過市鎮官，以前還會穿著猩紅色長袍坐在教堂前排。難道這些人都忘了嗎？他們怎麼可以不邀他來聚會？他以前可有影響力了——他以前負責治理這些人，他以前可是個大人物，只是現在淪落為一個靠著長子從倫敦施捨回來的硬幣過活的傢伙。（他之前是個多麼令人惱火的年輕人啊，成天只會在市場廣場閒晃、恣意浪費他的時間，誰會想到他之後有可能真的混出名堂？）

約翰的生意還是很不錯，就算不談流行，人們也總是需要手套；就算這些人都清楚之前他祕密進行的非法羊毛生意、他在沒上教堂時遭到傳喚，以及因為亂丟垃圾而被罰款，那他也無能為力。約翰能泰然面對他們的非難、他們對他祭出的罰款與要求、他們冷嘲熱諷地低聲討論他們家族的衰敗，以及把他排除在行會聚會之外的作為。反正他的房子是鎮上最高級的房子之一，一直以來都是如此。約翰無法忍受的是他們沒有人願意跟他一起喝酒、來他家的餐桌上分食麵包，或者到他家的爐邊取暖。在行會會館之外，那些男人迴避他的眼神，繼續彼此之間的對話。他們沒在聽他準備好的臺詞，他打算談手套這個行業有多穩當、談他的成功、他的勝利，還打算邀請他們去酒館再去他家吃晚餐。可是他們只是態度疏遠地點點頭，不然就是轉身迴避。其中一個人拍拍他的肩膀說，哎呀、約翰，哎呀呀。

所以他獨自去了酒館，但只去了一下子。男人自己待著也沒什麼不對嘛。他坐在那裡，坐在半明半滅的光線中，那光線看起來就跟黃昏時一樣，他面前的桌上有一截蠟燭，他就這樣盯著許多迷途的蒼蠅在燭光中不停打轉又打轉。

茱蒂絲躺在床上，她感覺眼前的牆壁彷彿朝房內一顆顆突出後又彈回去，就這樣反覆突出、彈回去、突出、彈回去。她父母床鋪四角的床柱像蛇一樣翻騰又扭轉，而頭頂上的天花板則像湖面一樣出現波紋。她覺得自己的兩隻手距離自己實在太近，同時又非常遙遠，而眼前抹上白色灰泥的牆面跟深木色托樑交接處的線條又是閃爍又是錯位。她的臉和胸口都很燙，像在燃燒，皮膚表面覆蓋著一層黏滑的汗，但雙腳卻極為冰涼。她開始打顫，先是一次、兩次，然後是一次完整的痙攣，她看見牆面全朝向自己彎曲、不停逼近，然後退開。為了不看到這些突起又彈回的牆、像蛇一樣的床柱，還有移動的天花板，她閉上雙眼。

她一閉上眼睛就立刻身處他方，而且是同時在許多地方。她發現自己走在一片草原上，手裡緊握住另一隻手，而這隻手的主人是她的姊姊蘇珊娜。那隻手有著修長手指，第四根手指的關節處有顆痣。那隻手很不想被握住，所以手指沒有扣住茱蒂絲的手指，只是僵直地垂著，茱蒂絲必須全力握緊才不會滑落。蘇珊娜在草原的細長草莖中大步往前走，她被茱蒂絲握住的手隨著她每走一步而抽動。如果茱蒂絲放開手，她就有可能陷入這些草底下；她可能會因此消失並永遠不會有人找到，所以握住這隻手對她來說很重要——至關重要，她絕對不能放手。她很清楚走在她們前面的是她哥哥，是哈姆奈特的頭在細長草莖上方冒出又沉沒。他的頭髮是熟透的麥子顏色，整個人在她們面前彷彿彈跳般前進，模樣就像一隻野兔，或是一顆彗星。

然後茱蒂絲出現在人群中。當時的時間是晚上，天氣很冷，一盞盞提燈的光線刺穿冷冽的黑暗。她想那應該是獻主節活動。她坐在一對強壯的肩膀上，因此同時身處在群眾之中及上方。那對肩膀屬於她父親。她用雙腿纏住他的脖子、雙手埋入他的髮絲，而他則握住她兩隻腳踝。他的深色頭髮很粗，跟蘇珊娜一樣。她用最小的指頭去輕點他左耳上的銀圈耳環，他笑了——她感受到笑聲在他體內轟鳴，像是打雷，那陣轟鳴從他的體內傳遞到她的體內——然後他甩甩頭，好讓耳環敲打她的指甲發出聲音。母親也在，身邊還有哈姆奈特和蘇珊娜，以及祖母。可是父親只挑了茱蒂絲坐在他的肩膀上——只有她。

眼前有一陣刺眼的光線，許多明亮又猛烈燃燒的火盆圍繞著一個木製平臺，這個平臺跟她坐在父親肩膀上的她一樣高。平臺上有兩個男人，他們身穿金色和紅色的衣物，衣物上裝飾著許多流蘇和緞帶；頭戴高帽的他們臉龐跟粉筆一樣白，不過眉毛漆黑嘴唇豔紅。其中一人一邊發出高亢、激烈的喊叫，一邊將一顆金球丟向另一個人，而對方一翻身後雙手撐地，用腳接住那顆球。她父親為了拍手放開她的腳踝，茱蒂絲只好緊抓住他的頭。她很怕自己掉下去，她怕自己會往後仰、從他肩膀跌下，掉入底下擁擠、躁動不安，而且散發出馬鈴薯皮、溼答答狗毛、汗水以及栗子氣味的人群中。那個男人的喊叫聲已經引發她內心的恐懼。她不喜歡那些火盆、不喜歡那些男人歪歪曲曲的眉毛，也不喜歡眼前的一切。她開始默默啜泣，眼淚像珍珠一樣一顆顆沿著臉頰落入她父親的髮絲。

蘇珊娜和祖母瑪莉還沒回家。此時瑪莉正停下腳步跟他們教區的一個女人說話：她們稱讚彼此並討論起最近在擔心的事，還親暱地拍拍彼此的手臂，但蘇珊娜可不會被騙。她知道那女人不喜歡她祖母。那女人一邊說話一邊無法克制地四處張望，還往後偷看，就怕有人發現她在和瑪莉說話，畢竟瑪莉的丈夫是那位失勢的手套師傅。

鎮上有很多人都這樣，蘇珊娜很清楚，這些人曾是他們的朋友，現在卻會刻意走到對街避開他們。這種情況已經持續了好幾年，不過自從她祖父因為沒上教堂而遭到罰款之後，鎮上許多人甚至連維持表面的禮貌也不願意了，就連經過身邊時也會裝作他們不存在。蘇珊娜剛剛就看見她祖母是如何硬擋在那女人前面，為的是不讓她經過、也無法不跟她們說話。她都看在眼裡。意識到這一切讓她腦中感到燒灼熱燙，並因此留下一枚枚焦黑的痕跡。

茱蒂絲獨自躺在床上，不停張開眼睛又閉上。她無法理解今天到目前為止發生的事。她和哈姆奈特前一刻還在拉著繩子逗貓咪剛生沒多久的小貓玩——同時還要注意祖母有沒有回來，因為茱蒂絲其實被交代要劈柴跟擦桌子，而哈姆奈特應該要做功課——然後她突然感覺手臂一陣無力，背部疼痛，喉嚨也開始刺痛。我覺得不舒服，她對弟弟說，本來正看著小貓的他抬起頭望向她，眼神在她的臉上游移。而現在她躺在這張床上，完全搞不清楚自己是怎麼爬上床，也不知道哈姆奈特去了哪裡、母親何時會回來，以及為什麼家裡都沒人。

女僕正在市場花了好長時間在前晚擠的那批牛奶中挑選，同時跟一個攤位後方的酪農主人調情。嗯哼、嗯哼，他一邊說一邊不願放開桶子。哎呀，女僕一邊回答一邊扯著桶子把手，你是不肯給我嗎？要給你什麼啊？那個酪農一邊說一邊挑起眉毛。

艾格妮絲已經採集完蜂蜜，她拿起一個麻布袋和正在燃燒的迷迭香走向蜂群，打算將牠們掃進麻袋後再送回蜂巢，不過她的動作會很輕柔、極度輕柔。

＊

至於那位父親正在離家兩天路程的地方，他在倫敦，而且此刻正穿過主教門朝河邊走去，目標是要去買那邊小販賣的那種未發酵薄煎餅。他今天真是餓得受不了，而且是一早醒來就餓到不行，連早餐吃的粥和麥芽啤酒以及午餐的派都沒能滿足這份飢餓感。他總是小心保管錢，把錢都收在身上，只在必要時花錢。跟他一起工作的人常拿這件事來嘲笑他。大家都說他的住處地板下藏了一袋袋金子，而他在聽到別人這麼說時露出微笑。當然啦，這說法不是真的，他賺的所有錢都寄回斯特拉特福，不然就帶在身上，如果需要遠行，他會把錢包好收在馬鞍袋裡。當然，除非有絕對的必要，他一枚銀幣都不會拿出來花。不過在這樣一個日子，下午來點薄煎餅是非常必要的事。

在他身邊走著一個男人，那是他房東的女婿。這個男人自從他們離開屋子就一直在講話。哈姆奈特的父親只偶爾聽一下他在說什麼——總之就是對他岳父累積的不滿，比如沒給出應有的嫁妝數字，又或者沒遵守某個承諾之類的。他真正在想的是陽光灑落下來的姿態，那些光線就像架在建築間狹窄空隙的一道道梯子，打亮了被雨水洗過的街道。他真正想的是正在河邊等待他的薄煎餅，以及晾在頭頂上方那些翻飛且散發肥皂氣味洗好的衣物，他還想起妻子，雖然那畫面轉瞬即逝，但仍看見她挽起頭髮固定時肩胛骨夾在一起又分開的樣子。他還想到靴子在腳趾頭處的縫線開始鬆了，所以應該要找個時間去拜訪皮匠，說不定就等他吃完薄煎餅吧，只要等他擺脫房東女婿和他喋喋不休的牢騷之後就去。

那哈姆奈特呢？他重新回到他們那棟狹窄的公寓，也就是蓋在建築間隙空地的那棟屋子。現在他很確信一定有人回家了。他和茱蒂絲一定有人陪伴了。他確信這裡有人會知道該怎麼做，而且會負責處理這個狀況，同時也會向他保證一切都會沒事。他走進屋內，任由大門在身後自行甩上。他大喊著說他回來了、他回家了，然後沉默著等待回應，可是什麼都沒有：四下一片靜默。

站在休蘭茲這棟建築物的窗邊，只要你歪頭往旁邊看，就有可能看見樹林的邊緣。

你可能會發現那是個躁動、蒼翠又變化萬千的場面：遠處吹來的風輕撫、翻皺、擾動一簇簇濃密的樹葉，而且每棵樹都以與鄰居些微不同的節奏回應著氣候的照拂，這些樹會彎曲、抖動並揮甩枝條，彷彿在試圖掙脫空氣，也想掙脫孕育自己的土地。

一個初春的早上，就在哈姆奈特跑去醫生家的超過十五年前，有名拉丁文家庭教師站在這棟建築的這扇窗邊，一隻手漫不經心地輕扯著左耳上的圓圈耳環。他正在觀察這些樹。這些樹無論是集結在一起的樣子，還是沿著農場邊緣排列的狀態，都讓他聯想到劇場的背景，就是那種一整片能夠迅速落下的背景畫，只要一捲開掛好就能讓觀眾知道他們已經進入森林，觀眾會因此知道之前的城市或街道場景已然消失，現在他們進入的是一片長滿林木、仍未開發成耕地，或許還充滿各種不安可能性的地方。

他的臉輕輕皺起眉頭，還站在窗邊的他有根指尖因為緊壓在窗玻璃上而泛白。他身後是那些學習拉丁文的男孩，他們正在學習動詞的時態變化，但家庭教師沒聽見他們誦讀的內容，因為他正專注於眼前顏色的驚人對比：一邊是春天銳利清晰的藍色天空，另一邊是長滿新葉的翠綠森林。這兩種顏色似乎在彼此鬥爭，誰都不想讓誰，它們各自都想展現出更強大的活力，因此形成互不相讓的藍綠對決。而那些孩子們口中的拉丁動詞沖刷過他、穿越他，彷彿風吹過林間。農舍的某處響起鈴聲，一開始只是短短一聲，接著變得不肯停歇。走廊有腳步聲傳來，有扇門砰一聲撞入門框。這些男孩當中的其中一個——這位家庭教師根本不用轉頭就知道是年紀較小的那個，他的名字叫詹姆士——開始嘆氣、咳嗽，而且還清了清喉嚨才重新加入誦念的行列。家庭教師整理了一下衣領，把頭髮理順。

連番出現的拉丁動詞逐漸包圍住他，就像沼澤地的霧氣，那些動詞先是從他的雙腳間漫入，再往上越過肩膀、經過耳朵，最後從窗框邊條的縫隙漫溢而出。他任由孩子們誦讀的字詞充滿房內後形成一片聽覺上的煙霧，升到最高處，甚至燻黑了桁樑。這片煙霧聚集在高處，那裡還有其他黑煙，是從無煙囪爐架內延伸出且如同捲曲線條與薄紗的黑煙。他指示孩子們練習「incarcerate」這個字的動詞時態，而在他們反覆誦唸時，這些字剛硬的「c」音就像在刮擦牆面，彷彿那些字本身在想辦法要逃出去。

家庭教師是被父親逼迫每週來這裡兩次。他的父親是手套師傅，這項安排似乎是因為他跟以前擁有這座農場的自營農有過一場交易，但後來鬧得不愉快，導致家庭教師必須透過教書來休蘭茲這裡償還部分債務。那名自營農虎背熊腰，皮帶上總掛著像短棍一樣的牧羊杖，他那張開放、誠懇的臉龐有種讓家庭教師頗為喜歡的特質。不過這位自營農去年突然過世，留下好幾畝土地和許多牲口，另外還有一位妻子和八、九位孩子（家庭教師其實不太確定到底有幾位）。他自己的父親對這件事的喜悅完全藏不住。其實若真要說，家庭教師很清楚這場借貸是怎麼回事。他父親在深夜時因為自營農的死而歡聲大喊，還以為沒人能聽見，不過家庭教師非常擅長偷聽：妳不懂嗎？那寡婦不可能清楚我們的交易，就算她知道也不敢來要求我遵守承諾，還有他那個光長個子不長腦的大兒子也一樣。

就現狀來看，那位寡婦或兒子的反應確實跟他父親說的一樣，而之前兩人的交易（因為家庭教師有偷聽到父母在房內的對話內容，所以有蒐集到一些資訊）是跟他父親協助託運自營農的一批羊皮有關。他父親跟那位自營農表示有批皮料是要送去製作馬具，那位自營農也相信了。可是他父親堅持這批皮料不需要清除羊毛，這讓自營農起了疑心，之後又因為某種原因導致接下來出現各種問題。這位家庭教師不是很確定最後的轉折內容，因為說到這裡時，本來正在跟父親低聲對話的母親被叫走了，原來是她最小的兒子愛德蒙正怒氣沖沖又聲音刺耳地吼著要她過去。

當時家庭教師的父親正在做一些不太合法的投機生意，而且是他們所有人都不該知道的生意：家庭教師能確認的僅止於此。根據父母告訴他們的資訊，他們都以為這批羊皮是要用來做手套的。他和弟弟妹妹從沒想過這批羊皮有可能用在其他地方，畢竟父親是鎮上最成功的手套師傅，怎麼可能會把這些皮料用在其他地方？結果他們全被耍了。

總之現在，他們父親有一些無法——或不願意？——支付的債務或罰款，而那位自營農的遺孀或兒子也不願就這樣算了，所以最後變成由他本人來支付這些必須償還的帳款，而支付的內容就是他的時間、他懂的拉丁文法，還有他腦中的知識。每週兩次，父親告訴他，他必須離開小鎮沿小溪走一英里多的距離來到這個低窪地的大屋子，在這個被羊群環繞的地方督促男孩子們上課。

他之前對這個計畫一無所知，接到任務時就像莫名其妙遭到捕獲的獵物。某天晚上，家裡的人都已經在準備上床睡覺，父親卻把他叫進工坊，表示他必須去休蘭茲「給那邊的男孩子灌輸一點知識」。這位家庭教師站在門口緊盯著父親，問，這是什麼時候安排的？他的父親和母親正在為了隔天的工作替工具上油。不干你的事，他父親說，你只需要知道你必須去做這件事。於是兒子回答，那如果我不想做呢？父親把一把長刀收回皮套中，似乎沒聽見兒子的回應。母親瞄了丈夫一眼，又望向兒子，同時對他輕輕搖搖頭。你必須去，父親最後說，並在說完後放下手中的擦拭布，這個話題就這樣結束了。

於是兒子心中湧現想要擺脫眼前這兩個人、大步走出這裡，並扭開前門跑到街上的渴望，那渴望就像樹液從樹木緩緩滲出。此外，沒錯，他還想揍他的父親。他想對他的身體造成傷害。他想用自己的拳頭、手臂和手指來報復那個男人曾對待他的所有方式。他們六個兒子都經歷過這種事，而且每隔一陣子就會遇到，他們會因為父親突然發脾氣而遭到毆打、拉扯或搧巴掌，但這個長子必須面對的暴力無論就頻率或殘暴程度都遠勝過其他人。他不知道為什麼，但他身上就是有足以引發父親怒氣和挫敗情緒的一些特質，就像馬蹄鐵總會吸住磁鐵。他身上恆常留著父親長繭的手抓住自己上臂的觸感，他會藉此讓他無處可逃，以便用另一隻比較強壯的手不停揍他。每次那隻由上往下揮動的手打中他，瞬間帶來的衝擊總是突兀又尖銳；有時還會有一種木製器具敲中他的大腿後方，讓他感受到彷彿皮都要被剝掉般的刺痛。若要說成年人的骨頭有多堅硬，孩子的肉體就有多柔軟，而那些尚未成熟的年輕骨頭又是多麼輕易就遭到彎折、扭傷。在受到毆打而感到漫長的每一分、每一秒，他總會感覺憤怒，同時，因為自身無能而受辱的情緒如同暴雨般傾瀉而下，將他浸濕。

他父親的怒氣總是毫無緣由，就像一陣強風襲來，隨即又往別處吹去。他的行為沒有固定模式、毫無預警，也找不到前因後果；每次總會有新的事物導致他理智斷線。這個兒子很小時就已學會判讀這類爆發可能發生的預兆，也學會一系列避開父親拳頭的假動作和迴避方式。如同一位在解讀星球及天體微小變化與更迭的占星學家，為了事先做好準備，這位長子成為解讀父親心情及表情的專家。他可以根據前門發出的聲響確認父親何時從街上進入家裡；透過踩在石板地上的腳步，他也能判斷自己是否即將迎來一陣毒打。無論是灑出水勺的水、把一隻靴子留在不該出現的地面，還是露出被認定為不夠敬重的表情——任何事都可能成為父親打人的藉口。

在過去大概一年多的時間，這個兒子長高了，而且比父親還高：他比父親強壯、年輕，動作更快。他會走路去各個地方市集、去偏遠的農場，還會揹著一袋袋獸皮或未完成的手套來回染坊，這一切都讓他的肩膀和脖子長出肌肉，而且變得厚重。父親最近打人的力道變弱了，這一點並沒有逃過他的觀察。於是發生了那麼一件事，就在幾個月前吧，那天時間已經很晚，他父親從工坊走出來時發現兒子在走廊上，立刻一言不發地撲向他，舉起手上的葡萄酒袋甩向兒子的臉。那是一種彷彿瞬間被針刺到的疼痛，不是會造成持續不適、瘀青或有擠壓感的疼痛；那種痛的質地非常尖銳，還讓人有彷彿遭到鞭打的撕裂感。兒子知道自己的臉頰會因此浮現一道破碎的紅色痕跡，而那痕跡似乎更激怒了父親，他因此打算伸手揮打第二下，但兒子抬起手，抓住父親手臂，全力把他往後推，並驚訝地發現父親的身體在他的力量下徹底屈服。他可以把這個男人、這個龐大的巨人、這個曾是他童年時期的怪物輕而易舉地推到牆上，他也確實這麼做了。他用手肘固定住父親，把父親當作傀儡般甩動他的手臂，讓葡萄酒袋掉落地面。他把臉靠近父親的臉，意識到自己正在俯視他，然後他對父親說，這是你這輩子最後一次打我。

他站在休蘭茲這棟建築的窗邊，內心想要離開、反叛並逃亡的渴望是如此強大，簡直充塞著體內各處：他完全吃不下農夫遺孀為他準備的那盤食物，因為體內早已填滿想離開的衝動，他好想擺脫這裡、好想移動雙腿抵達其他地方，只要是能力所及的地方都行，總之愈遠愈好。

拉丁文的誦讀持續著，那些動詞又開始從頭出現，並從過去完成式一路進化到現在式。不過就在他準備轉身面對學生時，樹林間出現了一個人影。

曾有那麼一度，家庭教師以為那是個年輕男子。他頭上戴著便帽，身上是皮製的男性無袖緊身短上衣，手上還戴著長手套；他從樹林走出來的姿態帶有一種陽剛的悠哉，或說與生俱來的威嚴感，那雙穿著靴子的腳大踏步走過地面。在他伸出去的拳頭上停著某種鳥：那隻栗棕色的鳥胸口是奶白色，雙翅佈滿黑點，牠此刻正駝著背坐在他的手上，姿態溫順，身體隨著牠的人類夥伴晃動，感覺跟那人很熟。

在家庭教師的想像中，這位馴養鷹的年輕人大概是在農場工作的雜工，不然就是這家人的親戚，比如可能是前來拜訪的表哥之類的。然後他意識到對方有條過肩的長辮子，而且垂落到腰部以下，那件短上衣的中段綁得很緊，向內收攏成一道啟人疑竇的曲線；他還發現對方穿著裙子，那件裙子看來之前曾被抓攏後綁起，現在則隨意地披落在長襪周圍；他看見便帽底下有張蒼白的卵形臉龐，臉上有拱起的眉毛，還有兩片豐潤的紅唇。

他靠得離玻璃更近，整個人幾乎黏在窗臺上，望著那名女性從窗框的右邊移動到左邊，而那隻鳥就停在她的拳頭上，她的裙子沙沙地在靴子旁摩擦。然後她走進農舍庭院，穿過雞群和鵝群之間、繞過主屋側邊，消失在他的視線之外。

他站直身體，鬆開本來緊皺的眉頭，稀疏的鬍鬚底下露出一抹微笑。他身後的房間安靜下來了。他告訴自己該回神了：他得上課、現場有兩個男孩、動詞時態。

他轉身，將左右手彎曲的手指交扣在一起，畢竟家庭教師在他的想像中就該擺出這種姿態，而且他不久前還在學校時，老師也都是這麼做的。

「表現得很好。」他對他們說。

他們望向他的模樣彷彿兩株追逐陽光的植物。他對他們柔軟又尚未定型的臉龐微笑，那些臉龐在窗外透進的陽光中就像尚未發酵的蒼白麵糰。他假裝沒看見弟弟正在桌子底下被哥哥用削過皮的樹枝亂戳，也假裝沒看見哥哥在石板上重複畫滿圈圈。

「那麼，」他對他們說：「我要你們想想該如何翻譯以下這個句子：『我感謝你，先生，感謝你寫了這封親切的信。』」

他們開始在石板上埋頭苦寫，年紀大的那位（家庭教師知道他是最笨的那位）張著嘴巴呼吸，年紀小的那位則把頭枕在手臂上。不過說真的，給這兩個孩子上這些課有什麼意義？他們不是注定要當農夫嗎？反正之後他們都會跟父親及幾個哥哥走上一樣的道路吧？不過話說回來，學習這些對他自己來說又有什麼用？瞧瞧年復一年在文法學校的教育給他帶來什麼下場——在一棟煙霧朦朧的大屋子內對著牧羊農夫的兒子循循善誘，奢望著他們能學好動詞時態及語序。

兩個孩子翻譯到一半時，他說：「那個女僕叫什麼名字？帶著鳥那位？」

年紀比較小的那位弟弟直接、坦率地望向他，而家庭教師則對他報以微笑。他很驕傲自己能夠熟練地掩藏自己的心思、解讀他人的想法，他總能猜出其他人被逼急時會怎麼做，以及他們可能採取的下一步。被迫跟脾氣變幻莫測的家長一起生活讓他很小就磨練出這項技能。家庭教師知道年紀較大的哥哥不會試圖猜測這個問題背後的意圖，可是那個才九歲的弟弟會。

「鳥？」哥哥說：「她沒有鳥。」他瞄了弟弟一眼，「是吧？」

「沒有嗎？」這位教師試圖在他們的表情中蒐集資訊，但只看到一片空白，有那麼一刻，他又在腦中看見那隻鷹斑駁的黃褐色羽毛，「可能我搞錯了吧。」

弟弟突然很快地說：「是海蒂嗎？她負責照顧豬和母雞。」他的眉頭擠出皺褶，「母雞算是鳥，對吧？」

家庭教師對他點點頭，「確實是。」

他再次轉向窗戶後往外看。一切都跟之前一樣。無論是風、樹木、葉子、擠在一起的母羊，還是那片受到人類馴化後往遠處延伸到森林邊緣的耕地。到處都看不到什麼女孩。那隻站在她伸長手臂上的鳥有可能是母雞嗎？他很懷疑。

那天稍晚，等課程結束後，家庭教師繞到房子後方。這時的他應該要走在返回小鎮的路上，並藉此展開那趟漫長的步行返家之旅才對，可是他想再看那女孩一次，他希望能好好看看她，或許還能說上幾句話。他也很想近距離觀察那隻鳥，想聽聽那張嘴會發出什麼樣的聲響。他也想用手掂掂那根辮子，並感受那些編織後的髮絲邊緣滑過他的指間。他一邊繞過許多屋牆一邊往上偷瞄樓上的窗戶。當然，他沒有任何足以待在農舍庭院的藉口，男孩們的母親隨時可能會出現，問他到底在這裡找什麼，並把他趕走。他可能會因此丟掉在這裡的工作，甚至可能危及他父親和自營農遺孀之間可能達成的任何薄弱協議，不過即便如此都沒讓他停下腳步。

他走過農舍庭院，途中避開水窪和一塊塊糞便。之前在他試圖教孩子們學會假設法的時候下過一場雨，他有聽見這棟大屋子高處的茅草屋頂傳來滴滴答答的聲音。此刻的天空已經快要失去最後的光線，太陽因為一日將盡正在退場，而空氣中仍有屬於冬天那揮之不去的涼意。有隻雞正在勤懇地扒土，一邊還逕自發出小小的嘎嘎叫聲。

他在想那個女孩，還想她的辮子、想她的鷹。他相信這個女孩能減輕他來此授課時感受到的心理重擔。無論是這個職位、必須應對這些孩子的現實，還是待在這個陰鬱糟糕所在的處境，或許終究有可能變得可以忍受。他開始想像在家教課結束後和對方偷偷來往，說不定是去樹林散步，或是在其中一個棚架或小屋後方見面。他從沒想過自己看見的女人會是這家的大女兒。

她在附近這帶累積了一定程度的壞名聲。大家都說她很奇怪、像是中邪、做事特立獨行，或許還瘋了也說不定。他也曾聽說她只要一時興起就會跑去荒僻的小徑或森林遊蕩，而且是獨自去，然後把蒐集來的植物製作成可疑的藥劑。任何人只要夠聰明都不該和她作對，因為據說她跟某個醜老太婆習得一身技藝，那個老太婆的專長是製藥和紡織，而且只要瞄一眼就能殺死一個嬰兒。大家還說她的繼母始終活在會被這女孩拿斧頭砍的恐懼中，更何況自營農現在又已經過世了。不過她父親之前一定很愛她，因為他在遺囑中為她留下為數可觀的嫁妝。當然啦，實在不能說有誰真心想跟她結婚。大家都說她對所有男人來說太野了。至於她的母親，願上帝賜她的靈魂平靜，她生前不是吉普賽人就是女巫，或是森林妖精之類，關於這點，家庭教師聽過很多關於她的幻想故事。就連他自己的母親只要在對話中談到這個女孩，也會不認同地搖頭或發出「嘖嘖」砸嘴聲。

家庭教師從未見過她，她在他的想像中是個半人半動物的生物：粗眉、步履蹣跚、頭髮中摻雜著灰色髮絲，衣服上還黏著泥巴和樹葉。總之是個早已過世的森林女巫的女兒。他想像她走路時會跛腳，還會一邊在袋子翻找詛咒人的物件或解藥一邊喃喃自語。

他四下張望，然後望向豬舍背風處的陰影，再望向彎腰長在農舍庭院邊緣籬笆上的光禿禿蘋果樹枝條。他可不想在毫無準備的情況下撞見這位女兒。他穿過籬笆柵門後沿步道往外走，但也不停往後瞄向主屋窗戶和牛舍門口，牛舍中的牛隻正在各自欄位中嚼食飼料，一顆顆牛頭上下晃動。她可能會在哪裡呢？

他一直想著這個家中瘋狂如同巫婆的大姊，但左側的一個動靜拉走他的思緒：有扇門打開、有條裙子飄逸旋轉、有絞鍊吱嘎作響。是那個帶著鳥的女孩！就是她！她從一棟建造得很粗糙的小屋走出來，關上門。就在這裡，她就在他面前，彷彿他光靠意念就將她召喚到這裡。

他對著自己抬到嘴邊的一隻拳頭輕咳。

「妳好。」他說。

她轉身盯著他看了一陣子，非常輕微地挑起眉毛，彷彿已經看見他腦中曲折纏繞的思緒，他的腦袋在她眼前似乎跟水一樣透明。她把他從頭到腳打量了一遍。

「這位先生好，」她回答。過了一會兒後，她勉強拿出一絲禮貌開口：「你怎麼會來到休蘭茲？」

她的嗓音清澈、節制，而且感覺口齒伶俐。他立刻因此受到影響：脈搏開始加速，胸口升起一股熱氣。

「我替這裡的男孩上家教課，」他說：「上拉丁文。」

他以為她會為此讚嘆，並恭敬地向他點頭。畢竟他是個有學問的男人，不但有學識還受過良好教育。女士啊，站在你面前的可不是什麼鄉巴佬，他希望自己能這樣說出口，我可不只是個農民啊。

可是這女孩的表情沒有絲毫改變。「啊，」她說：「拉丁文老師啊。難怪。」

他對她平淡的反應感到迷惘。其實她整個人都讓人迷惑：無論是她的年紀還是她在這個家中的身分都很難猜。年紀或許比他大一些吧，至於身分，她穿得像個僕役，因為那身骯髒的衣服看來質地粗劣，可是她說話的方式又像個淑女。她的儀態挺拔，身高幾乎跟他差不多，頭髮跟他一樣黑。她用男人的方式迎接他的眼神，可是塞滿那件短上衣的又絕對是女性的身形及體態。

家庭教師認為現在最好的做法就是大膽行事，「我是否可以看看妳的……妳的鳥？」

她皺起眉頭，「我的鳥？」

「我剛剛有看見妳從森林走出來，沒錯吧？妳的手臂上有一隻鳥？一隻鷹吧。我最好奇的是——」

她的臉上第一次洩漏出情緒：那當中有擔心、憂慮，甚至還有一絲恐懼，「你不會告訴他們吧？」她指向農場的方向，「不會吧？是這樣的，我今天其實不該帶牠出去，可是那女孩實在太躁動、太餓了，我無法忍受整個下午只是不停逼牠閉嘴。你不會說出去的，對吧？不會說你看見過我，而且看見我跑出去？」

家庭教師露出微笑，走向她，「我永遠不會提起。」他現在已經可以用安撫人的大器姿態這麼說了。他用手扶住她的手臂，「別太擔心。」

她快速抬眼與他四目相交，兩人隔著很近的距離凝視彼此。他看見她的雙眼幾乎是金色，中央有個深琥珀色的圓圈，另外閃爍著幾點綠，長睫毛則是深黑色。她的蒼白肌膚上有雀斑，那些雀斑除了座落在鼻頭還沿著顴骨延伸。然後她做了一件奇怪的事：她把手放到他的手上，也就是他搭在她前臂上的那隻手，然後抓住介於他大拇指及食指中間的皮膚與肌肉，用力按壓。她的手勁堅定、毫不退縮，動作中帶有一種奇特的親密感，而他則產生一種幾近痛楚的感受。他忍不住深吸一口氣，並感覺頭開始旋轉。她的那隻手如此篤定。他不認為有任何人觸碰過他那個部位，而且是用那種方式，從來沒有。就算他想要，他也必須使勁扯才有辦法把手抽開。她的力氣真的大得驚人，而這點特別讓他興奮。

「我……」他開口，但完全不知道接下來要說什麼，也不知道自己想說什麼，「請問妳……」

突然之間她放開他的手，同時將手臂抽開。他感覺剛剛被她抓住他的部位熱燙又赤裸。他用那個部位搓揉額頭，希望能讓那邊再次恢復平常的感覺。

「你說想看我的鳥。」她說，她現在的姿態變得實事求是又游刃有餘。她拿出藏在裙子底下的鑰匙，打開身後那扇門，推開。她踏進去，而他則恍惚地跟上。

那是個陰暗的狹窄空間，散發一種乾燥又熟悉的氣味。他吸氣：是木頭、萊姆，還有某種又甜又充滿纖維的東西所發出的氣味，底層還潛藏著一種類似白堊及麝香的氣味。至於他身邊的女性：他可以聞到她的頭髮和皮膚，某個部位還散發出輕微的迷迭香氣息。他正準備再次對她伸出手——她靠自己很近的肩膀和腰身都在撩撥他，而且說真的，她把自己帶進來這裡還會有什麼其他原因？一定是她心裡也有那個意思——

「牠在那裡，」她悄聲說，語氣急切又低沉：「你能看見嗎？」

「誰？」他被她的腰身、迷迭香的氣味，還有周遭的層架分了心，但隨著雙眼逐漸適應陰暗，那些層架也在他眼中清晰起來。「妳說什麼？」

「我的獵鷹。」她一邊說一邊往前踏了幾步，於是家庭教師看見了，就在這間小屋的盡頭，有個高高的木製棲架上停著一隻猛禽。

牠被罩上頭套，翅膀往後收折在身體兩側，像是長滿鱗片的黃土色爪子緊抓棲架。牠駝背聳肩，彷彿正受到雨水侵襲，翅膀上的羽毛是深色，但胸口是淺白色，上頭還有著如同樹皮的波紋。對他來說，可以如此靠近一個絕對屬於不同環境的生物是非常驚人的事，牠這樣的生物來自風、來自天空，或甚至可以說是來自神話。

「老天啊。」他聽見自己這麼說。她聽了之後轉身，臉上第一次露出微笑。

「這女孩是紅隼，」她低聲說：「我父親有個朋友是神父，是他把還是幼鳥的牠送給我。我幾乎每天都會帶牠出去飛一飛。我現在不會把牠的頭套拿掉，但牠知道你在這裡，牠會記住你。」

家庭教師完全不懷疑她說的話。雖然這隻鳥的眼睛和喙都被獸皮製成的迷你頭套蓋住——綿羊皮或小山羊皮，哎呀他惱怒地發現自己竟然在想這種事——但牠的頭仍隨著他們說的每個字和每個動作扭擺、轉動。他發現自己很想好好看看這隻鳥的臉，也想看看牠的眼睛，想知道在那個頭套後方有些什麼。

「牠今天抓到兩隻老鼠，」那個女人說：「還有一隻鼴鼠。只要她飛起來，」她轉向他說，「就完全沒有聲音。獵物都不會發現牠靠近。」

家庭教師在她的注視下大膽起來，他伸出一隻手碰觸她的袖子、她的短上衣，最後是她的腰。他用手攬住她的腰，態勢就如同剛剛她碰觸他時一樣篤定，然後試圖把她拉近自己。

「妳叫什麼名字？」他說。

她往後退開，但他把她摟得更緊。

「我不會告訴你。」

「妳會的。」

「放開我。」

「先告訴我。」

「只要告訴你，你就會放手嗎？」

「對。」

「我要怎麼知道你會遵守承諾，教師先生？」

「我總是遵守承諾。我是說話算話的人。」

「看來也是個毛手毛腳的人呢。放開我，立刻放開。」

「先跟我說妳的名字。」

「然後你就會放開我？」

「對。」
「很好。」
「妳會告訴我？」
「對，我的名字是……」
「是什麼？」
「安。」她說。她應該是這樣說的吧，她開口時她還在說：「我一定得知道。」
「安？」他重複了一次，同時突然開始恍神，他一邊讀出一個字一邊覺得口中這個字既熟悉又怪異。「安」是他在不到兩年前過世的妹妹的名字，他意識到自己打從她下葬後就沒再說過這個名字。有那麼一刻，他在腦中再次看見那片潮濕的教堂庭院、滴著水的紫杉樹，以及地面上那個深淵般的洞，那個被撕扯開的洞口是要用來接收被白布裹起的身體，那具屍體看起來真的又輕又小、真的好小。她那正在進入地下的身體實在太小、太孤單了。

訓練獵鷹的女孩利用他短暫的失神推開他，他因此跌進沿牆排列的層架中，周遭隨之發出一陣奇怪又彷彿帶有回音的聲響，就像數千個比賽計分器或賭博檯上的小球正滾入最後的位置。他在身邊摸索後發現好幾個圓圓的東西，那些東西的表面緊緻、冰涼，中間還突起一根細細的什麼。突然他明白這地方散發出的熟悉氣味是什麼了。

「蘋果。」他說。

她笑了一下，走到他對面，把手放在身後的層架上。那隻獵鷹就在她身邊，「這裡是蘋果倉庫。」

他把其中一顆蘋果拿近自己的臉，用力將那股清晰、明確又帶點酸的氣味深深吸進體內。許多遙遠的回憶畫面突然在他腦中湧現：落葉、濕軟的草地、柴煙，還有他母親的煮飯房。

「安。」他一邊說一邊咬下蘋果。

她微笑，就在那一瞬間，她的嘴唇用讓他瘋狂又愉悅的方式拉出一抹弧線。「那不是我的名字。」她說。

他把蘋果放下，佯裝暴怒，但又有些鬆一口氣。「妳剛剛是這樣告訴我的。」

「我沒有。」

「妳有。」

「那表示你沒有認真聽。」

他把吃了一半的蘋果丟向一旁後靠近她，「現在告訴我。」

「我不會說。」

「妳會說的。」

他雙手搭上她的肩膀，再將指尖沿著她的手臂往下滑，看著她在他的撫觸下顫抖。

「妳會告訴我的，」他說：「在我們接吻的時候。」

她把頭歪向一邊，「放肆，」她說：「要是我們永遠沒有接吻呢？」

「但我們會接吻。」

再一次，她的手找到他的手，然後用指尖緊捏住他大拇指和食指之間的肉。他抬起眉毛，凝視她的臉。她露出女人在正在閱讀特別困難的文字時會有的表情，那是一個女人正在嘗試解讀謎語、想要搞懂些什麼的模樣。

「嗯哼。」她說。

「妳在做什麼?」他問:「妳為什麼要這樣握住我的手?」

她皺起眉頭,直直望向他,眼神像在尋找些什麼。

「怎麼了?」他說,然後突然被她的沉默、她的專注,以及她抓住自己手的舉動搞得心神不寧。那些蘋果被放在他們周遭層架上的溝槽內,那隻鳥則在棲架上一動也不動地仔細聆聽著。

女人朝他傾身靠近。她放開他的手,那隻手再次感覺像被剝掉一層皮、裸露出肌肉、總之感覺備受蹂躪。然後毫無預警地,她將嘴唇貼上他的唇。他感覺到她雙唇的飽滿,也感覺到她的牙齒緊緊貼住他,還有她臉部肌膚不可思議的柔軟觸感。然後她往後退開。

「是艾格妮絲。」她說。他知道這個名字,只是從未真正認識叫這個名字的人。艾格妮絲。這名字唸起來和寫起來並不相同,其中的「格」讀得很輕,幾乎像一個隱藏的祕密音節。讀到那個「格」的時候,人們的舌頭會輕微捲起,但只是彈了一下。若要說是「艾-妮絲」或「艾格妮-耶茲」,所有人幾乎都會選擇前一種讀法,大家總會直接從「艾」跳到「妮絲」。

她從他的身體及層架間的空隙溜了出去。她打開門,那個瞬間外頭的白光幾乎耀眼得令人難以承受。隨後那扇門在她身後砰一聲關上,留下他獨自和獵鷹待在一起,以及那些蘋果、木頭層架和秋天的氣息,和那隻鳥的羽毛散發出的乾燥肉味。

他整個人僵在原地,因為剛剛那個吻、這間蘋果儲藏室、她的肩膀在他手裡留下的觸感,還有他下次被派來休蘭茲時打算執行的計畫而動彈不得。他打算下次再讓自己跟那個女僕獨處,但返回小鎮的半路上,他才突然想到一件事:那家的大女兒不是據說養了一隻鷹嗎?

這一帶曾流傳過一個女孩住在森林邊緣的故事。

只要是晚上圍坐在火堆邊，人們就會一邊揉麵糰或整理紡織用的羊毛一邊對彼此說：你有聽過那女孩住在森林邊緣的故事嗎？當然，這類故事總能讓夜晚更快過去、情緒暴躁的孩子因而安靜下來，也能讓許多人暫時忘卻自己的憂慮。

在森林邊緣，有一個女孩。

透過這個故事的開頭，說故事者對聆聽者做出承諾，就像一張塞在口袋中的紙條，暗示著有什麼事即將發生。所有住在這一帶的人都會因此轉頭豎起耳朵，並在腦中開始想像那女孩的樣子，他們想的有可能是她小心翼翼走過林間道路的模樣，也可能是她站在森林這片綠牆邊的場景。

而那是一片多麼了不起的樹林啊。這片樹林濃密、蒼翠，其中長滿密密麻麻的黑莓灌木和藤蔓，由於樹木真的太密集，據說有好些大片區域完全透不進光，因此這可不是個適合迷路的地方。這裡有些路徑會不停把人帶回原地，或者讓旅人脫離原本路徑、走去他們完全沒想去的所在。另外還會有不知從哪掀起的風。在某些特定空地，你可能還會聽見音樂、有人在低語，或者不知道誰喃喃說出你的名字，那個聲音會說，來，過來這裡，走過來。

打從搖籃時代開始，住在森林附近的孩子都會被大人教導絕不要獨自進入森林探險。少女們會被勸誡與森林保持距離，大家還會警告她們在綠蔭及黑莓灌木的深處有些生物在徘徊。那裡有一些長得像人類的生物——大家都稱呼他們為林居者——他們會走路、說話，但從不踏出森林一步，一輩子都沐浴在透過葉隙照進去的陽光下、躲在四處環繞的枝條中，總之住在樹林潮濕又植被纏繞的內部。據說曾有一頭表現優良的獵犬，牠的身體無比健壯，犬齒閃閃發光，但為了追一頭鹿撲進那些灌木中，之後就再也沒人見過牠。牠追隨那隻動物一閃而逝的白亮身影進入森林，結果森林將牠纏繞住後再也沒放出來。

那些必須穿越森林的人總會停下腳步禱告，因此森林中有個祭壇，祭壇上有十字架，你可以在那裡暫時停下腳步，將自己的安全交託到主的手上，並盼望祂能聽見你的祈求、照看你，不讓你走的路徑跟那些林居者、森林妖精或住在林葉間的生物交會。不過也有些人說，那個十字架已經因為眾多藤蔓緊緊地覆蓋纏繞而難以呼吸。其他經過的旅人則選擇信仰黑暗力量，於是在森林邊緣各處都有小小的神壇，人們會把他們的衣物碎片綁在附近的樹枝上，並留下裝著麥芽啤酒的杯子、麵包條、炸豬脆皮、珠串，目的是希望樹的精靈可以在獲得滿足後保佑他們安全通過。

總之，在緊靠樹林邊緣的一棟屋子中住著一個女孩和她的弟弟。他們可以從家的後窗看見樹林。這些樹會在起風的日子不停擺頭，並在冬天時抖動自己光裸又彎彎曲曲的手臂。這女孩和她的弟弟打從出生開始就能感覺到森林的吸引力，他們總能感應到森林召喚他們的力量。

住在這個村莊夠久的人都相信那女孩的母親來自這座森林。但沒人知道是森林的哪裡。她有可能是一位跟同類走散的迷路林居者，又或者就是別種生物。

總之沒人知道。大家都說她是有一天突然出現的，當時的她撥開黑莓灌木，從一片翠綠、朦朧的世界中走出來，打從那時候開始，剛好站在附近看顧羊群的農夫就再也無法移開眼神。他揀出她髮絲中的樹葉和裙子上的蝸牛、撥掉她衣袖上的樹枝和苔蘚，洗掉她腳上的泥巴後帶她進他家，讓她有飯吃、有衣服穿，最後跟她結婚，沒過多久，他們就生下一個小女嬰。

故事說到這裡時，說故事的人通常都會強調從沒有女人像她一樣寵愛孩子。她不管去哪裡都把孩子綁在背上帶去，而且就算是最寒冷的冬天也都在農舍內光腳走路。她不會把孩子放進搖籃，就算是到了晚上也一樣，而是像動物一樣永遠把她放在自己身邊。她總會帶著嬰兒消失在樹林內好幾小時，天黑之後回家，回家的她可能會帶著裝滿圍裙的栗子，不過家裡卻會是個沒有生火、沒有食物，總之丈夫沒有任何東西可吃的地方。附近人家的妻子們開始竊竊私語，議論著那男人怎麼可能忍受這種事。在得知那個母親本身沒有母親照顧，或說看起來是如此之後，這些女性紛紛來到農場，希望將她們理家、協助孩子斷奶、避免生病、縫紉的最佳訣竅，還有如何用頭巾蓋住頭髮的智慧傳授給她，畢竟她現在都已經結婚了。

這個女人對她們所有人點頭，臉上卻帶著疏遠的微笑。她常在街上被人看見沒戴頭巾或露出肩膀。她在農舍外整理好一塊地並在上面種植物——一些林地蕨和攀爬草，還有氣味辛辣的花和幾乎匍匐在地面的醜陋矮灌木。她唯一願意交談的對象似乎是住在村莊遙遠另一頭的老寡婦。常有人看見她們在那位寡婦圍牆背後的小花園中談話，每當這種時候，那位年紀較大的婦女總是倚著拐杖，年紀較輕的這位女子背上揹著嬰兒，一如往常地赤腳並露出沒包頭巾的髮絲，在那裡彎腰照顧寡婦的各種香草。

沒過多久這名女子又再次被迫臥床，這次她生了個男孩，而且是打從吸入第一口空氣時就很強壯的嬰孩。這男孩個頭很大，不但兩隻手很大，兩隻腳也大得可以立刻落地走路。這女人跟之前一樣把嬰兒綁在身上，不過他才出生一、兩天，她就逃家並成天躲在森林裡面，那女孩則是腳步搖晃地跟在她身邊。

等到她的肚子第三次大起來時，這女人的好運已經用完了。她被迫再次臥床並生下第三個孩子，不過這次就再也沒有下床了。村裡的女人前來幫她梳洗打理，讓她在進入生產後的世界之前做好準備。她們理所當然地為此啜泣，但不是因為喜歡這個女人，畢竟這個女人是突然從森林裡冒出來後立刻跟這裡的村民結婚、用的是樹木的名字、平常對她們幾乎無話可說，還在她們嘗試伸出友情之手時斷然拒絕；她們哭是因為想起自己也可能有一天會死。她們一邊哭一邊替她清潔並梳理頭髮、剔出她指甲縫的泥土、為她的頭包上白色頭巾，然後把那個包得像豆莢的小小死胎放進她的臂彎中。

那個小女孩就坐在旁邊看，她背靠著牆，雙腿盤坐，過程中始終沒發出聲響。她沒有啜泣、沒有流淚，總之一個字也沒說，只是始終堅定不移地盯著母親的屍體。她把年幼的弟弟抱在大腿上，他又是哭又是流鼻涕，還用她的連身裙擦眼淚。只要有任何好意的鄰居靠近，這女孩就會吐口水並做出像是貓伸爪的動作。她不願放開她的弟弟，不管有多少人嘗試把他從她身上扯走都不放開。你怎麼可能幫助這種孩子啊，他們說，他們實在很難同情她。

寡婦是唯一可以接近她的人，畢竟她是她母親生前的特別朋友。於是寡婦坐在那兩個孩子附近的椅子上，幾乎動也不動，大腿上擺著一盤餐食。每隔一段時間，那女孩會允許寡婦餵一匙食物泥給弟弟吃。

其中一個鄰居想起自己有個還沒結婚的妹妹瓊安，她雖然年輕卻照顧過許多年紀更小的手足，剩下的時間還要幫忙照顧家裡養的豬，而且平日早已習慣各種繁重工作。所以為什麼不讓她去這位農夫家工作呢？反正總得有人打理這個家、照看孩子、顧好爐火並攪動鍋裡的食物。事情會怎麼發展誰也不知道嘛。大家都知道這農夫是有錢人，他有一棟很不錯的大屋子和好幾英畝土地，只要處理得宜，要讓這些孩子聽她的話也不是難事。

然後呢，以下要說的這件事無法確定真假，總之瓊安來到農場還不到一個月，卻已經一逮到機會就抱怨這女孩。這孩子實在讓她受不了。她有兩次半夜醒來時發現女孩站在床邊握住她的手，還曾逮到她偷偷把東西塞進自己口袋，仔細檢視後發現應該是用雞羽毛綁起來的幾根樹枝。她也曾在枕頭底下發現常春藤的葉子，而除了她之外還有誰會放這種東西？

村裡的女人不知道該說什麼，也不知道是否要相信她，不過很多人都注意到瓊安的皮膚開始出現斑點和坑疤，雙手也開始長疣。她織出來的布開始有打結或破裂的問題，麵糰都也發不起來。可是那女孩只是個孩子，一個年紀很小的孩子，她怎麼可能有辦法做出這種事？

你可能以為瓊安會就此放棄，選擇離開農場回到自己的家。可是瓊安不是那種會被淘氣又難管的孩子輕易嚇退的人。她堅忍不屈地待在那裡，拿豬脂塗抹手上長的疣，還用沾上煤灰的布用力刷自己的臉。

隨著時間過去，正如我們常見的發展一樣，瓊安的堅持開始獲得回報。這位農夫讓她成為自己的妻子，她也為他生了六個孩子，這些孩子全都漂亮、美好又胖嘟嘟的，就跟她自己還有他們的父親一樣。

婚禮之後，瓊安不再向別人抱怨那女孩，那突兀的程度就像有人縫上了她的嘴。那女孩沒什麼不尋常的地方啊，她會語帶刻薄地說。完全沒有那回事啦。我知道有人說那女孩可以看見別人的靈魂，但那不過就是些胡說和八卦而已。無論是在家裡還是她的農舍，都沒有任何不對勁的地方，完全沒有啦。

不過關於這女孩擁有的不尋常能力，後來還是隨著人們的耳語傳了出去，於是開始有人會在暗夜的掩護下前來。隨著女孩愈長愈大，她也開始找到一些方法讓自己「巧遇」這些需要找她的人。住在這個區域的人都知道，在下午快結束及剛入夜的時分，她會在森林外圍漫步，也就是那些樹林的邊緣，而她的獵鷹會撲向那些樹枝後再飛回來停在她的皮製長手套上。她每天都會在薄暮時分帶這隻猛禽出門，所以若想找她，可以在那時候去那附近走走。

如果有人要求，這女孩——現在是個女人了——會脫下那只讓獵鷹停駛的手套後捏住你的手，就捏一下，她會壓住大拇指和食指之間的部位，也就是那隻手的力量泉源之處，然後說出她所感受到的事。有人說那種手被捏住的感受會讓人暈眩、無力，就彷彿全身的力量被抽走；其他人則說自己因此充滿活力、生氣盎然，彷彿經歷一陣暴雨。而她的猛禽會在他們頭上的天空盤旋，伸展開牠的羽毛，就彷彿在向誰提出警告。

人們說這女孩的名字是艾格妮絲。

這就是艾格妮絲童年的故事，是屬於她的神話。同樣的故事由她來說可能會是不同版本。

他們住屋外是無論如何都必須餵食、給水，並且照顧的綿羊。這些綿羊必須被不停趕進趕出，而且還需要反覆從一片田野趕到另一片田野。

屋內則是永遠不能放任熄滅的爐火。這爐火必須不停添柴、照顧、翻弄，有時她母親還必須噘起嘴唇將火吹旺。

對她來說，「母親」也是個含糊的概念，因為她有過一個母親了。那個母親赤裸的雙腳上方有著纖細、強壯的腳踝，光腳有著烏黑的腳跟。那雙腳會一下子沿著石板地上的某個圖樣規律走、一下子又照著另一個規律走，有時她們會一起離開屋子、穿越羊群走進森林，在那裡踩過樹葉、枝條和苔蘚。那個母親會握住艾格妮絲的手，那隻握住她的手不但會防止她跌倒，而且總是溫暖又堅定。如果艾格妮絲從森林的地面被抱到母親背上，她可以把頭窩在母親披散而下的髮絲中。此時樹木會透過一簇簇黑髮浮現在她眼前，就像在看一場暗夜中的燈籠展覽。看啊，母親說，那裡有隻松鼠，然後一條紅紅的尾巴一邊揮舞一邊消失在樹幹上方，彷彿是她親自從樹皮上召喚出來的一樣。看啊，有翠鳥：那根彷彿鑲著珠寶的箭矢就這樣刺穿溪流的銀色皮膚；看啊，是榛果，然後她的母親會費勁地爬上大樹枝，用強壯的手臂搖晃下一批批暗褐色的珍珠。

她弟弟名叫巴薩洛繆，被母親揹在胸前的他常常驚訝地張大眼睛、手指如同白花般展開，然後兩人就這樣沿途盯著彼此的臉，同時在母親肩膀那塊圓形的骨頭上方十指緊扣。他們的母親會為他們割來燈心草，她會把這些草弄乾後編成娃娃。艾格妮絲和巴薩洛繆會把這些長得一模一樣的娃娃並排塞在盒子裡，讓娃娃空洞的綠色臉龐很有安全感地盯著屋頂。

然後這個母親消失了，另一個母親取代了她在爐火邊的位置。現在變成這個母親往爐裡添柴、對火焰吹氣、將鍋子從爐邊抬到金屬格架上，並對著他們說，別碰、小心、會燙。第二個母親的身形比較壯，她的頭髮顏色很淡，而且總是往上綁成一球後藏在充滿汗漬的頭巾下。她聞起來是羊肉和油的氣味，泛紅肌膚上滿是雀斑，就彷彿剛剛身旁有臺貨車經過泥坑。她有個名字，「瓊安」，這名字的聲音總讓艾格妮絲聯想到一頭正在嚎叫的狗。她說艾格妮絲不會有時間每天照顧頭髮，所以用刀割掉艾格妮絲的頭髮，又說那些燈心草娃娃是邪惡傀儡所以丟入火裡燒掉。艾格妮絲想把它們焦黑的形體拖出來時燙傷了手指，她於是笑著說艾格妮絲活該。她的鞋子總是用鞋帶緊緊綁在雙腳上。而且那雙腳從不會從農場走向森林。如果艾格妮絲獨自前往，事前沒有問過母親，這位母親會脫下其中一隻鞋子、撩起艾格妮絲的裙子，用鞋子抽打她的大腿後方，猛抽猛打，那樣的痛楚實在太令人吃驚，甚至因為太過陌生而讓艾格妮絲忘記慘叫。她只是死盯著屋子的橫樑，那道遠在高處的橫樑，之前的母親曾在那裡的一顆石頭中央孔洞綁上一束香草。她當時說：是為了驅離厄運喔。艾格妮絲記得她這麼做過。她咬住下唇並命令自己不准哭，只是望著那顆石頭中央烏黑的孔洞，心想之前的媽媽不知何時會回來。她沒有流淚。

如果艾格妮絲說「妳不是我媽媽」，這個新媽媽也會脫下鞋子來打她；如果巴薩洛繆不小心踩到狗尾巴也會遭殃。又如果艾格妮絲把湯灑出來、不小心讓鵝跑到路上，或者沒把豬食桶一次抬到餿水槽的高度，也會遭遇同樣下場。艾格妮絲因此學到如何讓自己動作敏捷、迅速，開始明白變得像隱形人所能擁有的好處，其中的技能包括不引人注目地穿過一個空間。她學到如何讓一個人吐露出內心隱藏的事物，比如將一點狸藻灑到那人的杯子裡就很有幫助。她學到只要將糾纏的爬藤從橡樹幹解下並掃過床單，無論是誰躺在上面都不可能睡著。她也學到可以牽著父親的手，帶他走到後門，讓他看見瓊安將那裡的森林植物全部連根拔起，然後父親會陷入沉默，瓊安則會哭喊著說她沒有惡意啊，她只是以為那些都是雜草。她也知道在這種事發生後，瓊安會在桌子底下伸手掐她，在她的皮膚上留下一塊塊紫色斑點。

那是一段令人迷惘的時期，那段時間的四季總是要命地追趕著彼此。家裡的陰暗空間成天充滿煙霧。綿羊也不停高聲或低聲叫喚。她在外照顧動物的父親大多時候不在家，她必須不停努力阻止外面的泥巴入侵到乾淨的屋內，也要想辦法不讓巴薩洛繆靠近火、瓊安、水車儲水池，還有路上的貨車、馬蹄、野外的溪流，以及有人使勁揮動的大鐮刀。生病的小羔羊必須放在火邊的籃子內，再用浸滿奶水的碎布餵食，牠們尖細的叫聲會像鋸子一樣在房內來回刮擦。而在庭院內，有時她的父親會將母羊夾在雙膝間，每當這種時候，牠們的雙眼會驚恐地朝天上翻，他手上的大剪刀則靈巧地在羊毛間穿梭。然後那些羊毛會像暴雨雲一樣落到地面，而從其中逐漸浮現的會是個跟原本非常不一樣的生物——細瘦、奶白色皮膚、模樣憔悴。

所有人都跟艾格妮絲說之前那個母親不存在。妳到底在說什麼啊？他們會這樣大喊。一旦她堅持真的有過那個母親，他們就會改變方針，說：妳不記得妳真的母親啦——妳根本不可能記得。她跟他們說情況並非如此，而且還會一邊說一邊用力跺腳、用拳頭敲打桌面，還會像家禽一樣對他們尖聲怪叫。這到底是什麼意思？他們為什麼要堅持說謊？為什麼要講這些根本不是真的話？她就是記得啊，她什麼都記得。她對村莊另一端的藥劑師遺孀這麼說，那個女人會將他家的羊毛收去紡織，不過在艾格妮絲說話時，她只是一直踩著紡織機的踏板，彷彿艾格妮絲什麼都沒說，之後又點點頭。妳的母親啊，她說，是個心地純潔的人。她光是靠一根小指散發出的善意——她舉起自己那隻乾枯的手——就比其他人的整隻手還要來得多。

她什麼都記得，就只是不記得她後來去了哪裡，還有她離開的理由。

到了晚上，艾格妮絲會低聲向巴薩洛繆談起那個女人，那個女人喜歡跟他們一起在森林中遊走、在石頭的中央孔洞綁上香草、幫他們做燈心草娃娃，還會在後門的花園種滿植物。她什麼都記得。她幾乎什麼都記得。

然後有一天她在豬舍後方撞見父親，當時的他正用膝蓋壓在一隻小羔羊的脖子上，同時抬起手對小羔羊揮刀。那氣味、那場面、還有那些顏色讓她腦中出現一張被紅色浸透的床，和一個充斥著屠殺、暴力及令人驚駭的腥紅色房間。她凝視父親，但其實沒有看見他，反而看見一張中央沾染了紅血色的床，然後看到一個窄窄的箱子，並知道箱子裡就是她母親，但那不是母親本來的樣子。這個母親又是個不同的母親，她看起來蠟白、冰涼又靜默，她的臂彎裡有個布包，包裹中有張憂傷、乾扁的玩具娃娃臉。那天的神父必須在夜裡前來，因為這一切都是祕密，而且來的還是個艾格妮絲沒見過的神父。身穿長袍的他把一個燃燒的小缽甩到窄箱子上方，口中呢喃著古怪的如歌文字。艾格妮絲絕對不可以說出去喔，她的父親當時在偶爾停止抽泣時這麼說，你絕對不能跟鄰居或任何人說這個神父來過，也不能說他對著蠟白的女人和憂傷的嬰兒說出一些神奇的話。神父離開前摸了艾格妮絲一次，動作很輕，他摸的是她的頭，同時還用大拇指緊壓住她的眉頭，然後他開口，說話時直盯著她的雙眼，不過這次用的是她熟悉的語言：可憐的羔羊。

就在父親跪在庭院中另一隻小羔羊身邊時，艾格妮絲把剛剛的一切告訴父親，同時血液正從那隻小羔羊的脖子汩汩湧出。她是用吼的——她從肺臟的底部及心臟的深處大吼出聲。她說：我記得，那一切我都知道。

安靜，小女孩，他轉過頭來對她說。妳不該記得。安靜下來，立刻安靜。別跟任何人說這些事。沒有什麼晚上出現的神父。他也沒摸妳的頭。別讓任何人聽見妳說的話。別讓妳媽聽見。

艾格妮絲不知道他指的是不是瓊安，也就是家裡那個女人，還是她自己在天上的那個母親。她感覺世界整個裂開來，像一顆破掉的蛋，而頭頂的天空隨時可能一分為二後朝他們降下火焰和灰燼。在她的視線邊緣似乎有一抹陰暗在盤旋，形態看來朦朧不清。無論是農舍、豬舍，還是她在庭院裡的弟弟妹妹都感覺既遙遠卻又近得令人難以忍受。她知道曾經有位神父來過。她父親怎麼能假裝沒有這回事？她還記得他拿到唇邊親吻的那條戴在脖子上的十字架鍊墜，也記得他的小缽在母親及那個嬰兒上方散出羽毛狀煙霧，在進行神祕的禱告儀式期間，他還不停呼喊她母親的名字，一次又一次：花楸[4]、花楸。這一切她都記得。

可憐的羔羊啊，他是這麼對她說的。但她父親說：安靜，別再說了，所以她從他身邊跑開、從那隻羔羊身邊跑開，那隻羔羊此刻已是具軟趴趴的空皮囊，幾乎只剩一堆內臟和骨頭。她跑進樹林將剛剛那些話對著樹、葉子還有枝條狂喊，在那裡沒有其他人能聽見。她抓住黑莓灌木帶刺的枝條，直到那些刺劃破自己的皮膚才放開，然後她對著神大喊。他們每個週日都會上教堂，他們會整齊地列隊前往、把所有嬰兒揹在背上，不過那裡沒有煙霧、沒有小缽，也沒有讓人聽不懂的語言。她對神大喊，她嘶吼著直接向神大喊。祢啊，她說，祢聽見了嗎？我跟祢之間結束了。這次之後，我去祢的教堂都只會是因為非去不可，但我不會再說一個字，因為祢死後就什麼都沒了。祢死後埋到土裡就這樣沒別的了。

4 Rowan，一種名叫花楸的樹，樹上會結紅色的小果實。

她把這些事告訴藥劑師的遺孀，這些話讓那個老女人抬起眼來。她跟前的紡織機因為她只顧著盯著那孩子看而轉速變慢，甚至逐漸停止運作。別跟任何人說這件事，她用粗啞的嗓音對艾格妮絲說。永遠別說。要是說了，妳會惹上七種不同的麻煩。

她在成長過程中只能看著這個穿鞋的母親擁抱、輕拍她那些漂亮又胖嘟嘟的孩子。她看著她把最新鮮的麵包、最好的肉塊都放進他們的盤子裡。於是艾格妮絲只能帶著自己是次等人、哪裡總是不夠好，而且沒人要的感受活著。她在家裡必須負責掃地、換寶寶的尿布巾、搖晃著哄他們睡覺、把爐柵耙乾淨並想辦法讓火焰起死回生。她發現並清楚地意識到，任何意外或不走運的結果——無論是大淺盤掉到地上、罐子破掉、編織物散開，還是麵包的麵糰發不起來——最後都會莫名其妙變成她的錯。因此她在成長過程中就已經知道，她必須保護、捍衛巴薩洛繆的人生不受到任何打擊及傷害，因為不會有其他人這麼做。他是跟她血脈相連的人，完全徹底的同類人，而且不可能有別人比他更親近自己。她帶著體內隱藏的祕密火焰成長，那道火焰吞噬她、溫暖她，也警告她：妳得逃離這裡。那道火焰告訴她：妳得這麼做。

艾格妮絲很少——如果真有過的話——獲得他人的碰觸，因此長大之後變得對此瘋狂渴求：她想要有一隻手碰觸她，無論是摸她的頭髮、肩膀，還是用手指掃過她的手臂都好。那是一個人類表示親切而留下的印記，一種表示我們是夥伴的感覺。她的繼母從不靠近她。她的弟弟妹妹則會對她用力又抓又打，但那不算。

長大後的她對別人的手很著迷，總是忍不住想去觸摸、想用自己的雙手去感受一下。對她而言，那塊介於大拇指和食指之間的肌肉特別讓她難以抗拒。那塊肌肉可以像鳥喙一樣收閉又展開，而且抓握時所能展現的力氣及威力都源於此處。她可以從這裡蒐集到有關一個人的能力、能耐，以及本質上的資訊。所有他們擁有、隱藏，與渴望獲取的事物都能透過那部位得知。無論是想從一個人身上獲取什麼樣的資訊，她發現都有可能單靠按壓這個部位得到。

大概在她滿七、八歲之前，有個訪客讓艾格妮絲這樣握住她的手，然後艾格妮絲說：妳會在這個月內死去，之後那個訪客不就在隔週因為瘧疾過世了嗎？她的預測就是這麼準。她也曾說有位牧羊人會撞傷腿、父親會被困在暴風雨中、有個嬰兒會在兩歲生日時生病、提議要買父親羊皮的男人是個騙子，還曾說出現在後門的小販對他們的煮飯房女僕有意思。

瓊安和艾格妮絲的父親對此感到憂慮，這個特殊能力不是基督徒該有的能力。他們懇求她別再這麼做，希望她別再觸碰別人的手，隱藏這個奇怪的天分。這樣做不會有好處的，她父親在她蹲在火邊時站在一旁這麼說，真的一點好處都沒有。當她伸出手想牽住他時，他用力把手抽開。

她的整個成長過程都覺得自己是錯的。她總是格格不入又長得太黑、太高，個性太不守規矩、太固執己見、太沉默，太奇怪。她不停意識到自己只是一個被容忍的對象。她發現自己令人著惱又沒用，不值得擁有愛，如果她打算結婚就必須從本質上改變自己，甚至徹底摧毀現在的自己。但同時在成長過程中，她也留下了被妥善愛過的回憶：所謂真正的愛就是要愛你原本的樣子，而不是你應該變成的模樣。

她希望在下一次遇見真愛時，這些還沒佚失的回憶剛好足以讓她認出那份愛的模樣。如果她遇見了，她絕不會猶豫。她會用雙手牢牢抓住，就像抓住逃出絕境的救命索。她絕不會管其他人的抗議、反對或說教。那將是她的機會、是她穿越石頭中心狹窄孔洞的逃生路徑，誰也無法阻止她。

哈姆奈特正在爬樓梯，他因為剛剛跑過小鎮而氣喘吁吁，而且似乎氣力用盡，所以必須先把一條腿放到前方，再努力把腳抬到下一個階梯上，再抓著扶手把身體拖上去。他很確定，他百分之百確定，只要等他爬到樓上就能看見母親了。她會站在在茱蒂絲躺的床邊用手撐著床，彎曲的身體像是一把弓，而茱蒂絲會被裹在新洗好的被單中。她的臉將會蒼白但清醒，有點警覺但仍相信一切都會沒事的樣子。艾格妮絲會餵她喝藥水，而茱蒂絲會因為藥水太苦擺出不想喝的樣子，但最後還是會吞下去。他母親調製的藥水可以治好所有病——這件事大家都知道。總是會有人從這座小鎮、沃里克郡，還有其他地方的各處跑來透過這間狹窄小屋的窗口跟母親說話、描述自己的症狀、訴說自己的苦難，以及他們所承受的一切。她會把其中的一部分人邀請進來，這些人大部分都是女性，讓她們坐在爐火邊的一張好椅子上，用雙手握住她們的雙手，然後去磨一些植物的根、一些葉子，或者再撒上一些花瓣。她們離開時總會帶著一個布包或是用紙或蜂蠟封住的小瓶子，表情總是顯得輕鬆、自在不少。

他母親現在一定在樓上。她會讓茱蒂絲恢復健康。她可以趕走任何疾病或沉痾。她會知道該怎麼做。

哈姆奈特爬到位於最高處的那個房間。但房裡只有他姊姊，只有她獨自待在床上。

他走向她，看得出她在他跑去找醫生的期間變得更為蒼白、虛弱。她眼周的肌膚是藍灰色，就像一大片瘀青。她的呼吸又淺又快，眼皮底下的眼球不停前後翻動，彷彿看見了他無法看見的一些什麼。

哈姆奈特盤起雙腿坐在那張小床的床邊。他可以聽見她呼吸時的吞吐聲，以此獲得一些安慰。他用小指勾住她的其中一隻小指。此時有滴眼淚從他的眼中溢出後掉在床單上，再滲入底下的燈心草。

另一滴眼淚落下。哈姆奈特知道自己失敗了。他心裡明白。他必須找人來，無論是父母、祖父母、某個成年人，還是醫生都好，可是他全都失敗了。他閉上雙眼努力忍住眼淚，然後把頭垂到膝頭。

大概半小時後，蘇珊娜從後門進屋。她把手上的籃子丟在一張椅子上，再癱坐在桌邊的椅子上。她望向屋內一側，表情鬱鬱寡歡，然後望向另一側。爐火沒在燒，家裡也沒人在。她母親之前答應要回家，但顯然沒有。她母親永遠不會出現在她聲稱自己會在的地方。

蘇珊娜脫下便帽甩向身旁的凳子。那頂帽子從凳子邊緣滑到地上。蘇珊娜本來想彎腰去撿，但終究沒這麼做，只是決定用腳趾去搆，卻把帽子踢得更遠。她嘆氣。她都快十四歲了。對現在的她而言，任何事物——疊在桌上的那些鍋子、綁在桁樑上的那些香草和花、她妹妹放在椅墊上的玉米娃娃，還是爐邊放的一個罐子——都會讓她感到難以理解又無比煩躁。

她從椅子上起身，推開窗戶希望稍微透透氣，可是街道散發著馬匹、排泄物，還有噁心的腐爛氣味。她砰一聲把窗戶關上，然後有一瞬間覺得聽見樓上有些動靜。有人在嗎？她在原地站了一下子，仔細聆聽，可是沒有動靜，之後就再也沒有其他聲響出現。

她讓自己坐在比較好的那張椅子上，那是她母親有訪客時會坐的椅子。這些訪客總是無聲無息地走進他們家，時間通常是在深夜，然後在此低聲訴說著內心的痛苦、有傷口在流血、傷口流出的血不夠多、夢想、凶兆、慢性疼痛、難題、帶來麻煩的戀情、糾纏不休的討人厭癡戀、預言師、月相、走路時遇到一隻野兔跑過眼前、屋內的一隻鳥、四肢中的某處失去知覺、其他地方感覺太過敏銳、起疹子、咳嗽、痠痛，或是耳朵、腿、肺還是心臟的這裡那裡在痛。他們的母親總會在這種時候低垂著頭聆聽，一邊點頭，口中還會同情地嘖嘖作響。然後她會一如往常地握住他們的雙手，任由自己的眼神往上飄移。她的眼神會在這時候飄向天花板、飄向半空中，半閉著的雙眼失去焦距。

有些人會問蘇珊娜：她的母親到底是怎麼辦到的。這些人會在市集上鬼鬼祟祟地接近她，非常積極地想知道艾格妮絲是如何判斷一個人的身體是需要、缺乏還是必須減少些什麼。她究竟要如何判斷一個人的靈魂正在拒絕改變還是渴求些什麼？她要怎麼知道一個人的內心有所隱藏？

這種提問總會讓蘇珊娜很想嘆氣或亂丟東西。她可以看出一個人是否要問有關她母親特殊能力的問題，而且一旦發現就會想辦法阻止，比如找藉口離開或是開始詢問和他們家人、天氣，和作物有關的問題。她已經察覺他們會在進行這類對話前出現某種遲疑的節奏，或是某種特定表情——其中半是好奇、半是懷疑。為什麼人們看不出這是蘇珊娜最不樂意聊起的話題呢？這情況不是很明顯嗎？她母親的那部分生活跟她毫無關係——無論是那些香草、那些雜草、那些裝著粉末根莖花瓣讓整個空間聞起來像糞坑的瓶瓶罐罐、那些喃喃低語的人、那些哭泣，還有他們雙手交握的那些時刻都無關啊。蘇珊娜小時候還會老實回答：我真的什麼都不知道、一切都像魔法、那就是一種天賦吧。不過現在她的回答總是簡潔明瞭：你說的那些我都不清楚。她會在這樣回答時把頭抬得很高、鼻子也翹起來，就彷彿正在嗅聞空氣中的一些什麼。

至於她母親現在在哪裡呢？蘇珊娜將腳踝交叉，再讓左右腳交換後重新交叉起來。在鄉間遊蕩吧，最有可能的情況是這樣，她應該正在踩入池塘、蒐集雜草，或爬過某道欄杆想辦法拔到某株植物之類的，而且過程中一定會把衣服弄破，靴子也會因此沾滿泥巴。當鎮上的其他母親會為孩子的麵包抹奶油或舀出一碗碗燉菜時，蘇珊娜的母親在做什麼？一如往常地，她把自己活成一個奇觀，她不是停下腳步抬頭凝望著雲、對著一頭騾子的耳朵悄聲說話，就是在自己的裙子中裝滿蒐集來的蒲公英。

蘇珊娜被窗戶傳來的敲擊聲嚇了一跳。她又坐了一陣子，整個人僵在椅子上。敲窗聲又來了。她努力讓自己站起身走向窗戶。透過交錯的窗戶柵格和朦朧的玻璃，她可以勉強看出一條弧形延伸的淺白色頭巾和暗紅色緊身馬甲：看來對方來自有錢人家。那女人看見蘇珊娜，又敲了一下，姿態專横又不容拒絕。

蘇珊娜沒打開窗戶，「她不在家，」她直接大喊，同時盡可能站直身體：「妳得之後再來。」她轉身回到椅子旁邊。那女人又拍了窗玻璃兩下，接著蘇珊娜聽見她離開的腳步聲。

真是一天到晚有人出現。這個家裡總是有人來來去去，不然就是有人剛剛抵達或正要離開。常常蘇珊娜和雙胞胎還有他們的媽媽才剛在桌邊坐下，準備喝點肉湯，但連湯匙都還沒拿起來就有人來敲門，然後她母親立刻進入工作模式，把喝湯的事丟在腦後，彷彿蘇珊娜沒有為了那鍋湯大費周章，從處理雞骨和需要清洗又清洗再削皮的紅蘿蔔開始，甚至得在煮飯房的熱氣中花上好幾小時不停攪拌、過濾。蘇珊娜有時覺得艾格妮絲不是只屬於她——當然還有雙胞胎——的母親，她根本是整座小鎮跟整個郡的母親。這些在他們家進進出出的人流真不知有沒有個盡頭？難道他們就不能讓他們好好過日子嗎？蘇珊娜曾偷聽到祖母說，她真不懂艾格妮絲為什麼還要繼續這項生意，畢竟她這些日子以來也不是真的多缺錢，她祖母又接著說，更何況這樣做又賺不了多少錢，而她母親什麼話也沒回應，正在縫紉的她連頭也沒抬。

蘇珊娜的手指緊繞住椅子扶手末端削圓的把手，那裡因為經歷無數手掌的撫摸而如蘋果般滑潤。她把身體一點一點往後推，直到脊椎碰到椅背。這是她父親回家時喜歡坐的椅子，他大概一年會回家二至五次。有時回家一星期，有時時間更長。他會在白天時把椅子搬到樓上，好讓自己可以伏在桌前工作，不過到了晚上會再把椅子搬回樓下，為的是想要坐在爐火邊。我只要有辦法都會回來，上次她在家時他就是這樣跟她說，同時還用指尖碰了碰她的臉頰。妳知道我是說真的，他這麼說。當時他又在打包準備離開——

行李包括許多寫滿文字的紙捲、備用襯衣，還有一本用羊腸線固定並加上豬皮封面的書——於是一轉眼她母親就不見了、消失無蹤，反正就是去了某個地方，因為她痛恨親眼目送他離開。

他常寫信給他們，她母親會將內容讀出來，但過程艱辛，她必須用手指小心劃過每一個字，嘴唇也要努力擠壓才能正確發音。他們的母親有基本的識字能力，但只有非常初階的書寫能力。他們的姑姑伊萊莎以前會幫他們回信——她的書寫能力很好——不過現在都是哈姆奈特在寫。他已經在上學，而且每週六天都是從清晨上到太陽下山。不管別人話說得多快，他的書寫速度都能跟上，而且還懂拉丁文和希臘文，做出各種數據表格也難不倒他。他用鵝毛筆刮擦紙面寫字時會發出像母雞腳踩泥地的聲響。他們的祖父曾驕傲地說，哈姆奈特會在他過世後成為繼承手套生意的人。他說這孩子的肩膀上有顆好腦袋，還說他根本是個學者、生來就要當商人，而且是他們當中唯一有腦子的人。每當這種時候，哈姆奈特都會伏在學校的課本前假裝什麼都沒聽見，只用頭頂對著坐在爐火邊的所有人，而那條將他頭髮分邊的分際線就如同頭皮上的溪流般蜿蜒。

這些來自他們父親的信會談起他簽的合約、漫長的日子、觀眾沒聽到想聽的內容就會開始丟腐爛食物、倫敦那條雄偉的河流、敵對劇院老闆在他們新戲演到高潮時偷放出一袋老鼠；也會談起他所背下的許多臺詞、臺詞以及更多臺詞；還會談起不見的戲服、起火的意外、排練一個演員靠著繩索降到臺上的場景、他們出了戲院後在路上有多難找到食物、某次有佈景倒塌，還有一些放錯或被偷走的道具；他還會談到馬車的輪子鬆脫害他們所有人摔進泥巴中、有小旅店拒絕他們住宿；他存的錢、他需要他們的母親去做些什麼、她該去鎮上找誰談話，他想買的某片土地、他聽說在出售的一棟屋子、他們應該買下後出租的一片田地；當然還有他有多想他們，他會透過信件送上愛意，並在信中說他好希望可以親吻他們的臉龐，而且是每個人的臉龐；他總是說他真的等不及要再次回家。

如果瘟疫蔓延到倫敦，他就可以回家待上好幾個月，因為女王會下令所有劇院關門，屆時沒有人可以公開聚會。希望瘟疫蔓延實在不對，她母親曾這樣說，可是等到晚上說完例行禱詞後，蘇珊娜還是悄聲祈求過幾次。她總是在說完後用手在額頭、胸口和肩膀劃出十字架，但還是暗自希望可以成真。她真的好希望父親能回家待上幾個月跟他們在一起，有時還懷疑母親可能也這樣偷偷盼望。

後門的門閂發出喀噠聲後被人拉開，祖母瑪莉走進來。她的身型臃腫、臉龐泛紅，兩隻手臂下方各有一個半圓形汗跡。

「妳在做什麼？為什麼要坐成那樣？」瑪莉說。沒有比無所事事的人更容易觸怒她的了。

蘇珊娜聳聳肩。她用指尖揉擦著椅子已然磨損的木料連接處。

瑪莉的眼神在屋內四下掃視，「雙胞胎呢？」她質問。

蘇珊娜聳起一邊肩膀，然後再任由肩膀垂下。

「沒看見他們嗎？」瑪莉用手帕擦抹額頭。

「沒有。」

「我跟他們說過了，」瑪莉一邊彎腰撿起蘇珊娜的便帽放回桌上，一邊喃喃自語地說：「我要他們去劈柴，然後去生煮飯房的火。他們有做嗎？沒有，他們沒做。等他們回來我一定要揍他們一頓。」

她走回來站在蘇珊娜面前，雙手架在腰上，「還有，妳媽呢？」

「不知道。」

瑪莉嘆氣。她幾乎要開口說些什麼，最後還是沒說。蘇珊娜看見了，她感覺那些沒說出口的話就像一串三角旗在她們之間的空中依次拉開。

「好吧，那動作快點，」瑪莉最後只這樣說，然後把圍裙丟向蘇珊娜，「動起來啊。晚餐可不會自己煮好。過來幫忙，小女生，別像隻小雞一樣呆坐在那裡。」

瑪莉拉住蘇珊娜的手臂要她站好。她們兩人從後門離開，門在她們身後大力關上。

而樓上，哈姆奈特驚醒過來。

突然之間沒有比教拉丁文更美好的事了。在他預計要去休蘭茲的日子，這位教師時間一到就起床、摺好被單，就著水桶把自己仔細清洗乾淨。他小心翼翼地梳理頭髮和鬍鬚、在盤子內裝滿早餐，但還沒吃完就下桌了。他幫忙弟弟找到課本、確保他們走到門邊，然後揮手送他們上學。大家都能看見他在哼歌，他甚至還對父親禮貌地點點頭。他的妹妹偷偷觀察他，看見他自顧自地吹口哨、把短上衣用不同的方式綁起又解開、在離家前確認自己在窗玻璃裡的倒影、把頭髮用不同方式不停塞到耳後，最後才在出門後砰一聲把門關上。

如果是沒去休蘭茲的日子，他會一直躺在床上，除非父親威脅要去插手染他的皮料，他才會起身工作。起身後，他會在屋子裡垂頭喪氣地晃蕩、嘆氣，就算有人跟他說話也不回應，還會魂不守舍地咬著麵包邊，或者把東西撿起來再放回去。大家會看見他呆坐在工坊內，閒閒地倚著工作檯不停翻看女士手套，彷彿想在縫線及那些不會動的手指中尋找某些意義，之後又會嘆口氣，再隨便把手套塞回原本的盒子裡。他會站在奈德身旁觀察他縫製馴鷹人的腰帶，而且因為觀察得太認真導致那孩子的工作進度嚴重落後，於是約翰還得對那男孩大吼：門就在那裡，要是不愛做就立刻給我滾到街上去。

「還有你，」約翰轉向他兒子，「別待在這裡。去找個有用的職業吧，我就看你行不行。」約翰搖搖頭，重新專注地把一大片松鼠皮剪成可用的細長皮片，「明明讓你受了這麼多教育，」他喃喃自語地說，也對那一條條滑溜的毛皮說：「卻根本沒長腦子。」

後來母親派他妹妹伊萊莎來找他。妹妹先在一樓和庭院晃蕩了一陣子，之後再爬上樓梯搜尋那男孩的房間、她自己的房間、父母的房間，然後又沿途走回來。她一路上都在大喊他的名字。

過了一陣子才有人回應，而且語調冷淡、惱怒又不開心。

「你在哪裡？」她疑惑地問，同時不停轉頭到處看。

又是一次不願意回答的漫長沉默。然後她才又獲得回應：「上面這裡。」

「哪裡？」她真的被搞迷糊了。

「這裡。」

伊萊莎離開父母的房間，走到通往閣樓的梯子底下。她再次喊了他的名字。

有人嘆氣。一陣聽不出是什麼窸窣聲傳來，「妳想怎樣？」

有那麼一瞬間，伊萊莎以為他可能在做那種年輕男孩——年輕男人——有時會做的事。她有很多兄弟，所以明白他們會私下做一些事，而且被打斷時脾氣總是很差。她把手搭在梯子的一道橫木上，腳步卻在梯子底下猶豫起來。

「我可以……上去嗎？」

一陣沉默。

「你生病了嗎？」

又是一聲嘆氣，「沒有。」

「媽媽說，可不可以要你去一趟染坊，然後再去——」

上頭傳出一聲窒悶又難以形容的喊叫，然後是一個很重的物品被丟向牆壁的聲響，可能是一隻靴子或一條麵包，總之有東西在移動，然後一個重擊聲傳來，聽起來就是有人站起身時頭撞到梁柱，「噢。」他大叫，接著發出一連串咒罵，有些內容難聽到令人吃驚，另外有些伊萊莎從沒聽過，但她打算等他心情好一點要再問他是怎麼回事。

「我上去囉。」她爬上梯子。

她來到閣樓，把頭探入那個溫暖又充滿灰塵的空間。閣樓裡的唯一光源來自兩根立在捆包上的蠟燭。她的哥哥正癱坐在地板上，頭埋在雙手中。

「讓我瞧瞧。」她說。

他喃喃說了些她聽不清楚的話，很可能是一些教徒不該說的褻瀆語言，不過總之意思很清楚：他希望她離開這裡別管他。

她把雙手放在他的雙手上，再把他的手指一根根扳開，然後用其中一隻手拿起蠟燭檢查他正在痛的地方。確實有個地方腫起、發紅又開始瘀青了，位置就在他的髮際線下方。她按壓那個傷處的邊緣，他想躲開。

「嗯，」她說：「你以前搞出過更慘的傷口啦。」

他抬眼看向她，兩人望著彼此一陣子。他忍不住露出一抹小小的微笑，「那倒是真的。」他說。

她放下扶住他的手，另一隻手仍握著蠟燭，然後在塞滿地板到天花板之間的其中一個羊毛捆包上坐下。他們這幾年都常會偷偷跑上來這裡來。去年冬天有一次，他們在庭院裡用亞麻布將手套包裝起來，進行這項工作時要一次次將手套從手指對齊到手腕處，然後再把包好的手套放進貨車上的籃子裡，此時她哥哥突然開口問為什麼閣樓裡塞滿羊毛捆包？那些捆包到底是要用來做什麼的？他們的父親一聽，立刻從貨車另一邊彎身過來抓住兒子的上衣。這棟屋子裡才沒有什麼羊毛捆包，他說，而且每說一個字就用力搖晃兒子一下。聽清楚了嗎？伊萊莎的哥哥只是直直回望父親的眼神，雙眼眨也沒眨。夠清楚了，他最後這麼回答，但他父親還是緊抓著他不放，那隻拳頭緊握住兒子的衣服，彷彿正在思考他的回應算不算無禮，最後才終於放開他。不干你的事就別說，他一邊繼續包裝手套一邊喃喃地說，接著庭院中原本屏住呼吸的所有人才終於鬆了一口氣。

伊萊莎讓身體在羊毛捆包上彈跳，這些充滿彈性的捆包是他們必須永遠否認存在的事物。她哥哥望著她一陣子，但什麼都沒說，只是把頭往後仰，死死盯著上方的橫樑。

她忍不住想，不知道他還記不記得這裡一直是屬於他們的空間——這裡屬於她和他兩個人；在安死前則屬於安。他們三人會在下午時躲進這裡，剛從學校回來的他會在他們三人上來後收起梯子，而且不管其他弟妹如何哭號、懇求都不會動搖。當時這裡幾乎都是空的，只有一些他們父親因為不明原因留下來的次級皮料。在那樣的時候，沒有人可以接近身處此處的他們，這裡只有她和他還有安，直到母親叫他們去辦事或照顧其中一個小孩子時，他們才會離開。

伊萊莎沒有發現哥哥還會上來這裡，她不知道他還把這裡當成遠離家庭的避難所，而她自從安死後就沒再爬梯子上來過了。她任由自己的視線在這個空間內遊走：傾斜的屋頂、屋頂磁磚的內面，還有為了眼不見為淨而收在此處的大量羊毛捆包。她看見一些放了很久的用過蠟燭、一把折疊刀，還有一瓶墨水。地板上散落著許多塗寫過許多文字的紙球，那些文字顯然是被劃掉、重寫、然後又劃掉，接著再被揉成一團後丟到一旁。她可以看出哥哥的大拇指和食指之間和指甲邊緣都被墨水沾黑了。他都在這裡讀什麼書呢？竟然還得這樣偷偷摸摸？

「怎麼回事?」她說。

「沒什麼,」他回答時沒看她:「什麼都沒有。」

「你在煩惱什麼?」

「沒什麼。」

「那你在這上面做什麼?」

「沒什麼。」

她看著地上一個個紙球,看見紙上有「絕不」、「火」還有可能是「飛」或「升」之類的字。她再次抬眼望向他,發現他也看著她,而且還挑起眉毛。她無法克制地快速拉出一抹微笑。他是這棟屋子裡——也確實是整座小鎮裡——唯一知道她其實也識字而且有閱讀能力的人。而他是怎麼知道的呢?因為教會她和安的就是他,而且就是在這個地方,每天下午,他從學校回來後就會在地板上的灰塵中劃出字母,然後說,看啊,伊萊莎,看啊,安,這個叫做d,而這個叫做o,如果你把g放在結尾,這個dog的意思就是狗。你們懂嗎?你們必須把每個音結合起來讀,不停反覆練習,直到真正記住這個字詞的意義。

「你現在唯一願意說的只有『沒什麼』嗎?」她說。

她看見他的嘴巴抽動了一下,知道他正在嘗試動用所有修辭及辯論課上學到的方法,好讓自己再用「沒什麼」這個詞來回答這個問題。

「沒辦法啦,」她開心地說:「你想不出用『沒什麼』回答的方法啦,怎麼樣都想不出來吧?沒辦法就是沒辦法,承認吧。」

「我沒什麼好承認的。」他一臉勝利地說。

他們就這樣坐了一陣子，看著彼此。伊萊莎把一隻腳的腳跟平衡在另一隻腳的腳趾上。

「大家都在說，」她小心翼翼地開頭：「有人看見你跟那個休蘭茲的女孩走在一起。」

她聽過其他對哥哥更無禮、更中傷人的發言，但她沒說出口，那些嚼舌根的人說他沒錢又沒工作，而且以他的年紀追求這樣一個女人實在太年輕，但如果考量女方已達適婚年齡，那追求她大概就是為了可以在婚後拿到大筆嫁妝。哎呀如果能成功那男孩可就輕鬆了啊，她聽見一個女人在市集上背著她悄聲說。你完全能看出他為什麼想跟有錢人結婚嘛，何況這樣做還能擺脫那個父親啊。

她告訴自己別去提其他人針對那女孩說的話。他們說她又兇又野蠻，而且會對其他人下詛咒，還說她什麼病都能治好，但也是所有疾病及邪惡的根源。她還有一天聽見其他人說，因為她繼母奪走了她的獵鷹，所以臉頰上才會長出這麼多粉瘤。大家都說她光靠手指一碰就能把牛奶變酸。

這些話都沒有逃過伊萊莎的耳朵。街上的人談論這個話題時也沒有避諱她在場，他們有些是鄰居、有些是和跟她買手套的人，而她也不會在聽到時假裝沒聽見。她會在聽見時停下腳步，滿臉疑問地盯著那些說八卦的人（她的眼神足以讓人不安，她很清楚這點——她哥哥很常這樣告訴她；他說應該是跟她眼球的色澤純淨有關，所以她只要把眼睛張得夠大，人們就能看到她的整片虹膜）。她只有十三歲，可是以這個年紀來說算是很高。她可以一直凝視到他們移開眼神、匆匆離開現場，她的大膽無畏，以及透過沉默展現出的嚴厲姿態都像是一種訓斥。

她發現沉默蘊含著巨大的力量，而那是她的這位哥哥始終沒學會的一件事。

「我聽說，」她繼續極度自制地說：「你們會一起散步。就是在上完課之後。是真的嗎？」

他回答時沒看她，「是又怎麼樣？」

「去森林裡？」

他聳聳肩，沒承認也沒否認。

「她媽媽知道嗎？」

「知道，」他回答的速度很快，簡直太快了，然後又立刻修改說詞：「我其實不確定。」

「可是如果……」伊萊莎發現自己想對他提出的問題實在太難以啟齒，她只能隱約知道自己想說的內容、其中牽涉到的行為，還有什麼人事物需要因此承擔風險。她再次嘗試開口：「要是你被抓到了呢？萬一在某次散步時被抓到？」

他聳起一邊肩膀後又放下，「那就抓到吧。」

「這個可能性難道不會讓你覺得應該暫時停止這麼做嗎？」

「為什麼？」

「那個弟弟……」她開口：「……就是那個綿羊農夫。你沒見過他嗎？他的塊頭可大了。要是他——」

伊萊莎的哥哥揮揮手，「妳擔心太多了。他總是在外面牧羊。我從沒在休蘭茲遇過他，這段時間以來都沒有。」

她將雙手交握，再次瞇眼看向那些紙球，但還是看不出上面寫什麼，「我不知道你清不清楚，」她怯生生地說：「別人是怎麼說她的，可是——」

「我知道別人是怎麼說她的。」他突然很生氣。

「有很多人都說她——」

他坐直身體，整張臉突然脹紅。「那些全都不是真的。都不是。我很驚訝妳會去注意那些閒言閒語。」

「我很抱歉，」伊萊莎大叫，她很沮喪，「我只是——」

「那些都是假的，」他彷彿沒聽見她剛剛有開口般繼續說：「她繼母到處散播謊言。她實在太忌妒她，所以把她的形象扭曲成一條毒蛇，而且——」

「——我只是為你感到害怕！」

他看著她眼睛的模樣顯然很驚訝，「為我感到害怕？為什麼？」

「因為……」伊萊莎努力組織自己的思緒，想要從她聽見的傳言中篩選出可以說的內容：「……因為父親不可能會同意，你自己一定也很清楚。我們欠那家人錢，父親就連他們家的姓氏都不願提起，更何況別人對她有很多不好的說法；我個人是不相信，」她趕緊補充說明：「我當然不相信，但這件事還是會帶來麻煩。大家都說你的這段關係沒辦法給你帶來好處。」

他往後癱坐在羊毛捆包上，一副遭到擊敗的模樣。他閉上雙眼，因為憤怒及其他情緒而渾身顫抖。伊萊莎不確定他是因為什麼情緒才變成這樣。他們之間出現一陣漫長的沉默。伊萊莎一邊將上衣布料摺出許多小小的褶皺，一邊想起另一件想問他的事，於是傾身靠近他。

「她真的有一隻鷹嗎？」她用全新的語氣悄聲問。

他張開眼睛，抬起頭。這對兄妹就這樣對看了一陣。

「有。」他說。

「真的？我聽說過，但不知道是不是——」

「那是一隻紅隼，不是鷹，」他急匆匆地解釋：「她會親自訓練牠，有位神父教過她訓練技巧。她還有一只長手套，那隻隼會從她的手套上像箭矢一樣起飛後穿過樹林，那是妳從沒見過的畫面。牠飛起來的樣子跟在地上的樣子很不一樣——妳甚至可能會覺得根本是兩種不同生物，彷彿在地上時是一種生物，在天上時是另一種。只要她呼喊，那隻鳥就會回到她身邊，牠會先在天上以大圓圈盤旋，然後以極大的衝擊力降落在手套上，那姿態堅毅又果決。」

「她會讓你這樣做嗎？戴上手套接住鷹？」

「紅隼，」他糾正她，然後點點頭，那種自豪的模樣幾乎讓他渾身發光，「她有讓我試過。」

「如果可以親眼看看就好了，」伊萊莎深吸一口氣，「我一定會很喜歡。」

他看著她，同時用沾到墨水的指尖摩擦自己的下巴。「說不定，」他幾乎像是自言自語地說：「我可以找一天帶妳去。」

伊萊莎本來抓著連身裙的手瞬間放開，那些被她揩出褶皺的布料也鬆垂下來。她又興奮又驚恐，兩種情緒同時湧現。「你願意？」

「當然。」

「你覺得她會讓我放飛鷹嗎？我是指紅隼？」

「沒理由不行吧。」他仔細盯著妹妹看了一陣子，「妳會喜歡她的，我想。妳和她其實很像，我是說在某些方面。」

伊萊莎對於這個出乎意料的說法感到震驚。她跟那個大家說了很多恐怖壞話的女人很像嗎？在前幾天的教堂內，她才剛好有機會仔細觀察休蘭茲那位女主人的皮膚——那些癬、斑和粉瘤——而光想到有人能對另一個人做出那種事就讓她極度不安。不過她沒把這件事告訴哥哥，而且她確實有點渴望能近距離觀察那女孩，也想好好凝視她的那雙眼睛，所以伊萊莎沒說什麼。她哥哥不喜歡被人逼迫或催促，他是那種只能側面進擊的類型，而且還得小心翼翼對待，就像面對一匹倔強的馬。她一定要溫和向他探詢才有可能獲取更多資訊。

「那她是什麼樣的人？」伊萊莎問。

她哥哥想了想才回答：「她跟你見過的所有人都不同。她不在意別人怎麼想她，只是全心專注在自己的道路上。」他把自己坐著的身體往前傾，兩隻手肘撐在膝蓋上，說話的音量下降到幾乎像在說悄悄話。「她可以一眼看穿任何人的靈魂，可是內心沒有絲毫嚴苛待人的態度。她接受每個人原本的樣子，而不是他們應該成為的樣子。」他瞄了伊萊莎一眼，「這些都是很少見的特質，不是嗎？」

伊萊莎感覺到自己正在不停點頭。她對這段話當中的細節感到讚嘆，也很因為能夠聽到這些感到榮幸。「她聽起來……」她努力搜尋正確的用詞，那是他在幾週前剛好教過她的詞：「舉世無雙。」

他露出微笑，她能看出他記得自己教過她這個詞。「她確實就是這樣，伊萊莎。舉世無雙。」

「而且，」她小心翼翼地開口，真是前所未有的小心，就怕讓他升起戒心，也不想讓他再次掉回沉默——她不敢相信他已經願意說這麼多了，「你聽起來似乎……心意已決。你應該覺得她就是那個人了，對吧？就是她？」

他什麼都沒說，只是伸出手掌輕拍身旁的羊毛捆包。有那麼一刻，她覺得自己已刺探太多，而他也不再願意深入話題。她相信他馬上會起身離開，不再對她說心裡話。

「你跟她的家人談過了嗎？」她再次大膽開口。

他搖搖頭，聳聳肩。

「你打算跟他們談談嗎？」

「我會的，」他低垂著頭喃喃地說：「但我確定他們不會考慮我。他們不會覺得我對她的未來能有什麼好處。」

「說不定如果你——再等個，」伊萊莎說話時有點結巴，同時把一隻手放到他的袖子上，「一年左右吧。到時候你就到適婚年齡了。社會地位會更穩固。說不定父親的生意到時能有改善，他也能在鎮上重拾原有的地位，而且或許能有人說服他停止做這個羊毛——」

他立刻把手臂抽回來，身體坐直。他質問：「妳何時見過他接受別人的意見，就算對方有道理？他何時改變過心意，就算明明錯的是他？」

伊萊莎從捆包上站起來，「我只是覺得——」

她哥哥繼續說，「他曾幾何時盡力去讓我獲得我想要或需要的事物？妳何時見過他採取對我有利的行動？妳自己也清楚，他哪一次不是大費周章地跑來阻撓我？」

伊萊莎清了清喉嚨。「說不定只要你等一陣子，那麼——」

「問題在於，」她哥哥大步走過閣樓，行經那些散落在地面上的字句，那些紙球在他的靴子旁邊彈跳、旋轉，「我沒這種天分。我受不了等待。」

他轉身踏上梯子，從她的視線中消失。她望著梯子左右兩根扶手的頂端隨著他的每一步而抖動，接著就再也不動了。

一排排蘋果正在架子上移動、彈跳、搖晃。這裡的每顆蘋果都被固定在一條特製溝槽中，而這條溝槽就挖在沿著狹小儲藏間牆面設置的層架上。

搖晃、搖晃、彈跳、彈跳。

這些水果都被仔細擺好，井井有條：有木梗的那端朝下，有星狀花萼的部分朝上，而且每顆水果的果皮都不能跟旁邊的果皮碰觸到。它們整個冬天都必須以這樣的姿態端坐著，底下被木製溝槽輕輕托住，每顆之間還得保持一指寬的距離才不會壞掉。一旦彼此的果皮碰觸到了，它們就會泛棕、凹陷、發霉並開始腐爛。它們一定要這樣保存：一顆顆分開、木梗朝下，從頭到尾不離開這個與外界隔絕的通風處。

於是這家的孩子被賦予了這樣的工作：將蘋果從樹木扭曲的枝條拔下、堆進籃子、拿進儲藏間、排列在這些架子上、小心翼翼地以同樣間距擺好，好讓蘋果處於通風的狀態、長期保存，撐過冬天和春天，直到所有蘋果樹再次開始結果為止。

不過有些什麼正在使蘋果移動。隨著某種來回反覆又不停推擠輕撞的動態，所有蘋果一次、一次又一次地抖動，反覆又反覆。

那隻紅隼就站在棲架上，牠雖然戴著頭套卻很警戒，一如往常地警戒。牠的頭在帶有斑點的頸毛之中旋轉，希望確認這種令人煩亂的反覆噪音究竟是從哪裡傳來。牠的耳朵可以非常敏銳地捕捉到各種聲響，如有必要，那雙耳朵甚至可以辨識出一百英里外老鼠的心跳聲、鼬在樹林間的腳步聲、田野上方鶺鴒的拍翅聲，而現在那雙耳朵聽到的是這樣：四百顆蘋果彷彿遭到輕撞、推擠，因此在托架上躁動著。另外有不只一隻哺乳動物的呼吸聲變得愈來愈快，不過這種動物的體型大到無法引發牠的食慾。牠能聽見有手掌的凹陷處輕落在肌肉和骨頭上、有舌頭摩擦牙齒而輕撞出的喀搭喀搭及滑溜音響。另外還有材質不同的兩片布料正在以相反的方向彼此摩擦。

這些蘋果正在轉動方向。一根根木梗正從底下慢慢往上冒出頭來，花萼處也開始轉向側邊、轉回來、然後又朝上，接著又朝下。敲擊聲的頻率不停改變：有時暫停、有時變慢、有時逐漸加速，有時又再次緩下來。

艾格妮絲的兩隻膝蓋抬高，往兩側如蝴蝶翅膀般展開。她還穿著靴子的雙腳正撐在兩個彼此相對的架子上，雙手緊貼在兩側的刷白牆面。她的背部一下伸直一下彎曲，遵循的似乎是一種大自然的韻律，喉嚨發出近似咆哮的低沉聲響。她完全沒料到這一切：她的身體自有主張。她的身體完全知道該怎麼行動、反應、表現，還知道該擺出什麼姿勢，於是她的一雙白腿在微光下彎曲，臀部放在層架邊緣，十隻手指緊抓住牆面的石塊。

在她和對面層架之間的狹窄空間中，那位拉丁文教師站在由她雙腿形成的蒼白V字當中。他緊閉雙眼，手指勾住她的背部弧線。他的這雙手剛剛才解開她領口的綁結、拉下她的直筒寬鬆連身裙，並將她的乳房抓到光線中——那對乳房因而暴露在空氣中，在大白天的另一個人面前顯得如此驚恐、蒼白，乳房上那對粉棕色的雙眼震驚地回應他的凝視。不過後來撩起她的裙子、將她往後推到這個架子上，還將這名拉丁文教師拉向她的則是她的雙手。你啊，她的那雙手對他說，我選擇了你。

然後就是現在這樣了——他們是如此契合，而且跟她以前有過的感受都不同。他們的結合讓她聯想到一隻戴上手套的手、一隻從母羊體內滑出的羔羊、一把劈開木柴的斧頭，或是一支在上油鎖頭內轉動的鑰匙。她看著這位教師的臉，內心忍不住想，怎麼可能有如此契合、搭配無比精準，而且感覺這麼對的事呢？

那些從她兩側延伸出去的蘋果此刻都在溝槽裡旋轉、跳動。

那名拉丁教師一度張開雙眼，他的黑色瞳孔擴張，幾乎是視而不見的狀態。微笑的他伸出雙手捧住她的臉，喃喃地說了些話，她不確定他說了什麼，不過在那一刻也無所謂。他們額頭靠著額頭，她心想，真怪啊，這麼近距離觀察一個人的感覺真奇妙：那濃密到驚人的眼睫毛、有摺線的眼皮，以及眉毛上的每根毛髮都面對著同一個方向。她沒有握住他的手，甚至沒有出於習慣這麼做：她不需要這樣做。

在她第一次握住他的手那天，也就是兩人第一次見面時，她感覺——該怎麼說呢？那是一種她從未有過的感覺，而且沒想到會從一個來自鎮上、靴子乾淨的文法學校學生手上找到這種感覺。那種感覺對她造成極度深遠的影響：她頂多只能理解到這裡。那種感覺帶有各種層次和不同面向，就像一道其中有許多空間及空地的風景，另外還有植物濃密的地帶、地下洞穴，以及各種上下坡。沒有足夠的時間能讓她搞懂這種感受——那感受太龐大、太複雜，而且幾乎所有部分都使她困惑。她知道其中還有更多超越她理解範圍的事物，她知道這種感受遠超越他們兩人。在此同時，她也感覺有什麼拴住他、讓他躊躇不前；有種人與人之間的連結拉住他、綁住他，而若要讓他可以完全定居在這道風景中，並讓他得以掌控自己的一切，這樣的連結需要被解開或是被打斷。

她看著一顆蘋果將泛紅的一處轉向她後再轉開，接著出現的是果皮上的樹木壓痕，隨後是像肚臍一樣的蘋果下端一閃而過。

上次他來農場時，他們在他上完課後一起散步。他們一起走到田野的最邊緣時，正降臨大地的暮色將樹木調暗成一片漆黑的背景，讓剛割完乾草的地面土溝幾乎像是深邃的山谷，然後瓊安出現，她穿越羊群充滿彈性的毛茸茸身體，打算來檢查巴薩洛繆的工作成果，或說希望巴薩洛繆知道她正在注意他，總之是這兩種情況之一。她已經看見他們了，艾格妮絲很清楚。她看見瓊安的頭轉向他們，而在他們一起沿著小徑走時，她花了好長一段時間注視他們。她有可能意識到他們為什麼會走在一起，也有可能看見他們牽著的手。艾格妮絲感受到家庭教師的焦慮：他的手指在那一瞬間變得冰涼，甚至開始顫抖。她握緊他的手一次，然後又握緊一次才放開，接著讓他領著她走進柵欄門。

不可能啦，瓊安是這樣對他說的。就憑你？然後她笑了，那陣刺耳的顫音嚇到她身邊的羊群，牠們於是紛紛抬起有點遲鈍的腦袋，四隻裂蹄的腳不停踩踏。不可能啦，她又說了一次。你幾歲啊？然後她沒等到回答就又說了：反正年紀不夠大。我對你家可清楚了，瓊安指著家庭教師說，她的臉因為看不起他而扭成一團。所有人對你們家都很清楚啦，包括你父親和他那些見不得人的生意，還有那些丟臉的事。他以前是財產執行官，她這麼說時特別強調「以前」兩個字。話說他以前多愛對我們擺出高高在上的姿態啊，還成天穿著他那身紅袍到處閒晃，但再也沒辦法了唷。你真的知道你父親欠這個小鎮上的人多少錢嗎？你知道他欠我們多少錢嗎？就算你為我兒子上課到他們成年，距離還清我們債務的數字都還遠遠搆不上邊呢。所以，不行，她說，她的眼神越過他後望向她，你不能跟她結婚。艾格妮絲會跟農夫結婚，而且不會過很久——對方會是個前程遠大而且可以真的養她的人。我們養大她就是為了讓她過上這種生活。她父親在遺產中有留嫁妝給她——你一定知道這件事，對吧？她才不會跟你這種沒工作的窩囊傢伙結婚。

說完她直接轉身離開，彷彿這事已成定局。可是我不想跟農夫結婚啊，艾格妮絲大喊。瓊安又笑了。是這樣嗎？妳想跟他結婚？對，她說，我想，真的很想。瓊安又笑了，她搖搖頭。

可是我們已經立下婚約，家庭教師說。我向她求婚，她答應了，所以我們已經算是結為連理。

不，你們沒有，瓊安說，要我答應才算數。

家庭教師離開這片田野，大步沿著小徑穿越樹林離開，他陰沉的表情充滿風雨欲來的氣息，身後留下艾格妮絲獨自面對她的繼母。繼母要她別像個呆瓜一樣站在那裡，趕快回屋內照顧其他孩子。此時艾格妮絲在心中對他吶喊，等你下次來農場的時候，我知道有個能讓我們結婚的方法，一個可以執行的解決辦法。我們可以的，她在心裡說，我們可以將人生掌握在自己手上。來吧。來找我。

此時此刻的每顆蘋果在她眼裡都極為不同、特別、獨一無二，它們的果皮上都散佈著一條條不同的腥紅、金和綠色。這些蘋果都把唯一的眼睛轉向她，再轉到她看不見的地方後又轉回來。這一切實在太誇張、太誇張了，她覺得自己就要被這一切淹沒。這些蘋果到底有幾顆？它們全在發出聲音，而且是帶有韻律又輕輕拍擊的搖動聲響，這一切反覆又反覆，愈來愈快。她覺得快要喘不過氣，胸口的心臟又是漏拍又是狂跳，讓她覺得沒辦法繼續下去，她沒辦法、她真的沒辦法了。有些蘋果因為搖晃而直接從托架上落下、掉到地上，說不定家庭教師也有踩到這些蘋果，因為空氣中充滿甜香、刺鼻的氣味。她緊抓住他的肩膀，她知道一切都會沒事。她有這種感覺。她相信一切都會照他們的意思走。他將她抱入懷中。她可以感覺到他的氣息離開他、進入他，然後再次離開他。如此反覆。

*

瓊安平常可不是個閒著沒事幹的女人。她有六個孩子（如果把她在結婚時被迫接收的半瘋癲繼女和她的白癡弟弟算進去的話就是八個）。她在過去一年還成了寡婦。瓊安的丈夫死後把這座農場留給了巴薩洛繆，這是當然，可是遺囑中的許多條款都確保她得以繼續住在這裡監督大家，而她可要好好監督了。她不相信巴薩洛繆有能力管好自己以外的任何事，所以已經跟他說好，她會在女兒們的幫忙下繼續管理煮飯房、庭院和果園，巴薩洛繆則會在其他男孩的幫忙下負責牲口和田野的工作，而她每週也會跟他把家裡的整片土地走過一次，以確保一切走在正軌上。因此日復一日地，瓊安有雞和豬要照看、有乳牛要擠奶，她必須為男人們準備食物，也得找來農場需要的工人和牧羊人，另外還有兩個必須要盡其所能教育的年幼兒子——老天啊他們可需要受教育了，畢竟可惜啊可惜，他們都無法繼承農場。她有三個女兒（如果把另一個算進去的話就是四個，但瓊安通常不這麼算）必須好好看管，平日還得烤麵包、擠牛奶、將莓果裝瓶、釀啤酒、補衣服、織襪子、刷地、洗碗、晾床具、拍地毯、擦窗戶、抹桌子、梳頭髮、掃走廊和刮洗樓梯。

所以，要是她過了快三個月才發現沒洗到幾件月事褲，那也真不能怪她。

一開始她以為是自己搞錯了。洗衣服的工作是每十四天進行一次，而且固定會在週一清晨，之所以選在清晨進行，是因為這樣她才有足夠的時間進行晾曬、熨燙的工作，而其中總是會有一小部分的衣物是月事褲。而關於月事：她和她的女兒們會在差不多的時間流血，而另外那傢伙有她自己的時間，這是當然的，畢竟她什麼都有自己的節奏。她和女孩們都很清楚這個節奏，因此在進行每隔十四天的清洗工作時，每兩次會有一次要洗她和她女兒的大量月事褲，此時這些成堆褲子上的血通常都已乾成鏽色，而另一次要洗的就是艾格妮絲一個人數量較少的月事褲。瓊安清洗時通常會用木夾把褲子扔進洗衣鍋，過程中屏住呼吸，然後再把那些褲子灑上鹽。

在十月底的某個早上，瓊安正在洗衣房裡整理成堆的待洗衣物。其中有一堆是寬鬆直筒連身裙、毛手套和便帽，她準備替這些衣物撒鹽並淋下滾燙熱水，並打算把另一堆襪子泡進較涼的水盆，除此之外，需要清洗的還有一條沾滿厚厚髒汙及泥巴的馬褲、一件濺滿髒汙的短上衣，和一件承受了泥水坑衝擊的斗篷。這天被瓊安認定為「髒到不行的衣物」比平常還少。

瓊安單手拎起一件髒衣物，另一隻手摀住鼻子，那是一條沾到些許尿液的床單（無論她如何威脅利誘，她最小的兒子威廉在這方面仍不是個可靠的傢伙，不過他也只有三歲啦，願老天保佑他）。另外還有一件不知為何抹到糞便的襯衣跟一頂便帽黏在一起。瓊安皺眉，然後四下張望。她就這樣站著一陣子，思考著。

她走出去，她的女兒卡特莉娜、瓊妮和瑪格麗特正在外頭絞扭一條懸在她們之間的床單。卡特莉娜把一條繩子綁在威廉的腰上，繩子的另一頭則環繞在自己的腰上。威廉奮力扯著綁在自己身上的繩子，雙手各抓著一把草，口中正以低沉的吼聲喃喃自語。他試圖要走到豬舍那邊，可是瓊安聽過太多有關豬把孩子撞到地上亂踩、吃掉或撞到骨折的故事，所以絕不容許自己年幼的孩子隨處晃蕩。

「月事褲呢？」她站在門口說。

她的女兒們轉過來望向她，她們彼此之間隔著一段距離，但中間都被那條飽受折磨並正往地面滴水的床單連結起來。她們聳聳肩，表情空白又一臉無辜。

瓊安回到洗衣房。她想自己一定是哪裡搞錯了。月事褲一定就在這堆衣物的某處。她把地板上的一堆衣物翻開，在連身裙、便帽和襪子之間仔細尋找，然後她大步走出去，經過幾個女兒身邊，進入屋內後直直走向衣櫃。她開始數那些質地較厚的月事褲，那些洗過摺好的褲子就收在上方層架。她很清楚這棟屋子裡總共有幾件月事褲，而在她眼前的數目就是家中所有的月事褲。

瓊安沿著屋內走廊大步走回來，她走出門將門甩上。她在階梯上站了一陣子，呼吸的氣息透過她的鼻孔流進又流出。今天的空氣很涼，其中的清爽質地代表時節即將從秋天推進到冬天。她的眼前有隻雞正趾高氣昂地沿著梯子走進雞舍；有隻被繩索綁住的山羊彷彿一臉沉思地咀嚼著滿嘴的草，雙眼則瞪著她瞧。

瓊安的心思一片清明，其中反覆推敲的只有一件事：哪個傢伙？哪個傢伙？到底是哪個傢伙？

其實她心底可能早已清楚是誰，但她還是大步走下樓梯、穿越庭院，來到女兒還在扭床單的洗衣房前，此時她們正為某件事咯咯笑個不停。她首先抓住卡特莉娜的手臂，另一隻手壓住她的肚子，雙眼則緊盯她的雙眼，過程中完全無視她的慘叫。那條床單掉到滿是樹葉的潮濕地面，她和這個被嚇壞的女兒也都因此踩到床單上。瓊安很認真在摸：她的肚腹平坦，然後她又輕推一下骨盆，確定裡頭沒東西。她放開卡特莉娜，抓住年紀還小的瓊妮，她還是個小女孩啊，天可憐見，如果真的是她，我是說如果真有人這樣對待她，瓊安發誓自己一定會做出一些很可怕、很可怕的事，而且是極為糟糕、駭人聽聞的報復行動，她會讓那男人後悔自己有膽子踏入休蘭茲，並後悔把她女兒帶去任何他竟敢帶去的地方，然後她會——

瓊安鬆開手。瓊妮的肚子是平的，甚至可說乾癟。她發現自己忍不住想，說不定她該餵這些女孩多吃一點食物才對，比如鼓勵她們多吃點肉。難道她沒把她們養好嗎？是這樣嗎？她有讓男孩子吃得比他們應得的還多嗎？

她搖搖頭，把這個想法甩出腦袋。瑪格麗特，她心想，她的眼神在這個小女兒光滑又焦慮的臉上搜尋任何可疑之處。沒有。不可能。她還是只是個孩子。

「艾格妮絲呢？」她說。

瓊妮一臉驚恐地盯著她，眼神往下盯著被她踩在腳底的髒污床單；瓊安注意到卡特莉娜別開眼神、四處張望，就彷彿她知道媽媽這個行為代表的意思。

「我不知道，」卡特莉娜一邊說一邊彎腰撿起床單，「她可能——」

「她在幫乳牛擠奶。」瑪格麗特突然開口。

瓊安還沒走到牛欄就已經開始尖聲大叫。那些話語像大黃蜂從她口中飛出，她甚至不知道自己認得其中說的一些字詞，那些話語向前衝刺、劈啪作響，足以讓人重傷殘疾，甚至可能扭轉、絞爛她自己的舌頭。

「妳這傢伙，」她在走進牛欄時大吼：「妳在哪裡？」

艾格妮絲正在擠奶，她把頭緊貼在乳牛的側身。瓊安聽見牛奶噗嘶、噗嘶、噗嘶噴進桶子裡的聲音。不過因為瓊安的尖叫聲，這頭乳牛開始挪動身體，艾格妮絲於是把臉頰移開後轉頭望向繼母，臉上擺出提防的表情。看來是要正面對決了，她似乎正這麼想。

瓊安抓住她的手臂把她從擠奶凳上拉起來，再把她推到牛欄的隔間上。此時她才發現兒子詹姆士正站在隔壁欄位：他剛剛一定是在協助艾格妮絲的擠奶工作。瓊安必須使盡力氣才能把手伸進她的裙子及綁緊的長袍底下，因為那女孩不停掙扎並想把她的手指推開，她想逃走，可是瓊安還是成功把手伸了進去，就伸進去一下子，然後感覺到——什麼？那裡隆起來了，而且質地堅硬又熱燙。那是個有胎動的突起，就像發酵的麵糰。

「妓女，」她吐了一口口水，艾格妮絲還在努力把她推開，「婊子。」

瓊安整個人被往後推，她往乳牛的方向跌過去。那頭乳牛正在甩頭，牠對氣氛的改變感到不安，也無法明白為什麼擠奶到一半就不繼續了。她撞到乳牛的臀部，腳步稍微沒站穩，艾格妮絲於是趁機掙脫、跑開，她跑過整座牛欄、經過許多正在打瞌睡的母羊後跑出大門，但瓊安可不打算放過她。她一回穩腳步就拔腿去追她的繼女，心中的怒火讓她跑得史無前例地快，因為她一下子就追上了她。

她伸出手抓住艾格妮絲的一簇頭髮。透過扯住頭髮讓這個女孩停下實在太容易了，她可以感覺到她的頭因為被抓住而往後倒，彷彿被扯住韁繩的馬。如此輕易就成功讓她震驚但也更為情緒高漲：艾格妮絲跌到地上，而且姿態笨拙地以背部著地，而為了讓她留在原地不動，瓊安還把她的頭髮一圈圈捲在自己的拳頭上。

於是她們兩人都在農舍庭院的籬笆邊停下，瓊安終於能讓艾格妮絲聽自己打算說的話。

「是誰？」她對這女孩尖聲大叫：「是誰搞出來的？誰在你的肚子裡搞出孩子？」

自從她父親留給她的嫁妝內容被大家知道後，身邊就出現一些試圖與她結為連理的追求者，此刻瓊安腦中閃過的也正是那些為數不多的傢伙。有可能是他們當中的任何一人嗎？她知道有車匠、有夏特利村莊另一頭的農夫、還有那個鐵匠學徒。可是這女孩似乎沒有要接受他們的樣子。還有誰？艾格妮絲的手不停伸長，努力想把瓊安的手指從她的頭髮上扳開。她的臉——那張總是讓她感到自豪的臉、那張高傲、顴骨很高的蒼白臉龐——因為疼痛及受挫的怒氣而扭曲著。眼淚沿著她的臉頰流下，其中有些聚積在她的眼窩。

「告訴我。」瓊安對著這張臉說，這張她每天都得看的臉啊，自從她來到這裡，這張臉就一直以冷淡、傲慢的態度回應她。這張臉啊，瓊安知道這張臉跟她丈夫的第一任妻子很像。她丈夫始終不願提起那個女人，卻把她的一束頭髮收在襯衣口袋裡的一條手帕內，就收在他的心口——她是在為他準備下葬工作時發現了這件事，那束頭髮一定是一直都收在那裡。但明明這些年來都是她在為他清掃這個家、餵飽他、為他生孩子，被收在這裡的卻是這束頭髮，他第一任妻子的頭髮。瓊安那一刻就知道了，她永遠無法忘懷這份羞辱帶來的衝擊與傷害。

「是那個牧羊人嗎？」瓊安問，然後發現儘管此刻處境對她不利，她的這個問題還是讓艾格妮絲冷笑起來。

「不是，」艾格妮絲開口：「不是牧羊人。」

「那是誰？」瓊安繼續追問，而就在她打算提出隔壁農場那位兒子的名字時，艾格妮絲扭身朝她的小腿踢了一下，那一下踢得很用力，瓊安因此往後踉蹌退開，雙手也因此鬆開。

艾格妮絲立刻起身、掙脫，並往後方退，她跌跌撞撞地站起來，抓起裙襬開始跑，瓊安也步履不穩地站起來追趕。瓊安在農舍庭院追上她，抓住她的手腕，猛力把她轉過身來，在那女孩的臉上搧了一巴掌。

「妳立刻告訴我是誰——」但她沒能說完這個句子，因為頭的左側出現一陣聲響：那是一種震耳欲聾的爆炸聲響，就像打雷。有那麼一陣子，她無法理解發生了什麼事，也不明白那陣聲響代表什麼意思。然後她感覺到痛，不只是皮膚的刺痛，更深層的骨頭也在發疼，於是才意識到艾格妮絲打了她。

瓊安用一隻手扶住被打的臉，一臉驚訝。「妳哪來的膽子？」她尖聲大叫：「妳竟敢打我？妳一個女孩子竟敢對母親動手，那可是養育——」

艾格妮絲發腫的嘴唇正在流血，所以說明顯得有點含糊不清，可是瓊安還是想辦法聽懂了她說的話：

「妳不是我母親。」

瓊安在盛怒下又搧了她一巴掌。艾格妮絲卻也毫不猶豫又令人難以置信地回搧了一巴掌。瓊安再次舉起手，可是被人從後方抓住。有人環抱住她的腰——是那個力量大如野人的巴薩洛繆正把她抱起來往後拉開，並用看起來沒出什麼力的手指輕鬆制住她的雙手。她的兒子湯瑪斯也在現場，此刻的他正站在她和艾格妮絲中間，手上高舉著牧羊杖，巴薩洛繆要她住手，叫她冷靜下來。她的其他孩子正站在雞舍旁張大嘴巴、一臉不知所措。卡特莉娜抱著正在哭的瓊妮，瑪格麗特則抱著幼小的威廉，而威廉正把臉埋進她的頸窩。

瓊安感覺自己被抱到庭院另一邊，此時巴薩洛繆還沒放手，正在問到底是出了什麼事？鬧成這樣是為什麼？她一邊解釋一邊指向艾格妮絲，此時湯瑪斯正把艾格妮絲扶起來。

巴薩洛繆一邊聽一邊沉下了臉。他閉上雙眼、深呼吸、吐氣。他用手摩擦自己下巴的粗糙鬍鬚，然後花了一點時間仔細看著自己的雙腳。

「拉丁文教師。」他說，然後把眼神投向艾格妮絲。

艾格妮絲沒回答，但把下巴又抬高了一些。

瓊安的眼神從繼子轉移到繼女身上，然後望向她的兒子們，接著是女兒們。除了繼女以外的所有人都垂下眼神，而她也才意識到，除了她以外的大家都早已猜出對方是誰。「拉丁文教師？」她又說了一次。她的腦中突然出現有關他的回憶畫面，畫面中的他站在田野最遠的一端，用顫抖的聲音表示希望她讓艾格妮絲跟他結婚。她幾乎忘記這件事了。「他？那個——那個男孩？那個廢人？那個沒薪水可拿、毫無用處，而且年紀小到連鬍子都還沒長的傢伙——」她爆笑出聲，那陣刺耳又陰鬱的聲響讓她的胸口感到空盪又熱燙。她想起來了，她當時對站在那邊的小子說這事絕對不行。她還記得自己曾一度為他感到難過，畢竟這小夥子多年輕啊，他的表情好氣餒，父親又是那種人。可是一等他離開瓊安的視線，她就把這些想法全拋到腦後。

瓊安甩開巴薩洛繆的手。她收拾好思緒，重新硬起心腸後大步走進屋內，途中經過艾格妮絲、自己的孩子，還有雞群的身邊。她用力敲開大門，一走進去就快速往內移動。她到處收拾好所有屬於繼女的東西，包括一件直筒連身裙、一頂備用便帽、一條圍裙、一把木梳、一顆有洞的石頭，還有一條皮帶。

當其他家人還聚集在農舍庭院內時，瓊安走出房子後把那包東西甩在艾格妮絲腳邊。

「妳，」她大吼：「妳被趕出去了，永遠不准回來。」

巴薩洛繆的眼神從艾格妮絲游移到瓊安身上，再移回來。他將雙臂交叉在胸前，往前站了一步。「這是我的房子，」他說：「父親在遺囑中是留給我。我說艾格妮絲可以留下來。」

瓊安盯著他，一時說不出話，她的臉頰開始脹紅。

「可是……」她大聲咆哮，希望能藉此帶動腦中思緒：「可是……遺囑裡有說我可以待在這棟房子裡，除非直到——」

「妳可以留下來，」巴薩洛繆說：「可是這棟房子是我的。」

「可是我有權力管理這棟房子裡的所有事！」她勝券在握又狗急跳牆地抓著這點不放，「你負責管理的是農場。根據這樣的權力分配，我有權趕她走，因為這是屬於這棟房子裡的家務事，不是農場上的事，而且——」

「這是我的房子，」巴薩洛繆輕柔地重複剛剛說過的話：「她可以留下來。」

「她不能留下來，」瓊安尖叫，她又是怒氣沖沖又是感到為力：「你得考慮——你得考慮你的弟弟和妹妹、考慮這個家族的名聲，更別提你自己的名聲了，還有我們的立場，畢竟在這座——」

「她可以留下來。」巴薩洛繆說。

「她必須離開，她得離開。」瓊安在腦中奮力地快速思考，努力想找出一些讓他改變心意的論點：「想想你的父親吧。他會怎麼說？他會多心碎啊。他絕對不會——」

「她會留下來。除非真的到了——」

艾格妮絲抓住弟弟的袖子。他們彼此凝視了一陣子，完全沒說話。然後巴薩洛繆對著地上吐了口口水，抬起一隻手搭在她的肩膀上。艾格妮絲用她那對裂傷且正在流血的嘴唇對他露出一個歪斜的笑，巴薩洛繆則點頭回應。她用一邊的袖子抹臉，把腳邊那個布包的結打開、綁起來，然後又重綁了一次。

巴薩洛繆望著她把那個布包掛到肩膀上。「我會看著辦，」他對她說，同時摸了一下她的手，「別擔心。」

「我不擔心。」艾格妮絲說。

她走過農舍庭院，步履稍有不穩。她走進蘋果儲藏室，一陣子後走出來，戴著手套的手上停著紅隼。那隻鳥戴著頭套，翅膀折疊收起，不過頭還是不停旋轉、抽動，彷彿正在適應眼下的新環境。

艾格妮絲肩膀上掛著行囊，沒跟任何人說再見就離開了農舍庭院。她走在繞過屋側的小徑上，一下子就消失了身影。

他正待在父親的市場攤位後方，整個身體斜靠在櫃檯上。今日天氣涼爽，空氣中帶著初冬令人有點驚顫又帶有金屬質地的寒意。他可以看見他的氣息離開身體，那道白色的流動逐漸消失，一邊漫不經心地聽著一個女人在辯證松鼠皮和兔皮內襯之間的優劣，此時伊萊莎突然出現在他身旁。

她對他露出一個瞪大眼睛又咬緊牙根的詭異微笑。

「妳得回家。」她低聲說，同時盡可能避免自己的表情洩漏真實情緒，然後轉頭對著正在瀏覽手套的女性說：「需要幫忙嗎？女士？」

他把身體推直。「為什麼我得回家？父親說我應該——」

「回去就是了，」她繼續咬牙小說地說：「快去，」然後用比較大的聲音對客戶說：「我想鑲上兔毛的手套還是最保暖。」

他大步穿越市場，在許多小攤販之間穿梭，途中還避開一臺裝滿包心菜的貨車和抱著一大把茅草的男孩。反正他不急：一定是父親對他的舉止、他做的家務、他的健忘、他的懶散，或他無法記住重要事情感到不滿，不然就是抱怨他不夠積極去做父親口中聽來惱人的「正派工作」。反正他等等就會發現自己八成是忘記聽他的話去染坊取回一批皮料，或是忘記為母親砍柴。他沿著亨利街的大道悠哉前進，行進間還停下腳步跟好幾個鄰居交談、摸摸一個孩子的頭，最後才終於轉進他家的大門。

他在地墊上將靴底擦乾淨，任由大門在身後關上，然後瞄了一眼父親的工坊。父親的椅子上沒人，那張椅子似乎是在匆忙間被人往後推開，一旁手套學徒的瘦薄肩膀則伏在工作檯上，看起來正在處理些什麼。不過一聽見門栓自行扣上的聲響，那男孩就轉頭望向他，圓瞪的雙眼中滿是驚恐。

「哈囉，奈德，」他說：「都還好嗎？」

奈德看起來似乎想開口說些什麼，最後還是決定閉上嘴巴。他用頭做出一個介於點頭和搖頭之間的動作，然後直接指向起居室。

他對這位學徒拉出一抹微笑，然後從走廊經過一扇門，他走過地面的一塊塊方形石板，經過餐桌和空盪盪的火爐，走進起居室。

迎接他的場面實在太難以描述、太令人迷惑了，他得花上一點時間消化這個情況，努力思考究竟發生了什麼事。他走到半路就停住，剛好站在門框中，腦中唯一立刻可以清楚意識到的是：他的人生進入了新篇章。

艾格妮絲坐在矮凳上，腳邊擱著一個亂糟糟的布包，而他的母親在她對面的爐火邊，父親站在窗邊背對大家。那隻紅隼正棲息在梯狀椅背上，腳爪抓住最高的那根木製橫桿，身上垂掛著繫腳帶和鈴鐺。他有點想轉身逃跑，又有點想爆笑出聲：光想到一隻紅隼還有艾格妮絲竟然在他母親的起居室中，周遭還環繞著她無比自豪的花體字和繪畫壁飾，他就很想笑。

「啊，」他嘗試讓自己振作起來，此時起居室中的三個人全轉向他，「那麼……」

他口中要說的話因為看見艾格妮絲的臉而消失。她的左眼因為腫起而閉著，眉毛底下的皮膚因為裂傷正在流血。

他走向她，透過這幾步路填補起兩人之間的空隙。「老天啊，」他把一隻手搭在她的肩膀上，感受到她肩胛骨的收縮與拉扯，那姿態就彷彿是在說：如果可以的話，她會像隻鳥一樣飛到空中。「發生什麼事？誰把你搞成這樣？」

她的臉頰上有清楚的傷痕，嘴唇有割傷，還有一些指甲留下的痕跡，手腕上也有些擦傷。

瑪莉清了清喉嚨。「她母親，」她說：「已經把她從家裡趕出來了。」

艾格妮絲搖搖頭。「是繼母。」她說。

「瓊安，」他接著說：「是艾格妮絲的繼母，而不是——」

「我知道，」瑪莉很不耐煩：「我只是在說——」

「而且她沒有把我趕出來，」艾格妮絲說：「那不是她的房子，是巴薩洛繆的。是我自己選擇離開。」

瑪莉深吸了一口氣。她把眼睛閉上一陣子，彷彿正努力擠出最後幾絲耐性。「艾格妮絲，」她張開雙眼盯著她兒子：「有孩子了。她說是你的。」

他同時點點頭又聳聳肩，而且一直盯著父親寬闊的背部，那道背影陰森地佇立在他母親身後，直到此刻都還面向街道。無論他自己、他此刻正握著並立誓要結婚的對象，還是其他一切處境為何，總之他現在滿腦子都在想等等該如何避開勢必會朝自己揮來的拳頭，他必須做假動作、必須迴避攻擊，還要想辦法保護艾格妮絲不被他知道勢必要襲來的拳頭傷害。這種事在他們家族中沒有先例，他只能想像父親可能怎麼做，猜測他那逐漸變禿又沒什麼知識的腦袋中正在醞釀什麼。他的內心深處突然湧現一股羞恥感，因為他意識到艾格妮絲會親眼見到他和父親之間的問題。她會見到這一切是多麼混亂又難以處理，也會見到他最原本的樣子。他是一條腿困在捕獸夾中的男人，而且只需要這麼一個片刻，她就能看見並深刻明白這一切。

「是真的嗎？」他母親說，她拉長的臉一片蒼白。

「什麼是真的嗎？」他感覺躁動不安又有點生氣，因此無法克制地在口頭上找麻煩。

「真的是你的嗎？」

「什麼真的是我的嗎？」他又反問，還擺出幾乎是嘻皮笑臉的模樣。

瑪莉緊抿起嘴唇。「所以是你搞出來的嗎？」

「我在哪裡搞出了什麼？」

此時他意識到艾格妮絲正轉過來看他——他可以想像她用深色雙眼盯著他，同時正在評估、蒐集眼下的各種資訊，就像一枚正在收攏長線的線軸——但他就是停不下來。不管等等自己必須面對什麼，他都希望能趕快發生：他想透過挑釁讓父親採取行動；他想速戰速決、一勞永逸。反正老是這樣迴避問題也不行。就讓他父親展現出真正的樣貌吧。現在就讓艾格妮絲親眼看看。

「就是那個孩子。」瑪莉用緩慢、低沉的聲音說，就彷彿是在跟一個智能有問題的人解釋：「她肚子裡的孩子。所以是你搞出來的嗎？」

他可以感覺到自己的臉正拉出一個微笑。一個孩子啊。那是他和艾格妮絲創造出來的孩子，是他們在那個裝滿蘋果的儲藏室裡創造出來的孩子。他們怎麼會到現在都還沒結婚呢？畢竟現在已經不可能有什麼事情可以阻止他們了。他們的夢想果然會成真，正如她之前所說的一樣會成真。他們會結婚。他會成為一位丈夫和父親，而屬於他的人生將真正開始。他可以丟下這一切，包括這棟房子、這個父親、這個母親、這座工坊、這些手套、這個作為他們兒子的人生，還有在這個行業工作的拖磨與單調生活。光想到就多讓人興奮啊！這無限的可能性！這個在艾格妮絲肚子裡的孩子可以改變他的一切，可以將他從他所痛恨的人生中解放出來。他可以離開這個根本難以相處的父親、離開這棟他再也無法忍受的屋子。他和艾格妮絲會遠走高飛：去到另一棟屋子、另一座城鎮，迎向另一種人生。

「是我沒錯。」他感覺臉上的微笑拉得更開了。

好幾件事在瞬間同時發生。他的母親從椅子上跳過來、撲向他，將如雨的拳頭落在他身上；他可以感覺每一拳撞擊在胸口和肩膀的力道，彷彿自己是一只正被敲打的鼓面。他聽見艾格妮絲的聲音說，夠了，住手，然後還有另一個聲音在說話，那是他自己的聲音，那個聲音說他們已立下婚約，所以有了孩子並不是一種罪，反正他們一定會結婚、也必須結婚。他的母親尖叫著說他還不到適婚年齡，結婚需要他們同意，而他們絕不會允許，又說他根本是被迷昏頭、這件事實在太敗德，她說要把他送走，她寧願他出海工作也不願意讓他跟這個蕩婦結婚，另外還說這真是災難。他意識到那隻鳥在他身後不安地挪動腳步、抖動羽毛，展開的雙翅不停拍打、鼓動，身上的鈴鐺也叮叮作響。然後他父親寬大而陰沉的身影開始逼近，艾格妮絲呢？他在一片混亂中確認她的狀態。她有待在不會受到他父親傷害的安全距離外嗎？因為老天啊，要是他真的失控到對她動手，他絕對會殺掉他，絕對會。

他的父親對他伸出手。他準備好了，全身肌肉緊繃，可是那隻厚重的手並沒有打他也沒有握成拳頭。他沒有傷害他，只是把那隻手放在他的肩膀上。透過襯衣的布料，他可以感覺到五隻手指在他肩頭壓出的凹痕，還能從中聞到一股熟悉的皮革氣味，以及一種用鋁鹽染布的氣味——苦辣、刺鼻，同時散發尿味。

他父親的手將他往下壓，讓他在椅子上坐下，那是一種他不熟悉的觸感。「坐下。」他父親說話的語調沒有起伏。他對正在他們身後安撫鳥的艾格妮絲比了個手勢：「坐下，小姑娘。」

過了一陣子後，他決定照他的話做。艾格妮絲過來站在他身旁，同時用手指的背部輕撫紅隼頸部的羽毛。他可以看出母親正用一種不可置信的眼神檢視著她，那是一種毫無掩飾的驚詫。他又想笑了，但父親開口把他的注意力拉回來。

「我絕對相信，」他父親說：「我們可以……做出一些安排。」

他父親臉上的表情很奇怪。他盯著那個表情，對其中的怪異之處感到震驚。約翰的嘴唇往後拉、露出牙齒，雙眼異常興奮。他花了幾秒鐘才意識到約翰其實在微笑。

「可是，約翰，」他的母親大叫：「我們不可能去同意這種——」

「閉嘴，女人，」約翰說：「這小子說他們已經立下婚約。沒聽見嗎？我兒子說出口的話可不能反悔，我兒子可不能逃避責任。這小子已經讓這女孩懷孕了，所以他有責任，他有責任要——」

「他才十八歲！他沒有工作！你怎麼會以為——」

「都叫妳閉嘴了。」他父親用一種他很熟悉的暴怒語氣回答，但只有一下子，然後他又恢復那種詭異、幾乎可說是在誘騙人的口氣。「我的兒子對你許下承諾了，是吧？」他看著艾格妮絲說：「在他帶妳去搞出孩子之前？」

艾格妮絲輕撫她的鳥。她看著約翰，眼神平穩。「我們已經對彼此許下承諾。」

「那妳的母親——妳的、啊、繼母——對這件事怎麼說？」

「她……並不樂意。之前是這樣。至於現在，」她指指自己的肚子：「我不確定。」

「我明白了。」他父親沉默了一下，腦中正在思考些什麼。對這個兒子來說，他父親的沉默中有一些熟悉的氛圍，而就在他一邊盯著他一邊皺眉並感到迷惑的時候，他突然明白那是什麼了，是他父親正在思考如何做一筆生意時的表情，而且是對他有利的生意。每當他有機會買到一批便宜的皮料、獲得額外的羊毛捆包藏在閣樓裡，或是遇到一個沒經驗的商人被派來跟他協商時，他臉上就會出現這種表情。這是他嘗試不讓對方知道自己可以從交易中談到更多好處時會出現的表情。

那樣的表情貪婪、愉悅又壓抑。這個兒子因此感到一股惡寒，那寒意直直鑽入他的骨髓，讓他忍不住用雙手抓住身體底下的椅子。

這個兒子不敢相信且幾乎要窒息地意識到，無論他父親和那位牧羊農夫遺孀之間的交易為何，總之這場婚姻將對他有利。他的父親即將把這一切——艾格妮絲流血的臉、她此時選擇來到我們家、那隻紅隼，還有正在她肚子裡長大的寶寶——變成對他有利的籌碼。

他實在不敢相信，他真不敢相信，他和艾格妮絲竟然在無意間犧牲自己成就了他父親。這個領悟讓他想要逃離現場。無論是他們兩人在休蘭茲那座樹林中經歷的事，還是紅隼像根針刺破頭頂一如布料的大片樹葉俯衝下來的場面，總之都可以被絞扭成一條繩索，讓他父親利用來將他綁在家裡，讓他更無法離開這個地方。這實在太讓他難以忍受了。他真的受不了。他還有可能逃走嗎？難道他永遠不能擺脫這個男人、這棟屋子，還有這門生意嗎？

約翰又開口用那種塗了蜜糖的聲音說話，他說他會直接去休蘭茲和那名自營農的遺孀談，也跟艾格妮絲的弟弟談。他告訴他們，他很確定可以談成這件事，而且有辦法讓結果對大家都有利。這小子想跟這女孩結婚，他對他妻子說，而這女孩也想跟他結婚嘛，那他們有什麼資格阻止他們結合呢？那個寶寶必須出生在一個有好好締結婚約的家庭中，不能出生在不合禮數的情況下。那畢竟是他們的孫兒，是吧？很多人也是這樣結婚的啊。這是再自然不過的道理。

此時他轉向妻子笑了笑，還伸手抓了她的屁股。但他的兒子只能緊盯著地板，覺得非常反胃。

約翰整個人腳步輕快，雙頰紅潤，對整件事都抱持著迫切的熱情。「那就這麼說定了。我會去休蘭茲談好我的……我們的條件……好……好搞定這最……突然……我必須說，這可是我們兩家之間備受祝福的一對啊。就讓這女孩待在這裡吧。」他叫兒子跟他走。「借一步說話，私下講，如果方便的話。」

來到走廊，約翰放下和藹的偽裝，抓住兒子的領子，冰冷的手指緊貼住他的皮膚，再把臉逼近到他面前。

「告訴我，」他用低沉、沙啞又威脅的語氣說：「沒有其他的吧？」

「沒有其他什麼？」

「說啊。沒有其他的吧。是吧？」

這個兒子感覺牆壁緊貼住他的背部、他的肩膀。那些抓住他領口的手指讓他喉嚨開始無法吸吐空氣。

「有嗎？」他的父親逼近他的臉，他咬著牙問，口氣中帶著輕微的魚腥味和土味，「會有其他沃里克郡的淫婦跌跌撞撞跑到我家門口，跟我說你搞大了她們的肚子嗎？我還得應付其他對象嗎？跟我說實話，快。因為啊，老天在上，如果有其他人或她家人聽說了這種事，那麻煩可就大了，不管對你還是對我們所有人都一樣。懂嗎？」

他感覺呼吸困難，努力想把父親往後推，可是他的一隻手肘就壓在他的肩膀上，前臂還抵住他的喉頭。他開口想說話，他想說沒有、不可能有，我只有她，而且她才不是什麼淫婦，你怎麼敢這樣稱呼她？可是他就是無法把這些話說出來。

「因為如果你在別人身上犁田播種——哪怕只有一個人——我都會殺了你。就算我沒動手，她弟弟也會動手，聽見了嗎？我發誓我會奪走你的小命，老天在上。你給我記住。」

他父親朝他的氣管最後推了一下，才從門口離開，任由那扇門在他身後砰一聲關上。

這個兒子彎腰努力吸入空氣，同時揉捏他的脖子。就在他站直身體後，他看見那位學徒奈德正盯著他看。他們兩人就這樣彼此對望了一陣子，然後奈德轉身回到工作檯邊，繼續仔細檢視手頭的工作。

約翰直接步行前往休蘭茲。他沒有在自己的攤子前停步催促伊萊莎好好工作，也沒有給出一堆批評指教或叫她檢查庫存。他沒有在羅瑟街上停步跟剛好遇見的行會成員交談，只是走上通往夏特利村莊的小路並不停趕路，那態勢就彷彿家裡那女孩隨時可能生下孩子，因而破壞他的大好機會。他的腳步真是飛快啊，他內心愉快地想，而且還很靈活，如果考量他的年紀更是如此。他對眼前即將談成的交易充滿期待，甚至可以感覺那股快樂的情緒像是喝了葡萄酒般正流過他的血管。約翰知道現在時機正好，這場交易不能拖延，畢竟一旦情況改變，他很可能失去原有優勢。他現在是佔上風，沒錯，因為那女孩在他手裡，就在他家，就連男方也屬於他，只是由於年紀太輕需要由父母簽署特殊許可證才能結婚。他們兩家之間有舊債問題需要解決，不過眼下最需要考慮的還是那個女孩。根據她的狀態，她的家人一定需要她趕快結婚，而這件事需要約翰本人同意才有可能發生，所以他佔有絕對優勢。所有的好牌都在他手上。他一邊走在這條路上一邊放任自己大聲吹口哨，那是他年輕時流行的一首舊舞曲。

他在一片荒僻的田野找到她弟弟，但必須先小心繞過一堆排泄物才有辦法走到他身邊。那位弟弟倚著牧羊杖看他接近，身體完全沒有移動。

他身邊圍繞著躁動的羊群，牠們先是用突出的雙眼盯著他瞧，然後別開眼神，彷彿他是一隻巨大又嚇人的掠食動物。手套，他喃喃對牠們低語，臉上仍掛著微笑，你們很快就會變成手套啦。如果我有機會插手，不用等這一年過完，你們就會被沃里克郡的仕紳淑女戴在手上了。他在越過田野時實在很難掩藏住臉上的愉悅表情。

他筒靴底下的水窪就像結凍的白雲，一片片卡在泥巴地上的各種隆起和裂縫之間。約翰走到那位養羊的弟弟身邊。他伸出手。這位弟弟有一陣子只是盯著那隻手看。他是個高大的男人，眼睛跟艾格妮絲很像，一頭黑髮乾淨俐落地綁在腦後。他身上穿著他父親以前也會穿的那種羊皮披風，帶著一根雕花短棍。有個長相更好看、年紀也更輕的小夥子也帶著一根牧羊杖在稍遠處徘徊，一直注意這邊，約翰一度因此感到不安。萬一這些男人、這些她的弟弟們，或者說這邊的人打算傷害他，或者想對奪走他們姊姊貞操的那個沒用男人復仇，他該怎麼辦？萬一情勢對他不利，他其實錯估了情況，那來到這裡豈不是犯下大錯？有那麼一個片刻，他覺得看見死神飛越夏特利村莊的結霜田野朝他撲來，他甚至能看見自己的屍體，那具屍體的頭被牧羊杖打爛，噴得到處都是的腦漿還在結霜的土地上冒煙。他的瑪莉成為寡婦，而他年幼的兒子小愛德蒙和理查德也將因此失去父親。這一切都得怪他那個行為不檢的兒子。

這位農夫把短棍換到另一隻手，用力往地面吐了一口口水，然後接下約翰致意的手，過於用力而令人發疼地握了一下。約翰聽見自己發出一陣幾乎像是女孩子的高亢叫聲。

「哎呀，」約翰盡可能發出自己最低沉、最有男子氣概的輕笑聲，「巴薩洛繆，我想我們有事得討論。」

這位弟弟盯著他看了好一陣子，然後點點頭，眼神越過他的肩膀望向某處。

「是得討論，」他說，然後伸手指了指，「瓊安來了。她一定會有很多意見，我向你保證。」

瓊安匆匆忙忙地越過田也趕來，身旁跟著她的女兒們，還有一個小男孩趴在她背上。

「你，」她大喊，彷彿他是這座農場上的年輕雜工一樣，「借一步說話，如果方便的話。」

約翰對她友善地揮揮手，然後轉頭對巴薩洛繆微笑並斜斜點了個頭，藉此將他納入他們的對話中。約翰的點頭是具有明確言外之意、而且專屬於男性的間接表示，意思是：女人都這樣？對吧？她們老想為所欲為，我們男人也只好表面上順著她們囉。

巴薩洛繆直直迎向他的這個眼神，他那雙帶有光斑的眼睛跟他姊姊好像，可是其中沒有任何情緒，只有一片淡漠。過了一陣子後他挪開眼神，用令人難以察覺的姿態要求弟弟離開，還要他為瓊安打開柵門，接著吹口哨要狗狗跟上。

於是巴薩洛繆、瓊安和約翰就這樣在田野上站了很長一段時間。其他孩子因為躲在牆後方而無法清楚看見，但仍在偷偷觀察。一段時間過去後，他們開始互問：確定了嗎？真的就這樣了嗎？艾格妮絲已經在他們家？她會結婚嗎？她永遠不會回來了嗎？年紀最小的弟弟厭倦這個站在牆邊的遊戲，哀號著表示想被放下來，但其他姊姊們的眼睛始終沒離開那三個站在羊群間的人。他們身邊的狗都在拖著步伐走或打呵欠，牠們把頭放在腳掌上，時不時抬起來確認湯瑪斯的表情、等待著他的指示。

他們看見哥哥搖頭後把頭轉開，彷彿不再參與他們的對話。那名手套師傅似乎正在懇求些什麼，他先是展開他的一隻手、接著是另一隻。他一邊數一邊一隻隻收起右手手指。瓊安手勢激烈地說了好長一段話，期間還不停揮舞雙臂，她一下子指向房子、一下子緊抓住自己的圍裙。巴薩洛繆則一直死命盯著他的羊群，然後伸手扶住一隻羊的背部，同時把臉轉向手套師傅，彷彿正藉由這隻動物向另一個人證明些什麼。那名手套師傅猛力點頭，並發表了一段漫長的演說，然後彷彿獲勝般微笑起來。巴薩洛繆用短棍輕敲自己的靴子，這個動作顯示他很不高興。手套師傅往前站近了一些，瓊安則留在原地。手套師傅把一隻手搭在巴薩洛繆的肩膀上，這次那位農夫沒再拒絕那隻手。

然後他們握手。手套師傅先跟瓊安握手，然後跟巴薩洛繆握手。喔，其中一個偷看的女孩子發出這聲感嘆。其他男孩則大大吐出一口氣。看來是談定了，卡特莉娜悄聲說。

哈姆奈特逐漸醒過來，他身體底下的床墊發出輕微的摩擦聲。似乎有什麼吵醒了他——某個聲響、撞擊或有人在吼叫——他不確定是什麼。他可以藉由房內陽光射入的長度判斷時間已經接近傍晚。但他在這裡做什麼？剛才在床上睡著了？

他把頭轉向另一邊，想起剛剛發生的一切。有個人平躺在她身旁，但躺在床上的頭側向一邊。茱蒂絲的臉一片蠟白、毫無動靜，一層薄薄的汗水讓她的臉像玻璃在發光，胸口則以不規律的頻率起伏著。

哈姆奈特吞了一口口水，他的喉嚨感覺像被鎖住，鎖得很緊，舌頭也像覆蓋了一層舌苔般動起來很笨拙，而且腫大到幾乎嘴巴裝不下的程度。他掙扎著起身，眼前的房間一片模糊。有陣疼痛像隻被逼到絕境的老鼠般竄入他的後腦勺、蹲伏在那裡，還擺出齜牙裂嘴的模樣。

而在樓下，艾格妮絲正一邊哼歌一邊走進前門。她把以下東西放到桌上：兩束迷迭香、皮袋子、那罐蜂蜜、一大塊包在葉子裡的蜂蠟、草帽，另外還有一小束綁起來的紫草。她打算將這束紫草撕碎風乾，之後再浸入溫熱的油中。

她走過眼前的房間，扶起爐子旁的椅子，把蘇珊娜的便帽從桌上掛到門後的鉤子上，然後打開面向街道的窗戶，因為隨時可能會有顧客來找她。她解開身上的短外衣、脫掉，然後打開後門沿著小路走向煮飯房。

她隔著一段距離就能感覺到有好幾個地方正散發熱氣。她看見瑪莉正在煮飯房攪動一個鍋子，一旁的凳子上坐著蘇珊娜，蘇珊娜正把一些洋蔥上的泥巴抹掉。

「妳總算出現啦，」瑪莉轉過身來，她的臉因熱氣而泛紅，「倒是過得很悠哉啊。」

艾格妮絲露出一個含糊的微笑。「蜜蜂都湧進果園了，我得把牠們引誘回來。」

「嗯哼，」瑪莉把滿手的肉丟進水裡。她對蜜蜂的故事沒什麼耐心。反正就是些花招一大堆的生物，「休蘭茲那邊都還好嗎？」

「我想應該還行，」艾格妮絲回答，同時為了打招呼輕輕摸了一下女兒的頭，再把早上做的一條麵包放上流理檯。「巴薩洛繆的腿還是讓他很煩惱，真不幸，不過他不肯承認。我看他走路時會跛腳，他卻說只有天氣潮濕時會痛，可是我跟他說必須——」艾格妮絲突然停下來，手上還拿著麵包刀，「雙胞胎呢？」

正在忙的瑪莉和蘇珊娜都沒抬起頭。

「哈姆奈特和茱蒂絲，」艾格妮絲說：「他們在哪？」

「不知道，」瑪莉用一根湯匙嚐了一下鍋中食物的味道，「不過我找到他們之後一定要把他們揍一頓。柴火都沒有劈、桌子也沒鋪，兩個人就這樣跑不見，天曉得是去了哪裡。很快就是晚餐時間了，但兩個人還跑到不見人影。」

艾格妮絲正在讓麵包刀的鋸齒狀刀緣緩慢切穿長麵包，一次、兩次，那兩片麵包倒在彼此身上。就在她即將切下第三刀時，手上的刀子直接落到地上。

「我就是去……」她話沒說完就走出煮飯房，沿著小徑走進大屋子。她探看了一下工坊，約翰正以一種「別來煩我」的姿態在工作檯邊工作。她走過餐廳和起居室，一邊喊著他們的名字一邊爬上樓梯，但沒有回應。她走出前門來到亨利街，白天的熱氣正在消散，街道上的塵土逐漸落定，人們正陸續回家準備吃晚餐。

艾格妮絲走進自家前門，這是那天傍晚的第二次。

然後她看見了，在樓梯的最下方站著她的兒子。他一動也不動，臉龐蒼白，手指緊抓著樓梯欄杆。他的頭上腫起一塊，眉間有道傷口，她很確定今早都還沒有這些。

她快速走向他，只花了幾步就跨越整個房間。

「怎麼了？」她抓住他的肩膀，「發生什麼事？你的臉怎麼了？」

他沒說話，只是搖搖頭，伸手指向樓上。艾格妮絲立刻爬上去，一步兩階。

伊萊莎跟艾格妮絲說，她會幫她做婚禮的頭冠。不過之後又補充說，當然得是艾格妮絲有想要才行。那是某天的一大早，伊萊莎和這個以戲劇化姿態意外來到他們家的女人背對背躺在床上，她做出這個提議時非常害羞，口氣也很遲疑。當時外頭才剛破曉，她們已經開始聽見外頭街道傳來貨車及行人走路的聲音。

瑪莉說，在有辦法安排好婚禮之前，伊萊莎必須跟艾格妮絲一起睡。母親跟她說這件事時嘴唇繃得很緊、很僵硬，而且沒有正視伊萊莎的雙眼，只是在她的床上又鋪開一條毯子。伊萊莎望著小床靠近窗口的那半邊，自從她的妹妹安過世後那裡就沒人睡過了。她抬眼，發現母親正跟她一樣呆望著床的那半邊，她好想問：妳有想起她嗎？妳還會在晚上無意間聽見她的腳步聲、說話聲，或是呼吸聲嗎？因為我會，而且常聽見。我還是覺得某天醒來時會發現她還在，她會再次睡在我身旁，就算她的皮膚會因為時間流逝出現一些細紋或皺褶，我們會跟之前一樣相處融洽，就跟她還活著、還能呼吸時一樣。

不過伊萊莎還是每天獨自醒來，每天都是。

但現在出現的是即將跟她哥哥結婚的女人：她的名字不是安，她是個名叫艾格妮絲的女人。這一切改變都很倉促，而且還有需要特別處理的問題，因為她哥哥需要獲得一個特殊證明，而且——伊萊莎此時還不知道——還必須針對錢的問題進行漫長的（激烈）討論。艾格妮絲弟弟的一些朋友已經願意擔任保證人：她目前只知道這麼多。她的肚子裡有個寶寶，這件事伊萊莎聽說了，但也是透過門板偷聽來的，並沒有人直接告訴她。就像也沒有人告訴她婚禮訂在明天，而且是在早上：她哥哥和艾格妮絲將會走去坦普爾格拉夫頓教區的教堂，那裡的神父答應為他們證婚。對方不是他們的教區神父，那座教堂當然也不是他們每週日上的教堂。艾格妮絲說她跟這名神父很熟，還說他對她的家族特別友善。事實上，就連那隻紅隼也是他給她的。當初就是他親自養大這隻紅隼，而且是從一顆蛋開始養，他還曾教她如何治療紅隼肺臟的膿傷。她一邊踩著瑪莉的紡車踏板一邊輕快地訴說這些，她說這位神父會替他們主婚，因為他從她很小就認識她了，而且一直都對她很親切，她還曾用一些紅隼的繫腳帶和他換過一桶麥芽啤酒。她一邊單手捲羊毛一邊解釋，這位神父是馴養紅隼、釀酒和養蜂方面的專家，常跟她分享這三方面的知識。

艾格妮絲說這段話時正坐在起居室爐火邊的紡車前，伊萊莎的母親聽到手上的鉤織針都掉到地上，彷彿無法相信自己聽見了什麼，這讓伊萊莎正用杯子喝東西的哥哥笑了出來，但這個反應激怒了他們父親。不過伊萊莎倒是聽得很沉醉，她的每個字都讓她沉醉。她從沒聽過別人說出這種話，更別說有人在他們家這樣說話了，她的語調如此自然流暢，帶著坦率的喜悅。

無論如何，婚禮的時間地點都已經訂好。那個養鷹、產蜂蜜以及進行麥芽啤酒交易的神父會在隔天一大早會他們主婚。這場婚禮安排得極為倉促、隱密，幾乎可說不為人知。

要是換作伊萊莎結婚，她希望可以戴著花冠走在亨利街上，還希望那天陽光燦爛，這樣大家才能看清她的模樣。她不希望自己的婚禮辦在距離小鎮好幾英里外的小教堂，教堂內的奇怪神父還得偷偷摸摸地把她和新郎迎接進去，她要的是能昂首闊步地在小鎮內成婚，這點她很確定。她一定要讓人在教堂門口大聲朗誦她的結婚佈告。不過她父親和艾格妮絲的弟弟都已經安排好了，現在其他人都已經不能有意見。

但她還是想為艾格妮絲製作花冠。不然還有誰能做呢？總之不會是艾格妮絲的繼母，伊萊莎很確定，當然也不會是她的那些妹妹，畢竟她們基本上不跟外界來往，成天只躲在夏特利村莊裡。她們有可能來參加婚禮，艾格妮絲聳聳肩說，但也可能不會。

可是艾格妮絲一定得有花冠，不管她肚子裡有沒有寶寶，她都不能不戴花冠結婚。所以伊萊莎決定問她。她清清喉嚨，把所有手指絞紐在一起，彷彿準備開始禱告的樣子。

「我可不可以……」她對著房內冰冷的空氣說：「我在想不知道你願不願意讓我……替你準備花冠？為了明天的婚禮？」

她可以感覺到身後的艾格妮絲有在認真聽她說話。伊萊莎聽見她深吸一口氣，一度以為她會拒絕。伊萊莎覺得自己好像說了不該說的話。

她們身下的小床發出窸窣聲又晃動起來，她知道她正在轉過身面對她。

「花冠？」艾格妮絲說，伊萊莎可以聽出她在微笑。「我確實很想要花冠。謝謝妳。」

伊萊莎也轉過去，她們兩人就這樣盯著彼此的臉，突然之間像是兩個正在密謀些什麼的罪犯。

「我想想，」伊萊莎說：「不知道現在這個時節可以找到哪些花？說不定可以用一些莓果或——」

「杜松，」艾格妮絲打斷她：「或者冬青。再配一些蕨類。或者松葉。」

「還有藤蔓。」

「或是榛子花。我們可以去河邊，妳和我一起，」艾格妮絲說著握住伊萊莎的手，「可以晚一點去，看看能找到什麼。」

「我上週有看到一些烏頭草。說不定——」

「那個有毒，」艾格妮絲翻身平躺，但仍握著伊萊莎的手，然後把另一隻手放在肚子正上方，「妳想感覺一下寶寶嗎？這小妞今天清晨一直扭來扭去，看來是想吃飯了。」

「小妞？」伊萊莎對這突如其來的親密感到驚訝，她可以感覺那女人的手上緊緻、堅挺的皮膚散發出熱氣，而且握力很強。

「我想會是個女孩。」艾格妮絲說著就打了個哈欠，那是個俐落又快速的哈欠。

伊萊莎的手被艾格妮絲壓住，兩人就這樣十指交錯。那真是她有過最奇怪的感覺了，彷彿有什麼被從她體內抽出來，又像是皮膚被某個碎片割傷或有傷口遭到感染，但同時又有什麼灌入她體內。她無法搞清楚自己是因此被迫給予還是接收了什麼。她想抽回手，又想繼續放著。

「妳的那個姊妹，」艾格妮絲輕柔地說：「她年紀比你小嗎？」

伊萊莎盯著即將成為她嫂嫂這個人的光滑額頭、白皙太陽穴和一頭黑髮。她怎麼知道伊萊莎正在想安？

「對，」伊萊莎說：「小我幾乎兩歲。」

「那她去世時幾歲？」

「八歲。」

艾格妮絲發出同情的一聲「嘖」。「我很遺憾，」她悄聲說：「真為妳感到難過。」

伊萊莎沒說出口的是，她擔心安，無論她現在在哪都只有一個人、年紀小，又沒有自己陪著。她沒說自己有很長一段時間會清醒地在夜裡躺著，口中低聲呼喊她的名字，無論她在哪裡都希望她能聽見，又或者能讓伊萊莎的聲音剛好成為她的安慰。她總是痛苦地想，安可能在某個地方感到難受，而伊萊莎卻沒辦法聽見她，也沒辦法碰觸她。

艾格妮絲拍拍伊萊莎的手臂，突兀地說：「她有其他姊姊陪著，記得嗎？就是另外兩個在妳出生前死掉的姊姊？她們彼此照顧。她不希望妳擔心。她希望妳……」艾格妮絲停下來望著伊萊莎，伊萊莎正因為寒冷或震驚或同時感到寒冷及震驚在顫抖。「我是說，」她用一種比較謹慎的不同語氣說：「我猜她不會希望你擔心。她應該會希望妳放寬心。」

她們就這樣沉默了一陣子。馬蹄的答答聲從窗外經過再沿街往北而去。

「妳怎麼知道？」伊萊莎悄聲說：「妳怎麼知道那兩個死掉的女孩？」

艾格妮絲像是思考了一陣子。「妳哥告訴我的。」她說話時沒看著伊萊莎。

「她們當中的一個人，」伊萊莎呼吸開始變得沉重，「被命名為伊萊莎。就是第一個孩子。你知道嗎？」

艾格妮絲點點頭，又聳聳肩。

「吉爾伯特說有時候……」伊萊莎必須轉頭往後看一眼才敢繼續說：「她可能會回來，就在半夜，他說她會站在我的床邊試圖取回她的名字。他說她會因為我搶走她的名字而生氣。」

「胡說八道，」艾格妮絲果斷地說：「吉爾伯特就是在胡說。妳別聽他的。妳姊姊很高興妳能用她的名字，她很高興妳能傳承下去。妳要記住我的話。要是吉爾伯特再這樣跟妳說，就算只有一次，我都會把蕁麻丟進他的馬褲裡。」

伊萊莎爆笑出聲。「妳才不會。」

「一定會。這樣才能給他教訓，讓他知道不該隨便嚇人。」艾格妮絲放開伊萊莎的手，坐起身，「總之，是該展開新的一天了。」

伊萊莎往下望向自己的手。她的皮膚上有個凹痕，那是艾格妮絲用大拇指指甲留下的痕跡，凹痕周遭有如同紅玫瑰盛開的斑點。她用另一隻手揉了揉，對於那個痕跡散發出的熱氣感到驚訝，就彷彿那裡曾很靠近蠟燭。

伊萊莎的花冠是由蕨類、落葉松和紫苑組成。她是坐在餐桌邊完成的。她在製作花冠時被母親交代要照顧最小的弟弟愛德蒙，所以給了他一些落葉松的葉子和紫苑花瓣。他坐在地板上，雙腳伸直，態度莊嚴，把手上的葉子一片片丟進一只木碗，然後再用一支湯匙攪拌花瓣。她聽見他在攪拌時從口中傳出一連串伴隨著沉重呼吸的聲響：其中可以聽見意思是「葉子」的「意子」、指的是「伊萊莎」的「萊施」，還有其實是「湯」的「骯」。只要你知道如何去聆聽，那些有意義的字詞確實存在。

她的手指——強壯、細長，更習慣於縫製皮件的工作——將植物的莖枝編織成一個小圈。此時愛德蒙站起身，跌跌撞撞地走向窗戶、走回來，然後又走向火爐，而且一邊接近一邊告誡自己：「不行、不、不、不、不行。」伊萊莎微笑著說：「不行唷，愛德蒙，不行接近火。」他一臉開心地轉向她，因為受到理解而興奮起來。火、燙、不行、別碰。他知道不可以接近，可是體內就是充滿難以抗拒的渴望，那渴望讓他臉龐發熱，還浮現出明亮又躍動的色彩，腦中也充滿去做些什麼的美好想像：他想去對火又搧又戳，又或者只是抓住那火焰。

她可以聽見屋子後方的聲音，正在煮飯房中的母親把鍋碗瓢盆敲打出巨大聲響。她今天脾氣很差，家裡的女僕都被她弄哭了。瑪莉把內心所有的怨憤和怒氣都發洩在食物裡。帶骨肉這樣怎麼可能煮熟啦。派皮這樣會碎掉啦。麵糰發酵得不夠快啊。糖粒甜點吃起來顆粒太粗啦。伊萊莎覺得煮飯房就像位於一陣旋風中心，而她最好待在這裡、離那裡愈遠愈好，她要跟愛德蒙一起待在這裡才安全。

她用手指不停重複塞入的動作，把折斷的莖枝末端編在一起；她一邊用雙手握住頭冠的兩側旋轉一邊製作著。

她可以聽見樓上幾個兄弟走動時發出的厚重腳步和撞擊聲。根據她聽到的聲響，他們是在樓梯頂端玩摔角。她聽見一聲悶哼、一陣笑聲、理查德可憐兮兮地懇求某人放開自己、吉爾伯特假裝答應、一聲重擊、樓板吱嘎作響，然後是一聲被悶住的「哎唷！」

「小鬼們！」手套工坊內傳來吼聲：「別再鬧了！不然我會上去讓你們大哭大叫，不管有沒有婚禮都一樣。」

於是三兄弟出現在門口，但同時都想把別人撞開。伊萊莎的大哥是今天的新郎，他小跳步穿越整個房間親吻她的頭頂，然後轉一圈後把愛德蒙高舉到空中。愛德蒙的一隻手還抓著木湯匙，另一隻手抓滿葉子。大哥把他抱在空中轉圈，一圈又一圈。愛德蒙抖了一下眉毛，微笑起來，氣流把他的頭髮拂到額頭上，他試圖把湯匙橫著塞進嘴巴。接著他被放下來，他的三個哥哥瞬間消失在大門外的街道上。愛德蒙手中的湯匙掉到地上，他望著他們的背影，姿態孤獨而淒涼，無法理解為什麼突然被丟下了。

伊萊莎笑了。「他們會回來的，小蒙，」她說：「不用很久，到時候他就是已婚男子了，你等著吧。」

艾格妮絲出現在門口。她放開的髮絲已經梳理整齊，此刻就像黑水一樣披在她的肩膀和背部。她穿著一件伊萊莎從未見過的長禮服，顏色是櫻草花的淺黃色，禮服正面沿著角度極其微小的弧線延展開來。

「噢，」伊萊莎雙手交握，「這個黃色可以讓紫苑的黃色花心更醒目。」她跳起身，伸長握著花冠的雙手，艾格妮絲低下頭，讓伊萊莎可以把花冠放在她頭頂。

世界在一個晚上就降滿了霜。通往教堂路上的每片樹葉、每片草葉還有每根枝條都將自己包裹在霜之中、並在其中留下自己的摹本。腳下的土地也乾硬脆爽。新郎跟他的弟弟已先行出發：他們那群人發出一陣陣短促而昂揚的怪叫、大吼，時不時還唱起歌，另外有支風笛不停發出顫音，吹奏者是在隊伍邊緣不停跳進跳出的一個朋友。巴薩洛繆走在最後，高大的體型幾乎完全擋住前面的人，他的頭垂得很低。

至於新娘則是直直往前走，路途中完全沒有左顧右盼。跟她一起走的有背上揹著愛德蒙的伊萊莎，還有瑪莉、幾個艾格妮絲的朋友，以及麵包師傅的妻子。走在最旁邊的是瓊安和她的三個女兒。瓊安牽著小兒子的手，三個女兒則把手臂勾在一起，藉此排列成一支緊密的隊伍，這三人面朝前方，又是咯咯笑又是跟彼此講悄悄話。伊萊莎轉頭看了她們好幾眼，最後才終於把頭轉開。

艾格妮絲看出來了，她看見憂傷在她身邊聚攏成一陣薄霧。她什麼都看得出來。樹籬上的薔薇果尖端正在轉成棕色；有些黑莓因為在太高的地方而無人摘取；一隻畫眉鳥在路旁的橡樹枝條間俯衝，時不時往下飛；她繼母一邊揹著最小的兒子一邊口吐白色氣息，頭巾邊緣有一綹綹無色到詭異的髮絲竄出，臀部則大幅度地左右搖擺。艾格妮絲能看出卡特莉娜的鼻樑就跟她母親一樣又扁又寬，瓊妮跟她母親一樣髮線很低，瑪格麗特則繼承了粗脖子和長耳垂。她能看出卡特莉娜擁有讓自己人生快樂的天賦或說能耐，而瑪格麗特在這方面比不上卡特莉娜，瓊妮則是完全沒辦法。瓊安最小的兒子現在已經能牽著卡特莉娜的手自己走路了，她在他身上看見父親的影子：那頭漂亮的頭髮、幾乎是方形的頭，還有上揚的嘴角。她可以感受到綁在自己長襪上的緞帶，那些緞帶隨著下半身的雙腿運作一下收緊一下放鬆。她能感覺到花冠的香草、莓果和花朵時不時刺痛她的皮膚、彼此摩娑，還能感覺到那些莖枝及葉脈中一滴滴水珠的流動。她也可以感覺體內出現相應的動態，感覺自己正跟這些植物即時互動，就像一陣氣流、水流或潮汐，也能感覺到血液透過這樣的動態傳送給體內的寶寶。她正在離開原本的人生，並準備展開另一段人生。她知道一切充滿可能性。

她也感覺到自己的母親，她的母親就在左側某處，她說的是她真正的母親。若是人生出現不一樣的轉折，她就會在這裡陪她了，當艾格妮絲走向婚禮場地的路上，她會在一旁握住她的手，並用手指緊勾住女兒的手指。她的腳步會配合她的節奏，兩人一起走在這條路上，肩並著肩。如果她還在，那製作花冠的也會是她，而且會是她把花冠固定在她頭上，並幫她把頭髮梳成能漂亮披散下來的模樣，還會把藍色緞帶綁在她的長襪上、編進她的髮絲間。本來都應該要是她的。

所以她當然一定會出現在此，總之是以她有辦法出現的形式。艾格妮絲不需要轉頭去看，她不想嚇跑她，此刻光是知道她在這裡徘徊不去就夠了，就算是以非實體的形式也沒關係。我在心裡看見妳了。我知道妳就在這裡。

她決定沿著道路往前方看。她父親本來也會出現在那裡，他本來也可以跟前頭那群男人走在一起。然後她看著即將成為她丈夫的那個男人、看著他頭上的精紡羊毛帽，看著他走路的姿態比身旁其他男人都要更輕快敏捷——包括他的弟弟、他的父親、他的朋友，還有她的弟弟。回頭看啊，她一邊走一邊用意志力向他喊話，回頭看我啊。

他確實轉過頭來，而她一點也不驚訝。他為了看她而將頭髮往後撥並露出完整臉龐。他凝視著她的雙眼，停下腳步看了一陣子，露出微笑。他做出一個手勢：先是抬起一隻手，然後用另一隻手朝這隻手靠近。她迷惑地歪頭，他又做了一次，臉上仍帶著微笑。她想他應該是在模仿將戒指戴到手指上的動作——之類的吧。然後他其中一個弟弟，吉爾伯特吧，艾格妮絲心想，總之這個弟弟突然從側邊撲向他，抱住他的肩膀後試圖把他扳倒，他也用同樣的動作回敬，並在一陣扭打後鎖住他的喉頭，讓那個男孩憤怒地嚎叫起來。

那名神父已經在教堂門口等著了，他的深色長袍背後是被霜雪蓋住的白色石牆。前方的男人和男孩沉默地往教堂走去。他們聚集在他身邊，每個人都緊張兮兮又沉默不語，一張張臉龐在早晨的空氣中泛紅。當艾格妮絲走向教堂時，神父對她微笑，然後深吸了一口氣。

他閉上眼睛後開口：「我在此發佈這個男人和這個女人的結婚公告。」一股寂靜的氛圍籠罩住所有人，連孩童也不例外。不過艾格妮絲卻是在內心懇求著別的事：如果妳在這裡，她心想，讓我知道，透過什麼形式都好，就是現在，拜託，我在等妳，我就在這裡。「如果你們當中有人知道，這兩人有什麼不該在這場神聖婚禮中結合的任何原因或厄礙，那就現在提出。這是我第一次詢問。」

他張開眼睛望向四周，往身邊的每個人看過去。湯瑪斯正在用一片冬青葉戳詹姆士的脖子，而巴薩洛繆立刻打了他一下，那一掌落在他的後腦勺上，動作很有效率。理查德不停換腳跳，看起來是很需要去上廁所的樣子。卡特莉娜和瑪格麗特則在偷偷打量新郎的幾個弟弟，她們在評估他們的身價。約翰正在咧嘴燦笑，並用兩隻大拇指勾住緊身短上衣外的吊帶。瑪莉盯著地板，臉上沒有絲毫動靜，幾乎可說是備受打擊的模樣。

神父再次深吸一口氣，把剛剛的話又說了第二次。艾格妮絲深吸一口氣，然後又一次，此時寶寶在她肚子裡動了一下，彷彿是聽見某種聲響或尖叫，又或者是第一次聽見自己的名字。讓我知道妳在哪裡，艾格妮絲又在心裡想了一次，刻意又謹慎地在腦中讓每個字詞明確成形。瓊安彎腰聽兒子在說什麼，然後把一隻手指放在他的嘴唇上要他安靜。約翰把重心換到另一隻腳，結果不小心撞到妻子一下。瑪莉手中的手套掉到地上，只好彎腰去撿，但撿之前還先怒瞪了他一眼。

神父在第三次發佈結婚公告時凝望著所有人，他張開雙手，彷彿要擁抱眼前的大家。就在他說完最後一個字時，新郎往前走進教堂門廊站在神父身邊，那姿態就像是在說：讓我們開始吧。一波笑聲在人群中傳開，大家的緊張情緒在此刻獲得釋放，艾格妮絲在右側看到一道閃光，她是透過眼角餘光看見的，她感覺有個色塊瞬間掠過，像一綹頭髮掉下時擦過她的臉、也像是一隻正在逃竄的鳥。此時又有個東西從他們頭頂的樹上落下，那東西先是掉在艾格妮絲的肩膀上、她的黃色禮服上、她的胸口，然後是她隆起的腹部。她動作俐落地抓住那東西，用手掌把那東西困在身體上：那是一簇花楸的果實，火紅色的果實，果實背後還連著幾條細細的銀背葉片。

她用手指將那簇果子拎在手上。過了一陣子後，她弟弟走過來將果子放入她的掌心。他抬頭望向兩人頭頂那棵樹，再和姊姊彼此凝視。艾格妮絲伸手握住弟弟的手。

他握住她的手很有力，或許太有力了點；他從不清楚或意識到自己擁有的驚人力量。他的手指冰涼，皮膚粗糙又充滿紋路。他領著她走到教堂門口。此時新郎已經對她伸出手，那隻伸出的手臂無比急切。巴薩洛繆暫時停下腳步、拉住艾格妮絲要她停住。新郎等著，手還伸著，臉上帶著微笑。巴薩洛繆的身體往前傾，一隻手把艾格妮絲往後拉著不讓她前進，並伸出另一隻手抓住即將成為她丈夫的那個男人肩膀。艾格妮絲知道他沒打算讓她聽見他說的話，但她還是聽見了，畢竟她的聽力跟鷹一樣敏銳。巴薩洛繆傾身在即將成為她丈夫的男人耳邊低語：「好好照顧她，拉丁小鬼，給我好好照顧她，這樣我才不用動手傷害你。」

巴薩洛繆再次把身體移回姊姊身邊，並面對大家露齒而笑，表情開朗；他放開艾格妮絲的手，她於是走向那位此刻看來有點蒼白的新郎。

神父將戒指在聖水中浸了一下，口中喃喃說著祝禱的話，然後讓新郎接下那枚戒指。

「以聖父、」他用清晰的嗓音開口，用的是所有人、而且連坐在後方的人也能聽見的音量，並同時將戒指套進她的大拇指後再次拔下，「聖子、」他將戒指被套進她的食指，「及聖靈之名，」這次是套進她的中指。而在他說出「阿門」時，戒指已經套在她的無名指上了。之前他們躲在果園裡的時候，這位新郎曾告訴她無名指的血管會直接連通到心臟。她的無名指皮膚一度感覺很冷，因為聖水還沒乾，不過直接來自心臟的血流還是幫助皮膚暖起來，讓溫度回復到原有的體溫。

她踏進教堂，同時不停意識到自己手上有三樣東西。首先是套在手指上的戒指，然後是那簇窩在她掌心內的花楸果，最後是她丈夫的手。他們一起走過走道，人群簇擁在他們身後，所有人都用腳在石頭地面敲出聲響，然後各自在長椅上找位子坐下。艾格妮絲跪在聖壇前，她的丈夫跪在她右邊，兩人一起聆聽彌撒。他們一起低下頭，神父把亞麻布披在他們頭上，為的是保護他們不受惡魔、魔鬼，還有世間所有糟糕或討厭的事物侵擾。

艾格妮絲的身影在樓上的房間移動，她穿越一道道彼此交錯的光束，光束中有塵粒在其中湧動、飄浮。她的女兒躺在燈心草小床上，身上還穿著連身裙，兩隻鞋子脫在床邊。

她有在呼吸，艾格妮絲一邊接近她一邊對自己說，也對自己慌亂跳動的心臟及猛力鼓動的脈搏說，這是好事，難道不是嗎？她可以看見她的胸口，而那片胸口正在上下起伏，看哪，她的臉頰泛紅、雙手放在身體兩側，十隻手指捲曲著。這看起來不壞。一點也不壞。她在這裡了，哈姆奈特也在。

艾格妮絲走到床邊蹲下，裙子在她蹲下的瞬間膨起來。

「茱蒂絲？」她一邊說，一邊把一隻手放上女孩的額頭、然後是手腕，接著又把手放回她的臉頰上。

由於哈姆奈特也在房間內，而且就在她身後，艾格妮絲決定低下頭思考。有發燒，她對自己說，這個在她內心的聲音聽起來如此冷靜、如此鎮定。然後她糾正自己：是高燒，而且皮膚潮濕又火燙，呼吸輕淺快速，此外脈搏很微弱、飄忽又快得不像樣。

「她這個樣子多久了？」她大聲問，沒有轉頭。

「我從學校回來之後，」哈姆奈特說，他的聲音很高：「我們在跟小貓玩，然後小茱說……就是，奶奶要我們去劈柴，我們正打算動手、就是處理木柴，可是我們又跑去跟小貓玩，還玩了一下緞帶。那些柴就放在一邊，然後我——」

「別管柴的事了，」她努力控制自己的語氣：「那不重要。跟我說茱蒂絲的狀況就好。」

「她說她的喉嚨在痛，但我們還是玩了一下，然後我說我要去劈柴，她說她實在太累了，所以就上樓躺在床上。我劈了一下柴——沒有劈完全部——然後我上來看她但她很不對勁，所以我就去找你和奶奶和大家，」他的音量愈來愈大：「可是都沒人在。我到處去找，我去找妳然後一直叫妳。我還跑去找醫生可是他也不在然後我就不知道該怎麼辦。我不知道要怎麼……我不知道……」

艾格妮絲站起來走向兒子。「沒事了，」她伸手把他光滑、漂亮的頭靠在自己肩膀上，感覺他的身體在發抖，連呼吸也跟著輕顫。「你做得很好、非常好，這一切都不是你的——」

他用力從她懷中掙脫開來，淚濕的臉龐看來備受打擊。「妳到底去哪裡了？」他大吼，此時他的恐懼轉化為怒氣，說話的聲音終於開始顫動，然後在吼出接下來這句話的動詞時語氣下沉，吼出結尾的名詞時又高亢起來，「我找過所有地方！」

她平穩地凝視他，然後重新望向茱蒂絲。「我去休蘭茲了。巴薩洛繆派人找我回去，因為蜜蜂成群亂竄。我在那裡待的時間比預計的久。我很抱歉，」她說：「我很抱歉我剛剛不在。」她再次伸手想抱他，但他躲開後走向床邊。

他們一起跪在那女孩旁邊，艾格妮絲握起她的手。

「她得了……那個，」哈姆奈特沙啞地低聲說。「對吧？」

艾格妮絲沒看他。他是個機靈的孩子，向來擅長解讀他人心思，她知道他能看出她在想什麼，彷彿所有人的思緒都寫在一張白紙上。所以為了不露出破綻，她低下頭迴避他的眼神。她開始檢查茱蒂絲的每隻手指是否有變色，比如是否有灰色或黑色斑點逐漸擴散開來。沒有。她的每隻手指都是玫瑰粉色、每片指甲都是淺白色，指甲上也都有一抹正在上升的月牙。艾格妮絲檢查了她的腳、每根腳趾，還有腳踝上那顆脆弱的圓形骨頭。

「她得了……瘟疫，」哈姆奈特悄聲說：「是吧？媽媽？她染上了吧？妳是這樣想的，對吧？」

她抓住茱蒂絲的手腕。她的脈搏飄忽、紊亂，有時突然加速又慢下來，有時幾乎感覺不到但又開始狂飆。艾格妮絲的眼神落在茱蒂絲脖子的腫包上。那個腫包的尺寸跟雞蛋差不多，剛生下的雞蛋。她伸出手輕輕碰觸，用她的指尖去摸。那個腫包感覺潮濕又充滿液體，像一片沼澤地。她鬆開茱蒂絲的直筒連身裙、慢慢往下拉，發現她身上還有其他蛋狀腫包長在腋下，其中有些小小的，但有些又大又可怕，而且形狀圓胖，把她的皮膚撐得好緊。

她之前就見過這些腫包；這座小鎮或這個郡的大多數人都在人生的某個時期見過。這些腫包是大家的噩夢，無論是在自己身上還是所愛之人身上，所有人都希望永遠不需要發現它們的存在。這些腫包是大家最恐懼的事物之一，因此她就算已親眼看見，內心依然不太能相信自己真的看見了，她甚至無法相信這不是她透過想像力召喚出的某種臆想或憂慮幻象。

然而那些腫包就在那裡。那些圓形的突出物就在她女兒的皮膚底下。

艾格妮絲感覺自己分裂成兩半。第一個她因為看到那些「結腫」而倒抽一口氣，另一個她聽見驚恐的抽氣聲，於是開始對這個抽氣聲進行觀察、記錄的工作：啊，是抽氣聲，很好。淚水開始在第一個艾格妮絲的眼中浮現，她胸口的心臟用力鼓動，就像一頭動物不停衝撞關住自己的肋骨牢籠；而另一個艾格妮絲則在症狀清單上一項項打勾：結腫、發燒、深度睡眠。第一個艾格妮絲開始親吻她的女兒，親吻她的額頭、她的臉頰，還有髮際線邊的太陽穴；另一個艾格妮絲則在思考如何製作膏藥，膏藥成份包括壓碎的麵包、烤洋蔥、煮沸的牛奶和羊脂，另外搭配野薔薇果汁、芸香粉、琉璃苣和忍冬。

她站起身走過房間再走下樓梯，以一種異常熟練、幾乎每個步驟都明確篤定的姿態採取行動。她一直懼怕的事終於發生了。就是現在，這就是她一直以來最害怕的時刻，在那些無眠又黑暗的夜晚、在那些無所事事的時刻，還有在她獨自一人的時候，她都一直在思考這個可能性，也不停在想可以怎麼做，並在心裡將各種解決方式演練又演練。而此刻瘟疫已經抵達她家，還在她孩子的脖子上留下痕跡。

她聽見自己叫哈姆奈特去找奶奶和姊姊過來，沒錯，她們已經回來了，正在煮飯房，去叫她們來，現在就去，對，直接去。然後她站在自己的置物架前方，伸出雙手在那些密封瓶罐中翻找。這裡有芸香、這裡有肉桂，那個對排出熱氣很有幫助，然後這裡還有旋花和百里香。

她的眼神往下排層架看去。大黃？她把那根乾燥的植物莖枝握在手上想了一陣子。沒錯，就用大黃，這可以排空胃部，同時把疫病一起排出去。

幾乎就在此刻，她意識到自己發出了一陣小小的聲響，聽起來像狗在嗚咽。她把頭靠在牆面塗抹的泥灰上，心想：我的女兒啊、那些腫包啊。然後她又想：不可能，我不會屈服，我不會讓那種事發生。

她伸手去拿研磨杵，過程中不小心用力砸在研磨缽中，結果把許多粉末、葉片和根塊都灑到桌面上。哈姆奈特已經走出房子，沿著小徑走入後院來到煮飯房門口，此時他的祖母正在煮飯房內的洋蔥桶中翻找，女僕則站在一旁將圍裙兜成容器形狀，等瑪莉把任何找到的合適目標丟進來。爐火在爐柵後方時不時炸開，偶爾發出劈哩啪啦的聲響，昂揚的火焰往上挑釁、輕撫著鍋子底部。蘇珊娜站在奶油攪拌器旁，緊握著攪拌把手的一隻手正動個不停。

她先看見了她。哈姆奈特緊盯著她瞧，她也盯著他看，並因為他的模樣而嘴巴微張開來。她皺起眉頭好像要說些什麼，又似乎是要警告他注意些什麼，然後她轉頭望向祖母，他們的祖母正在指導女僕如何替洋蔥剝皮後切成小塊。這裡的熱氣實在讓哈姆奈特難以忍受——他可以感覺熱氣一陣陣撲向他，就像來自地獄之門的煙霧。這些熱氣幾乎塞滿門口和整個空間，像一個緊貼住每道牆面的駭人團塊。他真不明白這些女人怎麼能受得了。他用一隻手揮過眉頭上方，看見手的邊緣似乎在微微閃爍震動，然後他看見了，或說好像看見了，就在那一瞬間，他眼前的黑暗中出現了一千支蠟燭，這些蠟燭的火光又是搖曳又是閃動，總之他看見一縷一縷的光，來自許多極度矮小的蠟燭。他眨眨眼睛，蠟燭消失了，眼前的場景又變得跟之前一樣：他的祖母、女僕、許多洋蔥、他的姊姊、奶油攪拌器，桌上還有一隻無頭的野雞，那隻野雞已經遭到斬首而且死透了，但兩隻彷彿長滿鱗片的腳卻過度講究地往上收，就像是擔心雙腳沾到泥巴一樣。

「奶奶？」蘇珊娜的口氣不是很有把握，她的雙眼還盯著弟弟。此後蘇珊娜總是會不停回憶起這一幕，尤其是在她清晨醒來時，這個畫面會在她腦中一次又一次播放。她看見弟弟站在那裡，就剛好站在門框中。每次回憶時，她都會記得他看起來一臉蒼白、震驚，整個人魂不守舍，眉毛上還有一道傷口。如果她把弟弟不對勁的狀況告訴祖母會有什麼不同嗎？如果她有提醒媽媽或祖母注意這件事呢？這樣的話結果是不是就能有所改變？當然她是不可能知道了，因為那時她只是說了：「奶奶？」

瑪莉正跟女僕說話說到一半，「還有記得這次別再煮焦了，就算只有邊緣一點點焦也不行——只要它們開始變透明，就要立刻把鍋子從火上拿開，聽見沒？」她轉身，一開始是轉向孫女，然後隨著蘇珊娜的視線望向門口，看見了哈姆奈特。

她抖了一下，用一隻手撫摸心口。「哎唷，」她說：「你嚇到我了！到底在做什麼啊？小鬼？你看起來跟鬼一樣，為什麼這樣站在那裡？」

在隨後的幾天甚至是好幾週的時間，瑪莉都告訴自己：她從沒有說過那種話，她不可能說出那種話。她絕不可能對他說「鬼」這個字、不可能跟他說他有任何嚇人之處，總之不可能指出他的外表有什麼不對勁。他看起來非常好。她從沒說過那種話。

艾格妮絲用顫抖的雙手把散落的花瓣和根塊掃回研磨缽，她開始磨，手腕扭轉又扭轉，指關節發白，指甲也緊緊掐住木製研磨棒。那些乾燥的大黃莖枝、芸香和肉桂被搗在一起，所有氣味在混合後散發出香甜、刺鼻及苦澀的氣味。

她一邊研磨一邊開始計算這個組合的藥水救過多少人。有個磨坊主的妻子本來躺在床上胡言亂語，還撕破自己的衣服。但在喝過這藥水兩劑的隔天就能在床上坐起身，現在的她已經安靜地像隻小羔羊，還能小口小口啜飲湯。還有斯尼特菲爾德那位地主的外甥：那次地主是在半夜直接派人來接艾格妮絲。那個小子在喝過這個藥水並接受濕敷藥物治療後恢復得很好。還有那個來自卡普頓的鐵匠和畢曉普頓的老處女，他們的病都好了，不是嗎？所以不是不可能成功。

她實在太專心了，所以在有人碰她的手肘時嚇得跳起來，研磨棒也從指間滑落到桌面。婆婆瑪莉正站在她身旁，臉頰因為剛剛待在煮飯房而泛紅，她的兩隻袖子捲起，眉心皺在一起。

「是真的嗎？」她說。

艾格妮絲深吸了一口氣，舌頭因此嚐到一絲肉桂厚重而強烈的氣味，以及大黃磨成粉後的酸味，同時意識到自己只要開口就可能哭出來，所以她點點頭。

「她長了結腫？有發燒？真的嗎？」

艾格妮絲再次點頭。瑪莉的臉色緊繃，雙眼像在冒火。你可能會以為她在生氣，可是艾格妮絲知道是怎麼回事。這兩個女人看著彼此，艾格妮絲知道瑪莉正在想她其中的一個女兒，安就是八歲時死於瘟疫，當時的她身上長滿腫包、高燒不退，手指在發黑又發臭之後還因為腐爛直接從手掌脫落。她會知道這些是因為伊萊莎跟她說過，不過話說回來，她本來也已經知道了。艾格妮絲沒有轉頭，沒有移開和瑪莉對望的眼神，可是她知道年紀小小的安即將進入這個房間，她正站在門外，肩膀上披著纏在一起的被單，沒有綁起的頭髮散落下來，她那使不上力的手指痠疼，腫脹的脖子讓她幾乎無法呼吸。艾格妮絲逼自己別再想下去了，安啊，我們知道妳在那裡，我們沒有忘記妳。對艾格妮絲來說，他們和她的世界之間只隔著一層若有似無的薄紗，這兩個世界之間的界線在她眼中無比曖昧，它們不但彼此摩娑還能連通在一起。她不會讓茱蒂絲跨越到那個世界。

瑪莉低聲說了一串話，那是一段禱詞之類的內容，也是她的懇求，然後她把艾格妮絲拉到身邊。她幾近粗暴地用手指緊扣住艾格妮絲的手肘，前臂猛力地壓在艾格妮絲的肩膀上。艾格妮絲的臉緊貼住瑪莉的頭巾，她能聞到頭巾散發出的肥皂味，那是她自製的肥皂——用的是爐灰、獸脂和薰衣草的窄細花苞——也能聽見她的髮絲在頭巾底下摩擦布料的刺耳聲響。在她閉上雙眼並讓自己接受這個擁抱前，她看見蘇珊娜和哈姆奈特從後門走進來。

然後瑪莉放開她、轉身，她們兩人能夠彼此理解的那一刻結束了、過去了。現在的她進入公事公辦模式，她撫平圍裙，檢視研磨缽的內容物，走去爐邊表示要生火，她叫哈姆奈特拿柴過來，動作快啊小鬼，我們要來生一爐很旺的火，因為沒有比熾熱的火焰更能有效驅逐高燒了。她把火爐前的空間清開，艾格妮絲知道瑪莉要把燈心草床墊拿過來；她會拿來乾淨的毯子在這裡鋪好床，就在火邊，然後茱蒂絲會被安頓到這熾烈的火焰前。

無論艾格妮絲和瑪莉之間存在多少歧見——她們之間的歧見可多了，尤其當她們住得這麼近、有這麼多事要做、這麼多孩子要顧、這麼多張嘴要餵飽、這麼多餐食要煮還有這麼多衣服要洗要補、這麼多男人要看好要注意要安撫還要引導時，她們處事風格的差異更加凸顯——總之在面對眼下的任務時這些都不重要了。她們兩人可以用各種方式意外激怒、挑釁、惹惱彼此，也總是可以因為對方而吵架、鬥嘴或嘆氣。她們可以因為另一個人煮的食物太鹹、磨得不夠細，或調味太淡而直接丟進豬舍給豬吃，當然也總是可以對另一個人的紡織、縫紉或刺繡成品百般挑剔。不過在現在這種時刻，她們也可以像是彼此的左右手一樣合作無間。

瞧啊。艾格妮絲正把水倒進一只平底鍋再將粉末灑進去，而瑪莉正在操作風箱，她一邊把柴從哈姆奈特手中接過來，一邊指示蘇珊娜去隔壁的櫥櫃拿被單來。她正在點燃一根根蠟燭，那些燒得很旺的火焰拉長身體，在房間角落鋪排開一枚枚光圈。艾格妮絲將平底鍋交給瑪莉，瑪莉將平底鍋放在溫暖的火焰上。接著她們開始爬樓梯，這是兩人毋須商討就採取的行動，艾格妮絲知道瑪莉會帶著微笑和茱蒂絲打招呼，並吵吵鬧鬧地喊出一些看似漫不經心的話語。她們會一起照料那女孩、一起把那張小床抬到樓下，一起餵她吃藥。她們會一起處理這件事。

艾格妮絲的婚禮之夜過了一半，此刻都快破曉了。空氣冷到她吐出的每一口氣都成為可見的白煙，在裹住她的毯子上凝結成一顆顆小水珠。

亨利街啊，當她從窗戶望出去時，這條街道浸潤在最深沉的黑暗中。屋外沒有人。偶爾會有貓頭鷹的叫聲傳來，應該是在屋後某處的牠此刻正將顫抖的叫聲送入暗夜。

艾格妮絲站在窗邊，手中緊抓著包住自己的毛毯，她心想，有些人可能會覺得這是一種惡兆，畢竟貓頭鷹的叫聲象徵死亡，可是艾格妮絲並不怕這種生物。她喜歡牠們，喜歡牠們的眼睛，牠們的眼睛就像金盞花的花心，也喜歡牠們身上帶有斑點又彼此交疊的羽毛，還有那總是莫測高深的表情。在她看來，牠們似乎是以雙重狀態活著：一半是幽靈、一半是鳥。

艾格妮絲從婚床上起身，開始在新家中到處晃盪，因為睡眠之鳥似乎不打算來將她包覆入自己的羽翼中，而她腦中的思緒太多、太擁擠，一個個都在推擠爭取自己的空間。也因為她今天有太多資訊需要消化，有太多事需要重新回想一遍。畢竟這是她第一次被預期要睡在一張「床」上，那張床甚至不在房子的一樓。

所以她在這棟公寓中到處遊蕩，一邊走一邊撫摸屋內的物件：椅背、空蕩蕩的架子、火鉤、門把，還有樓梯的欄杆。她移動到屋子前方，再移動到後方，然後又移動到前方；她走下樓梯後再爬上來。她的手撫過環繞床邊的垂簾，那是父母送的結婚禮物。她把床邊的垂簾拉開，對著裡面那個男人思考起來，那是她此刻睡得如同陷入深海般的丈夫，他整個人大字形躺在床上，雙臂張開，就像漂浮在海流之上。她抬頭望向天花板，天花板上方有個帶有斜屋頂的小閣樓。

這棟現在已經成為她家的公寓就蓋在家族主屋旁。這棟公寓有兩層樓：樓下佈置有壁爐和長椅，還放了吃飯用的餐桌和碗盤，樓上這裡放的是床。之前約翰一直把這裡當儲藏室——原因始終沒人提起，可是艾格妮絲第一次走進來，朝空氣中一聞，就明確聞到羊毛還有梳理後被打包的羊毛捆包被儲藏在這裡多年的氣味。但無論原本放在這裡的是什麼，都被移到其他地方去了。

艾格妮絲有種強烈的感覺，她被安排住進這棟公寓跟她弟弟有關，而且或許正是這場婚姻得以成立的條件之一。他們第一次踏進這棟公寓時巴薩洛繆也在。他仔細看過這邊的幾個狹窄房間，先上樓又下樓，把每個角落都走過一遍，最後才對約翰點點頭，過程中約翰始終站在門口。

巴薩洛繆點過兩次頭之後，約翰才把鑰匙交給他兒子。那是個詭異的時刻，不過艾格妮絲覺得很有趣。她望著那位父親動作極為緩慢地將鑰匙遞給兒子，他顯然不樂意，而他兒子不想接下鑰匙的情緒也一樣強烈——甚至更強烈。他的手指一直顯得躁動、疏懶，整個人態度遲疑，雙眼不停檢視父親手中那把鐵製鑰匙，彷彿無法確定那到底是什麼東西。最後他只用大拇指和食指用力將那把鑰匙抽出來，但也就這樣拎著，手臂仍伸得好直，彷彿無法確定這東西到底會不會對自己造成傷害。

約翰試圖緩和這個尷尬場面，開始說一些有關壁爐、幸福和妻子之類的話題，還伸手拍了拍兒子的背。那本該是有點粗魯、但仍展示出父愛的親切舉動，但事後回想，艾格妮絲總覺得兩人好像都有點不自在、不太自然？那個拍背的動作有點太大力、太刻意。兒子也沒預料到父親會這麼做，還因此往一旁踉蹌幾步，瞬間失去平衡。他很快重新站好，動作很快，幾乎可說太快了，姿態就像拳擊手或劍擊運動員，再次站好時還把重心放在腳尖。他們對看了一陣子，兩人盯著彼此，彷彿即將要出拳互打，而不是要交接鑰匙。

她和巴薩洛繆在房間的兩端觀察他們兩人。當那個兒子轉身將鑰匙放在桌上並發出一聲悶悶的金屬敲擊聲，而不是放在腰間的皮包裡時，她和巴薩洛繆對看了一眼。她弟弟面無表情，只有一邊的眉毛輕微抽動了一下。不過對艾格妮絲來說，這個舉動說明了很多事情。她知道弟弟是什麼意思：妳現在知道跟妳結婚的這家人是怎麼回事了吧？那個眉毛的抽動是在說：妳現在知道我為什麼堅持你們要分開住了吧？

艾格妮絲靠向窗玻璃，讓自己呼出的氣息在玻璃上凝結。這些房間讓她聯想起自己名字的第一個字母，那是她父親教會她的字母，他當時用一根削尖的棍子寫在泥巴上：「A」。（她清楚記得自己那時候和父母一起坐在地上，她坐在母親的兩條小腿之間，頭靠著她膝蓋周圍的肌肉，如果伸手往下還可以抓住母親的腳。她可以清楚回想起母親的頭髮飄散在她肩膀上的感受。她還記得自己把身體往前傾，想看清楚父親那根棍子是如何移動，而她父親一邊移動棍子一邊說：「這裡，艾格妮絲，你看。」那個字母從棍子被沾黑的尖端逐漸現身，然後在煮飯房的爐火中被燒硬成黑炭：「A」。那是屬於她的字母，始終是她的。）

這棟公寓的形狀就像那個字母，因為公寓的屋頂是由兩個斜面組成，二樓的樓地板又橫跨在正中間。艾格妮絲把這當成決定性的徵兆——呼應著那個刻在泥土地上的字母、她母親強壯的腿，還有母親的頭髮掃過她時的觸感——於是會決定他們婚姻樣貌的不會是那隻貓頭鷹、她婆婆總是痛苦瞧著她的眼神、她丈夫比她小的年紀、這棟屋子帶來的狹窄感受、屋內空洞又死氣沉沉的氛圍，也不會是她公公用力拍打兒子背部的姿態，總之這些都不是決定性的徵兆。

她解開一個布包並把其中的物件放在地板上，此時床上傳來的人聲嚇了她一跳。

「妳在哪裡？」他的聲音本來就很低沉，現在又因為睡到一半再加上被垂簾悶住而顯得更低沉。

「這裡。」她回答時還蹲在地上，手上握著一個小包裹、一本書、她的花冠——現在已開始凋萎且因為鬆開而顯得有點凌亂，但她之後會把這些花重新綁好、乾燥後完整保留下來。

「回來吧。」

她站起身，手上還拿著自己的那些東西，走向床邊推開垂簾，往下望向他。「你醒了。」她說。

「而妳在很遠的地方，」他一邊說話一邊瞇眼望向她，「跑去那麼遠的地方做什麼呢？妳應該在這裡才對啊。」他指著自己身邊的位置。

「我睡不著。」

「為什麼？」

「這棟房子是一個A。」

兩人之間出現一陣沉默，她開始懷疑他到底有沒有聽見她說話。「嗯？」他用一邊手肘把自己撐起身。

「一個A，」她又說了一次，她把手上的所有東西塞進一隻手裡，好讓自己可以在兩人之間的冬日冷涼空氣中比劃出那個字母，「這是一個A，是吧？」

他慎重地對她點點頭。「確實是。可是跟這棟房子有什麼關係？」

她無法相信他沒辦法跟自己一樣看出其中的關聯。「這棟屋子有由兩個斜面組成的尖頂，二樓的地板橫跨在中間。我不知道我有沒有辦法睡在上面這裡。」

「上面的哪裡？」他問。

「就是這裡。」她指了指兩人身邊的空間：「就是這個房間。」

「為什麼會沒辦法？」

「因為這個樓地板浮在半空中，就像A中間的那一橫。這裡的底下沒有土地，只有空蕩蕩的空間跟更多空蕩蕩的空間。」

他的臉上突然拉出一抹微笑，雙眼熱切地打量她，然後翻身躺回床上。「妳知道嗎？」他對著上方的床頂篷說話，「這就是我愛妳最主要原因。」

「因為我不能睡在半空中？」

「不是，是因為妳看待世界的方式跟其他人都不同。」他伸出雙臂，「回來床上吧，這話題聊夠了。在我看來，我們之後應該好一陣子不用睡覺了。」

「是這樣嗎？」

「對，就是這樣。」

他起身下床抱起她，再小心地放到床上。「我要在我們的A裡面，」他爬到她身旁，「佔有我的艾格妮絲。我打算一次、一次又一次地佔有她。」

他為了強調自己的決心而吻了她，而且每說一個字就吻一次，她開始笑個不停，頭髮披散在兩人身上、滑入兩人之間，還落入他的嘴唇、鬍渣和手指之間。

「我們應該不太會在這張床上睡覺囉，」他說：「至少好一陣子會是這樣。」然後他又說：「不過妳到底為什麼要拿著那些東西不放？那些是要用來做什麼？我不認為我們現在需要它們。」

他把所有東西拿走，一個接著一個——她的手套、花冠、小包裹——從她手中拿走後放到地上。他把《聖經》從她手中拿走，然後是另一本書，不過他在放下最後那本書之前停止動作，突然盯著看了起來。

「這是什麼？」他邊問邊把書翻開來看。

「一個鄰居過世時留給我的，」艾格妮絲一邊說，一邊用指尖撫摸剛打開書沒幾頁的卷首圖片，「她以前會為我們織布。我負責帶羊毛給她，等她織好後再拿回來。她總是對我很親切，還在遺囑中把這本書留給我。這本書之前屬於她丈夫，他生前是藥師。我小時候會幫她整理花園。她有一次告訴我……」她在這裡沉默了一下，「她和我母親會在必要時一起參考這本書。」

他抽回抱住她的手臂，雙手拿著那本書一頁頁翻看。「所以妳很小就得到這本書？」他邊說邊用雙眼仔細爬梳裡頭每個印刷字，「這是拉丁文，」他皺起眉頭，「內容跟植物有關，包括功效和辨識的方法，以及如何使用植物來治療特定疾病或身心失調問題。」

艾格妮絲越過他的肩膀看過去。她看見一種植物的圖片，那植物有著淚珠形狀的花瓣和細長而糾纏的暗色根脈，插畫中還有描繪出那植物長滿莓果的粗樹枝。「我知道，」她說：「我很常翻這本書，不過當然，內容我是讀不懂。你願意讀給我聽嗎？」她問。

他似乎突然回神過來，放下那本書，把眼神投向她。「當然沒問題，」他說，同時手指開始解開她的寬鬆連身裙綁帶，「但不是現在。」

在艾格妮絲看來，這一切都很奇怪，僅只在一個月的時間內，她就從鄉村來到城鎮、從農場來到公寓、同住的繼母變成婆婆，而且整個人從一個家換到了另一個家。

她逐漸意識到每個家的運作方式都非常不同。她的老家專注於綿延子嗣，而且所有人都一起合作養動物和種地，亨利街上的這棟房子卻擁有不同的家庭結構，由上而下分別為：家長、兒子、女兒、豬舍裡的豬和雞舍裡的雞、學徒，以及最下層的女僕。艾格妮絲剛成為媳婦，她認為這個身分目前擁有的地位仍很曖昧，大致上是位於學徒和雞之間。

艾格妮絲看著家裡的人來來去去。在這段時期，她一直在蒐集各種資訊、機密、所有人的日常習慣，大家的個性及互動方式。她就像掛在牆上的畫，她的雙眼什麼都沒錯過。她擁有自己的房子，就是這間窄小的公寓，但她可以走出後門抵達兩棟房子共用的庭院——她和丈夫跟隔壁共用菜園、煮飯房、豬舍、母雞、洗衣房，還有釀造房。所以她有時可以躲進自己的小空間，有時又可以跟其他人一起相處交流。她是觀察者，同時也是參與者。

女僕們都起得跟艾格妮絲一樣早：鎮上的人躺在床上的時間比鄉村的人長很多，而艾格妮絲早已習慣在太陽升起時展開新的一天。這些女孩會將爐柴、光線和火焰帶進門廳和煮飯房，並把雞放出來在庭院為牠們撒上許多種子和穀物。她們把廚餘抬進豬舍、從釀造房拿麥芽啤酒出來，然後拿出在煮飯房罐子裡放了一晚的麵糰，將麵糰敲打成形後放在溫暖的爐子旁。此時距離任何家庭成員從自己的房間出現還有大概一個多小時。

在小鎮這裡沒有需要修補的籬笆，也沒有非得從靴子上清掉的泥巴。衣服不會沾上一條條泥土、毛髮或糞便的痕跡。沒有男人會在大白天回家時飢腸轆轆，甚至整個人冷到骨子裡去。爐火邊不會有需要保暖的小羔羊，也不會有腸絞痛、長蟲或腳爛掉的牲口。沒有動物需要在一大早餵養照顧，當然也沒有紅隼：她的鳥已經去跟替他們主持婚禮的神父一起住了，不過神父說艾格妮絲隨時可以去探望那隻鳥。這裡沒有綿羊會試圖穿過籬笆逃走，也沒有烏鴉或鴿子或山鷸會降落在茅草屋頂上對著煙囪往下鳴叫。

這裡有的是貨車在屋外整天來來回回，人們在街上彼此大喊，而且總會有一群群人經過，或是有人在送貨或收貨。手套工坊後方有間儲藏室，許多森林生物失去肉體的毛皮像悔罪者一樣在架子上被撐開來。許多女僕忙進忙出，她們的鞋子拍打、敲擊著石板地，並時不時上下打量艾格妮絲，彷彿在評估她的價值，然後發現她沒什麼價值。她們會嘆氣，輕微到不行的嘆氣，就像是在抱怨她妨礙了她們，但只要瑪莉一出現，她們會立刻站得筆直，並把帽子戴好後說：是的，太太；不，太太；我不知道，太太。

在鄉下的時候，大家的時間幾乎都用在牲口和農作物身上，所以根本沒什麼時間拜訪別人，可是在這棟屋子裡，每天的任何時候都可能有人來訪，而且他們都期望能在這裡找到聊天對象：比如瑪莉家的親戚，或是約翰的生意夥伴。前者會被帶到起居室，後者則會被先帶去參觀工坊，然後約翰再決定要把他們帶去哪個房間。瑪莉沒有出門拜訪別人的大多時間都待在家裡，她負責監督僕人和學徒有沒有好好工作，或者就是坐在那裡做她的針線活。約翰通常會跑得不見人影。年紀比較小的男孩們會去上學。艾格妮絲的丈夫有時在家、有時出門：他在教書，晚上則會去酒館喝酒，有時他父親會派他出門跑腿。至於剩下的時間，他會偷偷摸摸跑到他們的公寓樓上閱讀或盯著窗外。

無時無刻都會有顧客來到工坊的窗外，他們可能是來翻看手套，也有可能是來問問題；有時約翰會讓他們進來，這樣他們就能參觀整間工坊，或許還會因此訂製一雙手套。

艾格妮絲就這樣觀察了三、四天。到了第五天，她在女僕們起床前就先起床，從通往共用庭院的公寓後門走出去。等到女僕出現時，她已經將煮飯房的爐子點好火、把麵糰分成一顆顆小圓麵糰，還加入從廚房菜園摘來的一小把磨碎香草。女僕們彼此交換了一個憂心的眼神。

早餐桌上時，這家人伸手去拿麵包捲，卻發現這些麵包捲變得更軟、更扁平，表面還有一層燦亮光澤，而奶油則被擺盤成漩渦狀。他們撕開麵包捲，發現其中散發出百里香和墨角蘭的熱燙香氣。約翰因此回想起他的祖母，那女人的腰帶上總是綁著一小簇香草。瑪莉則因此想起她長大的農場，那座農場裡也有一座建有圍牆的方形廚房菜園，她也想起母親總是必須用掃帚趕走鵝，因為牠們會闖進來偷吃百里香。想起母親的裙子讓她微笑起來，那些裙子總是因為露水和泥巴而顯得潮濕；另外，因為她想起鵝的宏亮叫聲，她再拿起一片麵包，用刀尖沾取奶油。

艾格妮絲瞄了公公和婆婆的臉一眼，然後望向丈夫。他對上她的眼神，然後用幾乎難以察覺的幅度對麵包點點頭並挑起兩邊眉毛。

瑪莉花了一個多星期才注意到家裡開始有所不同。就算瑪莉不提醒女僕，燭芯也都修剪過了。桌布也在她沒有要求之下更換完畢，牆面的掛布一塵不染，餐具更是乾淨閃亮。她一開始只注意到每個部分的改變，但沒有全部聯想在一起。直到某天她在起居室招待一位鄰居，聞到帶有濃重花粉香氣的明確蜂蠟氣味，她才終於開始思考這一切。

那位鄰居離開後，她在屋內走了一圈。門廳有裝在罐子裡的冬青枝條。煮飯房內的甜品被裝飾上乾丁香花苞，另外還有一鍋瑪莉看不出是什麼的芳香葉片。釀造房的屋簷掛著長滿瘤節又沾滿泥土的植物根段，還有一個托盤中裝滿莓果。樓梯的平臺放著漿燙好供人取用的衣領。豬舍中的豬隻也疑似被刷洗過而顯得粉紅乾淨，雞的飲水槽內也裝滿水。

瑪莉聽到一些說話的聲音，於是沿著小徑走向洗衣房。

「對，就是那樣，」她聽見艾格妮絲低沉的聲音說：「就像是用兩隻手掌在搓鹽一樣。輕一點，動作愈小愈好，這樣才能把花序保留下來。」

還有另一個人的聲音——瑪莉聽不清楚——然後突然爆出一陣笑聲。

她推開門：艾格妮絲、伊萊莎和兩個女僕擠在洗衣房，她們身上穿著圍裙，熱燙的空氣中充滿著嗆辣氣味，那是鹼液的刺鼻氣味。地上一個澡盆中坐著愛德蒙，另外還有幾顆卵石。

「媽，」他一看見她就喊出聲：「媽！媽！媽！」

「喔，」伊萊莎轉頭，她的臉因為剛剛的大笑及房內的熱氣而泛紅，「我們在……嗯……我們在……」她又忍不住笑出來，同時伸出前臂撥開臉上的髮絲。「艾格妮絲在教我們如何把薰衣草混進肥皂裡，然後她……然後我們……」伊萊莎又開始笑，其中一個女僕忍不住也咯咯笑出聲，但以她的身分來說實在很不恰當。

「你們在做肥皂？」瑪莉問。

艾格妮絲彷彿滑行地往前移動。她跟平常一樣神態自若，臉上沒有絲毫泛紅，就像是剛從起居室的一張椅子上起身，而不是正在一間蒸騰又潮濕的洗衣房中溶化、攪拌一批皂液。她的圍裙因為肚子隆起而鼓脹。瑪莉看了一眼，便別開眼睛。這已經不是第一次了，她總是會因為這個畫面突然想起自己不會再有這種感受，無論是考量她的年紀還是所處的人生階段，懷孕都已經是從此與她無關的體驗。失去這種可能性偶爾讓她感到燒灼般的痛苦：任何女人都很難放下這件事，更何況是家裡有另一個女人正進入這個階段，要放下這件事就更難了。每次看到這女孩的肚子，真的是每一次，瑪莉都會想到自己那空蕩蕩又毫無動靜的肚子。

「是做肥皂沒錯，」艾格妮絲微笑時露出口中小小尖尖的牙齒，「用薰衣草。我想偶爾換一下味道應該很不錯。希望您也同意我們這麼做？」

「那是當然，」瑪莉瞬間氣沖沖地說。她彎下腰，使勁把愛德蒙從澡盆中抓起來，他嚇了一跳，開始哭泣。「哪可能不同意呢。」她說完後走出去，雙手緊抓住那哭得停不下來的兒子，任由洗衣房的門在身後砰一聲關上。

在剛結完婚的那幾個星期，艾格妮絲像囤積羊毛的收購者一樣蒐集各種訊息：這裡一簇、那裡一綹，然後從籬笆那邊收來幾束，再從樹枝上抓來一點，就這樣蒐集又蒐集，直到終於有了足以紡成紗線的一大堆羊毛。

她能看出約翰在所有孩子中最愛吉爾伯特——因為他很強壯而且喜歡煽動大家進行運動比賽——可是瑪莉比較偏愛理查德。每次只要理查德開口她就會立刻抬起頭來，要其他人安靜好讓她聽清楚他說的話。艾格妮絲能看出瑪莉心底深處對愛德蒙藏有愛意，但也已經接受他基本上只在意伊萊莎。艾格妮絲還看出愛德蒙總是在觀察她丈夫，也就是他的大哥。只要他們在同一個房間內，他的眼神總是跟著他大哥不放，還會在他經過時向他伸長手臂。愛德蒙長大後會成為樂觀又快樂的人，艾格妮絲也能看出這點；他總是一天到晚跟在大哥身後，沒人要求他這麼做而且通常不會有人注意到。他不會活得很長久，可是會過上很好的日子：女人都喜歡他；他會在短短的人生中生下很多孩子，死去之前最後想到的人會是伊萊莎。艾格妮絲的丈夫會支付他的葬禮費用，並在他的墳邊哭泣。這一切艾格妮絲都看出來了，可是她不會說出口。

她也看出只要約翰突然站起身，他的六個孩子都會反射性地害怕起來，就像動物意識到有掠食動物正在接近。她看出瑪莉會在此時緩慢地眨眼，像是想迴避可能發生的場面。

有一次吃晚餐時，愛德蒙明明已經很累、易怒又飢餓，但又莫名無法說服自己吃飯，總之無法看出盤中的食物跟他肚子的不適感有關。他又是哭鬧又是呻吟，把頭朝兩邊甩來甩去。艾格妮絲坐在他身旁，努力把食物小口小口送進他口中。然而他的牙齦泛紅又發炎，新生的牙齒正探出頭來，熱燙的臉頰也泛出暗紫色。不停躁動的他捏爛派餅、翻倒杯子，靠在艾格妮絲的肩膀上，再伸手去抓她的餐巾後扔到地上。艾格妮絲的丈夫坐在她的另一邊，他裝出可憐兮兮的表情問愛德蒙，今天過得不開心啊？嗯？不過他們的父親臉色卻愈來愈陰沉，口中還喃喃地說：這孩子有什麼毛病啊？你們就不能把他帶開嗎？等到愛德蒙對眼前餐點失去耐心，把派的餅皮邊甩到桌子另一頭，甚至在砸到約翰的袖子後留下一個咖啡色汙點時，現場出現一陣漫長得彷彿無止盡的沉默。瑪莉低下頭，模樣像是對大腿上的某個東西很有興趣，伊萊莎的雙眼開始盈滿淚水，然後約翰腳步蹣跚地從凳子上起身，開始大吼，老天爺啊，那個小鬼，我要——

艾格妮絲還沒意識到發生什麼事，她的丈夫就已經跳起來衝到桌子另一頭。他擋在父親和那孩子之間，那孩子也像是感應到氣氛轉變而開始張大嘴巴嚎哭。現場一陣扭打，她丈夫抓住他父親，不知是誰說了些咒罵的話，兩人的胸膛彼此碰撞，還有人用一隻手制住另一個人的手臂。艾格妮絲看不太清楚，因為她正把孩子抱離餐桌。她小心地把他的腳從凳子跟桌子之間拉出來，緊抱著他逃離餐廳。

她丈夫過一陣子後出來找她。此時她已經把愛德蒙帶到庭院，用她的披肩在他矮小的身子上繞了兩圈，而心情已經恢復的他正在丟穀物餵雞吃。她幫他拿著裝了穀物的碗，說丟一點就好、別丟太多，母雞們則在地上到處衝刺搶食。她丈夫走過來，站在她身旁看著這一切，然後把頭靠著她的頭，兩隻手臂緊貼著她的身體環抱住她。她手裡拿著穀物碗，一邊想著她從他體內感應到那個充滿洞穴和窟窿的畫面。她想到手套的縫線，想到那些縫線沿著每根手指延伸，讓不屬於人類的皮料緊貼住他們的皮膚。一隻手套是多麼能夠覆蓋、貼合又限制住一隻手啊。她想起儲藏室內的那些皮料，那些被拉扯、延展到幾近——但尚未——裂開或斷掉的獸皮。她想起那些在工坊裡用來切割、塑形、固定和刺穿的工具，還想起為了讓手套師傅有材料可用，導致那些動物必須遭人丟棄或偷走的部分：心臟、骨頭、靈魂、精氣、血和各種內臟。手套師傅只需要動物的皮，那是動物的表面、是最外面的一層，其他剩下的一切都沒有用、是帶來麻煩的存在，還會造成毫不必要的混亂。她想起在像手套這麼美麗又完美的事物背後所暗藏的殘酷。她想，要是現在拎起他的手，用手指按壓，她可能會看到之前看過的畫面，也可能看到一個逐漸逼近的陰暗人影，那個人影帶著工具，而那工具足以將一個生物得以成立的一切掏空、剝皮並偷竊殆盡。當愛德蒙將雞的食物灑在地上時，她想著他們或許不會在這棟公寓中住太久：不用再過多久，他們就必須為了找一個不同的居所而離開，並展開逃亡。

伊萊莎也從屋內走到庭院，擺出手勢讓他們知道晚餐已經結束。此刻的她面無表情，雙眼濕潤，只是直接把愛德蒙抱起來帶回屋內。艾格妮絲和丈夫對看一眼，然後走向他們家的公寓後門。

他們走進煮飯房，艾格妮絲的丈夫翻了翻爐火後又丟了根柴進去。現在的她已經清楚意識到自己的丈夫有兩個分裂的狀態：在他們家是一個樣子，在父母家是另一個樣子。他只有在這間公寓內會是她認識且熟悉的樣子，是她選擇結婚的那個對象。

但只要讓他去到隔壁那棟大屋子，他就會擺出陰沉、委靡的表情，而且易怒又暴躁。他整個人就像火種或是打火石一樣，不停散發出足以將各種事物點燃的火花。為什麼要這樣？他會這樣對母親回嘴。這樣有什麼意義？他常這樣突然暴怒。我就是不想要！有時他也會這樣回答他的父親。她本來一直不明白為什麼，可是當約翰從凳子起身時，她從他身上目睹到的糾結怒氣給了她所有需要的資訊。

在他們自己的公寓中，他會讓她牽起自己的手，讓她把他從爐火邊帶到椅子邊坐下，他會任由自己的眼神逐漸失焦，並讓她用手指揉捏他的髮絲，此時她能感覺他從一個樣子變成另一個樣子；她可以感覺他在大屋子的另一個自我從他身上慢慢消失，就像從蠟燭在燃燒時滑落身上的蠟，最後終於顯露出掩藏在其中的那個男人。

公寓的大門傳來三次沉重的敲擊聲：砰、砰、砰。

距離大門最近的是哈姆奈特，所以他走去應門，但門一打開他就嚇得往後退了一步並喊叫出聲。他開門時看見的場面實在嚇人，站在那裡的根本是來自噩夢、地獄或惡魔的生物。對方很高，身上穿著黑色斗篷，本來應該是臉的地方卻戴著一個可怕又沒有五官的面具，那面具像巨鳥的喙一樣尖尖的往前突出。

「不，」哈姆奈特慘叫：「快走開。」他想把門關上，可是那個生物伸出手把門往內推，而且力氣大到幾乎是超自然的恐怖程度。「走開。」哈姆奈特再次尖叫，還伸出腿往外踢。

然後祖母過來把他推開，對著那個鬼魂道歉，彷彿眼前這個畫面沒有任何不尋常的地方。她邀請對方進屋檢查病患。

那個沒有嘴巴的鬼魂說話了，他說他不會進屋，他不能這麼做，而住在這裡的居民此後也不准再出門上街，只能在屋內待到瘟疫過去為止。

哈姆奈特往後退了一步，接著又退了一步，結果撞上他母親。她往窗戶走去打開那扇面向街道的小窗，然後把身體伸出去仔細觀察那個人。

哈姆奈特衝到她身旁並且多年來第一次牽起她的手。他母親緊緊捏住他的手指但沒看他，「別害怕，」她悄聲說：「那只是醫生而已。」

「醫……」哈姆奈特盯著那個站在門口的人，對方還在跟他的祖母說話。「但為什麼他……」哈姆奈特指向他的臉和鼻子。

「他戴那個面具是因為覺得這樣可以保護他。」她說。

「不被瘟疫感染？」

他母親點點頭。

「所以有用嗎？」

他母親抿起嘴唇，搖搖頭。「我不認為。不過不進屋裡、拒絕探望病患，也不為病患做檢查，倒是有可能有用。」她喃喃地說。

他母親的手指強壯又修長，哈姆奈特把另一隻手也塞進那隻手裡，彷彿她的撫觸能確保他的安全。他看見醫生將手伸進袋子掏出一個包裹遞給他祖母。

「把這個用麻布綁在女孩的肚子上，」他用一種詭異的聲調說，同時用蒼白的手接下瑪莉遞過去的幾枚硬幣，「要記得綁著三天。然後你可以拿一顆洋蔥泡在——」

「那是什麼？」身體伸出小窗外的母親出聲打斷他們。

醫生轉身望向她，那根恐怖的尖喙也隨之朝向他們。哈姆奈特立刻在母親身邊蹲下。他不想被那男人看見、不想讓自己落入他的視線範圍。他腦中無法克制地認為，要是被他的眼睛看見、被他注意到，或是被他記錄下來，就會有厄運降臨，某種恐怖的命運也會因此降臨在他們所有人身上。他想要跑走，想把母親也拖離現場，想把門窗緊閉好讓那個男人無法進來，這樣他的視線就不會落在他們當中的任何人身上。

但他母親一點也不害怕。透過母親平常賣藥給客人的這扇小窗，這位醫生和哈姆奈特的母親對視了一陣子。身為正要成年的孩子，他擁有這個階段特有的清晰思維，得以意識到這男人不喜歡他母親。他痛恨這個女人：她不但賣藥，還種植自己的藥材，蒐集葉片、花瓣、樹皮和植物汁液，還知道如何幫助大家。

哈姆奈特突然意識到這個男人希望他母親得病，畢竟她搶走了他的病患，也妨礙到他的收益和工作。在哈姆奈特看來，成年人的世界實在令人迷惘，這個世界實在太複雜、太難以掌握。他怎麼有辦法在其中找到自己的方向呢？他該怎麼努力做到？

那位醫生將臉上的鳥喙往下傾斜了一下，然後回頭望向哈姆奈特的祖母，那態度就彷彿他母親從未開口說話。

「那是乾燥蟾蜍嗎？」艾格妮絲用清晰、明確的聲音說：「因為如果是的話，我們不需要。」

哈姆奈特用雙臂緊緊懷抱住母親的腰；他好希望可以跟她說上話，因為這段對話必須結束，而且要趕快結束，她必須趕快遠離這個人。她沒有移動可是伸出一隻手撫摸他的手腕，那手勢彷彿在說：我知道你在這裡，我們一起面對。

「女士，」那位醫生再次將鳥喙甩向他們，「妳可以相信我，關於這種病，我比妳更了解。在這樣的案例中，把乾燥蟾蜍放在病患肚子上幾天已經證明具有強大的療效。而且如果妳女兒已經得到瘟疫，我要很遺憾地說，她已經不太有機會——」

剩下的話遭到打斷後消失、不見，因為艾格妮絲用力把小窗甩上。哈姆奈特看著她雙手笨拙地想把窗戶鎖上，臉上的表情憤怒、絕望，而且滿臉通紅。她正悄聲地喃喃自語些什麼，他在其中聽見「男人」、「膽敢」和「蠢貨」。

他鬆開抱住她的雙手，看著她走到房間另一邊，表情煩躁地扶起一張椅子，然後拿起一個碗又放下，接著又來到壁爐邊，那裡放著茱蒂絲被重新安置好的小床。

「一隻蟾蜍，還真有用呢。」他母親自言自語地說，同時用一塊濕布輕沾茱蒂絲的額頭。

在房間的另一頭，他的祖母關上前門，插好門閂。哈姆奈特看見她把裝了乾燥蟾蜍的包裹放到一個高高的架子上。

她對哈姆奈特說了一些話，還點了一下頭，但他沒聽懂。

在一五八三年春天的一個早上，如果亨利街上的居民夠早起床，就會看見約翰和瑪莉剛入門的媳婦從這對新婚夫妻住的狹窄小屋門口走出來。他們會看見她將一個籃子掛上肩膀、撫平上衣，往西北方出發。

在此同時，她的丈夫在樓上翻了個身。他一如往常睡得很沉，所以也沒注意到另一邊的床空蕩蕩的，而且床單正在迅速冷卻。他把頭往枕頭裡埋得更深，一隻手臂塞入被單底下，頭髮幾乎全披散在臉上。他正陷在專屬於年輕人的那種無憂無慮的深沉夢鄉中，如果沒有受到外力干擾還可以再睡上好幾小時。他微張的嘴巴不停吸入氣息，頻率規律，還因此開始發出輕柔鼾聲。

艾格妮絲繼續趕路，她穿過羅瑟市場，此時市場裡的攤販正陸續抵達。有個男人在賣一束束薰衣草，另外有個女人的貨車裡裝滿柳條。艾格妮絲停下腳步跟一位朋友說話，那是麵包師傅的妻子。她們聊了今天的好天氣、即將來襲的雨水、麵包工坊裡的爐子有多熱、艾格妮絲的孕期，以及寶寶在她骨架內的位置感覺有多低。麵包師傅的妻子試圖把一個小麵包塞進艾格妮絲手裡。艾格妮絲拒絕，但麵包師傅的妻子還是堅持要給，所以掀起艾格妮絲籃子上的布直接塞進去。她瞥見籃子裡有一些乾淨摺好的布、一把剪刀、一個香料罐，可是也沒多想。艾格妮絲對她點頭微笑，說她必須離開了。

麵包師傅的妻子在她空蕩蕩的攤位前站了一陣子，目送朋友離開，然後看著艾格妮絲在市場邊緣停下腳步，一隻手扶住牆。麵包師傅的妻子皺起眉頭，正打算開口喊她，但艾格妮絲已經站直身體離開了。

就在那天晚上，艾格妮絲夢見了她平常偶爾會夢見的母親。夢中的艾格妮絲站在休蘭茲老家的庭院，裙襬拖在泥地上，她的身體有種被用力往下扯的感覺，彷彿身上的長禮服吸飽了水。她往下看，有一些鳥站在她的連身裙裙襬上踩來踩去：那裡有鴨子、母雞、鷓鴣、鴿子，還有小小的鵪鶉。牠們跌跌撞撞地互相推擠，姿態笨拙地展開翅膀，努力想讓自己持續站在她的裙子上。艾格妮絲意識到有人正在接近，於是想把牠們趕走，以便能自由行動。她轉身看見母親經過：她的頭髮綁成一根辮子垂在背後，藍色罩衫外繫著一條紅色披肩。母親露出微笑，但沒停下腳步，只是一邊搖晃屁股一邊走過她身邊。

艾格妮絲感到心底深處有些什麼在鬆動，一種深沉的渴望開始湧現，就像有個輪子高速運轉起來。「媽媽，」她說：「等等我啊。」她試圖往前踏出腳步，想跟上母親，可是那些鳥還踩在她的裙襬上，牠們垂著羽毛的肚腹及長著蹼和爪的腳踩住她的裙襬。「等等！」艾格妮絲在夢中大喊，但眼前卻是母親逐漸遠去的背影。

她的母親沒停下腳步，只是轉頭開口這麼說（應該是這麼說的吧）：「森林的枝葉太茂密，妳感覺不到雨。」然後就繼續往森林的方向走去。

艾格妮絲又喊了她一次，她跌跌撞撞地往前跑，終於還是被那群堅持站在她腳邊拍動翅膀的鳥群絆倒，就這麼跌進泥巴裡。她在跌到地上的瞬間醒過來，又是驚嚇又是喘氣地坐起身，突然之間，她不再身處休蘭茲老家的庭院，也不再對著母親大喊。她在自己的屋子裡，在床上，身上的寬鬆連身裙滑下肩頭，肚子的皮膚底下蜷曲著寶寶，身邊則是她的丈夫。睡夢中的他正伸出手臂，想把她更勾近身邊。

她躺下，讓自己的身形與他貼合，他則把臉埋進她的背部。她伸手摸到他的一簇頭髮，在指間不停扭轉那簇頭髮，然後腦中出現畫面：他的思緒從頭顱內沿著髮絲往上移動、進入她的手指，就像一根空心的蘆葦桿將水吸上來。

她可以感覺到他在擔心她，畢竟許多男人都會在妻子將臨盆時憂心忡忡。他腦中不停盤旋著各種疑問：她會活下來嗎？她能撐過去嗎？他的手腳緊緊纏繞她，彷彿想把她永遠安全地留在這張床上。她真希望可以告訴他：你不用煩惱。你和我會擁有兩個孩子，而且他們都能活很久，但她終究只保持沉默，畢竟人們通常不喜歡聽到她對未來的預言。

過了一陣子後，她起身拉開床邊的垂簾，走到窗邊將手掌張開貼在玻璃上。那些枝葉真茂密啊，她想。那些枝葉啊。妳感覺不到雨。

她走到壁爐邊的小桌旁，她丈夫把一些紙和一根羽毛筆收在桌上。她掀開墨水罐的蓋子，用羽毛筆在裡面沾了沾，讓那枝筆如同爪子的尖端吸飽墨水。她會寫字，但只能以她獨特的方式，而且寫出來的字母很小又擠在一起，常常還不一定以大部分人認得的方式排列組合。（她的丈夫就不一樣，他讀過文法學校，還修習過演辯技巧，他可以透過羽毛筆的尖端流暢寫出前後相連的一長串字母，就像刺繡出來的連續花樣。他常會坐在桌邊熬夜到很晚，就這樣寫了又寫。究竟是寫什麼呢？她並不清楚。他寫得又快又如此專心，艾格妮絲的閱讀能力根本跟不上，也無法辨識其中內容。）可是她至少有辦法大概記下這個句子：森林的枝葉太茂密，妳感覺不到雨。

艾格妮絲把爐中的灰燼倒掉，丟入幾根柴讓火重新旺起來，然後把一罐奶油和一條麵包放到桌上。她拿起籃子走出前門，跟她的朋友聊天，也就是那位麵包師傅的妻子。然後走上溪邊的一條小徑，那只籃子就沉沉地掛在她的手臂上。

這時候是五月中。陽光以偏斜、多變的形貌打亮地面；雖然路上有各種事物，但艾格妮絲注意到的是路邊正在開花的植物，畢竟這些是她平常無法不注意到的目標。那裡有纈草、剪秋羅、野玫瑰、酢漿草、熊蔥和河菖蒲。若是換作其他時候，她一定會趴下來摘取這些植物的花序或花冠，但今天不行。

雖然時間很早，她還是從休蘭茲老家的圍牆邊繞了遠路過去，因為不想冒著在路上撞見任何人的風險。她不想遇見瓊安、不想遇見巴薩洛繆，也不想遇見她的任何一個弟弟或妹妹。只要有人看見她就一定會有所警覺地叫人過來，也一定會派人去找她丈夫，然後強迫她離開戶外、進入農舍，而那可是她做這件事時最不想待的地方。森林的枝葉啊，她母親是這樣對她說的。

在沿著馬道往前走時，她隔著一段距離看見弟弟湯瑪士正從主屋走進庭院，然後聽見巴薩洛繆對狗狗發出的尖銳口哨聲。她看見大屋子的茅草屋頂、看見豬舍，還有蘋果儲藏室的背面。看到這間儲藏室讓她微笑起來。

她從休蘭茲老家走入森林後又前進了大約一英里半。到了這個時候，她感覺到的已經是規律的疼痛，所以只有辦法在陣痛之間喘口氣、把自己準備好，好讓自己回到可以迎接下一波疼痛的穩定狀態。她必須在一棵巨大的榆樹旁等待疼痛過去，等待時把手指緊貼在樹幹粗糙又有許多突出稜角的樹皮上。那股疼痛感從她下背部及雙腿深處出發，往上蔓延，最後籠罩住她整個人，而且用其強大的威力撼動著她。

她只要一有辦法就會揹著行囊繼續往前走。此時她已抵達自己預計要前往的森林區域。她努力穿過濃密糾纏的枝條、黑莓灌木和杜松灌木，還越過小溪、經過在冬季那幾個月唯一能為樹林點綴顏色的冬青樹小樹叢。然後眼前出現一片空地，基本上算是空地，這裡的陽光可以從林間穿入，因此創造出一片厚厚的綠草地，而草地上的一圈圈圖樣是由蕨類的細長弧形葉片組成。這裡還有一株幾乎與地面平行的樹，那是棵體積龐大的冷杉，模樣就像童話故事中倒下的巨人。這棵樹底下的樹根完全展開在半空中，泛紅的樹幹被其他樹形成的凹槽支撐著，可說是靠著沒那麼雄偉的鄰居幫忙抬住才沒有落地。

而在這棵樹的底端，也就是它曾聳立在地面的地方，你可以看見一個窟窿——那裡乾燥、上方有遮蔽，而且大到可以容納好幾個人。艾格妮絲和巴薩洛繆小時候會在瓊安大吼大叫或派給他們太多工作時跑來這裡。他們會用布袋裝著麵包和起司來爬到樹根底下，對彼此發誓要永遠待在這裡、要像妖精一樣住在森林裡；他們總會說他們永遠都不要回去。

艾格妮絲讓自己緩緩坐到地上。在那棵連根拔起的樹木背風處鋪著一層乾燥的松針。她又感受到一陣疼痛襲來，那陣疼痛朝向她逼壓過來、愈來愈近，就像地平線上的雷鳴。她轉身蹲起身，緊抓住一條樹根，靠著本能知道自己必須不停喘氣來度過疼痛。即便是正在承受疼痛並被疼痛徹底掌握，導致腦中除了疼痛何時結束外無法專注於任何其他事物的當下，她都能意識到疼痛正在一波波增強。她知道這一波波疼痛只是在進行自己的工作，也知道這一波波疼痛不會放過她。很快地，疼痛就不會再讓她休息或有機會振作起來。此時的疼痛就是要逼迫她忘記其他一切，就是要暴露出事物最內裡的本質。

她見過其他女性的生產經歷。她記得母親生產那次：當時她和巴薩洛繆都被打發到屋外去等待，所以只能站在門口偷看，從屋外聆聽裡頭的動靜。瓊安每次生產也都是她在一旁幫忙，是她在弟弟妹妹進入這個世界時抓住他們的手，幫他們擦掉口鼻上的油脂和血。她也見過鄰居女性的生產過程，聽過她們的哭喊逐漸變成尖叫，當然也聞過孩子剛生出來時如同生鏽硬幣般的氣味。她見過豬、乳牛和母羊生產，當小羔羊在生產過程中卡住時，她父親和巴薩洛繆會找的人都是她，因為她那女性化的手指非常纖細，指尖處更細，天生就能伸進那狹窄、熱燙又濕滑的產道，勾出小羊柔軟的蹄子、黏答答的鼻子，還有因為潮濕而往後緊貼在頭頂的耳朵。於是此刻她也一如往常地知道，她將會度過這次生產，她知道她和這個寶寶都會活下來。

然而不管她之前見過什麼，都無法讓她在面對這無休無止的疼痛時做好準備。那種感覺就像是努力要在強風中站立、在淹大水的河流中逆流游泳，又像是努力要抬起一棵倒掉的樹。她從未如此強烈地意識到自己的脆弱和無能。她一直覺得自己是個強壯的人：她可以把乳牛推到擠奶所需的姿勢、在洗衣服時將大量衣物浸入水中後攪動，也可以抱著弟弟妹妹、一捆包的皮料、一桶水和大把爐柴到處走。她的身體非常堅韌、有力，滑順的皮膚底下滿是肌肉，但此刻她必須面對的情況完全不同。這是她不熟悉的狀態，她感覺這個想要掌控、馴化並克服眼前一切的自己徹底受到嘲弄。艾格妮絲覺得很害怕，她感覺自己將要屈居下風。她所面對的處境將抓住她的脖子後頸用力往下壓，她感覺自己快要被壓到水底下。

她抬起頭，眼神越過空地，看見花楸樹銀亮的樹幹和細緻的葉片。儘管情況如此狼狽，她還是微笑起來。她對自己說——花楸、花楸——她很努力地擠出那兩個音節。那些莓果在秋天轉紅，煮熟後可用來治療腹痛和胸口喘不過氣來的問題，如果種在屋子的門邊則能為住戶驅除邪靈，而且據說世界上的第一個女人就是用花楸的枝葉創造出來的。花楸是她母親的名字，只是她父親從未主動從唇間吐出這個名字；不過在她問起時，這位牧羊人還是把名字告訴了她。森林的枝葉啊。

艾格妮絲雙手撐地，四肢著地的她就像一匹狼。她決定放手讓自己臣服於另一波疼痛。

此時在亨利街的他起床了。他花了一點時間盯著上方的暗紅色頂篷，然後起床走到窗邊凝望下方的街道，漫不經心地搔抓長了鬍子的下巴。他今天下午有兩堂拉丁家教課，地點都在鎮上；他知道他們覺得課程無聊到令人窒息，就像任何人都可以聞到附近屍體的腐臭氣息。每次上課，那些男孩總是昏昏欲睡，不是寫字時在石板上發出嘰嘎機嘎聲，偶爾翻動或壓折初級課本的紙頁，不然就是在誦唸動詞和連接詞。今天早上他還應該去幫忙父親送貨和收貨。他打了個呵欠，把頭靠在窗戶的木框上，張大的雙眼瞪著一個拉著轡頭扯驢子的男人，有個女人抓緊正在號哭的孩子身上的夾克，還有一個男孩手臂底下夾著一些爐柴往另一個方向跑去。

他問自己：難道他們要永遠留在這裡了嗎？他離不開這座小鎮了嗎？他永遠不可能去其他地方看看、也不可能定居在別的地方了嗎？他真的好想帶著艾格妮絲和寶寶一起遠走高飛，愈遠愈好。他本來以為結婚可以為他帶來更寬廣、更自由的人生，那會是屬於男人的人生，可是現在他還在這裡，而且隔著一道牆就是他兒時住的老家、他的家人、他的父親，還有他父親那難以預測、總是稍縱即逝又反覆無常的脾氣。當然他也知道他們得先等寶寶生下來，畢竟任何變動在孩子平安出生前都還無法討論。不過，孩子出生的時間愈來愈近，他想離開的計畫卻沒有絲毫進展。他到底要怎麼樣才能離開？難道他們只能過著這種生活，永遠住在增建在他父母房子旁的狹窄屋中嗎？真的沒有可以逃走的方法嗎？艾格妮絲說他必須——

一想到艾格妮絲，他突然挺直背脊。他望向床的另一側，從那裡微微凹陷的稻草能看出她曾躺在那裡的身形。他喊了她的名字，沒有回應。他又喊了一次，但還是沒回應。他腦中的思緒紛亂交錯，一度出現一個畫面：她身體此刻的驚人狀態的畫面。畫面中的她就跟他昨晚看見時一樣：四肢、一根根整齊的肋骨、修長的背部脊椎微微凹陷如同貨車在雪地留下車轍痕跡，然後是她身體前方那顆完美的圓形球體。那就像是一個女人吞下了月亮。

他將窗邊椅子上的衣服拎起來，一邊扭動身體一邊將衣服套上。他用穿著長襪的雙腳走到房間的另一邊，把髮尾從衣領內扯出來。他感覺飢餓在胃中蔓延，那種隱約的感受逐漸提高威脅力道，就像一隻蹲伏在他體內的狗。樓下會有麵包、牛奶和燕麥，如果母雞有下蛋還會有雞蛋。他一邊想一邊差點露出微笑。不過在他經過角落的書桌時，他透過眼角餘光注意到有些什麼不一樣，感覺有東西被動過了。他停下腳步。那枝羽毛筆放在墨水瓶中，尖端朝下，羽毛處朝上。他皺起眉頭，因為他從不會這麼做。他絕對不會把羽毛筆這樣擱著還任其在潮濕陰暗的瓶子中放一整晚。這樣實在太浪費、太揮霍，而且太糟蹋了。

他走過去拿起羽毛筆，動作輕柔地甩了一下，就怕墨水落在捲起的紙張邊緣，然後注意到在他前晚書寫的文字後方被人加上了些什麼。

那是一連串字母，但書寫方式歪斜，每個字看起來都像是要滑下紙張，彷彿那個句子尾端的文字比開頭更重。他彎下腰去看，發現那個句子沒有標點、沒有註明開頭和結尾，只能看出其中的「枝葉」和「雨」（但雨的寫法不是應有的rain而是rayne）；另外有個字是以大寫的B開頭，還有一個字當中似乎有F和S。

什麼的枝葉太什麼，什麼什麼……雨。他看不懂。他用手指捏住這張紙，另一隻手將羽毛的尾端靠在臉頰上。那些枝葉、那些枝葉。

他妻子從沒這樣做過，她從未拿起羽毛筆在他桌上寫字。這是留給他的訊息嗎？搞懂這句話很重要嗎？這是什麼意思？

他放下羽毛筆，轉身，再次喊了她的名字，這次語尾因為疑惑而上揚。他走下狹窄的樓梯。

她不在樓下也不在街上。難道她是去神父那裡放飛紅隼嗎？她確實偶爾會這麼做。可是都已經這麼接近分娩的時候，她應該不會走那麼遠的路才對吧？他走出後門，進入庭院，遇到她母親站在伊萊莎身邊，坐在地上的伊萊莎正把布料反覆浸入一盆紅染料。

「你們有看見艾格妮絲嗎？」

「不是那樣，」他母親出言訓斥：「我昨天示範過了，手指的動作要輕。要輕一點啊，剛剛不是說了嗎？」然後她抬頭望向他，「艾格妮絲？」她只是重複他的話。

寶寶活著：儘管她已在事前一如往常地收到上天暗示，但直到看見寶寶扭頭、將五官擠在一起狂亂哭叫，艾格妮絲才意識到自己有多怕寶寶不會活下來。她女兒的臉濕黏、灰白，表情感覺很不開心。她將兩隻拳頭舉到頭的兩邊哭喊——以這麼小的生物而言可說令人驚訝地洪亮有力。艾格妮絲讓寶寶側躺，她父親接生小羔羊時總會這麼做，望著那些水——那些水屬於這個寶寶之前幾個月身處的世界——從她口中逐漸滲出。她的嘴唇開始浮現粉色，然後血色逐漸擴散到她的兩邊臉頰、下巴、雙眼和額頭。突然之間，她看起來就像是個徹頭徹尾的人類，不再像剛出生時只是個有孩子外表的水生生物，而是一個小小的人類了。她已經完全有自己的樣子，臉上的高額頭、下唇和頭頂的髮旋都跟她爸爸一樣，還有來自艾格妮絲的銳利顴骨和大眼睛。

她伸出沒抱著寶寶的另一隻手，取來籃子裡的毯子和剪刀，把寶寶放在毛毯上，然後用剪刀處理臍帶。誰會想到臍帶這麼粗、這麼壯，而且會像一根長滿條紋的長型心臟一樣膊動呢？

生產的顏色充滿艾格妮絲的視野：紅色、藍色和白色。

她調整連身裙的上半身，讓胸部裸露出來，然後把寶寶抱到胸前，以幾近讚嘆的眼神望著她的女兒張大嘴巴、用力咬住，然後開始吸吮。艾格妮絲發出一陣笑聲，一切都很順利。這個寶寶甚至比她本人還清楚該怎麼做。

沒過多久，在那棟狹窄的小屋和整座小鎮中，人們陸續聽見各種叫喊聲，驚慌跟哀傷的情緒開始蔓延。伊萊莎雙眼含淚，瑪莉一邊尖聲大喊一邊在狹窄公寓的樓梯上下奔跑，彷彿艾格妮絲是藏在某個櫥櫃裡一樣。我都幫她準備好了啊，她不停大吼，包括產房啊、還有她需要的所有東西呀，我都在這裡準備好啦。約翰腳步如雷般地在工坊進進出，一下怒吼著這樣一團亂他是要怎麼工作，一下又怒吼著問她到底見鬼的跑去哪了？

學徒奈德被派去休蘭茲，他負責去看那裡有沒有她的消息。可是沒有人能找到巴薩洛繆，因為他一大早就出門了，不過沒過多久，她所有的妹妹、瓊安、鄰居和村民都出門去找艾格妮絲。請問你有見到一個因為懷孕而大腹便便的女人嗎？一個帶著籃子的女人？她的妹妹們在路上來回奔走，見人就問，可是沒人見過她，只有麵包師傅的妻子說看見她走上通往夏特利村莊的小路。她絞扭著雙手，脫下身上的圍裙往後扔，然後說，我為什麼會讓她走呢？為什麼？明明我就知道她不太對勁啊！吉爾伯特和理查德都被派去街上問路人，希望能從別人口中打探到她的消息，哪怕只是一點線索也好。

至於她的丈夫呢？他負責去找巴薩洛繆。

在巴薩洛繆家族土地外緣的小路上，他一看見姊姊的丈夫就丟下手中的稻草捆大步朝他走去。那個毛頭小子——他在巴薩洛繆心裡就只是個毛頭小子、是個細皮嫩肉的小鎮男孩，而且他頭髮總是全部往後梳，耳朵上還穿了個耳環——看見他跨過田野走來立刻整張臉刷白。巴薩洛繆的狗搶先跑到他身邊又跳又叫。

「怎麼樣？」等走到可以聽見彼此說話的距離後，巴薩洛繆氣勢洶洶地開口：「她已經好好躺在床上了嗎？一切都好嗎？」

「呃，」這位丈夫說：「現在的情況，就是說，如果一定要說明的話，就是——」

巴薩洛繆抓住這位丈夫的上衣胸口。「有話快說，」他說：「說。」

「她不見了。我們不知道她在哪裡。有人今天清晨看見她，對方說她往這裡走來。你有看見嗎？還是有可能知道她會去——」

「你不知道她在哪裡？」巴薩洛繆重複他的話。他盯著他看了好一陣子，抓住他上衣胸口的力道愈來愈大，然後用沉靜但帶威脅的口氣說：「我以為我已經說得很清楚了。我要你照顧她，是吧？我說過要你好好照顧她，而且是盡全力照顧。」

「我有！我有這麼做！」這位被他抓住的丈夫努力掙扎，但畢竟比巴薩洛繆整整矮了一個頭和一個肩膀。這個身形龐大的傢伙雙手就像碗，肩膀也跟橡樹一樣粗壯。

然後毫無預警地，一隻蜜蜂不知從哪裡飛到他們中間，他們可以用臉感覺到蜜蜂的動態。巴薩洛繆本能性地伸起手想把蜜蜂揮開，這位丈夫立刻趁機從巴薩洛繆的掌控中掙脫。

他快速往一旁躲開，只靠腳趾著地移動的姿態靈巧、敏捷。

「聽著，」他拉開距離、高舉雙手，同時左右交換重心，「我不想跟你打架——」

就算是在當下這樣的處境，巴薩洛繆都很想笑。光是想像這個「小白臉學者」跟他近身肉搏的場面就實在太荒謬了。「你當然天殺的不想。」他說。

「我們現在的目標是一樣的，」這位丈夫一邊說話一邊前後踏步，「你和我都一樣。難道不是嗎？」

「所以是什麼目標？」

「我們都想找到她，不是嗎？我們想確認她沒事，當然還有寶寶。」

一想到不知道艾格妮絲是否安全——還有寶寶是否安全——巴薩洛繆的怒氣再次如同放在爐火上太久

的沸水般滿溢出來。

「你知道嗎？」他喃喃地說：「我始終不懂為何我姊姊選擇你，畢竟她還有很多選擇。『妳為什麼想跟他結婚？』我問她：『他能有什麼用？』」巴薩洛繆把牧羊杖放在雙腳之間的地面。「你知道她怎麼跟我說嗎？」

那個丈夫此刻站得像蘆葦一樣筆直，他雙手抱胸、嘴唇緊抿地搖了搖頭。「她說什麼？」

「她說你內心埋藏的事物比她見過的所有人都還要多。」

這位丈夫瞪大雙眼，彷彿無法相信自己聽到了什麼。他的表情極度悲傷、痛苦又震驚。「她這樣說？」

巴薩洛繆點點頭。「好吧，關於跟你結婚這件事，我不能假裝理解她的選擇。可是關於我姊姊，有一件事我能確定。你想知道是什麼嗎？」

「想。」

「她很少是錯的。不管什麼事。那是天賦也是詛咒，至於究竟是天賦還是詛咒，基本上取決於必須回答問題的人是誰。所以如果這就是她對你的看法，那很有可能就是真的。」

「我無法判斷，」這位丈夫試圖回應：「這是不是——」

巴薩洛繆忽略他的發言，「無論是否如此，此刻都不重要。我們現在要做的就是找到她。」

這位丈夫沒說話，只是蹲下把頭埋入雙手中。然後他開口說話，但聲音因為埋在手裡而悶悶的。「她離開前在紙上寫了一些話，或許是留給我的訊息。」

「她寫了什麼？」

「跟雨有關的，還有枝葉，可是我沒辦法全部看懂。」

巴薩洛繆盯著他看了一、兩秒，他在腦中不停思索這幾個詞彙代表的意思。雨和枝葉。枝葉。雨。然後他拿起牧羊杖塞進腰帶。

「站起來。」他說。

這位丈夫還在說話，但與其說是在跟人說話，不如說是在自言自語。「她今天早上還在家，但之後就不見了，」他說：「命運把她從我身邊奪走，就像一陣潮水襲來又退去，我完全不知道該怎麼找到她，也不知道去哪裡找，或者——」

「我知道去哪找。」

「——我該不眠不休地找他，直到我們——」這位丈夫突然停止說話，他抬起頭，「你知道？」

「對。」

「你怎麼知道？」他質疑地問。「你怎麼能那麼快猜到她的心思，而我這個跟她結婚的對象，卻連該如何開始——」

巴薩洛繆受夠這些廢話了。他用靴子輕輕踢了一下這位丈夫的腿。「起來，快點，」他說：「跟我來。」

這個毛頭小子立刻跳起身來，姿態警戒地盯著巴薩洛繆。「哪裡？」

「森林裡。」

巴薩洛繆把兩隻手指伸進口中，雙眼仍盯著這毛頭小子的臉，然後吹口哨把狗叫過來。

巴薩洛繆找到她時，艾格妮絲正在小睡，她的狀態介於清醒與熟睡之間，寶寶窩在她胸前。

他剛剛跨越了好幾片田野而來，一路上狗都緊跟在他腳邊，而那個跟在他身後的丈夫始終沒停止各式各樣的哀號及抱怨。終於，他在這裡找到了她，就在他懷疑她可能會在的地方。

「沒事了，」他一邊對她說一邊彎腰將她摟進懷中——此刻那些因為生產而造就的髒亂及惡臭對他來說都無所謂。「妳不能待在這裡。」

她聲音細微地表達反對，整個人昏昏沉沉，最後還是將頭靠在弟弟的胸口。他注意到寶寶活著，她的臉頰反覆凹陷又突出，看來是在吸奶。巴薩洛繆對自己點點頭。

那個丈夫此刻終於趕了上來，並對眼下的場面做出大驚小怪的反應，他的雙手不停揮動，間或抓住自己的頭髮，不停發出各種怪聲，同時對著眼前的一片綠意不停丟出各式各樣的字詞。他要抱她回去，他說，然後又說寶寶怎麼樣？是女孩還是男孩？他說她到底在想什麼？竟然跑到這裡來？真是搞得大家都快發瘋了！就連他都不知道她跑去哪裡！巴薩洛繆很想踢他一腳讓他閉嘴，他想讓他跌到那充滿潮濕葉片的豐饒土地上，但還是抑制了這股衝動。這位丈夫試圖把艾格妮絲從他懷中抱走，但巴薩洛繆把他當成一隻煩人的蒼蠅揮開。

「你拿籃子，」他對那個毛頭小子說。又在大步離開時轉頭對他說：「如果對你來說不會太重的話。」

一五九六年的夏天，為了讓瘟疫可以抵達英格蘭的沃里克郡，有兩件事必須分別發生在兩個人身上，然後這兩個人必須相遇。

第一個人是威尼斯公國內穆拉諾島上的玻璃師傅，第二個人則是船艙裡的打雜小弟。這個打雜小弟搭的船在溫暖得毫無道理的一個早晨趁著東風駛向亞歷山大港。

就在茱蒂絲必須臥床的幾個月前，也就是一五九五年年底和一五九六年年初那段時間，這位擅長將五、六種顏色堆疊成帶有星星或花朵圖樣的「千花玻璃珠」的玻璃師傅一時分了心，因為他的玻璃工房另一頭有兩個鍋爐工打了起來。他本來正在用火將一球玻璃加熱成橡膠那種可延展、塑形的質地，但因為手滑了一下，兩隻手指就這樣插進那熾白的火焰中。那疼痛的劇烈程度遠超越人類現存的感知範圍，因此他一開始完全沒感覺到；他沒想辦法思考究竟發生了什麼事，也不知道為什麼大家先是盯著他看，然後向他狂奔過來。空氣中有種烤肉的味道，還有如同狗吠般的激烈吼叫聲，他身邊陷入一片混亂。

那天還沒結束，他的兩隻手指就已經確定必須截肢。

到了隔天，他的一個同事負責把那些紅色、黃色、藍色、綠色和紫色的小小珠子打包裝箱。這個男人不知道玻璃師傅——現在綁上繃帶在家休息，還飲用了讓人感官遲鈍的罌粟花漿——通常會用木屑和沙子來打包，以確保珠子不會在運送過程中破裂。他只是從玻璃工房的地板上抓了把破布塞到珠子周遭，此時那些珠子就像數百隻想控訴些什麼的警戒小眼睛朝上盯著他瞧。

就在這時候，在地中海另一頭的亞歷山大港內，那個打雜小弟必須下船才有辦法讓茱蒂絲染上瘟疫，也才有辦法讓半個世界外的這場悲劇正式啟動。他必須收到命令上岸為其他飢餓又過勞的船員尋找糧食。所以他收到了這項命令。

他走下通往岸上的踏板，手裡緊抓著海軍實習軍官給他的錢包，背部還被猛踢了一下，而這一下也解釋了為何這男孩走起路來歪歪倒倒像跛腳。

他身邊的其他船員正在把一箱箱馬來西亞丁香和木蘭搬下來，之後會再抬下一袋袋咖啡豆和一捆捆布料。

在海上待了幾星期後，這個打雜小弟腳下的載貨碼頭堅實、穩固到令人焦躁的地步。他腳步蹣跚地朝一間看來應該是酒館的建築走去，途中經過一個販賣香料堅果的小攤，以及一位將蛇捲在脖子上的婦女。他停下腳步看著一個男人用金鍊子牽著一隻猴子。為什麼呢？因為他之前從沒看過猴子，也因為他熱愛各種動物。但話說回來，他的年紀根本沒比哈姆奈特大多少。在他看著猴子的此刻，哈姆奈特正坐在寒冷的冬季教室中，雙眼望著教室前方的老師發下刻有希臘詩歌的石板。

這隻亞歷山大港的猴子穿著一件小小的紅夾克，另外搭配成套的帽子；猴子背部有著柔軟的弧度，看起來像隻小狗，可是臉上表情豐富，跟人類可說詭異地相似。此時牠正抬眼偷看這個打雜小弟。

這個打雜小弟——他是來自曼島某個家族的年輕小夥子——看著這隻猴子，猴子也看著男孩。這隻動物把頭歪向一邊，雙眼像發亮的小珠子，口中輕柔又喋喋不休地發出聲響，那是輕微又劇烈的震動聲響，像清亮的笛音。這讓男孩聯想起他叔叔在曼島的聚會上彈奏的樂器，於是有那麼一刻，他彷彿回到他姊姊的安產感謝會上，又像是回到他堂哥的婚禮上。他想像自己已經安全回到老家的煮飯房裡，母親正在煮飯房裡挖出一條魚的內臟，並要他把靴子保養好、把襯衣前方拍乾淨，然後趕快來吃飯。他的叔叔演奏笛子，所有人都說著他從小說到大的語言，這裡不會有人大聲吼他、踢他，或者指使他做一大堆事，過一陣子可能還會有很多人唱歌、跳起舞來。

打雜小弟的雙眼因為眼淚而刺痛，此時猴子仍與他四目相交。牠不但露出深具感情的理解眼神，還伸出牠的手。

對男孩來說，猴子的手指令他感到熟悉又陌生。那些手指上的黑亮皮膚就像靴子的皮，上面長著如同蘋果籽的指甲，但牠手掌上的條紋又跟男孩及經過他們的行人一樣。於是就在此地，在碼頭旁種植的一排棕櫚樹下，人類與野獸共有的情感在他們之間流動著。男孩撫摸著那條綁住牠的金色鍊子，彷彿那條鍊子是繞在自己脖子上；猴子看出男孩的憂傷、看出他想回家的渴望，也看見他腿上的瘀青、他手指上水泡和繭，還有連續好幾個月在海面烈陽下曬傷而脫皮的肩膀。

男孩向猴子伸出手，猴子也握住他的手。猴子的手勁意外有力，那手勁說明了牠的焦急、牠沒有受到良好對待、牠的需求，以及渴求獲得善意的陪伴。猴子爬上男孩的手臂，四足並用著前進，牠先是爬過他的肩膀再爬上他的頭，然後坐在他的頭上，並把四隻腳的腳掌埋在男孩的髮絲中。

男孩笑起來，他伸出一隻手想確定發生了什麼事。沒錯，有隻猴子正坐在他的頭上啊。他感覺體內充滿好幾種互相衝突的渴望：他想在碼頭亂跑、想對其他船員大吼大叫，你們看看我啊！看啊；他想把這件事告訴他的小妹：妳一定無法猜到我遇上什麼事，有隻猴子坐在我的頭上啊；他想把這隻猴子留在自己身邊，他想立刻起跑、把金鍊子從男人手中扯下來，接著跑上通往船隻的踏板，消失在船上；他想永遠把這隻生物抱在懷裡，再也不放牠走。

猴子身後的男人站起身對男孩做出一個手勢。他的皮膚上滿是凹痕和傷疤，嘴裡長滿黑牙，其中一隻眼睛無論是眼球位置還是顏色都跟另一隻不同。他伸出一隻手，用大拇指來回搓弄其他手指。那是所有人都懂的肢體語言：給錢。

男孩搖搖頭。那隻猴子抓得更緊了，牠甚至把尾巴繞到男孩的脖子上。

臉上滿是傷疤和凹痕的男人靠過來抓住男孩的手臂。他伸手重複那個手勢，給錢，他堅持，快給錢。他指指猴子，然後又做出那個手勢。

男孩再次搖搖頭，他緊抿嘴唇，一隻手防衛性地壓住綁在腰帶上的皮包。他知道要是沒帶食物和麥芽啤酒回去會發生什麼事。他永遠忘不了被那個海軍實習軍官鞭打的慘烈回憶——他在馬六甲被打了十二下、在迦勒被打了七下，在摩加迪休也被打了十下。

「不，」男孩說：「不。」

男人口中噴發出一連串憤怒的語句，他對著男孩的臉大吼。在名為亞歷山大這個地方，人們使用的語言聽起來就像刀尖在揮砍、在切割。男人伸長手要抓住那隻猴子，猴子先是喋喋不休地發出一些聲響後尖聲大叫，那是因為沮喪而發出的刺耳叫喊，牠緊抓住男孩的頭髮和衣領，小小的黑色指甲在他的脖子上留下抓痕。

男孩現在幾乎是在啜泣了，他努力想抓住這個新朋友，一度也確實有抓住牠，他握住牠的一隻前肢，而猴子手肘部位的溫暖毛皮剛好貼合他的掌心，可是男人一扯手上的金鍊子，猴子就一邊尖叫一邊從男孩的手中跌落。牠先是跌到碼頭的卵石地上，重新站起來，又被扯一次後就跌跌撞撞地跟著男人離開，口中還發出哼哼唉唉的叫聲。

男孩震驚地望著那隻動物離開，他看著牠的背影、看著牠的臀部肌肉收縮又舒張，顯然正努力要跟上牠的主人。他拍打自己的臉、拍打自己的雙眼，他感覺頭頂空蕩蕩的。他多希望可以喚回剛剛那一刻，多希望可以說服那個男人讓他把猴子留下。那隻猴子屬於他，任何人都看得出來吧？

男孩不知道——也無從得知——的是，那隻猴子把自己的一小部分留下來了。在剛剛的扭打中，三隻跳蚤從牠身上掉落。

其中一隻跳蚤在沒人注意到時掉到地上，男孩也在不知情的情況下用腳跟踩爛了那隻跳蚤。第二隻跳蚤在男孩砂土色的髮絲中待了一陣子，最後爬到他頭頂前緣，然後等他在一間小旅店為一大壺本地釀造酒水付錢時縱身一躍——那是在空中劃出弧形的靈巧一躍——從他的額頭跳到旅店老闆的肩膀上。

從猴子身上掉下的第三隻跳蚤則留在原地，牠待在男孩綁在脖子上的紅領巾皺褶內。那條領巾是家鄉的愛人送他的禮物。

之後男孩回到船上過夜。他在晚餐時吃了香料堅果及形狀有趣的大片扁麵包，那麵包看起來簡直就跟鬆餅沒兩樣。然後他抱起自己在船上最喜歡的貓，讓貓靠著自己的脖子磨蹭。那是一隻幾乎全身都是白色只有尾巴有條紋的貓。那隻跳蚤意識到新宿主出現，於是從男孩脖子上的領巾跳出來，降落在貓脖子上的奶白色厚毛中。

這隻貓後來感覺不太舒服。對於討厭貓的人而言，牠擁有一雙彷彿能洞察一切的眼睛，而隔天牠就用這雙眼睛選擇了落腳處：牠跑進那位海軍實習軍官的吊床裡。等他那天晚上來到吊床邊時，他會因為發現那隻貓死在吊床裡而大聲咒罵，然後動作粗魯地翻開吊床把貓倒出來，再把牠踢到艙房另一頭。

此時有四、五隻跳蚤待在那隻貓躺的地方，其中一隻就是猴子身上掉下來的。來自猴子身上的跳蚤比較機靈，牠一心只想活下來並在世間獲得成功，於是藉由衝刺及跳躍抵達了正在熟睡、打呼的實習軍官那肥沃、陰濕的腋下，並在那裡暢飲這名船員點綴著酒精的豐饒血液。

三天之後，在船隻經過大馬士革並前往阿勒坡的海途上，海軍舵手走進船長室，他向船長報告那名實習軍官身體不適，目前正被獨自隔離在下層船艙。船長點點頭，但仍在檢視眼前的各式航海圖和六分儀，完全沒把這件事放在心上。

隔天站在上甲板時，他接獲報告表示那名實習軍官開始胡言亂語、嘴裡冒出泡沫，頭被脖子上的一顆瘤推得極度歪斜。

舵手靠在船長耳邊報告這些狀況時，船長皺起眉頭，然後下令要船醫去看看那個人。喔，舵手後來又補充說道，船上似乎還有幾隻貓死了。

船長轉過頭來盯著舵手看，臉上浮現了厭惡又迷惘的表情。貓？你說貓？舵手點點頭，態度敬重，雙眼盯著地上。這實在是太奇怪了。

船長想了一下，然後對著大海彈了一下手指。就全部丟出去吧。

死掉的貓總共有三隻，牠們都被人抓著條紋尾巴扔進地中海。透過一扇甲板船艙窗口，打雜小弟看著這一切，用脖子上的紅領巾擦眼淚。

之後沒過多久，他們的船在阿勒坡靠岸，在這裡卸載了更多丁香和一部分咖啡豆，好幾批老鼠也在此時衝上岸。船醫敲了敲船長室的門，此時船長正在裡頭跟他的二副討論天氣和航程。

「啊，」船長說：「那個人……哎呀，那個實習軍官怎麼樣了？」

醫生抓了抓假髮下的頭皮，努力吞下一個嗝。「報告船長，死了。」

船長皺起眉頭，打量眼前這個男人，他的假髮歪斜，身上散發出濃烈的蘭姆酒臭。「死因呢？」

這名醫生更擅長的其實是整骨和拔牙。此刻他抬起雙眼，彷彿可以在船艙低矮的木板天花板上找到答案。「報告船長，是因為發燒。」他用專屬於酒鬼的過度篤定口吻說。

「發燒？」

「是一種非洲熱病，」醫生口齒不清地說：「在我看來是這樣。就是呢，他全身發黑，很多地方都有一塊塊黑斑，除了手腳附近有之外，其他地方也有，但我不打算說是哪裡，畢竟我們現在在一個清爽宜人的地方嘛，總之我的結論是，他一定是病了，然後——」

「我懂了。」船長打斷他後轉頭繼續看航海圖，在他看來那才是真正需要處理的事。

二副清了清喉嚨。「報告船長，總之呢，」他說：「我們會安排一場海葬。」

於是那名實習軍官被床單包好後扛上甲板，但屍體散發出濃重臭味，周遭船員都用布覆蓋住口鼻。船長朗誦了《聖經》中的一個簡短片段。他已經在海上待了二十五年，參加過的海葬次數多到數不清，可是這次卻也必須特別努力對抗那具死屍的氣味。

「奉聖父、聖子，」船長口齒清晰地說著，他把音量拉高到足以蓋過身後努力壓抑的陣陣乾嘔聲，「還有聖靈之名，我們將這具屍體投入海浪。」

「你們，」他對著最靠近他的兩名船員揮手，「把那個……去把……啊……對……到船外去。」

他們臉上一陣青一陣白地往前衝，終於將那具屍體翻過船側。

地中海的海水波濤洶湧，一層層海浪吞噬了那名實習軍官的屍體。

等他們抵達君士坦丁堡，並接獲命令去北部收取之後要幫忙託運的毛皮時，船上的所有貓都已經死了，大量增生的老鼠也開始成為問題。二副告訴船長，這些老鼠不但會咬破木板條箱，還會吃掉他們的乾肉存糧。光是廚師住的船艙區今早就發現十五、六隻老鼠，搞得大家士氣低落，他一邊說話一邊望著窗外的海平線，而且一個晚上又有好幾個人病倒了。

之後又有兩個人死了，然後是第三個，接著是第四個。這些人都因為非洲熱病而頸部腫起，皮膚也有多處紅腫、起水泡，最後轉黑。船長為了補充船員被迫在航程計畫外的拉古薩停船，但他沒時間找人介紹或推薦合適人選，因此來的傢伙都只能在匆促間習得航海知識與技術，做事也馬虎，總之是他平常會盡可能避開的那種人。

這些新來的船員眼神狡詐、牙齒參差；他們不愛與人來往，很少說話，就算開口也只說某種波蘭語。因此來自曼島的船員才見面就覺得無法信任他們、不願跟他們溝通，也不肯跟他們住在一起。

不過這些波蘭人非常擅長殺老鼠，他們把這當成一種遊戲。他們會用繩子綁著食物當餌，把餌放好後拿著一把大鏟子在旁邊等，等到目標生物出現後——牠們毛皮油亮、胖肚子垂在身前，一如往常地大啖船員存糧——這些波蘭人立刻又是大吼、又是高歌地跳出來，把眼前的生物一鏟鏟打死，讓老鼠的腦漿和內臟噴在牆壁和天花板上。他們會切掉老鼠的尾巴後綁在腰帶上，再彼此傳遞一個裝著清澈液體的瓶子，輪流就著瓶口飲用其中液體。

看了令人反胃，是吧？在船艙的另一邊，有位來自曼島的船員看著這一切，同時這麼問了打雜小弟。他猛力拍打自己的脖子和肩膀，這地方的跳蚤也太多了吧！這些該死的老鼠！他對自己低吼著抱怨，然後在吊床中翻過身去。

船隻抵達威尼斯時，他們沒打算靠岸很久——這位船長想趕快把貨帶回英格蘭、回收貨款，趕快結束這場地獄航程——不過在大家上下貨時，他要打雜小弟去為船上找些貓來。打雜小弟立刻迫不及待地跳下船。他實在太想離開這艘船了，畢竟船上太過擁擠、天花板低矮壓迫、到處都是老鼠或發燒的人，死亡的臭氣更是徘徊不去。今天又有兩個人因為發燒被隔離在宿舍內，其中一個人跟他一樣來自曼島，另一個人是波蘭人，他那條裝飾著老鼠尾巴的腰帶就掛在床旁邊。

打雜小弟來過威尼斯一次，那是他第一次出海，而眼前的場面就跟他當時記得的一樣：這是個奇怪又混搭的地方，一半是海，一半是陸地，房屋的階梯遭到玉綠色的水一波波拍擊，窗戶裡滿是搖曳的燭火；這地方沒有街道，只有狹窄的巷弄，而且全部匯合成令人頭昏的迷宮，有時則以拱橋彼此相連。只要身處這個地方，你就很容易在霧氣、多角廣場、高聳的建築，以及正在敲響的鐘聲中迷路。

有那麼一陣子，他就這樣望著其他船員，他們一起抬著一個個木板條箱和麻布袋，彼此吼叫的內容混著著曼島語、波蘭語和英語。有個威尼斯男人推著手推車走向他們，他把箱子搬到推車上後，開始用威尼斯語大吼。他揮手對船員指著那些箱子，另一隻手緊抓著他的手推車，打雜小弟看見那男人的手上少了前兩根手指，剩下的則呈現出一種奇怪、皺縮的質地，就像蠟燭融化的蠟。他對船員大叫，用完好的那隻手指向船、指向他的箱子，此時打雜小弟可以看出他的手推車快倒了，那些箱子很快就會在碼頭碎裂開來。

他衝過去把推車扶正，那個手有殘缺的男人驚訝地看著他，打雜小弟對他露出微笑後立刻跑開，因為他在一個魚攤底下看見好幾張長著鬍鬚的三角臉，那些是貓咪的臉。

這兩人不知道的是，那隻從亞歷山大港的猴子身上掉下來的跳蚤——之前一個多星期都住在老鼠身上，再之前則是住在一位死在阿勒坡附近的廚師身上——此時從打雜小弟的身上跳到玻璃師傅的袖子上，一路往上爬到他的左耳並在他的耳垂後方咬了一口。他沒有感覺到，因為充滿潮濕霧氣的水道讓他身體的各種末端失去知覺，而且他一心只想趕快把這些裝箱的玻璃珠子送上船、拿到貨款，然後回到穆拉諾島。

他在那裡還有很多訂單需要完成，而且在他離開的這段短短時間內，鍋爐工一定又開始打架了。

西西里半島是靴子的形狀，等到船隻繞過靴子的鞋跟位置時，二副已經因為非洲熱病病倒了，他的手指變得又黑又紫，身體極度熱燙，汗水甚至直接從吊床的繩結空隙滴到地面。他們把他和另外兩個波蘭人一起埋葬在海裡，就埋在那布勒斯的外海。

來自威尼斯的貓如果沒有在殺老鼠，就會遵循牠們出生地的本性行動：牠們選擇睡在貨艙中，而且就睡在來自穆拉諾島那些裝滿玻璃珠子的箱子上。無論是那些箱子的木板表面、綁箱子的繩結，還是箱子側面用威尼斯語寫的粉筆記號都有一種非常吸引他們的魅力。

因為很少有人會在航程間進入貨艙，所以那些貓死掉後——牠們確實一隻接著一隻死去——屍體就一直留在箱子上，很長一段時間都沒人發現。於是許多跳蚤從死去老鼠身上跳進貓的條紋毛皮中，然後爬進那些箱子，最後在包裹著數百顆色彩繽紛又細小的千花玻璃珠的破布中住了下來。（這些破布就是玻璃師傅的同事放進去的；玻璃師傅現在已經回到穆拉諾島，但因為有太多工人因為一種神奇又猛烈的熱病而倒下，導致玻璃製作工作陷入停滯。）

等他們抵達巴塞隆納時，剩下的波蘭人都跳船消失在碼頭的混亂人群中。船長咬緊牙根表示，就算極度缺乏人手還是得把工作完成。他們會把一箱箱丁香、布料和咖啡豆送到預定地點後繼續航程。

手下們遵照他的指示進行。這艘船接著在加的斯靠岸，然後是波多，再來是拉洛歇爾，一路上損失了更多人手；接著往北行駛，最後終於來到康瓦爾。等到船駛進倫敦時，船員只剩下五個人。

打雜男孩跑去找有開往曼島的船，那條曾經鮮紅的領巾還綁在他的脖子上，他的腋下則夾著唯一一隻倖存下來的威尼斯母貓。另外三個船員特地跑去倫敦大橋另一端的酒館。船長則叫了一匹馬好讓自己回到妻子及其他家人的身邊。

這些來自船上的貨物堆在海關大樓，之後才逐漸被送到倫敦各地：準備銷售的丁香、香料、布料和咖啡被送到許多商人手上、絲綢被送到皇宮、玻璃製品被送到伯蒙德賽的交易商手上，布料捆包則被送到阿爾德門的布料工人和縫紉店主的手上。

而那些由穆拉諾島上玻璃師傅在受傷前製作的玻璃珠子，則是在倉庫的架子上放了將近一個月。其中一箱被送到士魯斯柏立的製衣店，另一箱被送到約克，還有一箱送到牛津那邊的一位珠寶商手上；至於最後一箱，也是這批玻璃珠中最小的一箱，其中的玻璃珠子還包著威尼斯玻璃工房地板上的破布，最後是被一位信差送到城市最北邊的一間小旅館，在那裡放了一星期，旅館主人才把箱子拿到屋外連同一包信件以及一小捆蕾絲交給一個男人，而這個坐在馬背上的男人正要前往沃里克郡。

皮製馬鞍袋在他騎馬時規律地發出喀噠、喀噠、喀噠的聲響，箱子裡的珠子隨著馬的動態彼此推擠，六種顏色的珠子不停旋轉、彼此摩擦。在旅程的兩天中，他無聊地想著，到底那個被包裹住的箱子裡裝的是什麼：是什麼東西可以發出如此細微、清亮的音韻？

其中有兩顆珠子被跟自己一模一樣的珠子壓碎。另外五顆的表面留下難以修復的刮痕。隨著馬匹每走一步的震動，那些比較重的珠子一次次逐漸往底部移動。

破布中的那些跳蚤開始爬出來，牠們因為在倉庫的那段期間缺乏宿主而飢餓難耐，不過很快就恢復活力、重獲新生，在馬匹和人類之間跳來跳去，還跳到這位騎馬者途中遇見的人身上——有個女人給了他一夸脫牛奶、有個孩子跑來輕拍他的馬，還有一個是在路邊酒館內的年輕人。

等這位騎馬的人抵達斯特拉特福時，這些跳蚤已經產下許多卵，藏在他緊身上衣的縫線裡、在馬的鬃毛裡、馬鞍袋的針腳裡、在蕾絲交錯編織的花樣中，以及包裹著珠子的破布中。這些卵都已經是猴子身上那隻跳蚤的曾孫輩了。

他將那些信、那一小捆蕾絲以及那箱珠子送到城鎮外圍一間小旅館的主人手上。那些信件隨後被分送出去，一封封交給收信人，負責送信的男孩因此拿到一便士薪水。（順道一提，其中一封信就是送到亨利街，身處倫敦的那位丈夫寫信告訴家人，他從階梯跌下來扭傷了手腕，還提到房東養的一隻狗，以及他們有齣戲即將去巡演，而且會一路演到肯特郡。）大概一、兩天後，那一小捆蕾絲也被來自伊夫舍姆的一位婦女領走了。

這位騎著馬的男人掉頭再次前往倫敦，但注意到馬匹行走的震動讓他不太舒服：他感覺到一種疼痛，位置似乎是在腋下的柔軟處，可是他沒當一回事，只是繼續趕路。

那箱珠子也被送到目的地，運送者就是之前負責送信的男孩，他把箱子帶給伊利街上的一位裁縫師。她接到訂單要幫一位行會成員的妻子製作新禮服，那是打算在豐收節亮相的禮服。據說這位妻子年輕時去過倫敦和巴斯，所以對禮服的要求會更仔細。她要求裁縫師在馬甲上裝飾威尼斯玻璃珠，不然這件禮服對她而言一文不值。真的一文不值。

所以裁縫師派人送信到倫敦，那封信後來輾轉送到威尼斯，然後她們等了又等，等得行會成員的妻子焦慮不已，就怕珠子無法及時送到，所以她們又寄出第二封信到倫敦，卻沒獲得任何回音，不過現在珠子總算送到了。

透過牆上的交易窗口，裁縫師伸手從男孩手中取下那個箱子。正要打開時，平常會幫忙縫線、編織彩線和剪布的鄰居小孩從門口走了進來，那孩子名叫茱蒂絲。

裁縫師把那個箱子舉在半空中。「看啊。」她對女孩說。那女孩相較於同齡孩子顯得更嬌小，外表如同天使一般美麗，氣質也與外表相襯。

那女孩拍了一下手，「威尼斯來的玻璃珠嗎？已經送到了？」

裁縫師笑出來，「我想沒錯。」

「我可以看嗎？可以看嗎？真是等不及啦。」

裁縫師把箱子放在櫃臺上，「不只可以看，還可以讓妳打開箱子喔。不過妳得先把外面包的那些老舊破布剪開。去拿那邊的剪刀。」

她把裝滿千花玻璃珠的箱子遞給女孩，茱蒂絲接了過來，動作迅速又急切，臉上露出燦亮的微笑。

在蘇珊娜出生第一年的某個夏日午後，艾格妮絲注意到屋內出現一種新氣味。當時她正把一匙食物送進蘇珊娜張開的口中，同時說著，這匙給你唷、再來一匙唷，每一匙都裝著滿滿的食物，湯匙從她嘴裡出來時也都潔淨閃亮。蘇珊娜被安置在餐桌角落的一張椅子上，為了把她墊高，艾格妮絲還在椅子上放了好幾個靠枕。艾格妮絲用一條披肩把她固定在這個高高的王座上。孩子的表情非常專注，兩隻緊握拳頭的迷你小手看起來就像蝸牛的殼，雙眼緊盯著在碗及自己口中不停來回移動的湯匙。

「奈個！」蘇珊娜口齒不清地大吼，她嘴裡看起來坑坑巴巴，只有一排四顆青白色牙齒位於下排牙齦上。

艾格妮絲重複她發出的聲音。她發現自己無法不一直看著孩子，她總是很難把目光從女兒的臉上移開。既然可以觀賞蘇珊娜那如玫瑰花瓣的耳朵、如翅膀展開的小小眉毛，彷彿用筆刷畫在頭上的深黑髮絲，她怎麼可能還想注視任何其他事物呢？在她眼中沒有比她孩子更精巧的事物了：這世上已容不下更完美的生命，無論在什麼地方、什麼時候都不可能。

「墜個！」蘇珊娜又口齒不清地大叫，然後姿態靈敏又篤定地傾身往前抓住湯匙，湯匙上的食物撒到桌面、她的胸口、她的臉上，以及艾格妮絲的衣袍上。

艾格妮絲找出一條抹布擦拭桌面、椅子，以及蘇珊娜不可置信的臉龐，同時努力安撫正因憤怒而不停吼叫的她，此時蘇珊娜突然抬頭嗅聞了一下空氣。

那是潮濕、濃重又刺鼻的氣味，像是腐敗的食物或沒晾乾的亞麻布。她從沒聞過這種氣味。如果這氣味有顏色，她會說是灰綠色。

還把抹布拿在手上的她轉頭望向女兒。蘇珊娜正抓著湯匙以穩定的節奏敲打桌面，每敲一次就眨一下眼睛，她的雙唇緊抿，彷彿執行這種敲擊動作需要全神貫注。

艾格妮絲聞了聞手上的抹布，又嗅了嗅空氣；把鼻子貼上袖口，又貼近蘇珊娜的上衣。她在房間內來回走動。到底是什麼味道？那聞起來像是正在凋萎的花、像有植物擱在水中太久、像一池死水，又像潮濕的地衣。屋內有什麼潮濕的東西正在腐敗嗎？

她檢查了桌子底下，畢竟吉爾伯特的其中一隻狗可能會把屋外的東西拖進來。她跪下來檢查了櫥櫃底下，然後雙手叉腰站在房間正中央，深吸一口氣。

突然之間她明白了兩件事。她不知道自己是怎麼明白的，總之就是突然明白了。艾格妮絲從不會質疑這些靈光乍現的時刻，許多訊息就是這樣突然降落在她腦中。她總會像是收到意外的禮物一樣接受它們，而且帶著親切有禮的微笑及驚喜的情緒。

她有孩子了，她可以感覺到。等到今年冬天的尾聲，這個屋子裡就會出現另一個寶寶。艾格妮絲一直知道自己會有幾個孩子，她老早就知道了。她知道自己死去時床邊會有兩個孩子，而第二個孩子此刻已然出現。她獲得了有關這孩子的第一個徵兆，那個孩子的生命已然展開。

另外她也明白這個腐敗氣味不是來自具體存在的事物。這氣味有其他含意，在此代表的是另一個徵兆——有些什麼糟糕的事即將發生、有些什麼不對勁，總之她的屋子裡出了差錯。她可以感受到氣味蜷伏在某處不停壯大，而且是急速壯大，就像冬日的黑色霉斑不停在灰泥牆面上擴散。

這兩種感受的衝突本質讓她感到混亂。她覺得自己的思緒同時往兩個方向延伸：寶寶，好事；氣味；

壞事。

艾格妮絲走回桌邊。她首先想到女兒。這個源自憂傷和陰鬱事物的氣味是從她身上散發出來的嗎？艾格妮絲把臉埋進這孩子溫暖的頸窩中深吸一口氣。是她嗎？難道她的這個孩子、這個小女孩正受到某種正在匯聚的陰暗勢力威脅嗎？

蘇珊娜尖聲大叫起來，她對自己受到的關注感到驚訝，她開口說，媽媽、媽媽，同時伸出雙臂環抱住艾格妮絲的脖子。艾格妮絲可以感覺到她的手臂不夠長，無法真的懷抱住她的身體，只能把手指緊扣在艾格妮絲的肩膀上。

艾格妮絲像尋找線索的狗一樣不停在她身上嗅聞，她把兩邊鼻孔撐得好大，那姿勢彷彿想將女兒的靈魂本質吸乾。她在蘇珊娜的皮膚及溫暖髮絲上聞到一抹梨花的氣息，另外還有床單跟食物的氣味。除此之外沒別的了。

她抱起女兒小小圓圓的身軀，開口說，說不定她們之後會找到那氣味來自某片麵包或某杯牛奶吧，然後她想著那個新寶寶，想著那個像堅果一樣蜷曲在她體內的寶寶，她想到蘇珊娜會多麼愛那個寶寶，他們之後一定會玩在一起，對方不但會成為屬於她的巴薩洛繆，也會是她的朋友、夥伴和同盟，那會是一段持續到永遠的關係。這孩子會是男孩還是女孩呢？艾格妮絲問自己，卻奇怪地無法確認答案。

此刻的蘇珊娜任由她擺布，艾格妮絲先是切下一片麵包後抹上蜂蜜，然後讓蘇珊娜坐上自己的大腿、靠著桌邊，因為希望她離自己近一點，以免這個源自黑暗的氣味試圖逼近。艾格妮絲不停說話，希望藉此讓女兒分心、希望能不讓她受到這世界的傷害。這孩子聆聽著不停從母親口中流洩而出的話語，從中挑出認得的字詞大聲吼出來：麵包、杯子、腳、眼睛。

她們開始一起唱歌，那首歌的內容有鳥在築巢、有蜜蜂在嗡嗡叫，此時蘇珊娜的父親從樓上走下來，進入她們所在的房間。艾格妮絲感覺到他拿起一個杯子，從大水罐中裝滿水，喝水，就這樣喝了一杯又一杯。然後他繞過她們身邊，癱坐在她對面的椅子上。

艾格妮絲看著他。她感覺自己吸氣、吐氣、吸氣、吐氣，就像一棵樹沉浸在風的流動中。那種酸餿、潮濕的氣味又出現了，而且變得更強烈。那氣味就從面前的他身上飄散過來，像煙一樣在他頭頂聚集成一朵灰綠色的雲。是他把這股氣息帶過來，彷彿他整個人被包裹在這灰綠色的霧氣中。那氣味似乎是從他的皮膚散發出來。

艾格妮絲仔細檢視丈夫。他看起來跟之前一樣，但真的一樣嗎？他鬍子底下的臉氣色很差、如同羊皮紙蒼白。他的眼皮半閉著，眼睛下方有青紫色陰影。他盯著窗外卻沒有真正在看什麼，似乎沒把眼前的任何事物真正看進去。他的另一隻手擱在他們之間的桌上，攤開的手掌中除了空氣之外一無所有。他看起來像畫中的男人，而且畫布很薄，後方什麼都沒有；他就像是一夜之間被吸走或偷走靈魂的男人。

怎麼可能發生這種事？她明明一直跟他生活在一起，怎麼可能在他毫無預警陷入這種狀態時沒看見任何徵兆？之前有徵兆嗎？她努力回想。他最近睡得比平常多，這是真的，而且晚上更常待在外面，通常是和朋友一起待在酒館。以前到了晚上，他會就著燭光在床上讀書給她聽，但已經好一陣子沒這麼做了——她都不記得他上次這麼做是何時了。他們最近的相處跟以前一樣嗎？到了晚上會一起在壁爐旁聊天嗎？應該都有吧，或許只是頻率少一點。可是她很忙啊，畢竟她要帶孩子、要打理家務、要照顧菜園，還要應付到窗邊找她諮詢的顧客，而他則是一如往常地在下午出門家教，早上也還在為他父親跑腿辦事。生活逐漸將他們淹沒，她心想，原本的快樂正一點一滴遭受侵蝕。於是此刻，他們走到了這一步。

蘇珊娜還在唱歌拍手。她的指關節像是有酒窩，每個關節的骨頭表面都微微下凹。她不停重複那首歌的四個音符，同樣的旋律因此不停在空間中嗡鳴，反覆又反覆，而這顯然讓他不太開心，因為他露出了厭煩的表情，還用一隻手摀住耳朵。

艾格妮絲皺眉。她想起那個寶寶，她肚子裡的寶寶，那個寶寶正蜷縮在羊水中聽著這一切發生，一邊還吸進此刻包圍在他們身邊的骯髒空氣；她想著蘇珊娜壓在自己大腿上的溫暖重量；她想著這朵從她丈夫身上生成的灰敗雲朵。

難道是這段婚姻、這個孩子和他們的生活害他變得如此委靡嗎？難道是他們在這間公寓中建立的家把他的生命力榨乾成這樣的嗎？她真的不知道。這樣的想法讓她恐慌起來。如果他的狀態如此，她要怎麼把又懷了孩子的消息告訴他？他的憂鬱可能因此惡化，而她無法接受這個消息換來憂傷的反應，總之任何狂喜以外的反應都不行。

她叫了他的名字，沒有回應，她又叫了一次。他抬起下巴望向她——他的臉在她看來簡直可怕。那張臉慘灰、浮腫，蔓生的鬍子根本沒有好好整理。他是怎麼變這樣的？這是怎麼發生的？她怎麼會沒注意到他的改變？她到底漏看了什麼？難道是她選擇不去看嗎？

「你生病了嗎？」她問他。

「我？」他說，似乎花了很長一段時間才真正聽見她的問題，並想辦法找出作答的詞彙。「沒有啊。為什麼這麼問？」

「你的氣色不太好。」

他嘆氣，伸出一隻手揉了揉眉心和眼睛。「是嗎？」他說。

她站起身，把蘇珊娜移到背上，伸手摸了摸他的額頭，他的額頭濕黏冰涼，像青蛙的皮膚。他不耐地把頭扭開，揮手不要她靠近。

「一切都很好，」他說。他把每個字都唸得很用力，就像是在吐出一顆顆卵石，「別瞎操心。」

「有什麼煩心事嗎？」她說。蘇珊娜開始踢腿，她希望能面對母親，她要讓母親知道她得唱歌。

「沒什麼，」他說：「我很累。只是累而已。」他用力站起身，椅子刮擦地面，「我要回床上睡覺。」

「怎麼不吃點東西？」艾格妮絲一邊問一邊上下晃動身體，試圖藉此安撫蘇珊娜，好讓她安靜下來。「來點麵包？蜂蜜如何？」

他搖頭。「我不餓。」

「要記得你父親希望你一大早去——」

他伸手快速一揮打斷她。「叫他派吉爾伯特去，我今天哪裡都不去。」他走向樓梯，腳步沉重地像在地面拖行，同時也拉走那片霧濛濛的氣息，像是扯著一大批沒有清洗的老舊布料。「我需要睡覺。」他說。

艾格妮絲望著他走上樓梯，他必須拉著欄杆才有辦法走上去。她轉頭望向她女兒那雙睿智的黑色圓眼睛。

「唱歌，媽媽。」這是蘇珊娜給她的建議。

在夜晚的靜謐之中，她在他耳邊低語，問他到底怎麼了？有什麼事讓他掛心？她能幫上忙嗎？她把手放在他的胸口，感覺他的心臟不停敲打她的掌心，一次又一次、一次又一次，就像是她始終得不到答案的反覆提問。

「沒什麼。」他只是這樣回答。

「一定有什麼事，」她說：「是不能說的事嗎？」

他嘆氣，他的胸口在她的手掌下起伏。他煩躁不安地翻弄被單邊緣，重新調整了雙腿的位置。她感覺他的小腿與自己的小腿彼此摩擦，也感受到被單不停被拉來扯去。床鋪周圍的垂簾將他們包覆起來，形成一個只有他們兩人躺在一起的洞穴。蘇珊娜睡在旁邊的小床上，雙臂攤開，嘴唇緊抿，髮絲黏在臉頰上。

「難道是……」她開口：「……難道你……你已經後悔跟我……結婚？是這樣嗎？」

他轉頭面向她，這似乎是他這些日子來第一次這樣做，而那張臉上的表情顯得極度痛苦、驚駭。他伸手緊緊壓住她的手。「不是，」他說：「不可能。你怎麼可以說這種話？我現在根本只是為了你和蘇珊娜活著。其他什麼都不重要。」

「所以到底是怎麼了？」她說。

他將她的手指一根根扳起後放到唇邊，逐一親吻她的指尖。「我不知道，」他說：「沒什麼。就是心情感覺很沉重，就是憂鬱吧，沒什麼。」

而在她就要陷入夢鄉之際，他說（應該是這麼說的吧）：「我迷失了。我找不到人生的方向。」

他靠向她後環抱住她的腰，彷彿害怕她從身邊漂離，逐漸隱入一片有著潮起潮落的巨大水域。

她之後有一陣子都仔細地觀察他，像醫生檢視病患。她發現他晚上無法入睡，早上又很難起床。他會在大概中午時起床，整個人狀態昏沉、臉色蒼白，心情慘澹又灰暗。從他身上散發出的那股氣味更糟了，那種酸餿、腐臭的氣味甚至滲入他的衣物和髮絲。他父親會跑來他家門口鬼吼鬼叫，要他趕快動起來展開一天的工作。她告訴自己，艾格妮絲啊，妳必須讓自己冷靜，妳要穩定下來，甚至在某方面要變得更堅強，好讓這個家至少能平穩運作下去、不至於被黑暗吞沒，妳必須想辦法對抗黑暗、保護蘇珊娜不被傷害，也要確保自己不露出任何弱點，才不會遭到黑暗吞噬。

她看見他在出發去為學生家教時是如何腳步沉重又唉聲嘆氣。她看見他會在理查德從學校回家時瞪著窗外看。她看見他跟父母坐在同一張桌前時總是一臉陰沉，不是翻玩食物就是把弄盤子。她看見他在父親讚美吉爾伯特應付某位染坊工人時伸手去拿啤酒壺。她看見愛德蒙走過來站在他身旁、把頭靠在他的袖子上，但必須用額頭撞他好幾下才能讓哥哥注意到他，然後漫不經心又疲倦地把那孩子抱到大腿上。她看見愛德蒙緊盯著哥哥的臉，兩隻小手捧著他長滿鬍渣的雙頰，因此知道除了她之外，這個家裡只有愛德蒙看出他的不對勁。

她發現只要有貓跳到桌上、門被風吹上，或有人碗盤放下的動作太粗魯，坐在位子上的丈夫就會嚇一跳。她發現約翰會突然對他暴怒或擺出嘲弄的態度，甚至慫恿吉爾伯特一起攻擊他。在他不小心把啤酒灑到桌布上時，她聽見約翰對他說：真沒用啊，連啤酒都倒不好，欸、欸，吉爾伯特，你有看見他多沒用嗎？

她看見他頭頂上那朵雲變得愈來愈黑，匯聚其中的恐怖臭氣也愈來愈濃重。她好想在這時候伸手越過桌面輕撫他的手臂。她想說：有我在這裡陪你。可是如果這些話不足夠怎麼辦？面對他這無以名之的痛苦，如果她能帶來的慰藉不夠怎麼辦？於是生平第一次，她不知該如何幫助一個人。她不知道該怎麼辦。而且她無論如何都無法真的去握住他的手，至少在這裡不行，在這個大家圍坐的餐桌邊不行。此刻他們之間的桌面擺滿碗盤、杯子和蠟燭，伊萊莎也正站起身吃完盤內的肉，瑪莉正試圖餵蘇珊娜吃幾塊對她來說有點太大的肉。這麼多人的家族中有太多事要做、有太多細節要照應，而且每個人都有很多需求。在這樣一個家族中，艾格妮絲拿起盤子時想，沒發現一個人的悲傷與痛苦是多麼容易的事啊，只要這個人保持沉默、什麼都往肚子裡吞，最後就會像個瓶塞蓋得太緊，裡頭的壓力累積又累積的瓶子，直到終於——終於怎麼樣呢？

艾格妮絲其實不知道。

他酒喝得太多了，總是喝到深夜，但他不是跟朋友出去喝，是獨自坐在臥房的桌邊喝。他花很多時間把一根根羽毛削成羽毛筆，削完又總覺得不太對勁，他說這根太長、那根太短，還有一根的問題是手指拿起來的感覺太細。這些羽毛筆不是劃裂或刮壞紙張，就是把紙張弄糊或留下汙點。難道想有枝堪用的羽毛筆是過份的要求嗎？有天晚上艾格妮絲被他的這段大吼驚醒，他一邊吼一邊把墨水瓶跟紙張之類的東西全掃到牆上，嚇得蘇珊娜開始嚎哭。她抱著身邊哭叫的孩子，感覺自己完全不認識他：他的臉色灰白、頭髮蓬亂，嘴裡吼個不停，身旁的墨水潑灑得到處都是，還在牆上留下一個個如同黑色小島的汙跡。

隔天早上，他還在床上睡著，她已經揹起蘇珊娜走上通往休蘭茲的小徑，不過路上還是好幾次停下腳步蒐集羽毛、罌粟花冠，以及一簇簇的蕁麻。

她循著反覆出現的敲擊聲找到巴薩洛繆，他正在靠主屋最近的坑地內對著一根籬笆柱的頂端揮動槌子，為的是把那根柱子敲進土裡：碰、啪；他在幫新出生的小羔羊建造圍欄。她知道他大可隨便叫個人來做這件事，但他擅長這項工作：他個子高、力氣又大，而且工作時總是專心致志，像是永遠不用休息般願意花費大把時間。

發現她走近後，他任由槌子落在腳邊，一邊擦臉一邊等待，眼神直直望著走過來的她。

「我帶了這個來給你。」艾格妮絲伸手遞出一大塊麵包和一包起司。起司的原料是透過棉布捏擠處理過的母羊奶，是她在亨利街那邊的庭院小屋裡自製的。

巴薩洛繆點點頭，接下食物後咬了一口、開始咀嚼，過程中始終沒把眼神從艾格妮絲的臉上移開。他把蘇珊娜的帽子掀開一角，用一根手指掃過她沉睡的臉頰，然後眼神又移回艾格妮絲臉上。她對他微笑，他繼續咀嚼。

「所以呢？」這是他開口說的第一句話。

「就其實，」艾格妮絲終於開口：「也不是什麼大事。」

巴薩洛繆用牙齒把麵包邊扯下來。「跟我說說。」

「就只是……」艾格妮絲調整了一下蘇珊娜在背上的位置「……他不睡覺。他整晚都醒著，早上又起不來。他變得憂傷又陰沉，而且除了跟他爸爸吵架之外幾乎不說話。他散發出非常凝重的氣息。我不知道該怎麼辦。」

巴薩洛繆開始仔細思考她說的話，她早就知道他會這麼做，他把頭側向一邊，眼神凝望著遠方某處，口中不停咀嚼著，臉頰和太陽穴的肌肉反覆收縮。他把剩下的麵包和起司塞進嘴裡，還是什麼都沒說。等食物吞下去後，他大大吐了一口氣，彎腰拿起槌子。艾格妮絲往旁邊退開，以免被他揮動的槌子打到。

他對著籬笆柱的頂端敲了兩下，兩下都有確實打中，而那根柱子看起來就像是因為恐懼在發抖、甚至像是感到畏縮般的往土地裡鑽。「男人，」他一邊說一邊又搥了一下，「需要工作。」他再次舉起槌子往那根籬笆柱揮，「我指的是那種像樣的工作。」

巴薩洛繆檢查了一下柱子，確認柱子已經穩固，然後走向下一根已經稍微插入泥土中的柱子。「他腦子太好了，」他一邊說一邊揮動槌子，「我說那傢伙啊，他腦子實在太好，但對生活沒什麼概念。他需要好好工作來穩定自己，生活才會有目標。他不能繼續這樣一邊幫爸爸跑腿、一邊到處替學生家教。有他那種聰明的腦袋，這樣下去會發瘋。」

他用一隻手摸了摸籬笆柱，顯然不夠滿意，因為他又舉起槌子敲了一下、兩下，那根柱子被往下敲得更深。

「我聽別人說，」巴薩洛繆喃喃地說：「他們家的父親常亂揮拳，而且特別會針對你的拉丁男孩。是真的嗎？」

艾格妮絲嘆氣。「我沒有親眼見過，但完全不懷疑這個說法。」

巴薩洛繆正打算揮動槌子，突然停止動作。「他有對妳亂發過脾氣嗎？」

「從來沒有。」

「對孩子呢？」

「沒有。」

「如果他想對你們動手，不管是對誰，」巴薩洛繆說：「就算只有一次，妳都要——」

「我知道，」艾格妮絲微笑著打斷他：「我不認為他有這個膽子。」

「嗯哼，」巴薩洛繆低聲說：「最好是不敢。」他丟下槌子，走到他剛剛堆得很高的籬笆柱旁，挑出其中一根，在手上掂掂重量，舉高，然後把那根柱子從頭打量到尾，確認柱子的線條是否平整。

「這樣很辛苦，」他說話時沒望向她，「任何男人活在這種暴力陰影下都會很辛苦。就算打他的人沒跟他住在一起也一樣。這讓人很難真的喘口氣，也很難找到人生的方向。」

艾格妮絲點點頭，她一時說不出話。「我之前沒意識到，」她悄聲說：「沒意識到情況這麼嚴重。」

「他需要去工作，」巴薩洛繆再次說。他把籬笆柱舉到肩上後走向她，「或許還需要和他父親保持距離。」

艾格妮絲別開眼神，她往下望向地面、望向躺在陰影中的狗，也望向那隻狗如同粉色破布般掛在嘴邊的舌頭。

「我一直在想，」她開口：「約翰或許會對去其他地方設置據點有興趣，比如倫敦。」

巴薩洛繆抬起頭，瞇起雙眼望向她。「倫敦。」他重複她的話，彷彿正在仔細咀嚼這個想法的可能性

「去那裡拓展他的事業。」

他的弟弟停止原本的動作，揉了揉下巴。「我明白了，」他說：「你是說約翰或許可以把某人派去城裡工作一陣子，而對方必須是他信任的人，比如他的兒子？」

艾格妮絲點頭。「只是去一陣子。」她說。

「妳會跟他去嗎？」

「當然。」

「妳會離開斯特拉特福？」

「不會一開始就去。我會等他安頓好、找好房子，再帶著蘇珊娜一起去。」

這對姊弟凝視彼此。艾格妮絲背上的蘇珊娜動了動身體，抽泣了幾聲，然後又安靜睡去。

「倫敦沒有很遠。」巴薩洛繆說。

「沒錯。」

「很多人都去那裡找工作。」

「這也沒錯。」

「說不定可以在那裡找到一些機會。」

「對。」

「為他找機會，也為他們家的生意找機會。」

「我想是的。」

「他或許可以為自己找到另一份工作，這樣就能遠離他的父親。」

艾格妮絲伸手碰觸巴薩洛繆手上那根籬笆柱一端的切口，用手指在上面反覆又反覆地畫圈。

「在這個議題上，我不認為約翰會聽一個女人的意見。如果可以有個像是合作夥伴的角色向他建議——不但對他的生意有好處、甚至是可能左右他生意的人——而且讓約翰覺得這是他自己想出來的點子，那麼……」

「這個想法就會在他腦中生根。」巴薩洛繆幫她把剩下的話說完。他把手搭上她的手臂，「那妳呢？」他低聲說：「妳不會介意……他先離開嗎？他可能需要花上一點時間才能建立自己的事業。」

「介意啊，」她說：「非常介意。可是又有什麼辦法呢？他不能這樣下去了。如果倫敦可以將他從現在的悲慘中拯救出來，我希望他去。」

「妳可以先回來這裡，」他把大拇指指向休蘭茲，「妳和蘇珊娜可以暫時回來，這樣——」

艾格妮絲搖搖頭。「瓊安不可能接受，而且我們的人數很快就要增加了。」

巴薩洛繆皺眉。「什麼意思？又有小孩要出生了嗎？」

「對。在冬天快結束的時候。」

「妳跟他說了嗎？」

「還沒。我會等到一切安排好再說。」

巴薩洛繆對她點點頭，對她露出一個少見的大大微笑，然後伸出一隻強而有力的手臂環抱住她的肩膀。「我會去找約翰。我知道他都在哪裡喝酒，今晚就去。」

艾格妮絲坐在小床旁的地板上，緊靠在茱蒂絲身邊的她手上拿著一塊布。她已經在這邊待了一整個晚上，不但不肯起身、不肯吃飯，也不肯睡覺或休息，唯一肯聽瑪莉勸的只有稍微喝點水。爐火散發出的熱氣如此熾烈，艾格妮絲的臉頰因而泛出許多紅斑，一綹綹髮絲也從頭巾中竄出，彎彎曲曲地沾黏在汗濕的頸項上。

在瑪莉的注視下，艾格妮絲將布浸入一碗水中，然後擦抹茱蒂絲的額頭、手臂和脖子。她喃喃對女兒說了一些話，是聽來輕柔的安撫話語。

瑪莉不知道那孩子能不能聽見。茱蒂絲的燒還沒退，脖子上的結腫也還是那麼大、那麼堅挺，隨時可能爆開，而一旦爆開就幾乎沒救了，代表這女孩注定要死去。瑪莉清楚這一切。結腫很可能今晚就爆開，而且會在夜晚最深沉之際，因為這種病通常會在那段時間進入最危急的階段，當然也可能拖到明天或後天，但總之是無可避免的結果。

現在已經沒什麼能做的了。她曾被奪走三個女兒，其中兩個死去時還是嬰兒，現在茱蒂絲也注定要跟她們一樣離開。他們是不可能救回她的。

瑪莉看見艾格妮絲緊抓住孩子癱軟的手指，彷彿在試圖讓她和這個活人的世界保持聯繫。她要把她留在這裡、要把她拉回來，如果可以的話她要單靠意志力做到。瑪莉很清楚這種渴望——她感受過、她經歷過、她就是那股渴望本身，而且自始至終都如此。她一直都是那個靠在小床邊的母親，太多次了，她也一直是那個試圖緊抓住並留住孩子的女人，但每次都徒勞無功。你得到的都可能留不住，而且隨時可能失去，這個世界的殘暴及摧毀性力量就像小偷或土匪，他們總是躲在每個街角、櫥櫃內或門後，隨時準備跳出來蹂躪你，反擊的訣竅就是絕不要放下防備、絕不要以為自己很安全，也絕不要以為只要孩子的心還在跳動、口中啜飲著牛奶、鼻子還在呼吸，而且可以走動、說話、微笑、吵架、玩耍，就以為這一切都是理所當然。絕不要有任何一刻忘記他們隨時可能離開、可能從你身邊被奪走，而且通常只要一眨眼，他們就會像薊種子冠毛一樣被風吹散。

瑪莉感覺眼眶中積滿淚水，喉頭也慢慢緊縮。她看著茱蒂絲編成辮子的頭髮，她的下巴和脖子的線條。這孩子怎麼可能從這個世界消失呢？難道再不用多久，她和艾格妮絲就要清洗這具身體、把她的辮子梳開，然後準備將她下葬嗎？瑪莉猛然轉身拿起一個水壺、一塊布、一個盤子，反正就是隨便拿了些東西，但最後只是把所有東西拿到桌上再拿回來。

伊萊莎正坐在桌邊，單手撐著下巴悄聲說：「該寫信吧。難道不是嗎？媽媽？」

瑪莉瞄了小床一眼，艾格妮絲低垂著頭像是在禱告。她一整天都拒絕讓伊萊莎寫信給茱蒂絲的父親，只是一邊磨碎藥草一邊說，一切都會沒事的，不過在她想辦法讓茱蒂絲吞下酊劑和藥茶，或者努力把膏藥揉入她的肌膚時，動作卻顯得愈來愈狂躁。我們不該讓他緊張，她說，這樣做沒必要。

瑪莉轉身面對伊萊莎，迅速對她點了一下頭，然後看著伊萊莎從櫃子裡取出墨水和羽毛筆，那是她的哥哥在家時收文具的地方。她在桌邊坐下，把羽毛筆浸入墨水中，只稍微猶豫了一下就開始下筆。

親愛的哥哥，

我很抱欠必須告速你，你的女兒茱蒂絲病得很嚴仲。我們認危她沒剩多少時間可活了。拜托回來，如果可以的話。動作要快典。

祝旅突順利，我最親愛的哥哥。

愛你的妹妹

伊萊莎

瑪莉就著燭火融化封蠟，同時看見艾格妮絲望著她們往折起的信紙上滴蠟。伊萊莎在信的正面寫上哥哥住處的地址後，瑪莉把信拿去隔壁自己住的地方。她打算找一枚硬幣，打開窗戶，隨便找個街上的人把信拿去緊鄰斯特拉特福外圍的某條道路上的小旅館，再請旅館老闆盡快找人送出去。她必須趕快把信送到倫敦，她得把信送到她兒子手上。

就在瑪莉離開去找硬幣並打算叫路人幫忙後沒多久，哈姆奈特逐漸甦醒過來。他在被單底下躺了一陣子，心想著為什麼一切都感覺不太對勁？為什麼眼前的世界顯得輕微歪斜？為什麼他的口這麼乾？心臟也很沉重？而且感覺頭裡面這麼痠痛？

他在陰暗的臥房內朝身側看去，看見了父母的床：床上是空的。然後他轉向另一側，也就是姊姊睡的小床那側，卻發現被子底下沒有其他人了，然後他才想起來：茱蒂絲生病了。他怎麼可能忘記這件事呢？

他扭著身體坐起來，被子抓在身上，然後發現兩件事。他的頭裡面感覺好痛，就像裝滿即將溢出來的滾燙沸水。那是一種讓人困惑的陌生疼痛——不但讓人完全無法思考、也無法規劃任何行動。那種疼痛滲透進頭顱的任何角落，不但蔓延到肌肉中，還讓他的眼神難以聚焦。那疼痛竄入他的牙根、他耳內的各個細小空間、他的鼻腔，還有他的每一簇頭髮中。那疼痛感覺龐大又難以忽視，足以將他完全擊垮。

哈姆奈特爬下床，包在他身上的被單也因此被拖下床，但他不管了，他必須找到母親：即便是這種時候，作為十一歲的小夥子，他的本能仍強大到令人驚訝。他還記得那種感覺，那是一種迫切的渴望，就跟他——還沒多久之前的——小時候感受到的一樣：他有著需要跟母親待在一起的強烈需求，他需要被她凝視、需要待在她身邊，而且是要觸手可及的距離，因為沒有其他人能幫上忙。

現在一定接近破曉時分，因為全新一天的陽光已開始滲入房間，光線的顏色如同奶水般淡薄而蒼白。他想辦法走下樓梯，但整座樓梯在他眼前扭曲、搖晃，他每次都必須先將兩隻腳往下踩好一階，才有辦法繼續往下。他還必須面對著牆走，因為身邊的事物感覺都在移動。

樓下的場景如下：姑姑伊莱莎把頭枕在桌面的兩隻手臂上趴著睡著了。蠟燭已經燒完了，一根根燭芯早已淹沒在一灘灘融蠟中，壁爐中的火也只剩下一堆沒用的灰燼。他的母親彎著身，頭靠在小床上小憩，手裡還緊抓著一塊布。而茱蒂絲正直直望向他。

「小茱。」他說，或者說他嘗試開口說，因為他似乎發不出聲音。他的聲音粗嘎刺耳，弄得他喉嚨好痛，像是難以通過他乾燥又刺痛的喉頭。

他跪到地上，沿著床墊邊緣爬向她。

她的雙眼閃爍著一種古怪的銀色光芒。他可以看出她的病情惡化了，她的臉頰凹陷、發白，嘴唇乾裂又毫無血色，脖子上的腫包又紅又亮。他爬過來蹲在他的雙胞胎妹妹身邊，小心翼翼避免吵醒母親。他伸手找到她的手，兩人十指交扣。

他看見茱蒂絲翻了一個大白眼，之後又翻了一次，然後眼球才滑回正常位置望向他，努力重新睜大雙眼。這段過程似乎耗費她很大的力氣。

她把兩邊嘴角往上拉，露出像是微笑的表情。他可以感覺自己的手指被她用力按壓住。「別哭。」她悄聲說。

他心中再次浮現這輩子總是一直擁有的感覺：她是他的另一半，他們兩人就像核桃的兩瓣彼此互補。死亡會將她從他身側撕扯而去，而失去她的他將會變得不完整、變得迷失，此後的餘生都要帶著失去另一半的傷口活著。失去她的他究竟要怎麼活呢？他沒辦法啊。這就像要求心臟在沒有肺臟的情況繼續搏動、像把月亮摘掉後要求所有星星逕自運作，又像是期望大麥能在沒有雨水的時節生長。她的臉頰出現淚水，那些淚水像魔法變出來的銀色種子，他知道那是他的眼淚，那些眼淚從他的雙眼落到她的臉上，但就算說是她的淚也沒問題，因為他們是一體同心。

「你一定要沒事。」她喃喃地說。

他憤怒地扣緊她的手指。「我才不要。」他用舌頭舔過兩片嘴唇，嚐到了鹽的味道，「我要跟妳一起，我們要走一起走。」

她的臉上再次閃現微笑，手指也再次按壓住他的手指。「不，」她說，他的淚水在她臉上閃閃發亮。「你一定要留下來，他們需要你。」

他可以感覺死神就在這個房間裡，死神在各處的陰影中和門後盤旋，祂的頭面向別處，但仍無時無刻觀察著一切，等待著屬於祂的時機。祂將會用沒有皮膚的雙腳往前滑行、口鼻吐著潮濕灰燼般的氣息，再一把將她抓進自己冰冷的懷中，而他，哈姆奈特，將無法把她救回來。他應該堅持讓死神把自己一起帶走嗎？他們應該直到最後都同進退嗎？

突然，他想到一個點子。他不知道自己為何之前沒想到。哈姆奈特蹲在她身旁，突然想到或許可以瞞騙死神，他可以使出他和茱蒂絲從小就在玩的花招：只要交換他們身處的位置和衣物，就可以讓大家認錯他們。大家總說他們的臉長得一模一樣，每天至少會聽到一次。若要讓人誤解，哈姆奈特只需要披上茱蒂絲的披肩，或是讓茱蒂絲戴上他的帽子就行。他們以前就會這樣坐在桌邊，雙眼低垂，努力藏起微笑，然後母親就會把手放在茱蒂絲的肩膀上說，哈姆奈特，拿一些爐柴進來好嗎？或是父親可能會走進房間，看見穿著男性緊身上衣的孩子，立刻誤以為是他兒子，於是要他列舉一個拉丁動詞的時態變化，卻發現那人其實是他正在忍笑的女兒，正因為成功騙過他人而狂喜不已，然後她會跑去把門拉開，讓父親看到躲在外面的真正兒子。

他能不能再成功耍一次這個把戲、開一次這個玩笑呢？一次就好？他覺得可以，也打算這麼做。他往後望向門邊的那條陰暗通道，其中的黑暗深邃、柔和又絕對。移開眼神吧，他對死神說，拜託移開祢的眼神吧，一下就好。

他把雙手滑到茱蒂絲的身體底下，一隻手臂橫過她的兩側肩膀下方，另一隻手放在她的屁股下方，就這樣把她推到床靠近壁爐的那一側，同時發現她比想像的還輕。她被推過去時轉成側躺，眼神拉開一條隙縫，之後才再次躺好。她皺起眉心，看著他把身體滑入她剛剛在床上躺出的凹陷內，他取代了她的位置、把頭髮撥到臉頰兩側，然後把被單拉高到兩人的下巴處，徹底蓋住他們的身體。

他很確定他們看起來一模一樣，沒人分得出誰是誰。這種情況能讓死神輕易犯錯，他可以代替她被死神帶走。

她在他身邊躁動不安，努力想要坐起身。「不，」她再次說：「哈姆奈特，不行。」

他知道她立刻就知道他想做什麼。她總能正確猜出他的心思。她搖搖頭，可是身體孱弱得無法從小床上起身。哈姆奈特用力把被單固定在他們兩人身上。

他深深吸氣、再緩緩吐氣，並轉頭將氣息的漩流吹入她的耳朵，藉此將他的體力、健康和一切都傳送給她。妳會留在這個世界上，他悄聲說，而我會離開。他告訴她：我要妳接受我的生命，這條命該是妳的，我交給妳。

他們沒辦法兩人一起活下來，他很清楚這件事，她也明白。這裡沒有足夠他們兩人使用的生命、空氣和鮮血，或許打從他們出生時就已如此。如果說他們兩人當中有誰可以活下去，那一定得是她。他展現出意志力，雙手把床單抓得好緊。他，哈姆奈特，此刻決定頒佈這項命令：她得活下來。

在蘇珊娜兩歲生日前的某天，她坐在祖母家起居室地板上的一個籃子裡，雙腿交叉，下半身的裙子因為充滿空氣整片膨起來。她雙手各握一支木頭湯勺，用這兩支湯勺盡可能快速往前划動。在她眼前的水流流動迅速又湍急。她可以看見水草飄盪、散開，必須不停努力划動才能浮在水面——如果她停下動作，誰知道會發生什麼事？鴨子和天鵝在她身邊漂動，那姿態靜謐又絲毫不受驚擾，可是蘇珊娜知道牠們的蹼在水底下不停划動、划動。除了她之外沒人能看見那些動物，包括站在窗邊背對整間起居室、並且正在往窗臺撒種子的母親，還有把打開的縫紉箱擺在面前、正坐在桌邊的祖母，另外還有此刻在她眼中只能看見一雙腿的父親。她父親穿著深色長襪的雙腿正在牆面之間來回踱步，鞋跟在蘇珊娜的河流表面不停摩擦、敲擊。他走過一隻鴨子身邊、穿過一隻天鵝，還跨越一整片河床的蘆葦。蘇珊娜想叫他小心，她想確認他到底會不會游泳。她在腦中看過一個畫面，畫面中她父親的頭——跟那雙長襪一樣是深色——消失在一波波拍擊的棕綠色水面下。她感覺自己的喉頭緊縮，雙眼因為那畫面而被淚水刺痛。

她抬頭望向父親，卻發現他已停止踱步。他靜止不動的直挺挺雙腿就像一對樹幹。他站在他母親的面前，而她仍在縫紉，手上的針在布料中反覆消失又出現。那根針在蘇珊娜眼裡就像一條魚，一條細瘦的銀魚，可能是鰷魚或鱒魚，正不停跳出水面又潛入水中，她因此再次聯想到自己的河，而就在此時，她意識到祖母把手上在縫紉的東西摔在桌上、站起身，開始對著蘇珊娜父親的臉大吼。蘇珊娜望著，表情驚駭，用來划水的湯勺還舉在半空中。她仔細檢視了這個不常見的場面，努力將所有細節吸收到腦中：她的祖母因為怒氣而表情扭曲，一隻手緊抓住兒子的手臂；父親甩開了她的手，開始用像在威脅人的低沉嗓音說話；然後祖母揮手指向蘇珊娜的母親，口中尖聲喊出她的名字——因為是她祖母說的所以發音像是「艾妮絲」——她母親因此轉過身來。她看見母親的連身裙因為另一個寶寶在肚子裡而繃得很緊。妳會有一個弟弟或妹妹唷，大家都這樣告訴她。母親正把一隻松鼠抓在手臂上。那隻松鼠可能是真實存在的嗎？蘇珊娜很清楚是真的。那隻動物的尾巴因為從窗玻璃透入的陽光而豔紅如火，牠蹦蹦跳跳爬上母親袖子後窩在她的便帽底下，緊貼著那些蘇珊娜偶爾可以解開、梳理整齊，或編成辮子的母親髮絲。

她母親的表情非常寧靜。她凝視著整間起居室、凝視著蘇珊娜的祖母、凝視著那個男人，以及把籃子當作船划的孩子，同時還輕撫著松鼠的尾巴。蘇珊娜有種難以克制的感受，她也好想撫摸松鼠的尾巴，可是那隻松鼠不可能讓她靠近。母親繼續輕撫松鼠的尾巴，不管別人跟她說什麼都只是聳聳肩。她露出一個隱約的微笑後轉過身去，把松鼠從肩膀上取下，放牠從打開的窗戶跑出去。

蘇珊娜望著這一切發生。那些鴨子和天鵝游得愈來愈近，逐漸聚攏在她身邊。

＊＊＊

瑪莉縫了又縫，那根針在縫線的兩側竄出又沒入。她幾乎不知道自己在做什麼，但可以看出自己在聽兒子說話時縫線的針腳間距愈來愈寬、手法愈來愈粗糙，這情況讓她特別惱怒，因為她可是向來以高超的縫紉功力聞名——她知道大家都很清楚她的縫紉技術有多好。她努力想保持頭腦清晰、冷靜，可是兒子竟然說他深信這個計畫會成功！他相信他可以幫忙把約翰的事業擴展到倫敦！瑪莉幾乎無法克制自己的怒氣和嘲諷口氣。她的媳婦完全沒參與這場對話，這倒也不意外，她只是站在窗邊對著空氣發出一些傻氣的聲響。

屋外的樹上住著一隻皮毛泛紅的鼠臉松鼠，艾格妮絲很喜歡偶爾餵餵牠、拍拍牠。瑪莉這輩子都無法明白為什麼要這樣做，之前也告訴過她不可以讓松鼠進屋，畢竟天曉得牠身上可能帶有什麼疾病或瘟疫，可是艾格妮絲就是不聽話。就連現在她也一樣，她的丈夫都已經提議要離開家，基本上就是打算逃走後躲起來，可是他明明應該跪下來懇求她的原諒才對，畢竟才不到三年前，是母親讓他和他那大肚子的新娘住進原本屬於她的地方，才能不用跟他父親住在一起，而且老天為證啊，就算他父親再有什麼不對，做的事情也都是為了他的家人好啊。總之艾格妮絲向來不聽話。

她沒辦法心平氣和地正視兒子，也沒辦法正視媳婦。再次懷孕的她又站在那裡玩弄手上的松鼠，彷彿眼下沒發生什麼可能帶來嚴重後果的大事。

約翰把艾格妮絲當成笨蛋，他覺得她就是個來自鄉下的傻子，所以每次在屋內經過她身邊或在餐桌邊見到她，就只是對她點點頭。家裡今天如何呢？艾格妮絲？他總是把她當成孩子一樣問候。如果她從口袋裡掏出一坨沾滿土的糾結根脈，或攤開手掌把一系列閃亮的橡實秀給他看，他也總是溫和地望著她。他對她很包容，包括她的怪異言行、夜晚會出門漫遊的習慣、偶爾顯得邋遢的打扮、有時突然冒出的癲狂想像和預言，還有她會帶進家裡的各種動物或其他生物（她曾把一隻蠑螈放進家中的水壺內，還曾把一隻羽毛掉光的鴿子養到完全康復才放走）。如果瑪莉在準備睡覺前躺在床上向他抱怨，他會輕拍她的手說：放過那女孩吧，她來自鄉下，記得嗎？畢竟不是在城裡長大的嘛。對此瑪莉可以提出三點反駁：首先，艾格妮絲早就不是女孩了，她是個女人，而且這女人選擇引誘一個比她小很多的男孩跟她結婚，我們家的男孩，利用的還是史上最糟的方法。再者：你對她這麼寬容的唯一的理由就是她帶來大量嫁妝，別以為我看不出來。最後：我也來自鄉下，我也在農場長大，但難道我有在晚上到處亂跑，還把野生動物帶進屋內嗎？不，我可沒有。她會嗤之以鼻地對丈夫說，我們當中總該有人明白做人處事的道理。

「這樣做對大家都好，」她的兒子的語氣輕快，但態度堅定，「如果能拓展父親的事業，那對我們所有人都有幫助，而且這是他自己想出來的點子。哎呀，畢竟在這座小鎮上做生意對他來說夠辛苦了，如果我能把他的生意發展到倫敦，我確定可以——」

她沒有意識到自己的耐性已如冰塊從腳下溶光那般流失殆盡，回過神來時已經站起身抓住兒子的手臂不停搖晃，她對他說：「這計畫愚蠢至極。我完全不知道是誰讓你父親冒出這種想法。你何曾對他的生意表現出絲毫興趣？你何曾表現出足以承擔這種責任的能力？倫敦！最好是！還記得我們把你派去沙勒科特取那批鹿皮，結果你在回程時全部搞丟的那次嗎？還有一次你用十幾雙手套去交易一本書？記得嗎？你怎麼可能妄想去倫敦做生意？你以為倫敦那邊沒有手套師傅嗎？只要一看到你的樣子，他們就知道可以把你生吞活剝。」

她真正想說的其實是：別走。她真正想要的其實是拆散這場婚姻。她多希望他沒跟這個留著原始血液的粗俗女工結婚，最好是壓根沒見過這個來自森林、大家都說不適合結婚的古怪女人。為什麼她會看上瑪莉的兒子呢？他明明沒有工作、也沒有家產啊？她多希望自己從沒想出送兒子去那個森林旁的農場家教的計畫，如果她有能力，一定會回到過去推翻這個決定。瑪莉實在很痛恨這個莫名出現在她家的女人，因為她總是無聲無息地出現。她也痛恨她看著別人的樣子，因為她總能用徹底看穿你的眼神直盯著你，彷彿你對她來說只是水和空氣。她也痛恨她對孩子低語和唱歌的樣子。她真正想要的是她兒子從未聽說約翰打算拓展事業到倫敦的計畫。光是想到那座城市裡的人潮，各式各樣的疾病，她就快要無法呼吸。

「艾格妮絲，」她在兒子惱怒地把手臂抽走時開口：「妳一定會同意我的看法吧？他不能去，他不能就這樣離開。」

艾格妮絲終於從窗邊轉過身來，手上還抓著那隻松鼠，瑪莉一看又氣到不行。那隻松鼠的尾巴在她指間滑動、彈跳，盯著瑪莉瞧的雙眼就像是中央埋入細黑珠子的金色珠子。瑪莉痛苦地發現艾格妮絲的手指真的好美麗啊。她的指尖纖細、白皙，整體也修長。瑪莉不得不承認艾格妮絲實在美得驚人。可是那是一種令人不安又不太對勁的美麗：她的深色頭髮跟金綠色眼睛不搭，皮膚比奶水的顏色還白，牙齒排列整齊但很尖，就像狐狸的牙齒。瑪莉發現她無法長時間盯著自己的媳婦，也無法與她對望。這個生物、這個女人、這個精靈、這個巫女、這個森林中的妖怪——她根本就是妖怪啊，大家都這麼說，瑪莉知道這就是事實——這個傢伙施法誘陷了她的孩子，將他拐入這段婚姻。她永遠都無法原諒這件事。

瑪莉尋求艾格妮絲的幫助，她們當然還是可以就這個議題結盟。如果是這件事，她的媳婦一定會跟她一起想辦法讓他留下來。她一定會希望他安安全全地待在家，待在一個她們都能看見的地方。

「艾格妮絲，」瑪莉說：「我們應該看法一致，是吧？這計畫太蠢了，根本沒有道理。他應該要和我們待在一起才對，寶寶出生時他也應該在家。他現在的職責就是陪著妳、陪著孩子。他應該待在這裡好好工作，在斯特拉特福，而不是就這樣離開，對吧？艾格妮絲？」

艾格妮絲抬起頭，瑪莉有一陣子可以看見她便帽底下的那張臉。她微笑，那是她最神祕、最讓人抓狂的那種微笑，瑪莉因此感到內心一沉，她發現自己錯了，艾格妮絲永遠不會站在她這邊。

「我不覺得有必要硬逼他留下來。」艾格妮絲用她如同長笛般的清亮聲音說。

一陣怒火湧上瑪莉的喉頭。她真的不介意出手揍這個女人，就算她懷著孩子也一樣。她也不介意用手上這根針刺她白皙的肉體，也就是她兒子撫摸、佔有、親吻，而且什麼事都做盡的那具肉體。光想到他們之間的事就讓瑪莉噁心，她覺得胃部一陣翻攪，她的男孩啊，她的好孩子啊，怎麼最後會是跟這個生物搞在一起！

她發出難以言喻的嗚咽，那聲音一半像是哭泣、一半又像尖叫。她把手上正在縫的東西掃到地上，用力踱步離開桌邊；她丟下縫紉工作和她的兒子，離開時跨過坐在爐邊籃子裡的小孩，此時籃裡的孩子手上還握著那兩根湯勺。

當走上通往兩棟屋子間的走廊時，她沒有忽略那陣笑聲：艾格妮絲和她的兒子笑了出來，一開始聲音輕柔、之後愈來愈大，但他們還是一邊「噓」一邊要彼此小聲一點。另外可以確定的是，她聽見他們踩在石板地上的腳步正走向彼此。

幾星期後，艾格妮絲走在斯特拉特福的街道上。她用手勾住丈夫的手臂，但因為大肚子而無法走得快，加上寶寶佔據體內的空間愈來愈大，她無法將足夠空氣吸進胸腔。她感覺到丈夫正努力為了她走慢一點，也感覺到他因為在想辦法壓抑肌肉的本能運作、驅動及加速的過程而微微顫抖。對他來說，這種感覺就像明明快渴死了，卻還要努力不喝水。他已經準備好離開這個家，她看得出來。家中這陣子以來總在進行各種準備工作，而且常有人吵架、許多事情得安排、有信要寫、有行李要打包。瑪莉還有許多必須反覆清洗的衣物，而且不讓其他人插手。約翰也必須監督手套樣品的製作，完成之後還得不停打包、拆開，再重新打包。

而分離的時刻就這樣到了。艾格妮絲在心中讀出離開的幾個時態：他正離開、他將離開、他打算離開。這是由她促成的局面，她就像傀儡師傅一樣運籌帷幄，躲在幕後輕柔拉扯這些木偶的提線，緩慢地將他們引導到該去的地方。是她要求巴薩洛繆去跟約翰聊一聊，再等約翰去跟她丈夫提起這件事。如果她沒有要巴薩洛繆去跟約翰談起這個拓展業務的想法，這一切都不會發生。這是由她創造出來的時刻——沒有其他人插手——不過等到真正要發生時，她卻發現這完全不是她真心想要的結果。

她真正渴望的是他留在她身邊、一直和她牽著手。她希望在她把寶寶帶到這個世界時他在她身旁、在這間屋子裡。她希望的是兩個人待在一起。不過她想要什麼都不重要了，他即將離開，而且想盡辦法把他偷偷送走的還是她本人。

他把打包好的行李揹到背上，等他安頓好後還會有更多箱貨物寄過去。他的靴子已經清理乾淨、擦得發亮，她把鞋油仔細揉入皮面的縫線內，希望能藉此抵禦倫敦街道上的溼氣。

艾格妮絲瞄了身旁的他一眼，他的側臉輪廓一切如常，臉上的鬍鬚不但整齊刮好還抹上了油（這是她昨晚親自處理的，她將刀片在磨刀皮上反覆磨了幾次，然後將那足以致命的刀刃緊貼住愛人的皮膚——他就是如此信任她、臣服於她）。他的眼神低垂，因為不想跟人打招呼或閒聊太久，緊牽住她的手指捏得很用力。他想趕快把這件事處理完、想趕快熬過這段過程。他想盡快啟程。

他正聊起去倫敦後要拜訪的表哥，說那位表哥會幫他找到一個房間住。

「那個房間在河邊嗎？」她聽見自己問，但其實早已知道答案——他早跟她說過這些細節了。可是此刻能夠繼續對話對他們來說很重要，就算是說些無關痛癢的事也好，畢竟他們身邊充滿斯特拉特福這座小鎮上的居民，他們都在注視、觀察而且聆聽。無論是對他、她、整個家族，還是對家族生意來說，他們能表現出和諧愉快的樣子很重要，他們必須步調一致並對一切達成共識。他們的舉止必須要能駁斥到處流竄的謠言：他們兩人無法住在一起、約翰的生意快不行了，又或者他是因為做出某些丟臉事才得跑去倫敦。

艾格妮絲把下巴抬得更高一點。才沒什麼丟臉事呢，她用挺直的背脊說明這件事。我們的婚姻沒有任何問題，她那突出的驕傲肚子也能證明，而她丈夫閃亮的靴子更顯示他們的生意很好。

「確實在河邊，」他說：「而且據我所知距離染坊不遠。所以我可以幫父親去確認染坊的狀況，再選出其中最好的一家。」

「我明白了。」她說，不過她有一種很明確的感覺：他很快就會離開手套產業。

「那條河，」他說：「據說變化莫測的水流很危險。」

「喔？」她說，不過她其實早聽他跟母親說過了。

「表哥告訴我，過河時一定要找到很有經驗的船夫。」

「說的沒錯。」

他繼續聊起不同河岸的差別、水上碼頭，還有每天有哪些特定的時間比較安全。她腦中出現畫面，那是一條又深又廣的河，河面因為致命的水流而波濤起伏，其間點綴著小小的船隻，就像縫製在禮服上的小珠子。她看見其中一艘船上載著她丈夫，整艘船正被水流帶往下游而去，他的深色頭髮上沒戴帽子，衣物浸滿河水還沾到許多泥巴，靴子邊緣也滿是沙土。她必須搖搖頭，讓自己的手指牢牢勾住他的手臂，才能擺脫這個糟糕的畫面。那不是真的，之後也不會成真。這一切都只是她的想像力在作祟。

她跟他一直走到負責派送信件和貨物的那間旅店，現在他在聊之後要寄宿的地方，還說她一定會覺得他一晃眼就回來了，還說他會想她、想蘇珊娜，而且每天都想。他到倫敦後會盡快找個能夠大家一起住的地方，好讓他們不用多久就能再次住在一起。然後，在刻了一個箭頭和「London」的石碑邊（她認得這個字，包括其中那個巨大且筆觸無比自信的「L」，像眼睛一樣兩顆圓圓的「o」，還有那兩個重複出現的彎彎的「n」），他們停下腳步。

「妳會寫信來吧？」他說話時臉都皺在一起。「妳準備要生的時候會寫信告訴我吧？」他伸出雙手捧住她的肚子下方。

「當然。」她說。

「我父親，」他露出一個憂傷的微笑，「希望妳能生個男孩。」

「我知道。」

「但我不介意，男孩或女孩都好，以後是少女或小夥子都行，對我來說都一樣。只要有好消息，我就會想辦法回來把你們帶過去，然後我們就能一起住在倫敦。」

他盡可能把她抱緊，雙手環住她，兩人中間夾著在艾格妮絲肚子裡的孩子。「妳沒有預感嗎？」他在她耳邊悄聲說。「這次沒有嗎？你不知道這次會生的是男孩還是女孩？」

她把頭靠著接近他襯衣敞開領口的地方。「沒有。」她說，同時意識到自己的口氣中有一絲疑惑。這次她無法在腦中看見或預測自己懷的孩子樣貌，這真的讓她驚訝：到底是男孩還是女孩呢？她真不知道。她沒有接收到明確的訊息。幾天前她不小心把一把刀從桌子弄掉到地上，當時刀尖直指爐火，她想那就代表是女孩吧。但那天才又過了一陣子，在用湯匙把蘋果泥送入口中時，她發現那味道嚐起來銳利又爽脆，因此心想：那該是個男孩吧。這些混亂的訊息讓她感到迷惑。她的頭髮在梳理時顯得乾燥又易斷，這是懷上女孩的徵兆，可是她的肌膚柔軟、指甲強健，這又是懷上男孩的徵兆。前幾天有隻雄性的鳳頭麥雞飛到她面前，接著又有一隻母雉雞呱呱叫著從灌木叢中走出來。

的。」

「我沒辦法確定，」她說：「真不知道為什麼。這孩子——」

「妳別擔心，」他用雙手捧住她的兩邊臉頰，把她的臉抬到兩人可以凝視彼此的高度，「一切都會沒事的。」

她點點頭，然後垂下眼神。

「妳不是一直說會有兩個孩子嗎？」

「確實。」她說。

「所以啦，就在這裡，」他把一隻手掌貼在她的肚子上，「第二個就在這裡準備要出現啦。一切都會沒事的，」他又說了一次：「我很確定。」

他親吻她的唇，然後後退一步凝視她。她用力拉出一個微笑，意識到自己好希望鎮上有人看見剛剛他們擁有的那個片刻。就讓你們看吧，她一邊想一邊伸出手捧住他的臉頰，這也讓你們看喔，她一邊這麼想一邊用手指撥弄他的髮絲。他再次親吻她，這次吻得比較久，然後他嘆了一口氣，雙手抱住她的後腦勺，把整張臉埋進她的頸窩。

「我不走了。」他喃喃地說，可是她能感覺到他話語間的糾結情緒、他說話的為難口氣，以及那些話是如何違逆他的心意。

「你走吧。」她說。

「我不走。」

「你必須走。」

他又嘆了一口氣，他的氣息在她漿燙過的頭巾上沙沙作響。「或許我不該在這種時候離開妳身邊，畢竟妳現在……我想或許——」

「你一定得離開。」她一邊說一邊用手指輕撫他的帆布包，她知道為了多裝一些書和紙張，他決定拿掉一些他父親給的手套樣本。她露出小小的苦笑，或許他因為這個苦笑發現她已經知道了，但也可能沒有。

「我會照顧你媽媽和妹妹，」她繼續說，同時把手壓在他的行李上，「還有你們全家人，當然也會照顧好自己。你得走了。我知道你會替我們在倫敦找個新家，然後我們就能盡快一起搬過去。」

「我不知道，」他喃喃地說：「我真不想離開妳。萬一我失敗了怎麼辦？」

「失敗？」

「要是我在那裡找不到工作呢？要是我無法擴展家裡的事業？要是——」

「你不會失敗，」她說：「我知道你不會。」

他皺眉，然後更為小心翼翼地看著她。「妳知道？妳知道什麼？告訴我。你對這件事有預感嗎？難道妳已經——」

「別管我知道什麼。你得離開了。」她推他的胸口，讓兩人之間重新盈滿空氣和距離，她感覺他的雙臂從自己身上滑開，不再纏繞住她。她的臉皺成一團，表情緊蹦又沒把握。她對他微笑，深吸一口氣。

「我不會跟你道別，」她努力保持語氣的平穩。

「我也不打算。」

「我也不會目送你離開。」

「我會倒退著走，」他一邊說一邊往後退，「這樣才能一直看著妳。」

「一路倒退到倫敦？」

「如果有必要的話。」

她笑了。「你會跌進水溝裡，或者撞到貨車。」

「那也沒辦法囉。」

他突然往前衝，伸手把她抱進懷中又親了一下。「這個吻是給妳的，」他說，然後又親了她一下。「這個是給蘇珊娜的。」然後又親了一下，「這個是給寶寶的。」

「我一定會轉達給他們，」她努力保持臉上的微笑，「一有機會就會好好親他們。現在趕快走吧。」

「我走了，」他開始遠離她，但還是面對著她，「如果我這樣走，感覺就不像是在離開。」

她向他揮動雙手。「走吧。」她對他說。

「我在走啦。我保證，你都還沒意識到我離開，我就已經回來把你們都帶走了。」

她在他還沒走到路彎處時就先轉過身去。他必須要花上四天才會抵達倫敦，如果路上有農夫願意用貨車載他一程的話就不用那麼久。她當然鼓勵他離開，但不打算目送他的身影消失。

她沿著原路往回走，速度比剛剛還慢。這感覺多奇怪啊，她走在原本的街道上，但方向相反，像是在為寫好的文字上再上一層墨水，而她的雙腳就是從結尾往開頭書寫的羽毛筆，一邊重寫又一邊像在抹消。道別是件奇怪的事。一切似乎簡單明瞭：一分鐘前（接著是四分鐘、五分鐘……）他人還在這裡，就在她身邊，而現在已經離開了，剛剛還跟他在一起的她現在卻是獨自一人。她感覺赤裸、寒冷，像顆被剝掉皮的洋蔥。

路上有個他們剛剛經過的攤位，攤子上高高堆著錫壺和雪松木屑。攤位前有個他們剛剛見過的女人，兩隻手裡還跟剛剛一樣各拿著一個壺，一邊感受兩邊的重量一邊決定要買哪個。但艾格妮絲的生命已發生了如此巨大的變化及劇烈更動，她怎麼可能還在這裡？而且還跟剛剛一樣在挑選水壺？她的世界已經一分為二，但剛剛見過的狗卻同樣在某家門口打嗑睡。還有一個年輕女性正把許多衣物綁成一捆捆，她的動作也跟他們剛剛經過時一樣。她的一個鄰居，那男人頭髮灰白，細瘦的臉龐泛黃，（他沒辦法活過今年，艾格妮絲心想，這個即將成真的事實就像燕子劃過空中一樣閃過她心中。）在走過她身邊時向她嚴肅地點了點頭。他看不出來嗎，看不出她的丈夫已經離開了嗎？他無法跟她一樣知道自己的人生已經走到盡頭了嗎？

她腹中的寶寶突然快速做出一個聳肩的動作，還把一隻手掌、一隻腳和一邊肩膀貼在她的肚皮上。她把手放上去——放在肚皮外側，貼著內側的那隻手——彷彿一切都沒有改變，彷彿這世界一如往常。

伊萊莎寫的信被住在幾棟屋子外的一個小夥子取走了。他還沒破曉就已起床出門，走在亨利街上，因為他父親派他去確認河流另一側某隻懷孕乳牛的狀況。瑪莉在窗口喊他過來，把信交給他，指示他把信送到派送信件和貨物的小旅館，還把一枚硬幣塞進他手裡。

在把信件收進袖子之前，他先仔細看了信封正面上斜斜的手寫體。他從沒學過如何識字，所以這些字對他來說毫無意義，但無妨，他喜歡那些圓弧的線條、那些形狀，還有深色墨水彼此交疊的線條，看起來就像交錯的枝條在薄冰覆蓋的窗玻璃上留下的痕跡。

他把信帶到靠近橋邊的小旅館，然後繼續去探望那頭乳牛。那頭乳牛還沒生產，此時只用在男孩看來像是嚇壞的瞪大雙眼盯著他瞧，下巴因為反芻食物而動來動去。就在那天早上的稍晚，小旅館的老闆把包含那封信在內的許多信件交給一位穀物商人，他那天剛好要騎馬去倫敦。

伊萊莎寫給哥哥的信在這位穀物商人的皮製馬鞍袋中抵達了班伯里，接著從那裡被一臺貨車送到斯托肯徹奇，最後終於抵達她哥哥的寄宿處。房東把那封信舉到陽光下瞇著眼檢視，此時陽光正斜斜地灑進屋內走廊。房東的視力不太好，但還是看出了房客的名字。這位房客昨天去肯特了，因為瘟疫的關係，法院下令本地劇院關門，所以這位房客和他的劇團決定去附近的小鎮巡演，目前那些地方還能允許觀眾群聚。

這位房東必須等兒子從齊普賽街辦完公事回來。等他回來後——他情緒非常差，因為他預定要見面的對象沒出現，而且雨大到害他全身溼透——又過了幾小時，他才拿出墨水和羽毛筆、從壁爐架上取下這封信，煩躁又小心翼翼地在信上寫下肯特一間旅館的地址，那是房客之前跟他們說去肯特會住的地方。

這封信之後又幾經轉手才抵達城市外緣的一座小旅館，在那裡等待準備前往肯特的旅人——這次出現的是一個推著推車的男子，他的推車上坐著一個女人、一條狗，和一隻雞。

等那封信送到他手上，他——這位房客、哥哥、丈夫、父親，同時也是此刻在準備排練這位演員——正站在肯特郡東部邊緣一座小鎮的行會會堂內。這個會堂內充滿乾肉和煮熟甜菜的味道，角落堆了很多務農用的器具和麻布，一片片細窄的陽光從高聳屋頂上長滿霉斑的窗戶照射進來。

他背靠牆站著，凝望這些微弱的光線，心想這些光線是如何在會堂的半空中交錯，並創造出許多光的拱道，而這些拱道又是如何讓整個空間像是存在於水底，彷彿他和劇團的其他人都是魚，而身處此地就像是在泛綠池塘的陰沉深水處到處游晃。

有個孩子——他想應該是個男孩——衝了進來，他光著腳、頭上沒戴帽子、短上衣破破爛爛，皮膚像是患了淋巴結核病，他用篤定、細弱的聲音喊出大概是他名字的一個詞，手裡像揮旗一樣揮舞著一封信。

「是我的信，」他態度消沉地一邊說一邊伸出手。一定又是有贊助者寫信來要錢、抱怨，或來勒令他做些什麼了，「聽我說，」他對正在高起的舞臺上漫無目的遊走的同事開口，他覺得這些人的態度彷彿不知道還有三小時就要開演，好似等等在這座佈滿塵埃的會堂內什麼都不會發生一樣，「你們必須計算從左到右的步數，就像這樣，」他走向那個沒穿鞋的孩子，藉由這段路向其他演員示範，「不然你們有人會掉進觀眾席。這舞臺比我們平常習慣的小，我們得想辦法習慣。」他在小男孩面前沉默下來。這男孩的髮色很古怪，幾乎像是沒有顏色，兩隻眼睛也分得很開。他的下唇有個傷口，指甲邊緣滿是髒汙，年紀大概六、七歲吧，說不定還更大。

他把信從那孩子手中扯過來。「這個給我？」然後用手指伸入皮包掏出一枚硬幣。「這個給你。」他把硬幣彈到兩人間的半空中，那孩子一瞬間彈跳起來，瘦弱的身體躍動出生命力。

他笑出聲，轉過身去，雙手扯開信件的紅色封印，那個用他們家族徽章做的封印被蓋在稍微偏離中央的位置。他在抬起頭之前就已認出妹妹的筆跡。臺上有個年輕人正姿勢僵硬地走向另一個演員，他沿著舞臺邊緣走，模樣彷彿臺下正流動著滾燙的鉛液。

「老天爺啊，」他大吼，聲音沿著木臺的支架一路延伸，也沿著牆面的灰泥一路延伸過去。他知道如何投射自己的聲音，也知道如何放大自己的音量好讓自己聽起來像個巨人。所有演員瞬間停止動作，大家的嘴巴因為嚇到而闔不起來，「再過沒幾小時，這個會堂就會塞滿肯特郡的觀眾。你們是打算演出什麼荒謬的馬戲表演嗎？我們是打算逗他們笑還是要上演一場悲劇？你們最好認真一點，不然我們明天就沒飯吃了。」

他把舉在空中的信紙拆開，然後又花了一點時間死盯著那些演員看，為的是要刻意做出戲劇化的效果，而這樣做似乎起了作用。那個臺上的年輕人看起來泫然欲泣，兩隻手的手指不停絞扭著戲服。他轉身藏住臉上的微笑，然後才真正垂下眼神讀信。

「親愛的哥哥，」他看見信上寫道。然後又看到「你的女兒」、「病得很嚴仲」、「認危她沒剩多少小時可活了」，信上還寫了：「拜托回來」。

他突然感覺難以呼吸，感覺會堂內的空氣就跟火爐一樣熾熱，甚至還飄散著粗糠的顆粒。他感覺胸口正在猛烈起伏，卻似乎吸不到空氣。他盯著信紙，把內容讀了一次又一次，卻感覺信紙的白正在明滅閃動，那片徹底的白一度顯得刺目，接著又在黑色筆跡後方淡去。他一度在眼前看見了女兒，她抬起臉望向他，雙手緊緊交握，兩隻眼睛定定凝望著他。他想鬆開身上的衣服、想將所有身上的綁帶都扯開。他必須出去，他必須離開這棟建築。

他抓著信衝到門口，用全身的重量把門撞開，此時眼前出現屋外的各種色彩：耀眼奪目的青色天空、活力充沛的綠色地平線、樹上的奶油色花朵，一位穿著粉紅色長袍的女子牽著一匹小馬沿路前進。那隻動物的兩側各掛著一只編織的籃子。他立刻發現其中一個籃子明顯比另一個籃子重，因為兩邊籃子的高度不同，其中一邊往下沉得比較低。

即便已經來到屋外的道路上，他還是想對那女人大吼，那份渴望就跟他剛剛在會堂內面對演員時一樣強烈。可是他喘不過氣來，他的肺臟還在劇烈地吸吐空氣，心臟在胸腔內用力鼓動，隨即猶豫了一下，最後再次用力鼓動。他感覺視野邊緣隱約在閃爍，樹上蒼白的花也在抖動，彷彿自己正身處於火焰的熱氣中。

「病得很嚴仲」，他心想，「認危她沒剩多少小時可活了」。

他想把天空撕下來，想把所有花從樹上扯下來，他希望可以拿起一根燃燒的樹枝把那個穿著粉色衣裙的女孩及她的小馬都趕下懸崖，因為他想擺脫他們，不想讓他們在他面前礙眼。他和他的孩子之間橫亙著如此遙遠的路途，剩下的時間是那麼少。

他意識到有隻手搭上他的肩膀，還有一張臉靠近他，另外還有一隻手抓住他的手臂。原來是他的兩個朋友，他們說：怎麼了？怎麼回事？發生什麼事了嗎？其中一個人名叫海明居，他正用力扳開他的手指、試圖去拿他手上的信，但他不願放手，他不願意。這件事一旦被其他人看見就有可能成真，變成無從反駁的現實。他努力想把他們甩開，不只他們，他想擺脫所有人，因為現在有愈來愈多人聚過來，演員們已經全圍在他身邊。然後不知怎地，他發現自己跪在碎石地上，聽見朋友海明居正在大聲讀出信中文字。

於是許多隻手現在開始輕拍他的肩膀，有人把他扶起，另外有人正在叫別人去找馬，隨便一匹馬都行，他們一定要盡快把他送回斯特拉特福。去啊，海明居叫一個年輕人趕快去找馬來，就是沒多久前因為可能掉下舞臺邊緣而緊張的那個年輕人。於是那個年輕人沿路奔跑，腳跟揚起陣陣砂土，他的戲服——那是為了在一個小夥子身上做出女裝假相而由錦緞及絲絨製成的荒謬服裝——在他奔跑的身後不停翻飛。

他望著他離去，他從圍繞在身邊的許多人腿間望著他離去。

艾格妮絲的第二次孕期進入尾聲，瑪莉因此時時刻刻盯著她，不讓艾格妮絲有太多時間獨處。她也注意到媳婦的肚子比一般孕婦大很多，也圓很多。她發現艾格妮絲在桌子底下偷偷藏了一些物品：一些布、剪刀、麻線，還有一包包香草和乾燥果皮。她的外型變得很驚人，簡直就像是偷偷在衣袍內藏了許多走私南瓜一樣。我真不知道她怎麼還可能走路，有天晚上約翰這樣喃喃地說，當時約翰和瑪莉一起躺在周邊垂簾拉緊的床上。她這樣光是站著都很難吧？

瑪莉注意著她的一舉一動，並指示伊莱莎和所有僕役盯著她。她絕不會讓這個孫子——他們都希望是個男孩——最後像可憐的蘇珊娜一樣在灌木叢中出生。但反正過去的事就讓它過去吧，她安慰自己，畢竟當時他們還沒完全明白艾格妮絲特異獨行到什麼程度。

「只要她一要求你們照顧蘇珊娜，或者你們看見她伸手去拿那個袋子，就要立刻讓我知道，」瑪莉對家中的女僕說。「立刻。有聽見嗎？」

那個女僕點點頭，她的眼睛張得好大。

艾格妮絲正在火上加熱蜂蜜，打算把纈草汁和繁縷的酊劑攪入其中。她把一根湯匙戳進去後先往一邊推開，再推向另一邊，雙眼望著蜂蜜沿著木製湯匙的尖端流動。蜂蜜已開始在熱氣的進逼下逐漸敗退、軟化，原本的固體開始鬆弛為液體，從一個型態改變成另一個型態。她腦中想著丈夫這週寫來的一封信，她已經要求伊萊莎讀了兩次給她聽，今天一等找到她還要她再讀一次。他在那封信中告訴艾格妮絲，他已經拿到為某間戲院的演員製作手套的合約：艾格妮絲必須不停要求伊萊莎把那些字從頭再讀一次，才能確定她真有理解每個字的意思，而且在信紙上指出相應的字，確保自己之後再看到這些字還能認得，包括「演員」、「戲院」、「手套」。他們需要的手套種類很多，伊萊莎這段讀得有點遲疑，因為其中有許多她不熟悉的字，比如為了打鬥穿戴的長手套、在宮廷戲中給國王和王后穿戴且必須縫上珠寶和珠子的精緻手套，另外還有給女士戴的細軟手套，不過這些女用手套的尺寸必須比平常大一些，因為是要給舞臺上那些年輕男子戴的。

這封信中有太多需要反覆推敲的細節，艾格妮絲花了好幾天才有辦法全部消化。她在腦中重複思考其中的字句，讀信時也會指著信紙上的對應字詞，因此現在幾乎可說已經完全背下來了：珠寶和珠子、宮廷場景、舞臺上那些年輕男子、給女士戴的細軟手套。他書寫這些內容的方式不太一樣，包括其中繁複的細節，以及書寫演員手套的大量篇幅，都讓艾格妮絲隱隱起了警覺心。她還不確定她必須對什麼保持警覺，但總之他出現了某種改變，整個人的狀態有了調整或轉變的跡象。他從未花費這麼長篇幅來描述這麼小的一件事：一份手套合約。那明明只是一份手套合約，跟他之前簽過的許多合約沒有差別，為什麼她感覺自己像是聽到遠方有什麼動靜的小動物呢？

她傾身要去拿繁縷的酊劑，正當她打算把酊劑一滴滴加入蜂蜜時，感覺下腹出現古怪又熟悉的緊繃感。那是一種有什麼向下拉扯的感受、一種被緊緊抓住的感受，而且持續不斷、異常到令人難以忽視。她停止動作。不可能吧，時間根本還沒到，寶寶至少還要再等一次滿月才會出生啊。這一定是假性陣痛，只是在提示身體接下來可能發生的狀況。她扶著壁爐站直身體。她的肚子實在好大——比第一次懷孕大太多了——所以確實有摔進火中的危險。

她緊緊抓住壁爐架，用一種不熟悉的疏離感看著自己的指關節開始泛白。到底發生了什麼事？她本來打算拜託伊萊莎——今天或明天——寫信要他回來。她都想好了，她希望他能參與她的生產。在這個孩子進入世界之前，她希望可以好好看著他、牽著他的手。她希望可以好好端詳他的臉，並讀出他生命中發生的大小事，也能問他那些國王、王后還有演員要戴的手套是怎麼回事。站在爐火旁的她意識到，她希望能確認他還是跟以前一樣的人，她想知道倫敦是否已經在不知不覺地改變他。

她深吸一口氣，聞到蜂蜜散發甜甜的花香、纈草氣味嗆鼻，繁縷則散發微酸的麝香氣味。但陣痛的感覺沒有緩解，反而變得更激烈。她意識到自己的身體中央變得愈來愈緊繃，就像有一根鐵環緊束住她。看來這不是假性陣痛，不是。這一波波疼痛將不停擠壓她，直到身體終於產出孩子，這段時間可能只有幾小時，也可能長達幾天，然後她發現她無法清楚感受到時間。艾格妮絲用一隻手扶住壁爐，同時告訴自己要吐氣，她緩慢、緩慢地吐氣。她沒預料到這種事，事前真的沒有任何預兆。

她以為她會有時間派人去傳話給他，可是現在已經沒時間了，實在太快了。她對生產這件事很熟悉，也知道這樣的疼痛沒有協商餘地，這樣的疼痛讓她無處可逃。

艾格妮絲轉頭面對整個房間。身邊的所有事物看起來突然都變得陌生，彷彿她之前從未見過，但這些明明就是她每天擦拭、打亮的桌椅，腳下也是她固定用掃把清理的石板地，還有她總是會掛起來拍打灰塵的毯子啊。這個房間的底端有許多鉛框窗戶，房內收納著許多壺罐和粉末的長層架，而一直以來住在這個狹窄房間內的人不就是她嗎？將那些榛木枝條放進罐子裡，好讓枝條上收緊的葉芽更早展開鮮亮皺褶葉片的人，難道不也是她嗎？

但生活中讓她感到篤定的一切都拋下了她，沒有任何事物跟她原本想的一樣。她原以為她擁有更多時間，也以為這寶寶還要好一陣子才會來到世上，但情況看來並非如此。她這人向來知道接下來會發生什麼事，對於後續的發展總是先有感應，所以總能心態平靜地在這個對她來說無比透明的世界遊走，但這次卻如此措手不及，心裡毫無準備。怎麼可能發生這種事？

艾格妮絲撫摸肚子，彷彿可以藉此跟肚子裡的孩子溝通。沒問題的，她想對孩子說，想怎麼樣就怎麼樣吧，畢竟你的心聲也該被聽見，我會為你做好準備。

她必須加緊速度。首先她得盡快離開這棟屋子，因為她不打算在這樣的人造屋簷下生孩子。瑪莉一直在注意她，她很清楚，所以她必須動作快、安靜，還得使點小技巧。她現在就得離開。

一旁的蘇珊娜蹲在地上，手上抓著一隻娃娃的腿，正自得其樂地大喊大叫。

「過來，」艾格妮絲努力用愉快爽朗的語調對她說，並伸出一隻手，「我們去找伊萊莎，好嗎？」

蘇珊娜沉浸在自己和倒掛娃娃的遊戲裡，突然看到成年人的手從天而降時嚇了一大跳。原本在她面前的只有一個娃娃，這個娃娃會飛，只不過翅膀是隱形的，而她蘇珊娜本人也能飛，所以她正和娃娃一起在天空中翱翔，她們跟鳥群一起飛、她們飛得比樹還高，但現在她的眼前變成這個：一隻手。

她把頭往後仰，看見母親矗立在她頭頂，但其實幾乎只能看見她的大肚子和遠遠的一張臉。母親說了一些有關伊萊莎的話，還說了要去某個地方。

蘇珊娜的臉繃緊並皺起眉頭。「不要。」她用兩隻手緊扣住那個娃娃的腿。

「拜託。」她母親說話的聲音跟平常不同，那聲音彷彿遭人絞扭、收緊，就像有人被套上一件過小的上衣。

「不。」蘇珊娜再次拒絕，而且開始生氣，因為這些來自上方的對話讓她原本沉浸的遊戲氣氛開始消散、退去，「不—不—不！」

「走吧。」艾格妮絲說，然後蘇珊娜震驚地發現自己的雙腳離開地面，爐邊的地毯從她身上滑落，身旁的爐火也瞬間消失。她母親已經不顧任何對話的禮貌，直接把她抱出房間大門，她被迫離開那個掉到地上的娃娃，下樓來到倉庫，此時有個女僕正站在倉庫裡用力刷洗一個碗。

「來，」艾格妮絲把正在哭吼的孩子交到她懷裡，「可以把她帶去給伊萊莎嗎？」她彎身親吻蘇珊娜的臉頰，再親了她的額頭，接著又親了臉頰，「抱歉，我的寶貝，我等等就回來，不會很久。」

艾格妮絲走得很快，真的很快，等她回到房間的壁爐旁時，下一波陣痛剛好抵達。情況已經很清楚了，她心中毫無疑問。她還記得上次的所有過程，但這次感覺還是有點不同，這次的陣痛來得很快、很早，而且強度很高。她還沒趕到應該生產的地方，她應該要獨自在森林裡才對，而且頭頂上必須是茂密的樹林。但她現在不是獨自一人，她還在這裡、還在鎮上，而且是在這間公寓裡。現在開始的每分每秒都不能浪費。啊—啊—啊，她聽見自己發出疼痛的喘氣聲。她抓住椅子的椅背等待疼痛過去，然後越過房間抵達桌邊，她需要的袋子就放在這裡。

她用手指勾住袋子的把手，沒過幾秒已抵達屋子前門，她想辦法讓自己擠過那扇門、踏出去。把門關上前，她仔細聆聽了一陣子，然後滿意地點點頭：蘇珊娜的哭嚎聲已經停止，這代表她已經跟姑姑待在一起了。

她準備要跨越到街道對面，但先站在路邊等一匹馬走過去，此時有個人走到她身旁，她轉頭看見吉爾伯特，她的小叔，他正站在她旁邊露齒而笑。

「要去哪裡嗎？」他一邊說一邊挑起眉毛。

「沒有。」艾格妮絲說的內心開始湧現陣陣恐慌，那感受就像脈搏一樣拍打著她的眉心。她得趕去森林，她必須這麼做，如果被迫留在這裡，她不知道之後會發生什麼事，總之不會有好下場，一定會有什麼出錯，她非常確定，又解釋不出原因，「我是說，確實有。我是要去……」她嘗試將眼神聚焦在吉爾伯特的臉上，可是他的臉和鬍子卻顯得模糊、朦朧。她再次驚訝地意識到她的丈夫跟他的弟弟長得有多不像，「要去……」她的眼神到處游移，努力想找出一個可能的目的地，「麵包店。」

他伸出手扣住她一邊的手肘。「來吧。」他說。

「去哪？」

「回到屋子裡。」

「不，」她把手肘扯開，「不要。我打算去麵包店，而你——你得放開我。你不可以阻止我。」

「可以，我必須阻止妳。」

「不，你不行。」

此時瑪莉趕過來了，她看起來氣喘吁吁，「艾格妮絲，」她抓住她的另一隻手臂，「妳必須回屋裡，我們把什麼都準備好了，妳不用擔心。」然後她小聲對吉爾伯特說：「去找產婆來。」

「不，」艾格妮絲已經在大吼了，「放開我。」她要怎麼跟這些人解釋自己不能待在這裡呢？她要怎麼說明自己不能用這種方式在這裡生下孩子？她要怎麼讓他們理解，聽到那封信的文字後就開始盈滿她內心的那份恐懼？

艾格妮絲被半抬半拖地帶走了，而且不是被帶到她那間狹窄的屋子，而是其他人住的大屋子，她被帶進那扇寬敞的門、沿著走道前進後爬上狹窄的階梯。有一扇門被推開，她像船一樣被推進去，兩隻腳踝被緊扣在一起，彷彿她是名罪犯、或者瘋子。

她可以聽見有個聲音在說，不、不、不，同時感覺一陣疼痛襲來，就像我們可能在看到雨雲接近前就先感覺到雨雲的存在。她想站起來，或蹲著，這樣才能夠準備好應付疼痛，可是有人壓住她的肩膀逼她躺在床上，另外還有個人壓住她的額頭。產婆已經來了，她掀開她的裙子表示必須查看狀況，因此所有男人都得離開，只有女人可以留下來。

艾格妮絲想要的只有綠色的樹林。她渴望著那片投射在地面的斑駁、生動光影，渴望樹冠所慈悲賜予的林蔭，渴望那不是真正靜默的寧靜。她好希望能看見那一根根狀似孤絕的樹幹逐漸延伸到她看不見的遠方，但現在已經不可能趕到森林了。她沒有足夠的時間，而且這棟屋子裡的門實在太多了啊，她很清楚。

如果他在家就好了，他可以想辦法拖延他們的時間，也會認真聆聽她的懇求。他只要偏愛一個人時總是會如此，不管對方說什麼都會全盤接受，所以他一定會確保讓她成功抵達森林，不會讓她被迫進入這間屋子。她幹了什麼好事啊，為什麼要讓他離開呢？這樣分隔兩地的他們會變成什麼樣子呢？結果是他為了賺劇院的錢替那裡的男人製作可以假扮成女士的手套，她卻被鎖在這個房間，距離他好遠，而且沒有人站在他這邊？她到底幹了什麼好事啊？

艾格妮絲把她們全部推開，她爬下床，但此刻的她不是走在樹林間一條朝下傾斜的隱約小徑上，而是從一邊的牆面走到另一邊的牆面，然後再走回來。她很難掌握、控制自己的思緒。她希望可以獨處一下，就她一個人，而且沒有疼痛，好讓她有辦法把所有事想清楚。她把兩隻手用力絞扭在一起。她可以聽見自己（又或者是某個人）在哭號著說：我到底為什麼要這樣做？但不知道這裡的「這樣」是什麼意思。她知道這房間是她丈夫出生的地方——他的所有弟弟和妹妹也是，就連那些很小就死掉的也一樣。他在這裡吸入第一口空氣，就在這張床的垂簾之內，就在這個靠近窗戶的所在。

在極度混亂的腦子中，她現在說話的對象是他，而不是樹木、不是具有神力的十字架、不是地衣長出的形貌和痕跡，甚至也不是她那個在努力生下孩子時死去的母親。拜託，她在自己頭骨內的空間說話，她說，拜託回來吧，我需要你。拜託。我不該偷偷策畫把你送走，拜託保佑這孩子平安到來、拜託讓這孩子活下來、拜託也讓我活下來照顧這孩子。拜託。別讓我死。別讓我身體僵冷地死在這張染血的床上。

有什麼事不對勁、出錯了，總之不是該有的樣子，但她不知道是什麼。那感覺就像是聆聽樂器演奏，但樂器中卻有根弦沒調音：她就是明確感受到一切都沒有走在應有的道路上。太快了，真的太快了。她完全沒預料到會這樣發生。她身處在錯誤的地方，他也是。她很可能撐不過去，真的很可能，而就在此時此刻，從那個人們去了就永遠不可能回來的地方，她母親很可能已經在召喚她過去。

產婆和瑪莉抓住她的身體，引導她坐上一張凳子，但那不是張尋常的凳子，而是上了黑漆與油的木凳子。那把凳子的三隻腳張開，底下放了水盆，坐的地方是中空的——基本上就是個大大的洞。艾格妮絲不喜歡這張凳子，她不打算坐上那個中空的座位，畢竟那裡就是一片空無，所以她把身體往後靠，使勁把雙臂從她們手中扯出來。她才不打算坐在那張黑色凳子上。

那封信啊，那封信到底有什麼不同？不是細節的問題，他列出的所需手套種類也沒問題。難道是因為他提起了給女士戴的長手套？她是因為裡面提到其他女人才一直覺得不對勁嗎？她是因此感到困擾嗎？她不覺得是這樣。問題在於那封信散發出的一種氛圍。那封信的內容充滿愉悅，那份情緒像蒸氣一樣蔓延在他所寫的字裡行間。他們如此分隔兩地感覺實在不對勁，真的相隔太遠，而在他決定手套要做成什麼長度、應該縫上什麼珠子，以及飾演國王的演員手套要用什麼刺繡圖案最合適的同時，她卻陷在這樣的苦難中，而且即將死去。

她一定是要死了，她心想。不然她為什麼沒有預先看到眼前這一切的發生？一定是因為她即將死去、過世，總之就要離開這個世界了。她再也見不到他，當然也再也無法見到蘇珊娜。

艾格妮絲坐到地上，她因為這個不祥的預感而頹喪地跌坐在地，再也見不到了啊，她雙手平貼在地板上撐住自己，雙腿岔開撐在身體兩側蹲著。如果死亡即將降臨，那就讓她趕快死吧，她如此禱告，但讓她體內的孩子活下去，這樣至少他回來時還可以有兩個孩子彼此相伴，也至少能讓他回想起她時都能是美好回憶，永遠都是。

那個產婆還在用力扯她的袖子，瑪莉卻似乎放棄讓她坐上凳子。艾格妮絲不可能接受他人的指示，她可以感覺瑪莉此刻已經很清楚了。瑪莉坐在那張可恨的凳子上，雙手拿著一條細棉布，打算直接用這條布接住出生的寶寶。

根據他寫的信件內容，那座劇場位於一個叫做肖迪奇的地方，伊萊莎必須把這個地名讀出來，而且是前後拆開成兩個字才知道該怎麼唸。這個地名的前半是「肖」（shore），接著是笛奇（ditch），如果用兩個字的意思來理解就是「河岸水溝」。河岸水溝？艾格妮絲重複了一次。她腦中出現一個河岸的畫面，岸邊積滿淤泥又長滿蘆葦，就是那種黃菖蒲會生長的地方，鳥也常會在這裡築巢。然後是水溝，水溝通常是又滑又斜而且對人來說極度凶險的一個洞，底下總是堆積著泥巴水。先是「河岸」然後是「水溝」？這個地名的前半部聽起來是個很不錯的地方，但後半部卻糟透了。河岸上怎麼可能會有水溝？她正要開口問伊萊莎，但她已經繼續讀下去了，信中寫了她哥哥在等待手套合約談定之前先看的一齣戲，主角是一位忌妒的公爵以及他幾個不忠的兒子。

產婆又氣又喘地坐到地上，雙手還不停整理身上的裙子和圍裙，同時表示她今天得多收一點錢，畢竟她的膝蓋早已不能承受這種勞動。她幾乎得平趴在鋪在地板的毯子上才有辦法觀察到艾格妮絲的產道。

「很快就會結束，」她做出宣判：「用盡全力吧。」她有點突兀地說。

瑪莉把一隻手搭在艾格妮絲的肩膀上，另一隻手放在她的手臂上。「沒事了，」她喃喃地說：「很快就結束了。」

艾格妮絲感覺像是在很遠的地方聽她們說話。她的思緒變得很短暫，每次能想的內容都不長，可說是被縮減到了極限。丈夫，她心想。手套。演員。珠子。戲院。忌妒的公爵。死亡。都能是美好的回憶。她開始明白一件事，但或許不是透過語言，而是透過感知，他在信中的口氣不是變得不一樣，而是變回原本的樣子。他終於重新做回他自己。他恢復了、狀況變好了，終於變回原本的樣子。她疏離又讚嘆地望著這件事情發生，然後有個東西開始在她雙腿間浮現。她把頭努力往下彎到幾乎是身體的正前方，為了想將那東西看清楚。有顆頭的頭頂從她體內慢慢冒出來，然後轉向、扭動，那顆頭表面濕滑，就像一隻水生生物，接著出現的是肩膀、修長的背部，她可以看見背上一顆顆脊椎骨突起。產婆和瑪莉一起接下這個生物，然後瑪莉說，男孩啊、是個男孩，艾格妮絲看見這孩子有跟她丈夫一樣的下巴線條和翹翹的嘴唇。他有著跟她父親一樣的漂亮頭髮，一樣在額頭處長出美人尖，手指則跟她母親的一樣纖細柔美。她看見了她的兒子。

艾格妮絲和剛生出的男孩躺在床上。這孩子已經在吸奶，小小的拳頭非常有佔有慾地勾住母親的乳房。她表示想先餵孩子，梳洗那些事可以等一下，並堅持要用一塊布把臍帶和胎膜包起來，在瑪莉和產婆進行這項工作時，她還特地從床上抬起頭來看。她告訴她們，她會等孩子滿月後把這個布包埋在一棵樹下。產婆正在收拾工具，她把東西都打包進袋子裡、摺好床單，還往窗外倒空一個碗。瑪莉坐在床上對艾格妮絲說，她應該讓她把寶寶包裹起來，這樣做才對，她說她的所有孩子都有用襁褓包住，看看這些孩子後來不是都長得很不錯嗎？全都是強壯的厲害小夥子呢，每個人都是，包括伊萊莎，但艾格妮絲搖搖頭，不需要襁褓，謝謝妳，她說，此時產婆偷偷在角落微笑，因為她接生過瑪莉的最後三個孩子，早就發現她自我感覺良好的程度非比尋常。

產婆正用一塊布把碗包起來。她早就對這個媳婦多有妥協，因為這女孩各方面都很古怪，而且她能看出她頑固的程度跟瑪莉不相上下。她敢拿她所有存下的硬幣來打賭（那些錢就藏在一幅畫了她家小屋的拙劣畫作後方的陶罐內，這世上沒有任何活人知道這件事），這個寶寶之後絕不會被包上任何襁褓。

她不知為何轉過頭去，手上還拿著濕布，之後跟十多個鎮民說起這個故事時，她都說自己也不知道為何當時會轉頭，但就是這麼做了。那是屬於產婆的靈敏嗅覺，她總是一邊用手指輕拍鼻頭一邊這麼說。

艾格妮絲在床上坐直身體，一隻手壓著自己的肚子，另一隻手則把寶寶抱在胸口。

「怎麼了？」瑪莉也從床上站起身。

艾格妮絲搖搖頭，她再次彎曲身體，發出低沉的呻吟。

「把孩子給我。」瑪莉伸出雙臂。她的表情警覺但溫柔。產婆可以看出她渴望那個孩子，就算她已經有八個孩子、而且已經這個年紀了，她仍然想要那孩子勝過其他一切，什麼也阻止不了她的渴望。她想要那個寶寶，她想讓那個寶寶貼住自己的身體，想感受寶寶被她用雙臂緊緊包裹住時散發出的溫暖。

「不，」艾格妮絲咬著牙說，身體蜷曲在一起。她臉上的表情困惑、緊繃又驚嚇，「到底是怎麼了？」

她用粗啞的氣音說，口氣就像個害怕的孩子。

產婆走過去把一隻手放在女孩的肚皮上往下壓，感覺到那裡的肌膚緊繃、收縮起來。她掀起艾格妮絲的裙子往上窺看，看見第二顆圓圓的頭頂就在那裡。這下絕對不會錯了。

「又開始了。」她說。

「妳這是什麼意思？」瑪莉用她那向來有點專橫的姿態說。

「她又開始了，」產婆又說了一次：「另一個孩子要出生了。」她輕拍艾格妮絲的腿，「妳要生雙胞胎啦，我的好女孩。」

艾格妮絲聽到這消息時沒有說話。她往後躺回床上，手裡緊抱著兒子，她已經筋疲力盡、面如死灰、四肢癱軟，甚至沒有力氣把頭抬起來。唯一能看出她感到疼痛的跡象是那張刷白的臉和扭曲的嘴唇。她讓她們把寶寶帶去安置在壁爐旁的搖籃中。

瑪莉和產婆站在床的兩邊。艾格妮絲往上盯著她們，那雙張大的眼清透，但整張臉白得像鬼。她抬起一根手指，先指向瑪莉，接著指向產婆。

「妳們兩個。」她喘著氣說。

「她說什麼？」產婆問瑪莉。

瑪莉搖搖頭。「我不確定。」然後她對著床上的女孩說：「艾格妮絲，來坐到凳子上吧。孩子已經準備好，相信很快就會出來。我們會幫妳。是時候了。」

艾格妮絲完全受疼痛掌控，身體先扭向一邊，然後是另一邊。她用手指把床單從床墊上勾下來，再用床單蓋住嘴巴，於是從她口中溢出的斷續慘叫都被床單悶住了。

「妳們兩個，」她再次喃喃地說：「我一直以為，到時候會是我的兩個孩子站在床邊，結果竟是妳們兩個。」

「她在說什麼？」產婆問，她的身影再次消失在艾格妮絲連身裙襬的下方。

「我不知道。」瑪莉說，她刻意用輕快的口氣說。

「她在胡言亂語了，」產婆聳聳肩，「不知道講到哪裡去了。有些人就是會這樣。總之，」她再次努力把身體站直，「這個寶寶要出來了，我們得想辦法讓她離開床。」

她們兩人站在兩邊，一人扶著艾格妮絲一邊的腋下把她抬起來。她任由她們把她帶下床、扶向凳子，就這樣毫無埋怨地癱坐在凳子上。瑪莉站到艾格妮絲身後撐起她癱軟的身體。

過了一陣子，艾格妮絲開始說話，如果那些哀鳴跟破碎的語句可以算是在說話的話。「我真不該……」她喃喃地說著，音量小的像是在說悄悄話，一邊還在努力吸入空氣，「我真不該……我搞錯……他不在這裡……我沒辦法──」

「妳可以的，」蹲在地上的產婆說：「妳做得到。」

「我沒辦法……」艾格妮絲抓住瑪莉的手臂，她的臉龐汗濕，張得老大的雙眼閃爍、失焦，但又想透過其中的意志力讓她明白「妳懂嗎？我媽媽死了……然後……然後我要他離開……我沒辦法──」

「你──」產婆正要開口，但又被瑪莉打斷。

「閉上妳的嘴，」她暴怒：「做妳工作就好。」她捧住艾格妮絲毫無血色的臉，「什麼意思？」她悄聲問。

艾格妮絲望著她，她那光影斑駁的雙眼滿是懇求及恐懼。瑪莉從未在她臉上看過這種神情。

「事情是這樣的……」她用氣音聲說：「是我……是我要他走的……然後我母親死了。」

「我知道她死了，」瑪莉心裡有點為她難受。「但妳不會死的，我確定。妳很強壯。」

「她……她那時也很強壯。」

瑪莉抓住她的手。「妳會沒事的，等著瞧吧。」

「但問題是……」艾格妮絲說：「是……我不該……我真不該……」

「怎樣？妳真不該怎樣？」

「我真不該要他……去……去倫敦……那樣不對……我應該——」

「不是妳，」瑪莉安撫地說：「是約翰要他去的。」

艾格妮絲的頭軟趴趴地從脖子上方垂下，此刻卻突然轉向她。「是我。」她咬著牙喃喃地說。

「是約翰。」瑪莉堅持。

艾格妮絲搖搖頭。「我撐不過去了，」她大口喘氣，抓住瑪莉的手，把手指壓入人們常感到疼痛的幾個位置，「妳們願意照顧他們嗎？你和伊萊莎？會嗎？」

「照顧誰？」

「我的孩子啊。妳們願意嗎？」

「當然願意，但是——」

「別讓我繼母帶走他們。」

「當然不會。我永遠不會——」

「不能交給瓊安。交給誰都行，總之不能給瓊安。答應我。」她的表情狂亂、耗弱，手指緊捏住瑪莉的手，「答應我，說妳會照顧他們。」

「我答應妳。」瑪莉皺起眉頭，雙眼盯著媳婦的臉。她到底看見了什麼？她知道些什麼？瑪莉感到一陣寒意襲來，身體變得很不舒服，皮膚也因為恐懼起滿雞皮疙瘩。基本上來說，她拒絕相信人們對艾格妮絲的說法，大家都說她能看見別人的未來，也能解讀掌紋，總之就是擁有那種能力。可是在此時此刻，她第一次理解別人說的是什麼意思。艾格妮絲來自另一個世界，她其實不太屬於這裡。不過光是想到艾格妮絲可能死在她面前就讓她絕望至極。她不能讓這件事發生，不然她要怎麼跟她兒子交代？

「我答應妳。」她又說了一次，這次直直望著媳婦的雙眼。艾格妮絲放開她的手，兩人一起望向她隆起腹部下方的產婆肩膀。

第二次的生產過程簡短、迅速，但很艱難。一波波陣痛之間幾乎沒有休息，不停襲來，瑪莉可以看出艾格妮絲像是快滅頂的人，幾乎找不到任何喘氣的空隙。到了最後，她的尖叫聲變得刺耳、粗啞又絕望。瑪莉抱住她，此刻連她的臉上也滿是淚水。她開始在腦中思考要如何跟兒子交代這件事：我們真的盡力了、能做的都做了，只是最後還是無法把她救活啊。

等到寶寶終於出生後，她們才清楚意識到她們所恐懼的死亡其實不是降臨在艾格妮絲身上。那個寶寶的脖子上繞著臍帶，全身發灰。

當產婆把那孩子的身體用一隻手輕輕拉出來，再用另一隻手接住時，房內沒人說話。那是個女孩，尺寸只有剛剛那個孩子的一半大，而且沒發出任何聲音。她雙眼緊閉，兩隻拳頭捲曲，嘴唇抿在一起的樣子像是充滿歉意。

產婆迅速將臍帶從她脖子上解開，再把這個小娃娃頭下腳上地拎起來。她拍了一下孩子的屁股，然後又拍了一下，但沒有任何反應。她沒有吵鬧、沒有哭叫，沒有絲毫生命的火花。產婆第三次舉起手。

「夠了，」艾格妮絲伸出雙臂，「讓我抱她。」

產婆喃喃地說不該讓她看這個孩子，這樣會帶來厄運。妳最好還是別看了吧，她說，我會把孩子帶走，確保孩子獲得像樣的葬禮。

「把她抱給我。」艾格妮絲一邊說一邊從凳子上站起來。

瑪莉走過去把孩子從產婆手上抱過來。那孩子有張完美的臉，她心想，就跟她的哥哥一樣——無論是眉頭、下巴線條還是臉頰都一模一樣。她的睫毛和指甲都長好了，而且抱起來還是溫熱的。

瑪莉把這個小小的人遞給艾格妮絲，她接下、抱住，把她的頭枕在自己的手掌上。

房內一片安靜。

「妳生了一個漂亮的男孩，」產婆過了一陣子後說：「我把他抱過來給妳餵奶吧。」

「我去抱他過來。」瑪莉開始走向搖籃。

「不，我去吧。」產婆衝過去搶在她前頭。

瑪莉惱怒地推開她的肩膀。「別擋路，我要去抱我的孫子。」

「太太，我得說——」產婆擺好要跟瑪莉爭奪的架式，但卻沒機會說完這個句子，因為她們身後有一陣細弱的哭聲傳來。

她們一起轉身，動作一致。

艾格妮絲懷中的女孩正在嚎哭，兩隻手臂因為激動而僵直，小小的身體正在吸入空氣而逐漸泛起粉色。

所以是兩個寶寶，不是一個。艾格妮絲躺在床上這麼想。床邊的垂簾為了避免她吹風著涼而拉得很緊。

最開始的幾星期，他們完全無法確定這個女寶寶會不會活下來。艾格妮絲對這情況心知肚明，她真的很清楚，就連她的骨頭、皮膚，還有心底都非常明白。她能從婆婆的舉動中明白這件事，因為瑪莉會躡手躡腳地走進房間裡偷看兩個寶寶，有時還會用手快速感受一下他們的胸口。同樣讓她明白這個現實的另一個舉動是，瑪莉會不停催促約翰趕快把兩個寶寶帶去教堂受洗，為了做這件事，她和約翰幫寶寶包裹上一層又一層毯子，再把他們包進身上的大衣內，行色匆匆地跑去找神父。接著沒過多久，瑪莉又衝進屋內，身上散發著終於衝過終點線的氣氛，姿態就像是跑贏了所有對手。她把雙胞胎中比較小的那位交給她，說，好了，搞定，還妳。

艾格妮絲看來是沒辦法睡了。她也沒辦法從床上起身，甚至沒有一隻手可以閒下來做別的事。兩個寶寶總是至少有一個需要人抱。她會先餵其中一個寶寶，然後是另一個，接著又得回頭餵前一個。有時她會兩個寶寶一起餵，此時他們的頭會一起靠在她的胸口中央，身體分別窩在她的兩隻手臂下方。她就是這樣餵了又餵、餵了又餵。

雙胞胎中的男孩名叫哈姆奈特，他身體強壯，這點她從第一眼看見他時就知道了。他總是明確有力地抓住她的乳房，吸吮時非常專注，而雙胞胎中的女孩茱蒂絲卻需要人鼓勵才願意去吸吮乳房。有時她都已經張開嘴巴，艾格妮絲也把乳頭放入她口中，她卻看起來一臉迷惘，就像是不確定自己該做什麼。於是為了提醒她吸吮、啜奶，艾格妮絲必須拍拍她的臉頰、輕點她的下巴，甚至沿著她的下巴弧線撫摸。她必須提醒她活下去。

有很長一段時間，艾格妮絲對死亡的想像都是環繞著一個單獨的房間展開，這個房裡點著燈，位置很可能是在一片寬廣的高原中央。所有活人都住在這個房間內，死者則在房間外漫遊，並將他們的手掌、臉龐和指尖緊貼在窗戶上。這些死者著急地想回到屋內，想跟房間內的人們取得聯繫。有些房間內的人可以聽見、看見外面這些人，有些人還可以透過牆面跟他們說話，不過大部分的人都沒有這樣的能力。

光是想到這個小小的孩子可能必須獨自住在那個房間外面、在那片寒冷又充滿霧氣的高原中央遊蕩，身邊沒有她的陪伴，她就覺得難以忍受。她絕不會讓她去到房間外面。大家都知道雙胞胎中較弱小的那位會被死神帶走，她可以看出大家都在屏氣凝神地等待這件事發生。她知道對這個女寶寶來說，通往那個房間外的門已微微打開，她甚至可以感覺到從那片高原吹進來的寒風，與冰涼空氣的氣味。她知道自己注定只能擁有兩個孩子，但絕不會屈服於命運。在夜晚最深沉之際，她告訴自己，她不會讓這件事發生，今天不會，明天不會，之後也不可能會。她會找到那扇門後用力甩上。

她一直把雙胞胎放在床上，放在她的身體兩側，兩個寶寶就在她的兩隻耳朵旁呼吸。只要哈姆奈特醒來，因為想要喝奶而發出哇哇哇的哭聲，艾格妮絲就會把茱蒂絲也叫起來，喝奶囉，小東西，她低聲呼喚她，該喝奶囉。

她很怕自己看到的預言畫面，真的怕。她記得當時看到的畫面清晰無比：在迎向人生終局時，她的床腳站著兩個人影。她現在知道其中一個孩子有可能死去，而且機率很高，畢竟孩子就是這樣，她也常看見很多其他人家的孩子死掉。可是她不會輕易屈服，她不會，她會讓這個孩子充滿來自她的生命力，應該說她會這樣對待她的每個孩子。她會擋在通往房間外的門前，站在那裡凶猛地露出牙齒，絕不讓孩子出去。她會保護自己的寶寶不受世上任何危險侵害。她會不眠不休地守著他們，直到確定他們安全為止。關於那個一直以來都暗示她只有兩個孩子的預言，她會反擊、她會抵抗，總之她會想盡辦法推翻命運。她一定會做到，她知道她可以。

她的丈夫回來後一度認不出她來。他以為能看見妻子站在那些壺罐和杵臼之間忙碌，模樣俊美又嘴唇飽滿，但只看到她委靡地躺在床上、憔悴得像個遊民，因為缺乏睡眠又一心一意只想達成一個目標而呈現半瘋狂狀態。他眼前的女人因為餵奶而身形消瘦，雙眼周遭環繞著灰影，表情絕望又堅定。他看到兩個寶寶的臉上帶著同樣難以捉摸的表情，其中一個寶寶的臉還是另一個寶寶的兩倍大。

他把他們抱起來，回應著兩人平穩的凝視。他把他們擺在自己的膝頭，放好他們的頭、身體和手腳，然後望入他們那雙一模一樣的眼睛。他看著其中一個孩子把另一個孩子的大拇指放進口中吸吮，看出他們早在人生開始前就已共享同一個生命。他用兩隻手掌分別觸碰他們的頭。你啊，他說，還有妳。

雖然艾格妮絲現在恍惚又筋疲力盡，甚至還沒牽到他的手，她仍能看出他找到了想要的人生，而且已經在其中適應、安頓好了——那才是他注定要過的人生、那才是他真正想做的工作。躺在床上的她因此露出微笑，因為看見他站得抬頭挺胸，臉上沒有絲毫憂慮和挫敗。她甚至能聞到他散發出一種心滿意足的氣息。

當時他們一起坐在這間產房裡，兩人都還相信她很快就會去倫敦跟他一起住，她會把三個孩子帶去後一家人團聚。他們真心相信這件事很快就會發生。她已經在計畫要打包什麼帶去倫敦，還告訴蘇珊娜他們很快就會搬去大城市，說她會在那裡看見很多大房子、船、熊和宮殿。那兩個寶寶會一起去嗎？蘇珊娜一邊問一邊斜眼望向搖籃。會啊，艾格妮絲說，同時努力掩藏自己臉上的笑意。

他已經在找房子，正在存錢為他們買個地方住。他已經可以看見自己把蘇珊娜揹在肩膀上去看那條倫敦大河[5]的畫面，另外也想帶全家人去劇院。他想像他的新朋友會嚮往又妒忌地看著他妻子的深色雙眼、她戴上手套後修長的手腕，還有他那兩個長著漂亮臉龐的孩子。

他已經可以看見未來：家裡的煮飯房裡放著兩個搖籃，妻子在爐火上彎腰忙碌，後方有個他們能用來養母雞或兔子的庭院。這間屋子裡只會住著他們五個人，之後或許還會再有新成員，畢竟他對是否再生孩子採取開放態度。除此之外這個家裡不會再有別人，隔壁也不會住著其他家人，總之不會有兄弟、父母或姻親隨時闖進來，完全不會。這個家裡只會有他們、這樣一間煮飯房和這些搖籃。他幾乎可以聞到這間煮飯房散發出的氣味：桌面塗的蜂蠟、寶寶身上凝結的母乳，還有衣服洗完漿燙後的氣味。他的妻子會一邊處理家務一邊哼歌，兩個寶寶則會發出咯咯的笑聲及各種碎語，至於蘇珊娜會在後院跟兔子說話，她會仔細觀察牠們水亮亮的雙眼和絲滑毛皮，坐在爐火邊的他身邊會環繞著他的所有家人，而不是像現在這樣待在一間小租屋內，就連想寫信聯絡他們還得花上四天時間。他將再也不用過著這種雙重生活、不用為了兩地生活而將自己撕扯成兩半。他們會到倫敦跟他在一起，他只要抬頭就能見到他們，因此再也不用孤單地待在大城市裡：他可以在這裡擁有妻子、家庭、屋子，因而更扎實地站穩腳步。一旦有了艾格妮絲在這裡陪他，誰知道他還能開展出多大的可能性呢？

當他們跟兩個小小的寶寶坐在這個房間裡時，無論是他或他的妻子都不知道這個計畫永遠不可能實現。她永遠不會帶孩子去倫敦跟他一起住，他也永遠不會在那裡買下一棟房子。

雙胞胎中的女寶寶會活下去。他會從嬰兒長成幼兒，之後變成孩童，不過她和這個活人世界的連結始終顯得淡薄、脆弱又不穩固。她時不時會四肢發抖、顫動痙攣，還會發燒或胸悶。她的皮膚也常長滿紅疹，肺臟必須要很用力才能吸入空氣。如果另外兩個孩子感冒發燒，她就會發燒到抽搐的程度；要是他們咳嗽，她會咳到幾乎吸不到空氣。艾格妮絲為此把出發前往倫敦的時間延後幾個月，因為要等她身體好起來，因此拜託伊萊莎寫信通知他。一開始是必須等到春天，再來是要等夏天結束，然後是等秋天的風停止，接著又要等雪全都融化。

茱蒂絲兩歲的時候，她母親每晚都在床簾內熬夜為她薰一碗松針和丁香的蒸氣，好讓她有辦法順暢呼吸，並在逐漸擺脫嘴唇的青紫後入睡。此後大家都很清楚了，他們不可能搬去倫敦。這孩子的身體實在太脆弱，她在大城市裡不可能活下去。

每到劇院都關門的瘟疫時節，他們的父親就會回來探望他們。他已經放棄販賣手套以及銷售父親的存貨，總之完全脫離這個產業，目前只在劇院工作。有天晚上他看著妻子帶著這個小女孩在地板上走路，他們的女兒那天覺得腸胃不舒服。

這孩子真是美得不可思議啊，就算是隨便一個路人一定也都會這麼想。她的藍色眼睛清澈又柔和，捲捲的頭髮就像來自天堂的天使。她母親牽著她從房間的一端走到另一端時，她的眼神越過母親的肩膀定定凝視父親，沉默的淚水沿著臉頰滑下，雙手用力抓著母親的連身裙。他也定定地回應她的凝視，然後清清喉嚨，跟妻子說他已經決定把存下來的錢花掉，但不是用來買倫敦的房子，而是一片位於斯特拉特福外緣的土地。那片土地可以讓他們收到很不錯的租金，他告訴她，然後站起身，那姿態就彷彿他打算勇敢面對這個決定、這個全新的未來。

在這間產房內，他的大腿上躺著兩個雙胞胎，兩隻手掌各捧著他們的頭，他對艾格妮絲說，他相信她

5 這裡指的是泰晤士河（Thames）。

看到的預言畫面是錯的，又或者那只是預言了雙胞胎的到來，意思是她會生出一對雙胞胎，他一邊凝視著兩個寶寶一邊這樣說。那個畫面的意思：她會先擁有蘇珊娜，然後是一對雙胞胎。

他的妻子沒說話。等他望向床鋪時，發現她已半陷入夢鄉，彷彿她一直以來只是在等他出現。她只需要看到寶寶躺在她的大腿上、並用雙手捧住他們的頭就夠了。

艾格妮絲驚醒過來，她猛然將頭抬起，嘴唇和舌頭正打算吐出一個字，又不確定自己本來打算說什麼。她剛剛一直作跟風有關的夢，有一股劇烈又隱形的力量不停把她的頭髮吹得來回飛動，讓迎風側的衣服緊貼在身體上，許多灰塵與石礫因此打在她臉上。

她低頭望向自己的身體。她沒有睡在床上，姿勢像是半坐半臥，整個人癱在小床邊緣，身上還穿著原本的長袍。她一隻手抓著一塊布，那塊布潮濕、充滿皺褶，因為塞在她的掌心中而顯得溫熱。為什麼她握著這塊布？為什麼她這樣坐著就睡著了？

突然她想起來了，那思緒就像來自夢境的一陣風吹過這個房間。茱蒂絲、發燒、那個可怕的夜晚。

艾格妮絲跌跌撞撞站起身。她剛剛都在睡覺嗎？她怎麼可以睡著！她搖搖頭，然後又搖了一次，彷彿想甩掉朦朧的睡意和夢境。屋內暗得深沉：這是夜晚最深沉之際，當然也是最致命的時分。爐火幾乎燒盡，目前只剩點點紅色餘燼，蠟燭也燒完了。她著急又盲目地到處摸索：床單底下有一隻手或腳，然後她摸到一個膝蓋、一個腳踝。艾格妮絲不停往上摸索，發現一隻手腕和兩隻緊緊交握的手。她所撫觸到的肉體都是溫熱的，轉身開始在櫥櫃裡到處找蠟燭時，她告訴自己這是好跡象，非常好的跡象，因為這代表茱蒂絲還活著。

這樣很好，她告訴自己，這樣很好，她抓住一根蠟滑又冰涼的圓柱型蠟燭，拿燭芯去碰觸爐內的餘燼。人只要活著就有希望。

燭芯點燃，火焰搖曳，雖然一度快要熄滅但還是重新振作起來。有一圈光環繞著艾格妮絲伸出的手臂展開，然後光圈逐漸擴大，將黑暗推開。

光圈中有壁爐、有壁爐架，還有艾格妮絲的拖鞋和已經掉到地上的披肩。地上有小床和茱蒂絲從被單底下露出的兩隻腳。她還看見她的雙腿、她的兩邊膝蓋，還有她的臉。

艾格妮絲一看到她的臉就摀住嘴巴。她臉上的皮膚蒼白得幾乎毫無血色，眼球往上翻到半開的眼皮底下。她的雙唇死白又乾裂，嘴巴正努力小口小口地將空氣半吸半吞進去。

艾格妮絲的手還摀在嘴巴上，同時往下移動眼神檢查女兒。她知道此刻有兩個艾格妮絲，其中一個艾格妮絲總在照顧各種生病、不舒服、必須調養身體、裝病、悲傷及發瘋的人，這個她此時心想：她的時間剩下不多了。但她心中還有另一個艾格妮絲，這個艾格妮絲一直餵養、照料、看護、拍撫、擁抱、親吻這孩子，總在為她準備所有食物和衣服，這個她想的是：不可能是這樣，不可能發生這種事，拜託，拜託別帶走她。

艾格妮絲彎腰撫摸她的額頭、量了她的脈搏，希望能藉此獲得些許慰藉。在她這麼做的當下，燭火照出一個非常奇特的畫面，因為事前完全沒有預料到，艾格妮絲一度無法理解自己看見了什麼。

首先她意識到的是，跟她一開始以為的不同，茱蒂絲的手並沒有跟她自己的另一隻手握在一起，而是握著另一個人的手，所以其實有個人跟茱蒂絲一起躺在小床上。這裡還有一個人的身體，還是另一個——雖然這樣說很奇怪——茱蒂絲。在逐漸熄滅的火光前，這裡有兩個茱蒂絲一起親密地躺在床上。

她眨眨眼、甩甩頭。那個人是哈姆奈特才對，對啦當然是這樣，是他摸黑下樓爬上床擠在他的雙胞胎身邊。於是此刻他就躺在她身邊，表情平靜且睡得很沉，一隻手還握著她的手。

艾格妮絲高舉著蠟燭看著眼前這場景。之後她常會回想起這一刻，問自己是何時發現情況跟她想的不一樣？她到底是何時注意到的？是什麼引起了她的警覺心？

她平躺在床上的女兒看來病得很重，臉色因為發燒而刷白，兒子則蜷縮在一旁用兩隻手臂抱住她。不過這隻手臂有些地方不太對勁。艾格妮絲盯著那條手臂，整個人被迷住了，那明明是哈姆奈特的手臂啊，但感覺起來又不是。

她把眼神移到這隻手臂握住的那隻手，也就是茱蒂絲的手，卻發現這隻手的指甲上沾了一些黑黑的東西，看起來幾乎像墨水。

艾格妮絲在心中問自己，茱蒂絲何時開始用墨水了？

一股奇怪又令人發狂的困惑情緒開始在她體內湧現，就像是有一百隻蜜蜂同時在振翅嗡鳴。她往前衝過去，先把手上的蠟燭插進壁爐上的燭臺，然後用手去摸她的兩個孩子。

那個看來氣色很好的兒子睡在靠近火的那一側，女兒則睡在小床的另一側。摸到哈姆奈特的脖子時，她發現一條屬於茱蒂絲的長辮子塞在後面，從茱蒂絲的上衣袖口伸出來的卻是哈姆奈特的手腕，上頭還有他小時候因為鐮刀而留下的新月形傷疤。被茱蒂絲高燒汗水浸濕的是哈姆奈特的短髮，而在一旁安穩睡著的卻是茱蒂絲。

艾格妮絲不明白自己看見了什麼。她有可能是在作夢嗎？這是夜晚才會出現的幻覺？她把蓋住他們的被單扯開來，看著他們躺在那裡，床墊上那個正在生病的孩子雙腿比較長，所以生病的是比較高的孩子。

生病的是哈姆奈特，不是茱蒂絲。

就在那一刻，或許是因為感受到涼風的吹拂，雙胞胎中比較嬌小的那位張開眼睛看著艾格妮絲，此刻高高站在那裡的艾格妮絲手上還抓著被單。

「媽媽？」那個孩子說。

「茱蒂絲？」艾格妮絲悄聲說，她到現在還不敢相信自己看見了什麼。

「嗯。」那個孩子說。

哈姆奈特對其他人為他父親租的那匹馬一無所知。他永遠不會知道他父親的朋友為他找來一匹母馬，那隻野獸脾氣很硬、眼神凶悍、肩膀滿是肌肉，皮毛如同七葉樹果般閃亮。

他完全不知道即便是到了此刻，他父親還在仰賴這匹脾氣差的母馬盡可能多趕一些路，只允許自己偶爾停下幾分鐘喝水或食用他盡其所能蒐集到的食物。他就這樣從坦布里奇韋趕到威布里奇，然後再抵達泰晤。他在班伯里換了馬，過程中一心只想著她的女兒，還有要如何縮短他們之間的距離，他告訴自己，在她過渡到另一個世界之前、在她吐出最後一口氣之前，他一定要趕回家、抱住她。他必須再看她一眼。

他的兒子對此一無所知。其實他們所有人都不知道。蘇珊娜不知道，她正被母親派去屋後的藥材花園採集製作濕敷藥劑的龍膽根和獨活草。瑪莉也不知道，她正在煮飯房內斥責女僕，因為那女孩一整個下午都在哭哭啼啼地說要回家，說她一定得回去看她母親。伊萊莎也不知道，她正在跟前來小窗邊的一個女士說明艾格妮絲今天無法跟他談話，而且明天也不行，但或許下週可以來試試。當然艾格妮絲本人也不知道，此刻的她正背對窗戶蹲在小床邊。

茱蒂絲此刻正坐在一張椅子上，她這個孩子、她的女兒，她最小的孩子。艾格妮絲直到現在還是覺得不可置信。她的臉色蒼白，可是眼神明亮又機敏，雖然看起來還是很瘦弱，可是已經能夠張嘴喝肉湯，而且眼神正定定地凝視著她的母親。

艾格妮絲坐在兒子身旁抱住他顫抖的身體，感覺自己的身體裂成兩半。她的女兒逃過一劫，死神這是第二次將她送回他們身邊，可是作為交換，哈姆奈特可能要被帶走了。

她已經餵他吃過瀉藥，還讓他吃了迷迭香和薄荷做的果凍。她把餵給茱蒂絲的一切都同樣餵給他，甚至做了更多。她把一顆中間有洞的石頭放在他的枕頭底下，幾個小時前，她還叫瑪莉把那隻蟾蜍拿來，用亞麻布綁在他的肚子上。

這一切都沒能把他救回來，他沒能因此恢復健康。她希望他能好轉，但這份希望正在逐漸流失，就像水從破洞的水桶中一點一滴漏出去。她真傻，她就是個瞎眼的白癡、是那種最糟糕的蠢貨。她一直以為自己需要保護的是茱蒂絲，但其實注定要被帶走的卻是哈姆奈特。命運怎麼可以給她設下這麼殘酷的陷阱？命運怎麼可以騙她把所有注意力集中在錯誤的孩子身上，卻趁她分心時把另一個奪走？

她不敢置信又憤怒地想到她的花園、她架上的各種粉末、藥劑、葉片，當然還有那些液體。她一直以來做的這些有什麼用？她的努力有什麼意義？這些年來花這麼多時間照料、整理、修剪和採集這些藥草又是為了什麼？她想去外面把那些植物連根拔起後甩進火裡。她真傻，她就是個徒勞無功又自以為是的蠢貨，她怎麼會以為她的那些植物有可能跟眼前的困境抗衡？

她兒子的身體正受盡折磨，而且身處煉獄。她看見他的身體扭曲、翻轉，最後甚至開始彎曲變形，為了讓他靜止不動，艾格妮絲必須抱住他的肩膀和胸口。她開始意識到眼前已經沒有她能插手的地方了。她可以待在他身邊、盡可能地安撫他，可是這個疫病實在太猛烈、太強大，而且太凶暴了，對她來說實在是太強悍的敵人。這個敵人用觸手纏繞住她的兒子後收得好緊，拒絕放開他，而且散發出類似麝香的濕鹹氣味。艾格妮絲覺得這個敵人來自遠方，來自一個腐臭、潮濕又封閉的所在。這個敵人一邊前進一邊在人類、野獸和昆蟲之中輾壓出一條屬於自己的道路，靠著吞入所有生命的痛苦、不幸和哀傷而壯大。這個敵人貪得無厭、難以阻擋。這個敵人屬於最糟糕、最陰森的一種邪惡。

艾格妮絲始終沒離開他身邊。她用濕布擦抹他的眉心和四肢，在他的被單內塞入一包包鹽。為了讓彼此安心並獲得一點慰藉，她還把一束纈草和天鵝的羽毛放在他的胸口。哈姆奈特的體溫不停升高，那些結腫也因為腫大而繃得愈來愈緊。她抬起他一隻邊緣已經呈現藍灰色的手，把那隻手貼在自己的臉頰上。她什麼都肯嘗試，她真的什麼都願意做。如果能對他有一丁點好處，她甚至願意切開自己的血管、敞開自己的體腔，給出自己的鮮血、心臟和器官。

他的身體正在不停出汗，大量體液不停透過皮膚冒出，彷彿這具身體正在淨空自己。

然而哈姆奈特的心思已經去了別的地方。有很長一段時間，他可以聽見母親、姊姊、姑姑和祖母的聲音。他能意識到她們在他身邊，知道她們在想辦法餵他吃藥、對他說話，或撫摸他的肌膚。不過現在她們的聲音都已逐漸消退。他身處一個不同的地方，這裡的風景他一點也不認得。這裡很陰涼、很安靜，而且只有他獨自一人。雪正在下，輕柔地下，那無休無止的態勢極度決絕。雪堆積在他身邊的地面，覆蓋住所有小徑、階梯和岩石，樹枝也因積雪而彎曲。雪將一切都轉為白色、空無且停滯的狀態。這片雪景帶來的沉默、寒意以及從中折射出的銀光都為他帶來極致的撫慰效果。他只想在這片雪地中躺下，想在這裡好好休息。他的雙腿好累，手臂也好痠痛。他想躺下後臣服在這片雪地中，想在這片白花花的厚白毯中將身體伸展開來，啊這樣一定會很放鬆吧。但又有個直覺告訴他不能躺下，那個直覺要他拒絕屈服於內心的渴望。這個直覺是怎麼回事？他憑什麼不能休息？

艾格妮絲正在在他的身體之外說話。她正努力想把藥糊敷在他脖子和腋下的腫塊上，可是他實在抖得太厲害，導致她用許多藥材調好的敷料無法固定在塗上的地方。她在喊他的名字，一次又一次。伊萊莎把茱蒂絲抱入懷中後起身走到房間另一頭，茱蒂絲發出像吹口哨的粗啞叫喊，同時努力踢腿想擺脫姑姑的懷抱。伊萊莎心想，所有將步入死亡的過程描述為「不知不覺」或「安詳」的人一定沒親眼見過死亡的發生。死亡是暴烈的，死亡是一場搏鬥，因為身體會緊抓著生命不放，如同藤蔓纏住牆面，從不會輕易放棄或不戰而降。

蘇珊娜望著她的弟弟在壁爐邊抽搐，母親則在毫無意義地擺弄那些沒用的藥糊和繃帶。她真想把那些東西從她手中抽走往牆上摔，然後說，住手，別煩他了，放過他吧。妳難道看不出一切都已經太遲了嗎？蘇珊娜雙手握拳使勁壓住眼睛。她看不下去，她真的承受不了。

艾格妮絲口中還在喃喃低語，拜託、拜託、哈姆奈特、拜託、別丟下我們、別走。茱蒂絲則在另一頭的窗邊奮力掙扎，要伊萊莎把她放回小床，她說她需要他、得跟他說話，所以放開她！伊萊莎抱著她說沒事了、都沒事了，但其實她也不知道這樣說是什麼意思。瑪莉跪在小床床尾抓著哈姆奈特的一隻腳踝。蘇珊娜把額頭貼在灰泥牆面上，抬起雙手摀住耳朵。

突然之間他停止抖動，房內陷入極度無聲的狀態。他的身體瞬間不再有任何動作，眼神只聚焦於上方的某處。

在那個冰與雪之地的哈姆奈特此刻正慢慢蹲低，他決定讓自己屈膝蹲下。他先把一隻手掌放到地面，然後是另一隻手掌，讓雙手都貼在雪地鬆脆又充滿結晶的表面，那感覺實在太舒服了。這樣做感覺很對啊。這片雪地不會太冷，也不會太堅硬。他躺下後把一邊臉頰貼在柔軟的雪上，眼前的白非常刺眼，他的眼睛幾乎要睜不開，所以決定閉上，反正一下就好，就一下下，他只要休息一下就能恢復體力。他沒打算在這裡睡著，真的沒有。他會繼續堅持下去，只是需要休息，就休息一下。他為了確定這個世界仍然存在而再次睜開雙眼，然後任由雙眼閉上。他只會躺一下下。

伊萊莎抱著茱蒂絲輕輕搖晃。她把這孩子的頭塞在自己的喉頭低聲唸起禱詞。蘇珊娜把臉轉向弟弟，一邊淚濕的臉頰還貼著牆。瑪莉在頭與肩膀劃十字，然後抓住艾格妮絲的肩膀。艾格妮絲彎腰把雙唇貼在他的額頭上。

於是就在爐火邊，在哈姆奈特學會爬行、吃飯、走路及說話的這個房間內，他躺在母親懷裡嚥下了最後一口氣。

他先是深吸了一口氣，然後吐出來。

接著是沉默、靜止。此後再沒有任何動靜。

II

我死了；

你還活著；

……（你）隱忍些時，

把我的故事宣揚一下。

——《哈姆雷特》第五幕第二景

有個房間。這是個窄長的房間，地板和牆上拼滿石板，表面光滑如鏡。有群人站在窗邊面對彼此低聲商討些什麼。窗玻璃上垂掛著布幔，所以沒什麼光線透入房內，不過有人已經稍微推開窗戶，就一條縫，因此有抹微風吹過房內，這抹微風不但攪動房內的空氣，也輕輕翻玩著掛在牆上的布幔以及鋪在壁爐架上的布巾，這抹微風帶著街頭的氣息，包括乾燥道路上的塵土、附近某處有人在烤派的隱約氣味，還有焦糖蘋果的刺鼻甜香。經過窗外的人偶爾會有隻字片語傳入房內，這些話沒頭沒尾，像一些攜帶著聲響的小泡泡飄入房內的寂靜。

有張桌子旁塞滿一張張椅子。有些花朵直挺挺地插在一個罐子裡，不過花瓣都已垂下，花粉在桌下灑落得到處都是。有條趴在墊子上的狗驚醒後開始舔自己的腳掌，然後改變主意再次陷入酣眠。桌上有只水壺，水壺後方放著許多杯子，但沒有人喝水。窗邊的人們繼續悄聲談話，有個人伸手握住另一個人的手，被握住的這個人低垂下頭，漿挺的白色頭巾頂部因此展示在其他人面前。

他們的眼神常常投向房間的尾端，一次又一次，那裡也是壁爐的所在，然後再轉回去面對彼此。

有片門板已從絞鍊拆下後放在火爐邊的兩個水桶上。有個女人正坐在那片門板旁。她一動也不動，背駝著，頭也低垂，如果不仔細看甚至不會發現她還有在呼吸。她散亂的頭髮一綹綹地垂散在肩膀周圍，身體蜷曲，雙腳收在身體下方，雙臂往前伸長，頸背裸露在空氣中。

在她面前是一具孩童的屍體。他光裸的雙腳往外翻，腳趾頭蜷曲，腳跟和腳趾甲上還有最近在生活中累積的汙垢，因為不到一週前才跟朋友一起去河邊游泳，那些汙垢除了有路面上的小碎石和花園的泥土外，還包括河床上的泥巴。他的雙臂擺在身體兩側，頭微微轉向母親，皮膚已經不再擁有活著時的外觀，變得像羊皮紙般慘白、僵硬又凹陷，身上還穿著睡衣。負責將門板拆下放進房內的是他的兩個叔叔。他們把他抬起來時動作無比輕柔，雙手小心翼翼並且屏住呼吸，好把他從死去時躺的小床搬到木製門板上。

年紀較小的叔叔愛德蒙哭了，雙眼早已因為淚水而朦朧，不過看不清楚反而讓他鬆一口氣，因為看著哥哥死去兒子凝滯不動的五官實在讓他太痛苦。愛德蒙打從這孩子出生就認識他了，而且在他短短的一生中每天都見到他，他教這孩子丟接木球、把跳蚤從狗身上挑出來，還一起把蘆葦削成笛子。年紀比較大的叔叔理查德沒有哭，他的憂傷轉為憤怒——他對自己被吩咐去做的一切的討厭工作感到憤怒、對這個世界和命運感到憤怒，也對這孩子竟然病倒後就躺在那裡死去感到憤怒。他因為憤怒而對愛德蒙發脾氣，他罵他搬這男孩時出力不夠，雙腿也站得不夠穩，畢竟他應該靠膝蓋使力而不是腳踝，他還罵他笨手笨腳，整件事都被他搞砸了。

兩位叔叔搬完後很快離開。他們和房內的人簡短交談後就立刻找藉口離開，反正大概就是說要去工作、或有事要跑腿，不然就是有什麼地方非去不可。

房內的人大多數是女人，包括男孩的祖母、麵包師傅的妻子（她是男孩的教母），還有男孩的姑姑。他們把能做的事都做了，首先是把床組、床墊、稻草和用到的麻布全部燒掉，再讓整個房間通風。他們讓雙胞胎中的女孩到二樓的床上休息，畢竟她就算身體好轉，目前仍是又虛弱又不舒服。他們已經打掃過房間，在附近灑滿薰衣草水，並讓外頭的空氣流通進來。她們拿來一條白床單、強韌的縫線和銳利的縫針，用充滿敬意的沉靜語調表示要幫忙入殮的準備工作，並強調他們會陪著我們、不會離開，而且已經準備好開始工作。這男孩一定要做好下葬準備，而且時間一秒都不能浪費，因為這座小鎮規定所有死於瘟疫的人都必須要盡速下葬，絕不能拖超過一天。這群女人已經跟母親溝通過這件事，以免她沒有意識到這項規定，或因哀傷而忘記有這件事。她們把裝滿溫水的碗和一些布放到那位母親身邊，然後清了清喉嚨。

可是什麼都沒發生，她沒有任何反應。她沒有抬起頭、沒有聽別人說話，別人建議她應該開始入殮準備，也就是清洗屍體並縫製裹屍布時，她似乎也沒聽見。她不看那些裝滿水的碗，只是任由那些溫水在她身旁冷卻，那條折得四四方方的床單放在門板角落的地上，她一眼都沒看。

她只是這樣坐著，頭低垂著，一隻手摸著男孩毫無生命力的蜷曲手指，另一隻手摸著他的髮絲。

艾格妮絲腦中的思緒先是混亂地發散開來，又重新專注於當下，接著再次變得混亂又重新回到當下，就這樣一次一次反覆著。她心想，不可能發生這種事，不可能，這樣我們要怎麼活下去？我們該怎麼辦？茱蒂絲怎麼可能承受得住？我要怎麼跟別人說？我們怎麼可能活下去？我有什麼該做卻沒做到的事嗎？我的丈夫呢？他會怎麼說？我本來要怎麼做才能救活他？為什麼我沒救活他？為什麼我沒有意識到有危險的人是他？接著她的思緒逐漸聚焦，心想：他死了、他死了、他死了。

這三個字對她來說毫無意義。她無法讓自己的大腦理解這件事。她的兒子、她的孩子、她的小男孩，這個家裡最健壯的孩子，竟然會在短短幾天內生病死去？這對她來說還是一件完全無法想像的事。

就跟所有母親一樣，她總是不停想到孩子，那過程就像對孩子一次次拋出釣魚線，藉此確認他們在哪裡、他們在做什麼，以及他們現在過得如何。就算現在坐在壁爐邊，她還是出於習慣地在腦中條列出每個孩子的所在地：茱蒂絲，樓上；蘇珊娜，隔壁。哈姆奈特呢？她下意識不停投出那條釣魚線，一次又一次，卻因為沒有魚咬餌而感到迷惑，也對自己反覆給出的答案感到迷惑：他死了、他不在了。哈姆奈特呢？她在腦中又問了一次。在學校？在玩？去河邊了？哈姆奈特呢？哈姆奈特呢？他在哪裡？

就在這裡，她努力告訴自己，他就躺在這塊板子上，冰冷又死寂，就在妳面前。看啊，在這裡，妳看。

哈姆奈特呢？他在哪裡？

她背對著門，臉朝向壁爐，壁爐中堆滿的全是灰燼，但仍勉強維持原本的木柴形狀，只是隨時都有可能灰飛煙滅。

她意識到有許多人來來去去。他們可能從通往街道的門出入，也可能從通往庭院的門出入。這些人包括她的婆婆、伊萊莎、麵包師傅的妻子、鄰居、約翰，還有一些她無法確定身分的人。

他們都在跟她說話，這些人啊，她可以聽見一些字句和人聲，大多都是喃喃低語，可是她沒有轉過去看或抬起頭。這些人啊，他們來回進出她的屋子，將各種長篇大論及話語塞進她耳中，但那一切都與她無關，因為他們提供的都不是她想要或需要的。

她把一隻手擱在兒子的頭髮上，另一隻手仍緊抓住他的手指，只有這兩個地方仍讓她感到熟悉，而且看起來跟之前完全一樣。她容許自己這麼想。

他的身體不一樣了，且隨著時間推移變得愈來愈不一樣。那感覺就像有陣強風——她相信是來自她的一個夢境——將她兒子的身體抬離地面、讓他在途中撞到許多岩石、翻過一道懸崖，最後再讓他回到地面一樣。這場疾病蹂躪了他，讓他遭到錯待、凌虐、身上傷痕累累，承擔了各種暴力對待。他身上的瘀青和黑色痕跡在他死後有一陣子不停蔓延、擴大，然後停止。他的皮膚變得像是蠟質的油脂，皮膚下的骨頭突出，至於眼睛上方的傷口，那個她根本不知道哪來的傷口，卻仍顯得鮮紅又生氣勃勃。

她凝視兒子的臉龐，或說曾經屬於她兒子的那張臉龐，這張臉後方的大腦曾經乘載著他的心靈、生產出他的語言，裝滿他雙眼所見的一切。那兩片緊閉的嘴唇乾燥無比，她好想將那兩片嘴唇沾濕，讓它們接觸到一點水分。他的臉頰因為之前發燒而顯得緊繃、凹陷，眼皮泛著微妙的紫灰色，就像早春花朵的瓣片。是她讓那雙眼皮闔上的，是她親手這麼做的，她的手指碰觸他的眼皮時感受到無比的熱燙及濕滑，但這是項多麼艱困的工作啊。將她的手指——顫抖又潮濕——放上那對眼皮是多艱困的一件事啊，畢竟這對眼皮對她來說多親愛、多熟悉啊，如果有人把一枝炭筆放進她手中，她甚至可以單靠回憶輕鬆畫出來。怎麼可能有人能闔上自己死去孩子的雙眼呢？怎麼可能有人為了壓住那對眼皮找出兩枚硬幣放在那對眼窩上方呢？怎麼可能有人做得到？這樣不對。不可能是這樣。

她把他的手握在手裡，感覺來自她皮膚的熱度正傳遞到他手上，因此幾乎可以相信那隻手還跟原本的一樣。只要不去看他的臉、不去看那不再起伏的胸口，以及逐漸侵襲他全身的僵直體態，她幾乎可以相信他還活著。她必須把他的手握得更緊、必須一直把手放在他的頭髮上。那些髮絲摸起來就跟之前都一樣絲滑、柔軟，只有髮尾因為他讀書時一直亂扯而顯得蓬亂。

她把手指壓入哈姆奈特大拇指和食指之間的肌肉。她揉捏那裡的肌肉，動作輕柔，一邊揉一邊像是在畫圈，然後她等待、聆聽，努力集中注意力。她就像她以前養的那隻紅隼一樣判讀空氣、聆聽動靜，她跟紅隼一樣在等待一個訊號或一個聲響。

但什麼都沒出現。什麼都沒有。這是她從未有過的感受，就算是面對人們最詭祕、私密的一面時也沒這樣過。面對她的每個孩子，她每次都能藉此獲得一堆雜亂的畫面、聲響、祕密或資訊。蘇珊娜已經開始每次靠近母親都把雙手交握在背後，因為很清楚艾格妮絲可以透過這種方式獲得所有她想要的資訊。

可是哈姆奈特的手只是沉默。艾格妮絲聆聽，努力聆聽，她想聽見沉默之下或背後可能隱藏的一些什麼。有沒有可能有一些遙遠的呢喃呢？說不定可以發現來自她兒子的某種聲響？或是一條訊息？一個說明他身處何處的跡象？一個她可以找到他的地方？可是什麼都沒有。她只聽見尖銳又刺耳的沉默，就像空氣在教堂的鐘聲響完瞬間失去所有聲響。

她意識到有人走到她身邊，對方蹲下後扶住她的手臂。她不需要看就知道那是巴薩洛繆，畢竟那隻手是如此寬大又厚重。他的靴子沉重地在地面踩踏、摩擦，身上散發出乾草和羊毛的乾淨氣味。

她弟弟撫摸她乾燥的臉頰，喊了她的名字，然後又喊了一次。他說他很遺憾，說他的心感覺好痛。他說沒人料到會發生這種事，還說他很希望結局不是如此。他說他是最好的男孩、最好的，失去這樣一個人實在太糟了。他把手放在她的手上。

「我會把一切安排好，」他喃喃地說：「我已經派了理查德去教堂，他會負責確認一切準備就緒。」他深吸一口氣，她能在那聲氣息中聽見之前所有人在她身邊說的話。「這些女人都來了，她們是來幫忙的。」

艾格妮絲搖搖頭，沒發出任何聲音，只是把一隻手指頭蜷曲在哈姆奈特的掌心。她記得自己曾在他們還小時仔細看過他和茱蒂絲的手掌，當時他們兩人一起躺在嬰兒床裡，她把他們迷你的手指扳開，逐一檢視她找到的掌紋。他們手上的紋理看來多驚人啊，基本上跟她的一樣，只是規模比較小。哈姆奈特的手掌正中央有條像有刷子刷過的明確溝紋，那條線代表他會很長壽；茱蒂絲的那條線則非常淡、不但不太明顯還逐漸消失，接著又在別的地方重新出現。她看了後皺起眉頭，把她蜷曲的手指拉到唇邊一次次親吻，帶著一種激烈又近乎憤怒的愛意。

「她們可以……」巴薩洛繆說：「進行入殮準備工作，或者在妳進行時陪在旁邊，看你想怎麼樣都可以。」

她幾乎一動也不動。

「艾格妮絲。」他說。

她把哈姆奈特蜷曲的手指扳直，望向他的掌心。他的手指跟之前相比並沒有變得更僵硬，絕對沒有。就在這裡啊，那條又長又強壯的生命線就從手腕一路延伸到手指末端，那是一條美麗的線、一條完美的線，就像大自然中的一條小溪。看啊，她想對巴薩洛繆說，你有看見嗎？你有辦法解釋這條線嗎？

「我們得讓他做好準備，」巴薩洛繆把握住她的手收緊。

她緊抿雙唇。如果現在房內只有她和巴薩洛繆兩人，說不定她願意冒險說出早已塞滿喉頭的那些話。可是情況並非如她所願，房內擠滿了許多沉默的他人，她真的沒辦法。

「他必須下葬。妳很清楚。如果我們不埋葬他，官方會派人來把他帶走。」

「不行，」她說：「還不行。」

「那要等到什麼時候？」

她垂下頭，轉開身體背向他，重新面對兒子。

巴薩洛繆改變了一下身體的重心。「艾格妮絲，」他用很低沉的聲音說。其他人或許沒辦法聽見他在說什麼，不過艾格妮絲知道大家都在聽。「他可能沒收到消息。畢竟要是知道發生了什麼事，他一定會回來，我知道他會。可是就算我們先把小孩下葬，他也不會怪我們，他會理解這是該做的事。我們現在該做的是再寄出一封信，而在此同時——」

「我們必須等，」她衝口而出：「就等到明天。你跟官員這麼說吧。之後我會幫他進行入殮準備。不需要其他人。」

「好吧。」他站起身。她看見他望向哈姆奈特，他的眼神先落在外甥光裸發黑的雙腳上，然後一路望向那張備受蹂躪的臉。她弟弟的嘴巴抿成一條線，把眼睛閉上了一陣子，最後在額頭、胸口和肩膀劃出十字架。轉身離開前，他把手放上那男孩的胸口，就放在他之前心臟搏動的所在。

這是個必須被完成的任務，而她打算獨自完成。

她一直等到晚上，等到所有人離開，等到所有人都上床休息為止。

她把水放在右手邊，在其中灑幾滴油。那些油抵抗、拒絕溶入水中，堅定地在水面形成金色圓圈。然後她把布浸入其中漂洗。

她從那張臉開始，從他身體的最上方開始。他的額頭很寬，瀏海留到眉毛。他最近開始會在早上把瀏海打溼，好讓瀏海變得平順，可是頭髮老是不聽話。此刻她再次把瀏海打濕，人都死了，這些髮絲卻還是不聽話。看吧，她對他說，你無法改變自己與生俱來的特質，你就是無法調整或修改老天分配給你的模樣。

他沒有回答。

她把手放進水裡浸濕，用手指劃過他的髮絲。她在髮絲間找到幾坨棉絮、一顆起絨草刺刺的花序，還有一片李子樹的葉片。她把這些來自兒子身上的殘骸放在旁邊的盤子上，把他的頭髮梳到徹底乾淨為止，然後問他，可以剪下你的一綹髮絲嗎？你會介意嗎？

他沒有回答。

她拿來一把刀，那把刀在撬出水果的果核時很好用——那是她某天在一條小巷內跟一位吉普賽人買的——用這把刀裁下他後腦杓的一簇頭髮。如她預想的一樣，那把刀輕易地就把頭髮割斷了。她把那一小束頭髮舉高，看見髮尾因為夏日的陽光而褪成淺黃色，不過靠近頭皮處接近棕色。她把頭髮小心地放在剛剛那個盤子旁邊。

她用布擦他的額頭、他緊閉的雙眼、他的臉頰、他的嘴唇，還有他眉毛上那個開放的傷口。她把他兩側像是貝殼一樣的螺旋狀耳蝸清潔乾淨、也擦拭了他柔軟的脖子。如果可以的話，她會把他身上的高燒清洗掉，把熱氣從他的皮膚上掃除。他身上的睡衣必須割開後卸除，所以她用吉普賽人賣給她的刀沿著他的兩隻手臂和胸口劃開。

她用手上的布輕拍這孩子瘀青又腫脹的腋下，她的動作輕柔、真的很輕柔，此時瑪莉走了進來。她站在門口，眼神垂下望向男孩。她的臉頰濕潤、雙眼紅腫。「我看見這裡還亮著，」她用粗啞的聲音說：「我還沒睡。」

艾格妮絲對著一張椅子點點頭。哈姆奈特來到這個世界時，瑪莉就在她身邊，現在當然也可以目送他離開這個世界。

蠟燭的火光燒得明亮又旺盛，這些光線照亮屋頂，卻也讓房間的邊緣陷入陰影中。瑪莉走向那張椅子坐下，艾格妮絲可以看見她白色的睡衣裙襬。

她把布浸入水裡、擦洗兒子的身體，然後再次把布浸進去。那是反覆又反覆的動作。她用手指劃過哈姆奈特手臂上的傷疤，是他在休蘭茲的豐收市集上被狗咬留下的傷疤，當時他為了逃跑而從籬笆上跌下來。他的右手中指因為常常緊握羽毛筆而留下粗繭，肚皮上的一些小小凹陷則是小時候長水痘留下的痕跡。

她清洗他的雙腿、腳踝和兩隻腳。瑪莉把碗拿去換水。艾格妮絲再次清洗了他的雙腳，然後擦乾。

兩個女人彼此對望了一陣子，然後瑪莉拿起那條摺好的被單，兩隻手各拿著一角好讓被單像朵巨大的花一樣展開，啊那瓣片顯得如此寬廣。艾格妮絲面對著這一大片驚人的空白，覺得這條被單就像明亮的星星，在這個陰暗的房內簡直讓人避無可避。

她接下被單後把臉貼上去，覺得聞到杜松、雪松和肥皂的氣味。被單上的絨毛柔軟得就像一個擁抱，讓人感覺無比寬容。

瑪莉協助她抬起哈姆奈特的雙腿，然後是他的軀幹，兩人就這樣把被單放到他的身體底下。

把他包進被單實在是很艱難的工作。光是想到要抬起被單的角落蓋住他、讓他在這一整片亮白中窒息，對她來說就是太艱難的工作。她實在很難想像自己此後再也無法見到這兩隻手臂、這些指關節、這兩條小腿、那片大拇指甲、那塊繭，還有這張臉，她到現在還無法真正認知到這個事實。

她第一次沒辦法把他蓋住，第二次也做不到。她手上拿著被單，本來準備把被單垂墜的邊緣放下去，卻又移開。她又做了一次，然後又移開。那男孩躺著，就躺在底下鋪的那條被單正中央，身上沒有衣物，身體被清洗得很乾淨，雙手交疊在胸口，下巴微微往上抬，雙眼緊閉。

艾格妮絲靠著門板邊緣發出很大的呼吸聲，手裡緊抓著那條被單。

瑪莉在一旁看著。她把手伸到男孩屍體上方，握住艾格妮絲的手。

艾格妮絲看著兒子，看著那些排列如鳥籠的肋骨、十根彼此交錯的手指、膝蓋那兩顆圓圓的骨頭、靜止不動的臉龐，還有他玉米色的頭髮，現在那些已經乾掉的髮絲又一如往常地在他的眉毛處翹起來。他跟茱蒂絲不同，他的身體總是非常強壯，動作篤定。每次只要他走進或離開房間，艾格妮絲都會立刻知道，因為他的腳步聲清亮、空氣會因他流動起來，如果坐在椅子上，他的動作也會發出明確聲響。而她現在必須放棄這個身體，將這個身體還給土地，此後再不會有人能看到。

「我做不到。」她說。

瑪莉從她手中接過被單。她先把他的雙腿蓋好、塞緊被單邊緣，然後把他的胸口蓋好、塞緊。艾格妮絲心底有個角落意識到，她的手法之所以如此熟練是因為之前曾做過，而且做過好幾次。

然後她們兩人一起將手伸向高處的橫樑。艾格妮絲選了芸香、紫草和黃眼洋甘菊。她還拿了紫色的薰衣草、百里香以及一把迷迭香。她沒選三色堇，因為哈姆奈特不喜歡這個味道。她也沒選白芷，因為現在已經太遲了，這個藥草剛剛沒幫上忙、沒發揮效用、沒救活他，也沒讓他退燒。她沒選纈草的理由也一樣，沒選奶薊則是因為太刺太尖的葉片有可能劃破皮膚，甚至導致血珠滲出。

她把這些乾燥的植物緊緊塞在他被單下的身體旁，這些植物可以在這裡為他悄悄帶來安慰。

接下來是針線上場的時候了。艾格妮絲用粗線穿過針眼，從腳的那端開始縫。於是那根銳利的針尖刺入布料的紋理後又從另一面穿出。她的雙眼緊盯針線，看著針線將被單逐漸縫成為裹屍布，而她就像一名縫製船帆的水手，此刻正為了將兒子送入下一個世界備好船隻。就在她縫到兒子的小腿上方時，有些什麼讓她抬起頭來。那是樓梯底下的一個人影。

艾格妮絲的心像一顆拳頭般緊縮起來，她幾乎尖叫出聲：是你啊！你總算回來了！但之後她看清楚了，站在那裡的其實是茱蒂絲。雖然臉長得跟哈姆奈特一模一樣，但這張臉的主人活著，而且備受打擊的她正不停顫抖。

坐在椅子上的瑪莉站起身說，回去床上，快點，來吧，妳得睡覺，可是艾格妮絲說，不，讓她留下來吧。

她放下針線，動作小心，因為即便是這種時候也絕不能刺傷他，然後她對茱蒂絲伸出雙臂。茱蒂絲離開階梯走進房間，一進來就撲進母親懷裡，把臉貼在她的圍裙上，口中說著一些有關小貓、生病、還有交換位置的事，她說一切都是她的錯，然後用盡力氣哭得像一棵受到陣陣大風襲擊的樹。

艾格妮絲對她說：這不是妳的錯、完全不是，既然熱病找上他，我們也無能為力，只能盡可能堅強。然後她說：妳想看看他嗎？

瑪莉重新整理被單的位置，讓哈姆奈特的臉露出來。茱蒂絲過來站在他身旁往下望，雙手在身前緊緊交握著。她的表情從不敢置信轉為畏怯，然後變得憂傷，之後又再次變得不敢置信。

「喔，」她深吸一口氣，「這真的是他嗎？」

站在她身邊的艾格妮絲點點頭。

艾格妮絲再次點點頭，「嗯，他已經離開了。」

「看起來不像他。」

「離開去了哪裡？」

「去了……」她深吸一口氣，姿態盡可能保持平穩：「去了……天堂。不過他的身體留下來了，所以我們得盡可能把他的身體處理好。」

茱蒂絲伸出手撫摸她的雙胞胎臉頰。淚水從臉龐滑落，每顆都像在追趕前一顆。她的眼淚總是像沉重的珍珠那麼大顆，跟她清瘦的身材相比完全不成比例。她搖搖頭，搖得很用力，搖了一次或兩次吧，然後她說：「他永遠不會回來了嗎？」

於是艾格妮絲發現無論她能承受多少，都無法承受自己的孩子受苦，她可以忍受分離、疾病、打擊、生產、剝奪、飢餓、不公、孤絕，可是這個真的沒辦法。她的孩子啊，她看見茱蒂絲正低頭望著死去的雙胞胎手足。她的孩子啊，她正因為失去哥哥而哭泣。她的孩子啊，她的孩子正受著痛苦的折磨。

艾格妮絲的眼睛生平第一次湧出淚水。這些淚水毫無預警地填滿她的眼眶、模糊她的視線，並在溢出眼睛後流過她的臉龐、脖子、浸濕她的圍裙，在她的衣服和皮膚之間流淌。淚水感覺不只是從她的眼中湧出，還從她身體的每個孔洞冒出。她全身上下都渴望能代替他們悲傷，她渴望能代替她的兒子、女兒、不在場的丈夫，總之就是他們所有人悲傷，然後她說了：「不，我的小可愛，他永遠不會回來了。」

清晨的奶白色搖曳光線照進房內。艾格妮絲已經快要完成裹屍布最後的縫紉工作，她把孩子肩膀處的布收邊，也把他膝蓋處的布整理整齊。瑪莉把碗中的水倒空、把布擰乾，並把掉落地面的葉片和花苞掃掉，而茱蒂絲則把臉頰緊貼在靠近他肩膀處的被單上。此時蘇珊娜已從隔壁走來坐在妹妹身邊，頭低垂著。

躺在她們之間的他已經被她們準備好了。此刻打理乾淨的他隨時可以下葬。他的身體已被白布完全包裹起來。

只要一想到墓地，艾格妮絲就發現她的思緒不停倒轉，就像馬兒拒絕越過水溝。她可以想像自己在抵達墓地前在他身邊走向教堂的畫面——巴薩洛繆和吉爾伯特或約翰會負責抬著他——也可以想像神父為屍體賜福的畫面，可是她無法想像他被降到地底、進入黑暗的深穴，而且再也不可能被任何人看到。她就是無法想像。她真的沒辦法允許這種事發生在自己的孩子身上。

她已經是第三、四次嘗試把線穿過針眼了——她必須把他臉上的被單縫起來，她必須這樣做，現在該是完成的時候了——可是這條線比她平常用的還要粗，而且分岔，所以就是穿不過針眼，無論她試了幾次都一樣。就在她把線尾放入口中含濕時，有人敲響大門。

她抬起頭，茱蒂絲嗚咽了一聲後也抬眼往上看，瑪莉從壁爐邊轉過身來。

「這會是誰？」她說。

艾格妮絲放下針線。她們四人全站起身來。敲門聲再次傳來，同時還有一連串尖銳的說話聲。

有那麼一個讓她神智恍惚的片刻，艾格妮絲深信又有什麼糟糕的東西來到她家了，而且打算要帶走她的其他孩子，又甚至是在她還沒做好心理準備、也還沒把她的兒子完全準備好之前，就要來把她的兒子帶走。現在時間還太早，所以不可能是鄰居或其他打算最後一次前來致哀的人，政府官員也不可能這麼早來帶走屍體，所以一定是不知打哪來的鬼魅或幽魂來到她家門前。但這次是要帶走誰？

那些聲響再次傳來：敲門聲、說話聲。她家大門不停晃動。

「是誰？」艾格妮絲大喊，她努力讓自己的口氣聽起來很勇敢。

有人拉起門閂，大門瞬間旋開，突然之間她丈夫站在那裡，他從門楣下踏進來，衣服和頭頂都被大雨浸濕而且顯得汙黑，頭髮也一綹綹黏在臉頰上。他的表情因為失眠而顯得有點狂亂，膚色蒼白。「已經太遲了嗎？」他說。

然後他的眼神落在茱蒂絲身上，看見她正站在守靈的蠟燭旁，臉上立刻漾出一抹微笑。

「妳啊，」他大步走過房間，伸出他的雙臂，「妳在這裡啊，妳沒事呢。我好擔心——我一路上都不敢休息——真的一聽到消息就立刻上路，可是現在看到——」

他停止說話，整個人突然停止動作。他看見了門板、裹屍布，還有那個被包起來的人。

他環顧四周，眼神掃過身邊每一個人。他的表情充滿恐懼，他好困惑。艾格妮絲看見他一個個確認家裡的人沒事：他的妻子、他的母親、他的大女兒、他的小女兒。

「不，」他說：「不……難道是……」

艾格妮絲望向他，他也看著她。此刻的她只希望可以無限延後他得知的時間，她好想盡可能讓他晚點知道發生了什麼事。然後她點頭，只迅速點了一下。

他發出的聲響像是嗆到又像窒息，就像一隻動物被迫承受了無比的重量。那是一種不敢置信的聲響，是悲痛的聲響，是艾格妮絲永遠無法忘記的聲響。在她人生抵達終點時，就算丈夫已經死去多年，她都還能回想起那聲響的音調及質地。

他快速走過房間，拉開那條布，兒子的臉看起來就像一朵青白色的百合花，他的雙眼緊閉，雙唇緊抿，似乎對眼下的情況感到很不開心、很不滿意。

這位父親捧住兒子冰涼的臉頰，手指在他眉毛上方的瘀青周遭逡巡、顫抖。他說，不、不、不，他說，我的老天啊。然後他蹲低身體，對著兒子低聲說：這種事怎麼會發生在你身上？

他家中的女人聚了過來，伸出手臂抱住他，緊緊抱住他。

最後是這位父親將哈姆奈特抬到葬禮會場。他把門板抬在半空中，獨自伸長兩隻手臂撐住那片門板，臉的正前方就是他包著白色裹屍布的兒子，兒子身邊還圍繞著許多野花及切花。

他身後跟著艾格妮絲，她一邊牽著蘇珊娜的手，另一邊牽著茱蒂絲的手，茱蒂絲同時還被巴薩洛繆抱著。茱蒂絲把臉埋進他的頸窩中，往下流的淚水浸濕了他的襯衣。瑪莉、約翰、伊莱莎和她的弟弟們都跟在隊伍後面，另外還有瓊安、艾格妮絲的其他手足，以及麵包師傅跟他的妻子。

這位父親承擔住兒子的所有重量，走在亨利街的一路上都不願接受任何人幫忙，臉上滿是不停流下的淚水及汗水。直到接近十字路口時，愛德蒙才離開憑弔隊伍跑去找他大哥，和他一人一邊抬著那片板子，孩子的父親負責靠頭的那側，愛德蒙則負責靠腳的那側。

看到這列沉默的隊伍經過，他們的鄰居、鎮民及街道上的路人都往旁邊讓開，並放下手中的工具、捆包或各種提籃。他們往後退到街道兩側，讓出中間的道路並脫帽致意。如果手上抱著孩子，在看到手套師傅的兒子帶著裹屍布內的死去兒子經過時，他們會把孩子抱得更緊一點。他們在胸口劃十字，也有人喊出表達安慰及悲傷的話語。他們禱告——為了那個孩子、為了這個家庭，也為了他們自己。有些人低頭哭泣，有些人低聲聊起有關這個家族的消息，他們談起那位手套師傅，說他的妻子很愛擺架子，還說所有人都以為手套師傅的兒子最後會一事無成，畢竟他以前看起來就是個浪蕩子，但現在看看他——據說在倫敦做出一番事業了啊，瞧瞧他袖子上的刺繡多華美，靴子又多閃亮。誰會想到呢？他真的是從劇場賺到這麼多錢嗎？怎麼可能呢？儘管如此，他們所有人還是憂傷地望著那具被覆蓋起來的屍體，以及那個母親走在兩個女兒中間時臉上備受打擊的表情。

對艾格妮絲來說，通往墓園的這段路實在太遠又太近了。她實在無法承擔這一排排眼神的窺探，那些視線像耙子一樣刮過他們每個人，將她兒子包在裹屍布內的畫面烙印在眼皮內側，藉此將他存在於這世間的畫面偷走了一小片。這些人之前每天都能見到他，他會經過他們家門口或窗下，他們也會和他交談、揉揉他的頭髮，如果上學鐘聲響起還會生氣地要他趕快去學校。他跟他們的孩子玩耍，在他們的房子和店面跑進跑出，還會幫忙帶話給他們、拍他們的狗，或者撫摸他們家窗臺上睡在陽光裡的貓。而現在他們的生活仍持續運轉、毫無改變，他們的狗還在壁爐邊打呵欠，他們的孩子也還在吵著要吃飯，但他已經不在了。

所以她無法忍受他們的眼神，也無法與他們對視。她不要他們的同情、他們的禱告，以及他們喃喃訴說的話語。她痛恨的是，大家在他們經過時讓出路來，卻在他們身後重新聚集、抹消他們經過的路徑，彷彿這不是什麼大不了的事，又像這條隊伍從未存在。她希望能刮開地面，或許就用一根鋤頭吧，好在她腳下的街道留下痕跡，創造出一個讓大家知道哈姆奈特來過這地方的永恆記號。他曾從這裡經過。

他們已經接近墓地，但她感覺實在太早、太快了，他們穿過墓園大門，在一排排紫杉樹間行走，這些樹林的葉片間點綴著紫杉樹柔軟、鮮紅色的果實。

墓地的模樣讓人感覺非常衝擊。那是大地上一個幽深、陰暗的裂痕，彷彿巨大的獸爪無心掃過此處。那片墓地就在墓園深處，再過去就是水流緩慢、寬廣的河灣，是河水轉往另一個方向的地方。今日的河面晦暗不透光，眾多如同辮子般編織在一起的水流一如往常地往下流動。

哈姆奈特該會有多喜歡這片墓地啊，她發現自己腦中逐漸浮現這個想法。真希望他可以親自做出選擇，真希望他人在這裡、就在她的身旁，這樣她就能轉頭問他，而她也確定他一定會指定這裡當作他的墓地：就在河流旁邊，畢竟他一直都很喜歡水。她之前總是必須膽戰心驚地叮嚀他遠離長滿蘆葦的河岸、陰濕的水井、髒臭的排水溝，還有充滿羊屎的泥坑。而這個時候，在這個地方，他將被永遠封存在地底下，就在河邊。

他的父親正把他降到墓穴中。他怎麼可能做到這件事？怎麼可能辦到？她知道事情只能這樣進行，她知道他只是在做非做不可的事，可是艾格妮絲覺得換作她是絕不可能完成這項工作的。她是永遠不會、也無法將他的身體像這樣放入地底，她就是無法讓他孤獨、冰冷地遭到泥土覆蓋。艾格妮絲看不下去，她做不到，她丈夫的兩隻手臂正在使力，表情扭曲、緊繃，因為汗水而發亮，此時巴薩洛繆和愛德蒙上前幫忙。有人在某處開始哭泣，是伊萊莎嗎？還是巴薩洛繆的妻子？畢竟她不久前也才失去一個孩子。茱蒂絲正在抽抽噎噎地哭，一旁的蘇珊娜緊抓住她的手，艾格妮絲一時分了心，所以錯過了這個片刻，沒能看見包在她親手縫製的裹屍布內的兒子消失在地底、進入那片遭河水浸濕的深黑色泥土。她兒子的身體前一刻還在那裡，她不過稍微低頭看了一下茱蒂絲，兒子的身體就不見了，而且再也不會有人看見。

然後艾格妮絲發現離開墓園對她來說更困難，那是比走進墓園還難的事。她必須經過好多墓地，於是許多憂傷又憤怒的鬼魂相繼扯住她的裙子，用他們冰涼的手指碰觸她、拉扯她，他們絮絮叨叨又可憐兮兮地說，別走啊、等等我們、別把我們丟在這裡啊，害得她必須緊抓裙襬、雙手收在胸前。同時她詭異又艱難地意識到，自己明明是帶著三個孩子進來，現在卻只能帶著兩個孩子離開。她知道她是注定要把其中一個留在這裡的，但她怎麼能這樣做？畢竟這地方充滿哭號的亡靈、紫杉樹也不停滴水，還有這麼多冰涼的手不停在揮舞亂抓啊。

所有人走到墓園大門時，她丈夫抓住了她的手臂，她轉頭望向他，卻感覺自己好像從沒見過他，他的五官看起來好奇怪、好扭曲，而且好老。是因為他們分開太久了嗎？因為他過度憂傷嗎？還是因為剛剛流了那麼多眼淚？她一邊凝視他一邊想：這個站在她旁邊、抓住她手臂拉向他的人到底是誰？她可以在他臉上看見死去兒子的顴骨和眉毛，但除此之外沒別的了。那張臉上展現的是生命力、是血色，是一顆心臟正堅韌有力跳動的證據，他的眼睛因為淚水而明亮，臉頰因為情緒激昂而泛紅。

她感覺自己被掏空了，她感覺自己這個人的邊緣正在變得朦朧、虛無，隨時可能分解、崩毀，就像一顆雨水打上葉片上後爆裂。她無法離開這個地方，她無法穿過這扇大門，她無法把他留在這裡。

她抓住大門的木柱，用雙手緊緊握住。她感覺自己的世界已然粉碎，只有抓住這根柱子是她能做出的最佳行動，也是她唯一能做的事。如果她可以永遠待在這座墓園的門口，確保她的兩個女兒待在大門的外側，兒子待在內側，那她就可以勉強相信這世界還能一如往常地運作下去。

到了最後，是她的丈夫、她的弟弟，還有她的兩個女兒把她的雙手扳開、才能把她從墓園的大門旁拉開。

艾格妮絲成為一個碎裂成千千萬萬片的女人，她感覺自己在崩毀後四處飛散。就算她發現自己有隻腳出現在遠處角落，有隻手臂或手掌掉在地上，她也不會感到驚訝。她的女兒也一樣。蘇珊娜的表情不再有任何變化，眉毛總是皺著，讓人感覺她好像在生氣。茱蒂絲則只是哭，哭了又哭，而且總是默默地哭，淚水從她體內不停滲漏出來，彷彿永遠不可能停止。

他們怎麼會知道哈姆奈特是將他們凝聚在一起的軸心呢？沒有了他，他們竟然全只是散落的碎片，就像一只掉在地上碎裂的馬克杯？

第一天晚上，那位丈夫兼父親在一樓來回踱步，接下來的一晚也是。艾格妮絲在樓上臥房聽見他的腳步聲，此外再沒有其他聲響。她沒有聽見哭聲、啜泣聲或嘆氣聲，只有他拖著腳步的嚓——砰、嚓——砰聲，那腳步永無止盡地走啊、走啊，就像有人在遺失地圖後還嘗試要走回原本出發的地方。

「我沒有預見這件事。」她悄聲對著兩人之間的黑暗說。

他轉過頭來，但她無法看見他這麼做，只能聽見床單發出窸窸窣窣的聲音。儘管夏日的熱氣強悍不已，床邊的垂簾仍將他們完整包裹起來。

「沒人知道。」他說。

「可是我卻沒有預見，」她悄聲說：「我應該要能看到才對，我應該要先知道才對，我應該要能預見。我應該要理解這是一個可怕的把戲，老天先是騙我擔心茱蒂絲，但其實從頭到尾——」

「噓，」他說，然後翻身將一隻手臂放到她身上，「妳盡力了。不管怎麼做都沒有人能救他。妳已經用盡全力，而且——」

「我當然是盡力了，」她咬著牙說，突然之間怒氣湧現，她把身體從他的手臂下用力移開後坐起來，「如果有用的話，我願意把我的心臟挖出來給他，我願意——」

「我知道。」

「你不知道，」她用一隻拳頭用力敲打床墊，「你那時候又不在。」她聲音變得很小，眼淚開始從雙眼湧出、沿著臉頰往下滑落，再一滴滴滲進她的髮絲，「茱蒂絲病得好重。我……我……的心思都放在她身上，所以沒想到……我應該要更注意他的情況才對……我根本沒預料到會這樣……我一直以為是她會被老天帶走。我無法相信我是如此盲目、如此愚笨——」

「艾格妮絲，妳盡力了，能做的妳都做了，」他反覆地說，希望能安撫她躺回床上，「這個病太厲害了。」

她不接受他的安撫，只是蜷曲起身體，雙手抱住膝蓋。「你那時候不在。」

將他下葬兩天後，他出門來到鎮上。他必須跟一個向他租地的人談一談，他必須提醒對方還債。他踏出前門，發現街道上灑滿陽光，而且到處都是孩子。他們或沿著街道走、或彼此叫喊名字、或牽住父母的手，其中有些孩子笑著、哭著、睡在某人肩膀上，幾乎每個人身上的披風都扣得好緊。這場面實在令他難受。看著他們的皮膚、頭骨、肋骨和那些張大的清澈雙眼，他感到何其脆弱。難道你們看不出來嗎？他好想對著他們的父母大喊。你們怎麼可以讓他們離開家呢？

他最遠只走到市場，便停下腳步轉身，無視一個親戚對他的招呼和伸出來的手，直接走了回去。

回到家，他的茱蒂絲正坐在後門邊，有人要她把一籃蘋果的皮削掉。他在她身旁坐下，一陣子後把手伸進籃裡，把她要削的下一顆蘋果遞給她。她左手拿著削皮刀——她總是用左手——把蘋果皮削掉，那條捲曲的細長綠色蘋果皮的從刀鋒邊緣垂落下來，就像美人魚的頭髮。

這對雙胞胎年紀很小的時候，大概是他們第一次過生日的時候吧，他曾轉頭對妻子說，妳看喔。

正在工作檯前忙碌的艾格妮絲抬起頭來。

他把兩片蘋果越過桌面推到他們面前，於是兩人同時開始動作：哈姆奈特伸出右手抓住蘋果，茱蒂絲伸出左手。

他們動作一致地把蘋果片拿到唇邊，哈姆奈特用的是右手，茱蒂絲用的是左手。之後他們把蘋果放下，彷彿兩人之間傳遞了沉默的訊號，然後他們同時彼此對看，再次拿起蘋果，茱蒂絲用的還是左手，哈姆奈特用的還是右手。

這兩人就像是照鏡子一樣，他當時這麼說，不然就是切成兩半的同一人。

當時他們的頭上都沒戴帽子或頭巾，兩人的髮絲閃亮如金絲。

在兩家之間的通道上，他遇見了正從手套工坊走出來的父親約翰。

兩個男人停下腳步，盯著彼此。

父親伸手去揉長滿鬍渣的下巴，他的喉結在他吞口水時不自在地上下移動。然後他發出介於呻吟和咳嗽之間的聲響，往旁邊踏了一步，之後又退回自己的工坊。

不管他的眼神望向哪裡都會看見哈姆奈特。比如他能看見兩歲的他緊抓住窗臺，努力想看見外面的街道，同時把手指伸得好長指著一匹經過的馬。比如當他還是嬰兒時，他和茱蒂絲就像兩條形狀漂亮的麵包一起擠在搖籃裡。比如他從學校回來時常太過用力地推開前門，在門後的牆面灰泥留下痕跡，引得瑪莉對他大呼小叫。比如他會在窗外玩鐵環接球的玩具，而且一次又一次地玩。比如他曾在做學校作業時抬起頭來問父親一個希臘動詞的時態，臉頰上還沾著一個逗點符號的粉筆痕跡，一個停頓的符號。比如他會聽見他的聲音從後院傳來，問著：誰可以過來看看嗎？有隻鳥降落在豬的背上了。

妻子則是表現得行動遲滯、安靜又蒼白。他的大女兒對世界充滿憤怒，總是用生氣的語調一次次對他們發脾氣。小女兒則是一股勁地哭，她不是把頭趴在桌上哭，就是站在門口哭，或是躺在床上不停流眼淚，直到他或她母親用雙臂環抱住她，拜託她停下來以免哭到生病，她才停止。

另外讓他感覺無處可逃的還有皮料的氣味、用鹽和明礬揉製皮料的氣味、獸皮的氣味，以及皮毛被輕微燒焦的氣味。他怎麼可能在這棟房子內住了這麼多年呢？他發現自己實在無法將此地酸臭的空氣吸進身體裡。這裡一天到晚有人跑來敲窗戶、有人要求買手套、有人要看看那些手套、有人想試戴手套，或者無休無止地討論著縫珠、鈕釦或蕾絲的樣式。總是有人在對話，這些來來回回的對話可能關於眼前或其他地方的某位商人、這位負責揉製皮料的工匠、那位農夫、哪個貴族，不然就是絲綢的價格、羊毛的開銷，或是誰有去行會聚會誰又沒去，又或者是下次換誰擔任市鎮官。

這實在令人難以忍受。一切都難以忍受。他覺得自己像被一張看不見的網困住了，而且其中的網線與觸角隨時準備好黏住他、抓住他不放，無論他如何轉身逃躲都沒用。他畢竟又回到了這裡、這座小鎮、這棟屋子，而這一切都讓他害怕自己可能再也無法逃走。這裡瀰漫的哀傷、失落可能會把他留住，也有可能摧毀他在倫敦為自己建立起來的事業。沒有了他，他的劇團將會陷入混亂及失序，甚至可能會在虧損掉所有錢之後解散；當然他們也可能找另一個人來取代他的位置。又或者他們無法準備好下一季的新戲，但也有可能他們其實做得到，而且還比他以前寫過的戲更好，於是大大地寫在海報上的名字就會是那個新人而不是他，他會被踢出劇團、遭到取代，從此不再被他們需要，他可能會失去自己在那裡建立起的一切。戲劇業的生態是多麼的脆弱又難以維繫啊。最重要的是，他常常想起，戲劇工作就像是他父親手套上的刺繡，真正會展示出來的往往只有美麗的那一面，但那只是其中最小的一部分，而美麗的背後其實是由交錯凌亂的勞力、技術、挫折及血淚所支撐。他必須待在現場，時時時刻待命才能確保美麗的背後運作如常、照著原定計畫走。而且他真的很渴望回到那個只有四面牆圍住的小租屋，那裡從不會有其他人來，也不會有人跑去那裡要求他做事、跟他說話，或者來打擾他，那裡只有一張床、一座櫥櫃和一張書桌。世上沒有其他地方可以讓他逃離現在環繞在他身邊的噪音、生活和人群了，除了那個租屋處，沒有其他地方可以讓他抽離這個世界、任由自身的意識消融，讓他最後只剩那隻握著羽毛筆的手，讓一粒粒文字從沾了墨水的羽莖尖端漸次展開。隨著這些文字浮現，他才可能慢慢忘記自我，並找到得以沉醉的平靜，沒有其他事物能像寫作這樣安撫人心、私密，又令人快樂。

他不能放棄，他不能留在這裡。他不能留在這棟屋內、這座小鎮、這個手套產業的邊緣地帶，就算是為了妻子也不行。如果永遠待在斯特拉特福，他可以預見自己會變成什麼模樣：父親永遠會住在隔壁，兒子的冰冷身體會在教堂後院的草皮下不停腐朽，而他會永遠像一條腿卡在金屬陷阱中的動物。

他去找她，表示自己必須離開了。他沒辦法離開劇團太久，因為他們需要他。他們很快就要回到倫敦，必須為新一季的演出做好準備。要是他們破產，其他劇院的人只會幸災樂禍，畢竟劇團之間競爭激烈，每一季剛開始的時候尤其如此。他需要進行很多準備工作，而且要在場確定大家有把每個細節做對，這一切都無法假手他人，因為沒有其他人值得託付。所以他必須離開了，很抱歉，他希望她能理解。

在他進行這段演說時，艾格妮絲什麼都沒說，只是任由這些字詞沖刷過自己。同時繼續任由水盆中的餿水滑進豬舍食槽中。這工作多簡單啊：只要把水盆舉在半空中，任由盆裡的內容物落下去就好。她除了靠著豬舍牆壁站在那裡就沒別的事得做了。

「我會派人送消息來。」她被他在身後說的話嚇了一跳，她幾乎忘記他在這裡了。他剛剛都在說什麼？

「送消息？」她重複他的話：「給誰？」

「給妳。」

「給我？為什麼？」她指著自己，「我就在這裡，就在你面前。」

「我是指到倫敦之後會派人送消息給妳。」

艾格妮絲皺起眉頭，但仍維持原本的動作，好讓盆裡的最後一點餿水倒完。她想起剛剛他提起倫敦，談到他在那裡的朋友，而且用了「準備」這個詞，她心想，另外還提到「離開」。

「倫敦？」她說。

「我得離開，」他說話的語調帶著一絲乾淨俐落的氣息。

她幾乎要露出微笑，因為這想法實在太荒謬、太異想天開了。

「你不能走。」她說。

「但我得走。」

「可是你不能這樣做。」

「艾格妮絲，」他現在徹底惱怒起來：「這個世界並不是停止不動的。那邊還有人在等我。這一季的演出快開始了，我的劇團隨時可能從肯特回到倫敦，而我必須——」

「你怎麼可以想要離開？」她真心不懂。她必須要說什麼才能讓他理解現在的情況？「哈姆奈特，」她一邊說一邊感受著這個飽滿的詞彙，他的名字啊，他的名字在她口中的形狀就像一顆圓熟的梨。「哈姆奈特死了啊。」

這些話讓他退縮了一下。他在她說了這些話後無法正視她，他低下頭將眼神鎖定在自己的靴子上。對她來說事情很簡單。他們的小男孩啊，他們的孩子可是死了，在墳墓裡屍骨未寒。現在是人們留下來的時刻。他們應該要關上家門，四人緊緊相依，就像舞者在一段舞步結束後走向彼此。他應該要留在這裡，應該要跟她、茱蒂絲還有蘇珊娜待在一起。他怎麼可以說要離開？這實在毫無道理。

她跟隨他的眼神望向靴子，在他腳邊看見了旅行袋。那個袋子鼓鼓的，顯然塞得很滿，看起來就像一個懷孕女子的肚子。

她指向那個袋子，沉默著，說不出話來。

「我得走了……現在就走，」他喃喃地說，說話時結結巴巴，好像找不到適當的用詞，但明明平時她這個丈夫總能用清澈溪水沿著陡峭卵石河床流動的速度說話。「就是有一個……貿易商隊今天要出發前往倫敦……那他們有……多一匹馬。就是……我需要……也就是說，我的意思是……我來跟妳告別……之後就、等到合適的時機、或者說，就是——」

「你現在就要走了？今天？」她覺得不可思議，本來面對牆壁的她此時終於轉過來面對他。「我們需要你留在這裡。」

「那個商隊……我……就是……不可能要他們等我，而且……這是個好機會……因為我不用獨自上路……妳也不喜歡我自己踏上旅程，記得吧……妳自己之前也說過……說過好多次啊……所以那——」

「你是指你現在就要離開嗎？」

他接過豬食的碗，放在牆上，再用雙手握住她的雙手。「在倫敦有很多人只能指望我，我真的非回去不可，我不能丟下這些人——」

「但你就能丟下我們？」

「不，當然不是。我——」

她把臉湊近到他面前。「為什麼你要走？」她咬著牙問。

他迴避她的眼神，可是沒放開她的手。「我跟你說過了，」他低聲說：「是因為劇團、還有其他演員，我——」

「為什麼？」她一定要問到答案。「是因為你父親嗎？發生什麼事了？告訴我。」

「沒什麼好說的。」

「我不相信你。」她試圖抽回手來，可是他不放開。她用力扭動手腕，一下往左一下往右。

「你說了你的劇團，」她對著他們兩張臉之間的空隙說，那空隙小到兩人一定會吸入彼此的氣息，「你說了新一季的表演、還說是為了要做準備，但這些都不是像樣的理由。」她還在努力把雙手抽出來，尤其是她的手指，這樣他才能用手指捏住他的手，而他也知道她想這麼做，所以不打算讓她得逞。但他阻止她的動作讓她怒火沖天、勃然大怒，整個人因為怒氣而脹紅，這是她從未有過的感受。

「沒差，」在狼吞虎嚥的豬隻身旁，她一邊掙扎一邊喘著氣說。「我已經知道了。你還被困在那個地方，就像一條上鉤的魚。」

「什麼地方？妳是說倫敦嗎？」

「不是，是存在你腦中的一個地方。我見過一次，那是很久以前的事了，那是一片鄉野，其中有著完整的景色。你已經去了那個地方，而且對你來說那裡比任何其他地方都還要真實。沒人能阻止你去那裡。就算是你的孩子死了都一樣。這些我都看得出來，」她對他說，此時他用一隻手扣住她的兩隻手腕，另一隻手往下去拿放在腳邊的旅行袋。「別以為這樣我就看不見。」

他直到把旅行袋揹上肩膀才放手。她甩動雙手，兩隻手腕因為被抓過而留下泛紅的痕跡，她用手指輕輕揉捏被他抓過的地方。

他站在距離她兩步的地方，呼吸聲沉重。他一邊用力捏緊手上的帽子一邊迴避她的眼神。

「你不跟我道別嗎？」她對他說：「你連再見都不跟我說一聲就要直接走掉嗎？你就這樣對待這個為你生孩子的女人？我可是在你兒子吐出最後一口氣時照顧他的女人，是為他做入殮準備的女人，你卻連一句話都不說就要離開嗎？」

「好好照顧兩個女孩，」這是他唯一說的話，那句話像一根細小但尖銳的針刺痛了她。「我會派人送消息來，」他又說了一次：「也希望聖誕節之前可以再回來。」

她轉身背對他，面對那些豬。她看著牠們長著刺毛的背部、不停翻動的耳朵，還聽見牠們滿足的咕噥聲。

他突然出現在她身後用雙臂抱住她的腰，然後把她轉過身拉近自己。他的頭靠在她的頭旁邊，她聞到他的手套皮味，還有淚水散發出的鹹味。他們就這樣站著，兩人靠在一起、合為一體，過了一陣子後，她感覺到一股將自己推向他的力量，那是她一直以來都有的感受，彷彿有一條隱形的繩索圈住她的心臟後跟他的心臟綁在一起。她心裡想，我們的兒子是他和我創造出來的，我們不只一起創造出他，還一起埋葬了他。他們的兒子永遠不會回來了。她心中有個角落想要倒轉時間，想把時間的紗線重新捲回來，她想將織布機的輪子逆向轉回去，讓絞成哈姆奈特死亡的那束紗線重新鬆開，甚至倒回到他還是個小男孩、還是個小嬰兒，然後一路倒轉回他剛出生的那個時刻，最後倒回她和丈夫躺在那張床上共同創造出雙胞胎的那一刻。她想解開這一切，想讓一切重新變回尚未處理過的羊毛，她打算這樣回到過去、回到那一刻，然後站起身抬臉望向星星、眾神和月亮，懇求祂們改變他的命運，她會懇求祂們為他設計一個不同的結局，拜託、真的拜託。為了達成這個目標，不管眾天神有什麼需求她都會照做，她什麼都願意付出，也什麼都願意放棄。

她用雙臂緊箍住他，她丈夫也跟她那天晚上做的一樣把她抱得更緊，儘管面對的是分離，他的身體跟她的身體仍無比契合。他貼著她吸氣、吐氣，氣息吹入她頭巾的弧形側邊，彷彿隨時可能要開口說些什麼，可是她並不想要他的那些語言，她不需要。她越過他的肩膀看見他的旅行袋，那個旅行袋就放在他的腳邊。

一切都不能回頭了。老天安排給他們的命運已成定局。那男孩不在了，而她的丈夫將離開，她得留下來，所有豬隻需要每天有人餵食，總之時間只會一股勁地往前流動。

「如果你一定要走的話，」她一邊說一邊側過身把他推開，「那就走吧。有空的時候再回來。」

她發現人是有可能沒日沒夜地哭泣，而且哭的方式有很多種：沒來由湧出的眼淚、深沉又折磨人的啜泣，又或者是無止盡地從眼眶滲出的無聲淚水。她也發現眼睛周遭的痠疼肌膚可以用混入小米草及洋甘菊酊劑的油來治療，並發現你可能為了安撫女兒向她們保證：天堂這樣的好地方確實存在、所有人都能在那裡享受永恆的幸福，而且大家能在死後去那裡團聚。但同時又完全不相信自己說的這些話。她發現人們其實不太知道如何跟一個死了孩子的女人說話。有些人會因為這個原因特別跨越馬路避開她，而有些你並沒有視為好友的人卻會毫無預警地跑來接近你，在你家窗臺留下蛋糕、在教堂聚會結束後對你說些友善又得體的話，還會揉揉茱蒂絲的頭髮，或是捏捏她蒼白的臉頰。

她實在不知道該如何處理他的衣服。

有好幾個星期的時間，艾格妮絲無法把他躺上床之前留在椅子上的衣服拿走。

大概是葬禮過後一個多月，她終於拿起他的馬褲但又放下。她用手指撫摸他的襯衣衣領，還用腳輕輕推了他其中一隻靴子的趾頭處，好讓兩隻靴子整齊排好。

然後她把臉埋進那件襯衣中，把那條馬褲緊貼在心口。她把雙手各伸進一隻靴子內，感覺那個屬於他雙腳的空蕩蕩形狀。她把襯衣的領口綁好又解開，把釦子塞進釦洞後又退出來。她把這些衣物摺好、弄亂，然後又重新摺好。

衣物的布料滑過她的指尖，她把每條縫線對齊，並在空中甩動衣物以去除皺褶，在此同時，她的身體回憶起以往每次做這件事的感覺。她回想起過去。她總是這樣動作仔細地折好他的衣物，並在過程中吸入他的氣味，她幾乎可以因此說服自己他還在，而且正打算換好外出服。她幾乎可以相信他隨時可能走進那扇門問她，我的長襪呢？襯衣呢？同時一邊為了可能上學遲到而憂心忡忡。

她和茱蒂絲還有蘇珊娜一起睡在那張被垂簾包圍的床上，但她們不討論那件事。女孩們睡的小輪床始終沒有再次拉出來，就這樣一直收著。她把垂簾拉得很緊，好讓簾幕將她們緊緊包住，並告訴自己這樣就沒有什麼可以把她們抓走，也不會有任何事物穿過窗戶或沿著煙囪跑進來。她晚上幾乎一直醒著，一邊仔細聆聽是否有敲門聲一邊留意有沒有惡靈試圖入侵，同時伸出雙臂抱緊兩個昏昏欲睡的女兒。她常在夜晚醒來，只為了確認她們沒有發燒、長腫包，或者皮膚上有沒有奇怪的色塊。整個晚上她都在床上變換位置，好讓自己有時躺在茱蒂絲和整個世界之間，有時躺在蘇珊娜和整個世界之間。這次沒有任何事物可以闖過她這一關。她就在這裡等著，不可能再有什麼帶走她的孩子，不可能有下次。

蘇珊娜說她要去隔壁睡覺，要去跟爺爺奶奶睡。我在這裡真的沒辦法睡，她這麼說，同時迴避母親的眼神。她受不了床上一直有人動來動去。

她收拾了睡帽和睡袍後離開房間，裙襬在走動時沾滿累積在地上的一團團塵絮。

艾格妮絲看不出掃地有什麼意義。反正掃了也只會再次變髒。煮飯似乎也變得毫無意義。就算她煮了最後也是被她們吃掉，然後過一陣子，她們會要吃得更多。

*

兩個女孩現在都去隔壁吃飯了，艾格妮絲沒有阻止她們。

對她來說，每週日走過他的墓地是既痛苦又愉悅的事。她想在那裡躺下，想用自己的身體覆蓋住墓地。她想徒手把墓地挖開，想用樹枝拍打墓地，還想在墓地上蓋一棟建築，好讓他的墳墓不會受到風吹雨打。又或者她會來住在墓地裡，就在地底下跟他待在一起。

神需要他，某次教堂的禮拜結束後，神父這樣對她說。

她幾乎在轉向他時咆哮出聲，內心充滿攻擊的衝動。我才需要他，她想開口這樣說，現在可還沒輪到你的神。

但她沒說話，只是抓著兩個女兒的手臂走開。

她夢見自己身處休蘭茲的田野中。時間已近黃昏，光禿禿的大地被犁出一條條深溝。她的母親走在前方，先是彎腰靠近土地後又站直身體。艾格妮絲走近後，發現母親正把珍珠白色的小小牙齒播入土中。她的母親沒在艾格妮絲接近時轉身或停下腳步，只對她露出微笑，然後繼續把那些乳牙扔進土裡，一顆接著一顆。

夏日是一場襲擊。傍晚變得漫長。溫暖的空氣透過窗戶飄入，穿越小鎮的河水流動緩慢，在街上玩到很晚的孩童大吼大叫，馬匹不停用尾巴搧開在身側徘徊不去的蒼蠅，灌木樹籬內長滿花朵和梅果。

艾格妮絲想把這一切扯爛、撕碎，丟到風中任其飛散。

秋天，秋天來時也很可怕。清晨的空氣變得清冷尖銳，潮濕的薄霧在後院集結。母雞在雞舍內躁動，咯咯叫個不停的牠們拒絕走出來。葉片邊緣變得又乾又脆。這是哈姆奈特已經無法遭遇、碰觸的季節。這是沒有了他卻仍繼續運轉的世界。

信件一直寄來，是從倫敦寄來的信，蘇珊娜會把信的內容大聲讀出來。艾格妮絲注意到信的內容變得比較簡短，事後她拿了信來看，發現甚至沒寫滿一頁，筆跡也變得比較鬆散，像是匆促間寫出來的。這些信裡不再出現劇場、觀眾、表演或他所寫的戲劇，全都沒有。相反地，他會跟她們說起倫敦的雨，或是上週的雨水如何浸濕他的長襪，說他房東的馬變得多瘸，以及他如何遇見一位蕾絲商人，並為她們每個人買了一條花邊都不一樣的手帕。

她很清楚自己不該在上下學時往窗外看。她會盡量讓自己在那段時間很忙並轉頭避開窗戶的方向。她不會讓自己在這時候出門。

畢竟街上每個有著黃金髮絲的男孩不只走路的樣子像他、外表像他，就連個性也像他，因此每次都讓他心臟如同一頭小鹿在逃竄。有時這些街道上根本就充滿哈姆奈特。他們到處走來走去、又跑又跳，而且推擠著彼此。他們有時走向她，有時從她身邊走開，又有時就消失在街角。

有些日子她甚至完全不出門。

他的一綹髮絲就收在壁爐上的一只小陶罐內。茱蒂絲用絲綢為這綹髮絲縫製了一個小袋子。有次她想應該沒人在看，就把一張椅子拉到壁爐架邊，站上去把陶罐取下。

那綹髮絲的顏色就跟她的頭髮一樣，說是從她頭上剪下來的也不奇怪。她看著那綹髮絲像水一樣從她的指間滑過。

到底該怎麼描述呢？茱蒂絲問母親，如果一個人是雙胞胎，但後來又不是雙胞胎了，我們該怎麼稱呼這個人？

她母親正把一條對半折疊的燭芯插入加熱的獸脂，她停下動作但沒有轉過頭去。

如果妳是一個妻子，茱蒂絲繼續說，而妳的丈夫死了，那妳就是寡婦。小孩死了父母就會變成孤兒。可是我這樣叫什麼？

我不知道，她母親說。

茱蒂絲望著蠟液從燭芯底部滑落、滴入底下的碗中。說不定本來就沒有一個說法，她猜想著。

說不定確實沒有，她母親說。

艾格妮絲在樓上。她坐在書桌前看著哈姆奈特在四個罐子中收藏的許多卵石。他喜歡定期把這些罐子倒空，再用不同方式將卵石重新分類。她往每個罐子裡面看，觀察他最後一次分類的方式，這次他是用顏色分開放，而不是依照尺寸和——

她抬頭看見站在她面前的女兒。蘇珊娜一隻手拿著一個籃子，另一隻手拿著一把刀，站在她身後的茱蒂絲則拿著另一個籃子。她們兩人臉上的表情都頗為凝重。

「是時候了，」蘇珊娜說：「該來採收玫瑰果了。」

這是她們每年這時節都會做的事，在夏天即將轉為秋天之際，她們會在樹籬中到處搜尋，把籃內裝滿一顆顆終於把花瓣取代掉的飽滿果實。她教會她的兩個女兒如何找到最好的玫瑰果，然後用刀切開果實、煮熟，好製作用來治療咳嗽和支氣管炎的糖漿，這種糖漿可以幫助她們安然度過整個冬天。

不過到了今年，玫瑰果實的成熟度和奪目的顏色都像是對她的羞辱，那些逐漸轉紫的黑莓及接骨木樹逐漸轉黑的莓果也一樣。

艾格妮絲的手指纏繞著裝滿卵石的罐子，她感覺自己的雙手虛軟、無力。她不認為自己有辦法一手抓好那把刀、另一手握住那些帶刺的莖枝，然後切下一顆顆果皮質地如蠟的玫瑰果。光是想到要把這些果實採集起來、帶回家、將剩下的葉子和莖枝拔乾淨，還要在火爐上將所有果實煮熟，她就覺得自己完全做不到。她寧願躺在床上，用拉起的毛毯把自己的頭蓋起來。

「來吧。」蘇珊娜說。

「拜託，媽媽。」茱蒂絲說。

她的兩個女兒把手貼到她的臉和手臂上，拖著要她站起來。她們引導她走下樓梯、抵達外面的街道，過程中不停討論她們之前看到某個地方長滿玫瑰果，她們跟她說，真的是長很多喔，她一定要一起去，她們會帶路。

那片樹籬看起來就佈滿星座的夜空，裡頭長滿火紅的玫瑰果。

*

他們剛結婚時，他曾在某天晚上帶她上街。那次的經驗真的很奇特，因為他們去的那個地方真的特別安靜、特別空曠。

往上看吧，他對她說，當時站在她身後的他用雙手環抱住她，兩隻手放在她肚子隆起的弧度上，她則把頭往後靠上他的肩膀。

在所有屋子上方懸著的是一片綴滿珠寶的天空，其中還有許多刺穿的銀孔。他在她耳邊輕聲說了一些人名和故事，同時把手指伸長，把那些星星連結成一個個人、動物和家族的形狀。

星座，他說。他說的就是「星座」那個詞。

後來成為蘇珊娜的寶寶當時在她的肚子中翻身，彷彿也在聆聽這段話。

茱蒂絲的父親來信表示工作很順利，同時獻上他的愛，不過因為路況很糟，他要等冬天結束後才回來。

蘇珊娜大聲把信的內容讀出來。

他的劇團製作的新喜劇大獲成功。他們把戲帶到皇宮表演，據說女王看得很開心。倫敦那條大河的表面已結冰。他正計畫在斯特拉特福購入更多土地，但這段話只寫到這裡就結束了。他去了朋友康戴爾的婚禮，並在那裡吃了一頓美好的婚禮早餐。

然後是一陣沉默。茱蒂絲看看母親，看看姊姊，最後再看向那封信。

喜劇？她母親問。

＊

茱蒂絲發現想在這樣一棟屋子裡獨處可不容易，因為總是會有人突然闖進來或喊你的名字，不然就是會有人一天到晚跟在你身邊。

她和哈姆奈特還小的時候，家裡有個地方只屬於他們兩個人，那是位於煮飯房和豬舍之間的一個楔型縫隙。那裡的開口很窄，任何人都必須側身才能勉強擠進去，而往裡走是逐漸開展的三角空間，足以容納兩個孩子伸直雙腿、背靠石牆坐在裡面。

茱蒂絲把工坊地板上的燈心草一根根撿起後藏在裙子皺褶中，然後在沒人看見時鑽進那個縫隙，在裡面把燈心草編織成一張屋頂。之前那些小貓現在都是成貓了，牠們當中的兩隻此時跟著她溜進去。這兩隻貓長著一模一樣的條紋臉龐，腳上的毛也都像穿著白襪。

然後她坐在那裡交疊著雙手等他進來，總之就看他願不願意了。

她對自己唱歌、對貓唱歌，也對頭頂上的燈心草屋頂唱歌，那是由一連串音符和文字組合起來的歌，toora—loora—tirra—lirra—欸—欸—欸咿，她就這樣唱呀唱個不停，直到這些音響找到她體內的空缺後灌注其中，不停將她裝滿又裝滿，不過當然是不可能裝滿的，因為這些空缺並沒有明確的形狀或邊界。

那些貓看著她，牠們的綠眼睛無動於衷。

艾格妮絲和四個女人一起站在市場裡，她手裡拿著一盤蜂巢片。四個女人當中有一個是瓊安，也就是她的繼母，另一個女人正在抱怨她的兒子拒絕了她和丈夫為他安排的學徒工作，而且每次他們試圖跟他討論這件事，他都會大吼大叫著說他不會去、他們不能逼他就範。甚至喔，那女人邊說邊瞪大眼睛，甚至是他父親揍他也沒用。

瓊安傾身向前，說自己的小兒子今早也拒絕起床。其他女人又是點頭又是跟著發牢騷，然後到了晚上啊，她表情扭曲地說，他又不肯上床，只是到處在屋裡用力踱步，一下撥撥火、一下說要吃東西，總之搞得大家都不能睡。

再另外一個女人也說了個故事，說她兒子就是不肯照她想要的方式把柴堆好，她女兒拒絕了人家提親，她真不知道要拿這些孩子怎麼辦。

傻子，艾格妮絲心想，妳們全是傻子。她和繼母之間隔著好幾隻手掌的距離，眼神朝下盯著一片片形狀相同的蜂巢片。她真想讓自己縮成蜜蜂的大小，迷失在那些蜂巢格子中。

「妳覺得，」茱蒂絲和蘇珊娜一起把襯衣、寬鬆直筒連身裙和長襪推到水面底下時，茱蒂絲開口對蘇珊娜說：「爸爸不回來是因為……我這張臉嗎？」

洗衣房很熱，還因為充滿蒸氣和肥皂泡泡而空氣稀薄。此時本來就痛恨洗衣服到極點的蘇珊娜突然暴怒起來，「妳在說什麼鬼話啊？他有回家啊，他很常回家吧，而且妳的臉怎麼會跟他回不回家有關係？」

茱蒂絲在大洗衣鍋裡攪動衣物，她用木棍戳弄著袖子、裙襬和彎簷帽。「我的意思是，」她沒看姊姊，只是繼續沉靜地說：「我和他長得很像，說不定爸爸因此不想看到我。」

蘇珊娜說不出話來。她嘗試用一貫的正常語氣說，太荒唐了，妳別胡說八道。但確實，她們的父親已經很久沒回來看她們，而且是自從葬禮結束後就沒回來過，只不過沒有人真正說出口，大家都絕口不提。每次他寄信回來，她都會讀出來，之後母親會把信收在壁爐架上幾天，其間她會在覺得沒人看見時偶爾把信拿下來撫摸。然後那些信就消失了，蘇珊娜並不知道母親到底怎麼處理那些信。

她看著妹妹，看得非常仔細。她任由洗衣棒掉進大洗衣鍋中，把兩隻手搭在茱蒂絲小小的肩膀上。「如果是跟妳沒那麼熟的人，」蘇珊娜一邊仔細檢視她的臉一邊說：「會說妳看起來就跟他一樣，而且你們兩人的相似程度真的……以前大家都覺得……很驚人，有時真的像得令人難以置信。可是我們跟你們生活在一起，我們看得出差別。」

茱蒂絲抬頭望向她，一臉很想知道到底有什麼差別的表情。

蘇珊娜用顫抖的手指撫摸她的臉頰。「妳的臉比他窄，下巴也比較小。妳的眼睛顏色比較淺，他的眼睛有更多斑點，臉上的雀斑也比妳多，而且妳的牙齒長得比較整齊。」蘇珊娜痛苦地吞了吞口水。「我們的父親一定也都知道這些。」

「妳覺得是這樣嗎？」

蘇珊娜點點頭，「我從來沒有……從來沒有把你們搞混過。我總是知道你們誰是誰，就連你們還是小寶寶時也一樣。以前就算你們玩那種把戲，兩人交換衣服或帽子時，我也都能認出來。」

淚水開始沿著茱蒂絲的臉頰滑下。蘇珊娜掀起圍裙一角替她擦掉。她吸著鼻子重新面向洗衣鍋，抓住那根洗衣攪拌棒。「我們該繼續工作了。我好像聽到有人走過來。」

*

艾格妮絲一直在尋找他。她當然要尋找他。她在他死去後夜復一夜地尋找，持續了好幾週，接著又找了好幾個月。她企盼他出現。每到夜裡，她會在肩上披著一條毯子、身旁點著一根不停縮短的蠟燭，坐著等待。她在以前放了他的床的地方等待，還把他父親的椅子擺在他死去的地方坐著等待。她會走到覆滿滑亮白霜的後院，站在光禿禿的李子樹下大喊：哈姆奈特、哈姆奈特、你在嗎？

沒有回應。沒有任何人回應。

她不懂為何會如此。她一直都能聽見死者的聲音、別人沒說出口的話，或許多未知事物的動靜，她只要碰觸一個人就能聽見疾病在血管裡緩慢流動的聲響，也能感應到一顆腫瘤如同深色天鵝絨般擠壓著肺臟或肝臟，甚至只要看著一個人的雙眼，她就能像讀書一樣解讀對方的心思。但現在她就是找不到她孩子的靈魂，不知道他在哪裡。

她只能一直在這些地方等待，她將耳朵調整到最好的狀態，在身邊其他生命發出的嘈雜聲響、渴求及各種不滿當中仔細聆聽，卻聽不到他的聲音，但那是她唯一想聽見的聲音。什麼都沒有啊。她的周遭只是一片寂靜。

反倒是茱蒂絲在掃把的掃地聲中聽見他，也在鳥飛越過牆的快速俯衝中看見他。她會在一隻小馬的馬鬃搖晃中找到他、在人們偶爾前來敲窗打招呼時找到他、在透過煙囪向下探出手臂的風吹流動中找到他，也在她那個小空間屋頂的燈心草摩擦中找到他。

當然她什麼都沒說，而是將這些發現小心收藏著。她閉上眼睛，在心中不發出聲音地說：我看見你了、我聽見你了、你在哪裡？

*

蘇珊娜發現自己很難待在公寓裡。那張不再有人用的小床斜倚在牆邊。他的衣物還散落在椅子上，那雙空蕩蕩的靴子也收在椅子下。他用來裝石頭的那些罐子沒人可以碰。那綹髮絲也還被擺在壁爐架上。

她把自己的梳子、連身裙和睡袍都放到隔壁去。她開始睡在曾經屬於姑姑的床上。沒人有意見。她放下仍沉浸在哀痛中的母親和妹妹，搬進手套工坊樓上。

艾格妮絲不再是之前的樣子了，她變了很多。她還記得自己曾經是對人生很有把握的人，這樣的自信總能讓她撐過各種難關，她也因此有了孩子、有了丈夫，並且擁有了一個家。她可以看見人們的內心並確知他們即將面對的處境，也知道該如何幫助他們。她走在土地上的腳步總是充滿自信又優雅。

現在的她卻再也找不到這個人了。

她變得茫然無措，自己的人生突然變得很陌生。失去孩子讓她感覺自己開始毫無目的地漂流。她變成只要找不到一隻鞋或把湯煮過頭或被罐子絆倒就會哭起來的人，一點小事都能摧毀她。她再也無法對任何事有把握。

艾格妮絲把她家的那扇窗拴上、關上大門，不再回應晚上或清晨出現的敲窗或敲門聲。

如果人們在街上攔下她，想問一些有關身體疼痛、牙齦腫脹、聽不到聲音、腿上長疹子、頭痛或咳嗽的問題，她只會搖搖頭繼續走。

她任由收藏的藥草變得又乾又脆，也不再為她的藥草花園澆水。她架上的瓶瓶罐罐逐漸蒙上一層淺白色的灰塵。

現在是蘇珊娜會拿一條濕布擦抹這些罐子，也是她把掛在樑上那些失去水份的沒用藥草取下來丟進火中。她沒有親自去取水，不過艾格妮絲聽見她指示茱蒂絲拿罐子去雞舍另一邊的那一小片土地澆水，也就是她種植藥用植物的地方，一天一次。等確定所有植物都澆過之後，蘇珊娜會再把茱蒂絲叫回來。艾格妮絲聆聽著，意識到她開始用她祖母的聲音說話。那聽起來就是瑪莉跟女僕說話的聲音。

現在是蘇珊娜在把金盞花瓣絞碎後加入醋，再搗成糊狀加入蜂蜜。現在也是她在確保每天有人搖晃這罐混合液。

至於茱蒂絲則開始會在有人敲窗時打開窗戶，跟外面的人說話，踮著腳尖聽他們的煩惱。媽媽，茱蒂絲會對艾格妮絲說，這次是住在河邊的那個洗衣婦；這次是來自鎮外的男人；這次是被媽媽派來的一個小孩；這次是酪農場的老婦人；妳願意跟他們談談嗎？

蘇珊娜不會去回應那些敲窗的人，但她總是觀察著、聆聽著，只要有人來到窗邊，就示意茱蒂絲去處理。

有一陣子，艾格妮絲總是拒絕跟這些人見面，她會對女兒搖頭，就算她們懇求也只是揮手拒絕，然後繼續回頭面對爐火。可是當酪農場的老婦人來了第三次時，艾格妮絲點頭了。那女人進來後用兩隻衰老的手臂將身體緩慢放到那張大木椅上，對艾格妮絲訴說她的關節痠痛、胸口有痰，而且大腦思考時總是磕磕碰碰，所以一天到晚忘記人名、日期或要做的事。

艾格妮絲起身走到工作桌邊，取出櫥櫃裡的藥杵和磨臼。她不讓自己去想自己上次使用這些是為了他。上一次她用手指握住這根藥杵，感受到那冰冷的重量，就是那個讓她痛苦的夜晚，而當時這麼做毫無用處、沒帶來任何好處。她完全沒去想這些，只是為了幫助老太太的血液流到頭部而折斷迷迭香、紫草和牛膝草。

她把那包藥交給酪農場的老婦人，要她一天服用三次。她說：每次撒一點點到熱水裡就行，放涼後再喝。

對方試圖塞硬幣給她，但她只是姿態扭捏又遲疑地推拒，不過最後還是假裝沒看見她留在桌上的一包起司和一整碗煉乳。

她的女兒送那個老婦人出去並向她道別。她們的交談聲就像一對顏色鮮亮的鳥展翅飛翔，先是在屋內飛撲盤旋，再飛向屋外的天空。

這些孩子、應該說這些年輕的女人怎麼可能來自她的身體呢？她們跟她曾經餵養、逗弄並清洗的兩個小生物之間是什麼關係？她的人生逐漸在她眼中變得陌生，一切都不一樣了。

有時在午夜過後，艾格妮絲會披著披肩站在街上。她被一陣腳步聲驚醒了，那陣腳步聲輕快、迅速，而且帶有一種熟悉的跳躍節奏。

因為感覺有腳步聲接近她的窗外，她從睡夢中醒來，很確定有人在外面，所以獨自站在這裡的街上，就這麼等著。

「我來了，」她大聲說，她把自己的頭轉向一邊，然後又轉向另一邊。「你在哪裡？」

就在那一刻，她的丈夫也坐在同一片天空下，身處一艘小艇上的他正繞過一道河灣。他們正往上游駛去，但他感覺到水流正在轉向，於是這條河顯得很迷惑，幾乎可說猶豫不決，只能同時試圖往兩個方向流動。

他打了個寒顫，把身上的斗篷拉得更緊一點（這樣會感冒喔，他聽見腦中有個聲音在責怪他，那是個輕柔、關愛的聲音）。之前流的汗現在已經冷卻，此刻正黏答答又尷尬地卡在皮膚和羊毛衣物之間。

劇團的人幾乎都睡著了，他們躺在船底伸展開身體，帽子則摘下來蓋在臉上。他沒有睡，這樣的夜晚總是讓他睡不著，他的血液還在血管中奔騰、心跳飛馳，耳中也還能聽見各種喧嘩、吼叫、喘氣和停頓。他渴望回到自己的床上，渴望回到那個封閉的小房間，唯有到那時候，他的心靈才能平靜下來，身體也才能意識到事情已經過去，確實地陷入睡眠。

他抱著自己坐在船內的硬木板上，雙眼望著河水及一旁不停經過的屋子、其他船隻上下晃動時的搖曳光線、水流變得詭譎而船夫努力想讓船隻安全通過時的緊繃肩線、船槳搖高時落下的水滴，還有從他口中吐出如同白圍巾般的霧氣。

這條倫敦大河結的冰已經融了（他在上一封信中跟她們說河水結凍了），所以他們可以再次透過水路前往皇宮。有那麼一刻，他再次看見了，在舞臺邊緣之外、在包裹住他和朋友的世界之外，他看見了那一對對因為燭焰而顯得朦朧的遙遠眼眸。在這樣的時刻，那些看著他的臉龐就像用濕筆刷抹出來的一枚枚色塊。無論是他們的吼叫、他們的掌聲、他們熱切的表情、他們張開的嘴巴、他們的一排排牙齒，還是他們的凝視，看起來都想要將他生吞活剝。（如果他們有辦法的話就會這樣做，可是他們不行，因為他被戲服包裹、保護起來了，就像藏在貝殼裡的蛾螺——他們或許永遠無法看見真正的他。）

他和他的朋友剛在皇宮演完一場歷史劇，劇中主角是一位死去很久的國王。他發現這齣戲證明了一件事：對他來說，歷史是處理起來很安全的主題。在這樣的故事中沒有他會不小心落入的圈套、沒有會提醒他過往的元素，也沒有會害他失去平穩心境的可能性。當他想辦法讓過往戰役和古老的宮廷場景上演時，或是把臺詞放進那些在時光深處的統治者口中時，沒有任何事物會突襲他、綁住他，並把他拖回去看那些他無法去思考的事物（一具被包裹起來的人類形體、一張椅子上堆滿著沒人穿的衣服、一個女人靠在豬舍的牆上哭、一個孩子在門口削蘋果皮，或是一綹收在罐子裡的黃色髮絲）。這是他可以處理的事情：歷史和喜劇。他完全可以繼續做下去。唯有跟劇團的這些人在一起，他才能忘記自己是誰和之前發生的事。這些人讓他得以安全寄託心思。（而跟他一起在舞臺上的人，無論是演員還是他最親近的朋友，都不會知道他每天晚上發現自己望向遠方，眼神掃過看戲的群眾，只為了尋找一張特定的臉龐，他想找的是個有著捉狹笑容的男孩，這男孩的臉上總是帶著驚訝的表情。為此他的眼神每分鐘都會掃過觀眾，仔細尋找，因為他始終無法想像他的兒子就這樣離開了。他一定還身在某處才對，他需要做的只是想辦法把他找出來。）

他先用手蓋住自己的一隻眼睛，然後是另一個眼睛，最後放開手轉頭凝視這座城市。這是他隨時可以玩的遊戲。他其中一隻眼睛只能看清遠方的事物，另一隻只能看清近處。他的兩隻眼睛一起運作時能看到大部分的事物，但分開時每隻眼睛都有自己的侷限：第一隻眼睛只能望遠，第二隻只能看近。

目前在近處的是這些：康戴爾的披風上有一條連鎖縫線、船隻的木造邊緣不停遭到河水拍打、船槳在水中拖出一個個漩渦。遠望能看到的是：星星在凍涼的空氣中如同黑絲綢上的碎玻璃閃爍，獵戶座則永遠保持著狩獵的姿勢，有艘大型駁船姿態淡漠地切開水域前行，還有一群人蹲在碼頭邊緣——那是個帶著許多小孩的女人，其中一個孩子幾乎和母親一樣高（大概跟蘇珊娜現在差不多高？），至於最小的寶寶則被包在斗篷裡（三個孩子，他曾擁有三個像這樣的漂亮寶寶，可是現在只剩兩個了）。

他動作迅速地交錯用兩隻眼睛看，讓那個女人跟她在夜釣的孩子（實在很接近水邊啊，太接近了，絕對是太近了）變成一堆不明確的形體，就像筆尖下一團團無意義的塗鴉。

他打了個哈欠，下巴發出像堅果殼裂掉的聲響。他會寫信給她們，可能就明天吧，如果他有時間的話，畢竟他還有幾頁新劇本得寫、得跟河對面的那個男人見面、得付房租給房東。另外還有個問題，有個代替別人來參加選拔的男孩身高太高，說話時聲音會顫抖，鬍子也長出來了（其實他有一個祕密：看見一個男孩成長到這個年紀，而且逐漸從小夥子變成男人的過程竟是如此輕鬆、沒經歷什麼憂慮，對他來說其實非常痛苦。但他永遠不會說出來，也永遠不會讓任何人發現他總在迴避這男孩、不跟他說話，甚至光看見他都覺得痛恨。）

他突然覺得好熱，所以匆匆脫下斗篷，閉上雙眼。返家的道路現在已經很好走了，他知道自己該出發回家，可是有些什麼讓他動彈不得，彷彿腳踝被綁住。這裡的工作速度——從寫作到排演到上臺然後又到寫作——快到讓人喘不過氣、總是那麼的無縫接軌，常常很可能一晃眼就三、四個月過去。而且他無法停止害怕，要是離開這個不停推進的輪迴，他怕自己有可能無法回去，也可能因此失去自己爭取來的地位，畢竟他見過別人發生這種事。不過他的妻子因為失去兒子而產生的悲傷規模之巨大、之深邃，還帶有足以致命的拉扯力量，像一股危險的水流，要是他游得太近很可能被吸入並瞬間沉入水下，要是如此，他將再也無法浮出水面。他一定要為了活下去而跟她保持距離，要是他被擊垮，他們所有人的人生都會跟著葬送。

只要他待在自己建立的倫敦生活中，就沒有什麼能對他造成負面影響。只要是在這裡、在這艘小艇上、在這座城市中、在他建立的生活中，他幾乎可以說服自己相信：他回家時會發現他們還跟以前一樣、毫無改變，不但每個人都過著無憂無慮的生活，就連躺在床上睡覺的都還是原本的三個孩子。

他拿開遮住眼睛的手，將眼神移到許多房子聚在一起的雜亂屋頂上，那些屋頂在不停收縮舒張的河面上映出一個個不同形狀的深色色塊。他閉上遠視的那隻眼睛，只張開另一隻具有缺陷又淚水矇朧的眼睛，俯望著整座城市。

蘇珊娜和祖母一起坐在起居室，她們正在把床單裁開後縫成毛巾。下午的時光緩慢流逝，隨著每次刺穿布料再把縫線拉過去的動作，蘇珊娜都鼓勵似地告訴自己：距離一天的結束又少了幾秒鐘。捏在她指尖的縫針很滑，壁爐裡的火已快熄滅，她感覺有股嗑睡的迷霧朝她逼近、然後退去，然後又再次逼近。

難道死亡的感覺就像這樣嗎？你會感覺有種無從避免的事物逐漸迫近？這個想法毫無來由地出現在她腦中，像一滴紅酒落入水中，她的大腦因為這個逐漸擴散的深色汙跡而開始變色。

她在座位上動來動去、清了一下喉嚨，努力想更認真地專注於針線活上。

「妳還好嗎？」她祖母問。

「很好，謝謝。」蘇珊娜回答時沒有抬頭，她真想知道她們還得花多少時間縫這些布。她們從中午就開始進行這項工作，而且目前還看不到盡頭。她母親剛剛也在這裡，但只待了一下子，茱蒂絲也有出現。她母親後來因為一名想解決潰瘍問題的顧客而消失在隔壁房間，茱蒂絲則是因為要做某件事而晃到別處去了，可能是要去跟石頭說話吧，不然就是去找粉筆好用左手在地上畫一些別人看不出是什麼的線條，再不然就是去蒐集從鳥房掉下來的羽毛，然後用一條繩子把所有羽毛編在一起。

在她們身後，艾格妮絲走入房間。

「妳有給他解藥嗎？」瑪莉問她。

「有。」

「他有付妳錢？」

蘇珊娜的頭完全沒動，但還是從眼角看見母親聳聳肩後再次轉身面向窗戶。瑪莉嘆了一口氣，又將針穿過手上拿的那塊布。

還站在窗戶邊的艾格妮絲單手撐在腰上，身上穿的長袍在今年春天顯得很鬆。她的手腕變瘦了，手指甲被咬得很短。

蘇珊娜知道瑪莉認為適度的悲傷是好的，可是總有一天必須想辦法振作起來。她認為有些人對事物的反應太過度了，畢竟生活還是要繼續過下去。

蘇珊娜縫著手上的布，縫了又縫。此時祖母問她母親，茱蒂絲呢？女僕們洗衣服的工作順利嗎？有下雨嗎？最近白天變得愈來愈長不是嗎？鄰居把我們那隻逃跑的雞送回來實在是人很好不是嗎？

艾格妮絲沒說話，只是繼續望著窗外。瑪莉說個不停，她提起他們收到蘇珊娜爸爸的信，信裡表示他又準備帶劇團去巡演，還提到他染上支氣管炎——因為吸入河流的沼氣——不過現在已經復原了。

艾格妮絲大力吸了一口氣，轉身面對她們，臉上的表情既警覺又緊張。

「喔，」瑪莉用一隻手扶住自己的臉頰，「妳嚇到我了。不管是——」

「妳們有聽見嗎？」艾格妮絲說。

她們三人都停止動作，歪著頭仔細聆聽。

「聽見什麼？」瑪莉問，她的眉心開始糾結。

「那個……」艾格妮絲抬起一根手指「就是這個！聽見了嗎？」

「我什麼都沒聽見。」瑪莉瞬間有點惱火。

「有什麼在拍動。」艾格妮絲大步走向壁爐，她將一隻手貼在包覆住煙囪的牆面上。「一種窸窸窣窣的聲音。」她離開壁爐走向長椅，抬頭往上看。「很清楚的聲音。妳們沒聽見嗎？」

瑪莉任由現場安靜了好一陣子。「沒有，」她說：「頂多就是有隻寒鴉飛進煙囪吧。」

艾格妮絲離開了起居室。

蘇珊娜一隻手緊握著布，另一隻手拿著針。如果她繼續手上的縫製工作，反覆又反覆地做下去，或許一切終究會過去。

茱蒂絲正在街上，身邊帶著愛德蒙的狗。那隻躺在陽光下的狗把一隻腳掌伸在半空中，而她正在把一條綠色緞帶跟牠脖子上的長毛編在一起。牠望向她的模樣充滿信任，姿態很有耐心。

照在她皮膚上的陽光很熱，光線直射她的雙眼，或許正因如此，她沒有注意到那個在亨利街上逐漸靠近她的人影。走向她的是個男人，他一隻手拿著帽子、背上掛著一個行囊。

他喊了她的名字。她抬起頭。他揮手。她甚至還沒在腦中喊出他的名字就開始跑向他，那隻狗也跳起來跟著一起跑，牠心想這可比緞帶遊戲好玩多啦，那男人將她擁入懷中後抱起來，他說，我的小少女啊、我的小茱茱，她笑到喘不過氣來。然後她心想，她真的好久沒看見他了啊，自從——

「你都跑去哪裡了？」她對他這麼說時突然感到一陣憤怒，出手把他推開，莫名哭了起來，「你不見好久了。」

就算真有看出她的怒氣，他也沒表現出來。他撿起地上的行囊，抓了抓狗狗的耳朵背後，牽起她的手往家裡走。

「大家都在哪裡呢？」他用他最大、最吵鬧的聲音宏亮地說。

晚餐時間。他的幾個弟弟、他的父母、伊萊莎和她的丈夫，還有艾格妮絲和兩個女兒全擠在一張桌子旁邊。瑪莉為了迎接他砍了一隻鵝的頭——過程中的哀鳴及慘叫聲實在恐怖到讓人聽不下去——此刻牠的屍體就躺在他們之間的桌上，而且已經被支解、撕扯到不成原樣。

他正在說一個跟旅館老闆、馬和儲水池有關的故事。弟弟們都在笑，父親甚至笑到用拳頭敲桌子；愛德蒙在搔茱蒂絲癢，她因此驚叫連連；瑪莉正在對伊萊莎諄諄教誨些什麼；那隻狗不停跳起來接理查德丟出的食物碎屑，時不時地吠叫幾聲。他說的故事正要走向高潮——跟一扇沒關好的門有關，艾格妮絲其實不太確定——所有人因此大聲嚷嚷起來。艾格妮絲隔著桌子望向她的丈夫。

他身上散發出一股氛圍，跟之前截然不同的氛圍，但她無法明確指出是怎麼回事。他頭髮長了，但不是這個原因。他有一隻耳朵戴上第二只耳環，但也不是這個原因。他的皮膚顯示有在曬太陽，而且身上穿著一件她沒見過的垂墜長袖口襯衣，但這些都不是原因。

現在是伊萊莎在說話，艾格妮絲把眼神投向她，一陣子後又把眼神移回丈夫身上。他正在聽伊萊莎說話，他的手指因為鵝脂的滋潤而油亮發光，此刻正在翻弄的盤子上的一塊麵包邊。那隻鵝當時是如何地又控訴又慘叫啊，艾格妮絲心想，而且在被下手之後還跑了一陣子，沒有頭卻還在跑呢，彷彿牠確信自己有辦法逃掉，甚至可能改變自己的命運。她丈夫在聆聽妹妹說話時表情熱切，把身體稍微往前靠，同時用一隻手臂抱住茱蒂絲的椅背。

已經過去一整年了，幾乎一整年，這段時間他都沒回家。夏季再度到來，她兒子的死也幾乎是一年前的事了。她不知道這種事怎麼可能發生，但時間就是這樣匆匆流逝。

她緊盯著他，眼神始終沒移開。他回到他們身邊、加入大家、擁抱每個人，而且一邊喊著大家的名字，一邊從行囊裡掏出禮物：髮梳、笛子、手帕、一捲亮色羊毛，還有一支給她的手鐲。那隻水波銀製的手鐲扣環處有一顆紅寶石。

這支手鐲比她擁有過的所有東西都要精緻，光滑的表面上刻蝕了非常細緻的圓圈線條，鑲嵌寶石處也有突起的座臺。她無法想像這支手鐲花了他多少錢，也不知道為什麼他要把錢花在這裡，畢竟他始終是個一分錢也不願意浪費的人，自從他父親把財產敗光之後，他就一直把錢包捏得很緊。而此刻她坐在桌邊，在她丈夫對面，她用一隻手不停撥弄那支手鐲，讓它一圈圈地旋轉。

她意識到這支手鐲散發出不祥的氣息，那氣息像溪水一樣不停流洩而出。那支手鐲一開始太冰涼，就像有人冰冷、淡漠地擁抱住她的肌膚，然而現在，這支手鐲又變得太燙、太緊，上面那隻紅眼睛怒氣沖沖地望向她，背後還帶著邪惡的意圖。她知道曾有個不開心的人戴過這支手鐲，而且是個討厭或憎恨她的人。這支手鐲散發著濃重的噩運及不對勁的氣息，手鐲表面也因此光澤黯淡。無論之前戴著這支手鐲的人是誰，總之都抱著想傷害她的心。

伊萊莎把話講完了，她現在坐在那裡微笑。家裡的狗已在敞開的窗邊趴下。約翰拿起麥芽啤酒瓶倒滿自己的杯子。

艾格妮絲望著丈夫，突然可以看見、感覺，並嗅聞到那支手鐲的存在。她看見那支手鐲像隻動物一樣跑過他的全身上下、他的每片肌膚、他的髮絲、臉龐，還有雙手，而且一次次留下小小的足跡。艾格妮絲意識到他身上到處都有其他女人碰觸過的痕跡。

她低頭望向自己的盤子、她的雙手，還有她的所有手指，她望向自己被磨粗的指尖、指紋當中的漩渦和圓形線條、腳踝以及腳踝周遭的傷疤和血管，還有那些她只要發現一長出來就無法克制要去啃咬的指甲。有那麼一刻她覺得自己就要吐了。

她握住手鐲，用力把手鐲從手腕扯下來。她看著那顆紅寶石，把寶石靠近自己的臉龐。她好想知道這顆寶石看見過什麼、從哪裡來，最後又是如何成為她丈夫的財產。那是極度深邃而內斂的紅，是一滴凍住的血。她抬起雙眼，她的丈夫正直直望向她。

她把手鐲放到桌上，仍維持與他四目相交。他有一刻顯得迷惑，先是瞄了一眼手鐲，然後望向她，接著又望向手鐲。他站起身，但站到一半又停住，似乎想開口說些什麼，然後臉和脖子脹紅起來。他舉起一隻手像是要來拉她，但又任由那隻手垂下。

她站起身，沒有說話，逕直走了出去。

太陽下山前，他跑來找她，此時她已離家來到休蘭茲。她在這裡照顧她的蜜蜂、拔除雜草，採收洋甘菊的花。

她看見他沿著小徑走來。此時他已脫掉身上的高級襯衣、編織帽，換上他一直掛在他們臥房門後的舊上衣。

她別開眼神，沒在他走近時看著他，只是用手指繼續採摘像一張張黃色小臉的花，把一朵朵花捏起來丟入腳邊的編織籃子內。

他站在那排蜂巢罩的末端。

「我帶了這個給妳。」他說，伸出的手上拿著一條披肩。

她轉頭盯著那條披肩看了一下子，沒說話。

「怕妳會冷。」

「我不冷。」

「好吧，」他將披肩小心放在最接近她的蜂巢罩上方，「我就放在這裡，妳有需要可以過來拿。」

她轉身面對她的那些花。她摘起一朵花、兩朵花、三朵花，然後是第四朵。

腳步聲逐漸靠近，他在草葉間拖曳著行走，那個高大的身影終於立在她身邊俯視著她。她可以從眼角看到他穿的靴子。她發現自己有股想要刺他腳趾的衝動。她想用刀子尖端反覆去刺，好讓靴子底下的腳趾皮膚裂開並感到疼痛。那樣他一定會一邊大吼大叫，一邊跳來跳去吧。

「紫草？」他說。

她沒辦法理解他說這些話的意思，也無法去理解他說的內容。他怎麼敢跑來這裡跟她聊這些花？她想跟他說，帶著你的無知、你的手鐲，還有你那閃閃發亮的時髦靴子滾回去倫敦吧，就好好待在那裡別回來了。

此刻他開始指著她籃子裡的花，問這些是紫草嗎？是三色堇嗎？還是——

「洋甘菊。」她還是回答了，她聽見自己說話的語氣呆板又沉重。

「啊，當然。不過那些是紫草，是吧？」他指向一叢小白菊。

她搖搖頭，並驚訝地意識到這個動作讓她感覺好暈，彷彿一點動作就能讓她癱倒在草堆中。

「不是，」她用手指指向一叢綠黃色的植物，「那些才是。」

他用力點頭，指間拎起一片薰衣草的葉子，揉捏後放到鼻子旁，發出正在欣賞香氣的誇張聲響。

「蜜蜂的數量有在增加？」

她點頭，但只點了一次。

「產出的蜂蜜更多了？」

「我們還沒確認。」

「那……」他將一隻手臂掃向休蘭茲的農舍「……妳弟弟呢？他還好嗎？」

她抬臉望向他，這是她在他來到這裡後第一次這麼做。這樣的對話她實在一秒鐘也無法持續下去了。如果他再跟她說一件有關花、休蘭茲或蜜蜂的事，她不知道自己會做出什麼事情來。她可能會把刀插進他的靴子裡、或者推他去撞蜂巢，然後從他身邊跑開，奔向休蘭茲、奔向巴薩洛繆，或者就跑進森林這座綠色的庇護所，從此拒絕離開。

他迎向她坦率的眼神，但只維持了一次呼吸的時間，然後便迅速飄開。

「無法看著我的眼睛嗎？」她說。

他揉揉下巴、嘆氣，搖搖晃晃地在她身邊蹲下，把頭埋入雙手中。艾格妮絲任由手上的刀子滑落地面。她無法信任繼續拿著刀的自己，怕自己會做出什麼事來。

他們就這樣坐著，可是有很長一段時間都面對著不同方向。她告訴自己：她不要當第一個開口的人，就讓他決定現在該說什麼吧。反正他能熟練地使用語言，而且總是因為知道如何說出漂亮話語而備受推崇與稱頌。她不打算說出自己的看法，畢竟他才是搞出問題的人，是他破壞了他們的婚姻。既然如此，要他負責展開話題並不過分吧。

他們之間的沉默不停膨脹，並在延展後將兩人包裹起來。這片沉默有自己的模樣、形體及觸手，這些在空氣中晃盪的觸手就像從一張破碎蜘蛛網中飄出的蜘蛛絲。她可以感覺到他每次的吸氣和吐氣，還有他把雙臂交抱在胸前、搔抓手肘、把眉心的一根頭髮撥開時的每個微小動作。

她雙腿盤在自己的身體下，整個人幾乎不動。她感覺有一團火在體內悶燒，而且正在吞噬、挖空她所剩無幾的自我。她生平第一次沒有碰觸他的衝動，也不想把手放到他身上，反而想遠離他。他的身體似乎散發出一股不停把她推開的力量，讓她更不想靠近。她無法想像要如何把手放在另外一個女人碰過的地方。他怎麼可以這樣做？他怎麼可以在他們的兒子死後離開，然後從他人身上尋求慰藉？他怎麼可以帶著別的女人的印記回來找她？

她真不知道他怎麼能丟下她，跑去找其他女人。她就無法想像自己的床上出現其他男人，也無法想像身邊出現不同的身體、撫摸不同的肌膚質感，聽到他們發出的不同聲音，真的光是想像就讓她覺得噁心。他們坐在那裡時，她忍不住想，假如他們之後還是這樣分隔兩地、假如倫敦有個人把他的心奪走後綁在身邊，她真不知道自己還有沒有可能伸手去碰觸他。她想知道他會怎麼把這件事告訴她，她想知道他會選擇哪些語句。

在她身邊的他清了清喉嚨。她聽見他深吸一口氣，顯然正打算開口，於是她也把自己準備好。要開始了。

「妳有多常想到他？」他說。

她有那麼一瞬間真是大吃一驚。她期待的是自白、是解釋，或許還有道歉，畢竟她已經知道發生了什麼事。她讓自己準備好面對他即將要說的話：我們無法再繼續下去了，我已心屬他人，之後也不會從倫敦回來了。他？她多常想到他？她想不出他指的是誰。

然後她意識到他指的是誰，於是轉頭望向他。他低垂的臉被交疊的雙臂擋住，所以她看不清楚。那是一種極度悲傷、痛苦，而且無比憂愁的姿態，她幾乎要因此起身去抱住他、安慰他。可是她想起她不能這麼做，她不行。

於是她只是望著一隻燕子往下俯衝，望著牠從許多植物的頂端一邊飛掠而過一邊尋找昆蟲，然後再飛回樹上。這些樹木在他們身旁吸氣膨脹、吐納縮小，而長滿沉重樹葉的枝條則在微風中輕顫。

「我一直在想，」她說：「對我來說，他一直在這裡，但當然，」她用拳頭壓住自己的胸骨，「他其實不在。」

他沒有回答，她偷瞄了他一眼，看見他在點頭。

「我發現，」他說話的聲音還是悶悶的，「我總在想他現在在哪裡？他到底去了哪裡？這件事就像一個齒輪不停在我腦中的角落運轉著。無論我在做什麼、無論我去哪裡，我都在想：他在哪裡？他在哪裡？他不可能就這樣消失了啊。他一定在某個地方，我只需要把他找出來。我到處找，在每條街道、每個人群，還有每場表演的觀眾當中找他。每當我在臺上望向他們時，這就是我在做的事：我想要找到他或是他的化身。」

艾格妮絲點點頭。那隻燕子盤旋一陣又飛回來，好像有什麼重要的事必須告訴他們，要是他們有辦法理解就好了。那隻燕子飛過他們身邊，牠的臉頰閃耀著豔紅色，頭是藍紫色。而在她身邊有個裝著水的罐子，水面上有一連串雲朵姿態淡漠又緩慢地不停出現，再流逝消失。

他用壓抑、粗啞的聲音說了些什麼。

「你說什麼？」她說。

他又說了一次。

「我聽不見。」

「我說，」他抬起頭——她看見他的臉上劃滿淚痕，「我覺得我快發瘋了。甚至到現在都還是這樣，都一年了。」

「一年不算什麼，」她邊說邊撿起一朵掉落在地的洋甘菊。「真正難熬的是要如何度過每小時、或是每一天。我們或許永遠無法停止尋找他。我也不認為我想這樣做。」

他伸手跨越兩人之間的距離，緊抓住她的手，那朵花因此在他們的掌心間碎裂，充滿花粉氣味的粉塵味充斥在兩人周遭。她想把手抽回來，可是他握得死緊。

「我很抱歉。」他說。

她扭動著手腕，努力想把手從他的手中掙脫出來，但他的力道及堅定程度都讓她感到驚訝。

他喊了她的名字，聲音中帶有一絲疑問的語氣。「妳有聽見我說的話嗎？我很抱歉。」

「為什麼抱歉？」她喃喃地說，同時又把手臂徒勞地往後扯了最後一次，才任由被他抓住的手臂癱軟地垂著。

「我為一切感到抱歉。」他發出一聲殘破、顫抖的嘆息，「妳真的不會來倫敦住了嗎？」

艾格妮絲望著身為她孩子父親的這個男人緊扣住她的手，然後搖搖頭，「我們沒辦法。茱蒂絲在那裡活不下去。你很清楚。」

「說不定可以啊。」

遠方有羊叫聲隨風傳來。他們兩人轉頭面向聲音來源。

「你願意冒那個險嗎？」艾格妮絲說。

他沒說話，只是用雙手握住她的那隻手。她在他的雙手之間扭動自己的手，終於扭到掌心朝上，然後捏住他大拇指和食指之間的肌肉，同時直直望向他的雙眼。他露出一個虛弱的微笑，但沒把手抽開。他的雙眼濕潤，睫毛沾黏成一束束尖刺。

她按捏那塊肌肉，捏了又捏，彷彿可以從中擠出汁液。一開始她感受到的大多是噪音：有很多人在說話，有人大聲喊叫、有人聲音輕柔，又有人是用威脅或懇求的口氣在說話。他的腦中塞滿各式各樣的噪音，有時有人在吵架，有時又有交疊在一起的話語、哭喊、吼聲、尖叫和低語，她真不知道他怎麼有辦法忍受這一切。這些人當中還有其他女人的存在，她可以感受到她們，包括她們披散的髮絲，充滿汗水的手印，這一切都讓她噁心，也讓她想要放手把他推開，但她仍不放手。她還感受到恐懼，大量的恐懼，她感受到一趟旅程，這趟旅程跟水有關，或許是海，也感受到一股想要探索遠方的渴望，她可以感覺到他的眼神試圖越過那道海平線，而在這一切的底下，或說這一切的背後，她發現了某個事物，那是一道裂痕、一片空洞、一抹深淵，其中陰暗並因為空蕩而呼嘯迴盪著空氣的音響，然後她在底部發現了自己以前從未感受過的事物：他的心，就是那塊了不起的豔紅色肌肉，那顆奮力工作的心在他的胸腔內狂亂又迫切地持續鼓動著。那顆心感覺好近、好有存在感，幾乎像是一伸手就能觸碰到一樣。

她放開手，他還是一直盯著她。然後她的手就這樣毫無反應地蜷縮在他的雙手之間。

「妳看見了什麼？」他問她。

「沒什麼，」她回答：「就是你的心。」

「那怎麼會是沒什麼？」他假裝勃然大怒，「沒什麼？妳怎麼能說那沒什麼？」

她對他微笑，一個虛軟無力的笑，但他抓著她的手貼上他的胸口。

「而且那是妳的心，」他說：「不是我的。」

那天晚上她被他吵醒，當時她正夢到一顆蛋，那顆巨大的蛋躺在一條清澈溪流的底部，而她站在一座橋上，她望向那顆蛋，還有沿著蛋的弧形邊緣被迫稍微改變方向的水流。

由於那場夢太過真實，她花了一點時間才意識到發生了什麼事。原來她的丈夫正緊抱住她、把頭埋在她的髮絲中，兩隻手臂環抱住她的腰，口中不停道歉，一次又一次地向她道歉。

她有一陣子沒回話。她對他的撫摸沒有反應，也沒有伸出手回應他。他停不下來，那些文字從他口中流洩而出，而她就像那顆蛋一樣動也不動地待在那些語句形成的一道道水流中。

然後她抬起一隻手放上他的肩膀。她把手放在那裡，感覺那個由自己手掌創造出來的凹洞、那個深穴。他牽起她的另一隻手，把她的手貼在自己的臉上。她感覺到他的鬍子非常有彈性地試圖將她推開，同時感覺他的每個吻都顯得急切又強勢。

此刻沒有什麼可以阻止他，也沒有什麼能引開他的心思，現在的他就是個一心一意想達成目標的男人。他用力拉扯下她的連身裙，把連身裙一段段用力抓在手裡，一邊使勁一邊咒罵，最後才終於把連身裙從她身上扯下，她因此嘲笑他的沒用。他把自己的身體壓到她身上，不讓她掙脫，她感覺自己像是靈肉分離，那具脫離出來的身體逐漸溶解，導致最後她變得不知道、也無法理解哪片肌膚屬於誰、哪隻手腳屬於誰。她不知道嘴裡的髮絲屬於誰，也不知道那些氣息是從誰的唇間離開又被吸入。

「我有個提案。」他在結束後說，當時他已經躺到她身邊。

她把他的一綹髮絲捏在指間不停絞扭著。在他們剛剛做那件事的時候，其他女人存在的事實逐漸從她腦中退去、離開，但現在那些女人又回來了，她們站在床簾外彼此推擠著想佔個好位子，她們的手和身體摩擦著床簾，裙子也在地板上磨擦作響。

「提什麼案？是打算來我家提親嗎？」她說。

「最好是，」他親吻她的脖子、肩膀和胸口，「現在做這件事恐怕是有點太遲了吧——啊嗚！我的頭髮！妳這女人。妳是想把頭髮從我頭上扯下來嗎？」

「或許吧，」她又用力拉了一下。「或許這樣你就會記得你有結婚。你可得偶爾想起這件事啊。」

他把頭從她身上抬起，嘆了口氣。「我會的。我之後會。我會。」他用手指輕柔滑過她臉上的肌膚，「妳到底想不想聽我的提案？」

「不想。」她說。她有一種不管他打算說什麼都要跟他作對的渴望。她才不要這麼輕易地放過他，她不會讓他覺得這一切對她來說就像對他一樣無關緊要。

「這樣啊，如果妳不想聽，那就讓妳的耳朵聽不見吧，因為無論妳有沒有要聽，我都打算說。總之——」

她打算摀住耳朵，但他立刻用一隻手握緊她的兩隻手。

「放手。」她咬著牙說。

「我不要。」

「放手喔，我警告你。」

「我要妳聽我說。」

「但我不想。」

「我在想，」他放手後把她拉近自己身邊，「我要買一間房子。」

她轉頭看他，可是他們的身邊是一片黑暗，還是片深沉、絕對，又難以穿透的黑暗。「一間房子？」

「買給妳的，也是買給我們的。」

「在倫敦？」

「不是，」他迫不及待地說：「當然是在斯特拉特福。畢竟妳之前說妳比較想跟女兒們待在這裡嘛。」

「一間房子？」她重複他的話。

「對。」

「在這裡？」

「對。」

「你有錢可以買房子？」

她聽見他在一旁微笑，她可以聽見他的嘴唇離開牙齒後咧開的聲音。他握起她的手，每講一個字就吻一下。「我有，而且買完還有剩。」

「什麼？」她把手抽開。「是真的嗎？」

「真的。」

「怎麼可能？」

「妳知道嗎，」他一邊說一邊翻身躺回床上，「能夠讓妳驚訝總是讓我覺得很愉快。那是一種很難得、很少見的愉快感受。」

「這是什麼意思？」

「我是說，」他說：「我認為妳一點都不了解跟妳這樣的人結婚是什麼感覺。」

「像我這樣的人？」

「我是指，妳是那種在我還不了解我自己之前，就已經了解我一切的人。妳是那種只要看著我，而且真的只要瞄一眼，就能看透我最深沉祕密的人。妳也是在我還沒開口之前，就能知道我打算說什麼——或者可能不會說什麼——的人。跟這樣的人結婚，」他說：「很有樂趣，但也是一種詛咒。」

她聳聳肩。「這些都不是我能控制的。我從來沒有——」

「我有錢，」他悄聲打斷她，然後用嘴唇掃過她的耳朵：「很多錢。」

「你真的有？」她驚訝地坐起身。她隱約知道他的事業蒸蒸日上，可是這對她來說仍是全新的資訊。有那麼一瞬間，她想起那支昂貴的手鐲，她在脫下後沒多久就用爐灰和碎骨把手鐲覆蓋住，再用獸皮包起後埋在雞舍旁。「錢是怎麼來的？」

「別跟我爸說。」

「你爸？」她重複他的話。「我——我不會，當然不會，但是——」

「妳可以離開這個地方嗎？」他問。他把手放在她的脊骨上。「我想把妳和女孩們帶離這裡，想把妳們連根拔起再種到別的地方。我要妳遠離這一切……這……我想把妳們帶到一個新的地方。可是你有辦法離開這裡嗎？」

艾格妮絲認真考慮了一下。她把這個想法在腦中翻來覆去地想。她想像自己在一棟新房子裡的畫面，那或許會是間獨棟小屋，裡頭有一、兩個房間，位置在小鎮邊緣某處，屋裡有她的兩個女兒。那裡有片屬於他們的土地，她可以拿來當花園使用，屋子還有幾扇可以俯瞰這座花園的窗戶。

「他不在這裡，」她最後說。這句話讓他放在她背上的手突然凝住不動。她努力想保持語氣平穩，但痛苦仍從語句間的縫隙滲漏出來，「我到處都找過了。我一直在等。我一直在觀察。我不知道他在哪裡，但總之不在這裡。」

他把她的背拉向他，動作輕柔、小心，就彷彿她是個可能被打破的物件，然後把毯子拉過來蓋在她身上。

「我會開始處理房子的事。」他說。

他希望能代表他處理買屋事宜的人是巴薩洛繆。他在信中對他寫道，他不能拜託他的弟弟來處理，因為他們可能會把他的父親攪和進來。不知道巴薩洛繆願不願意幫他這個忙？

巴薩洛繆仔細讀完信。他把信放在壁爐架上，一邊吃早餐一邊時不時瞄一眼。

打從這封信一出現在門前，瓊安就變得很焦躁，她在屋內來回踱步，一直問信裡寫些什麼。她想知道那封信是不是來自「那個男人」？她向來都是這樣稱呼艾格妮絲的丈夫。她表示自己有權知道信的內容，這些事本來就該告訴她才對。他是想來借錢嗎？是嗎？他在倫敦終究沒混出名堂吧？她早知道會這樣。打從第一眼見到他，她就知道他不是個好東西，就算是到現在，光想到艾格妮絲為了這個一無是處的傢伙放棄更好的機會，她都還很傷心。他是要來跟巴薩洛繆借錢嗎？她希望巴薩洛繆能毫不猶豫地拒絕他。他得為這座農場還有他的孩子好好考慮，更別說還有他的弟弟妹妹。就這件事而言，瓊安說，他真的應該好好聽她的話。但他有在聽嗎？有嗎？

巴薩洛繆繼續沉默地吃著粥，彷彿聽不見她說的話，他把湯匙不停往碗裡舀再撈起，一次又一次重複這個動作。他的妻子因為緊張而把牛奶潑出來，一半灑在地上、一半灑在火上，瓊安立刻出聲斥責，然後跪在地上用抹布清理。有個孩子開始哭，這位妻子則是努力把爐火重新煽起來。

巴薩洛繆把沒吃完的早餐推開。他站起身把帽子戴緊，離開農舍，此時瓊安的聲音仍在他身後吱吱喳喳地說個不停，就像一隻椋鳥。

他越過田野抵達休蘭茲東側，這裡的土地最近變得鬆軟潮濕，然後他又走回來。

他的妻子、繼母和孩子們再次聚集到他身邊，不停對他提出問題：難道是倫敦那邊傳來了壞消息嗎？有什麼事發生了嗎？瓊安當然好好看過信了，這封信已在農舍內中傳閱了一輪，可是她和巴薩洛繆的妻子都不識字。有些孩子確實識字，卻看不懂他們這位神祕姑丈的筆跡。

巴薩洛繆仍沒有回應這些女人提出的問題，他只是拿出一張紙和羽毛筆，把舌頭咬緊在上下排牙齒之間，小心又費勁地把羽毛筆沾好墨水，回信給他的姊夫：好，我願意幫忙。

他在幾星期後去找他姊姊。他先是到她家去找，然後去了市場，之後又去了一間麵包師傅妻子跟他提起的小屋子——那個又小又陰暗的地方就跟磨坊位於同一條路上。

巴薩洛繆推開門時，她正把藥糊塗抹在燈心草床墊上一位老先生的胸口。屋內光線昏暗，他只能看見他姊姊的圍裙和那頂白色帽子的形狀。他可以聞到黏土的刺鼻臭氣，還有泥地和一些其他什麼的潮濕氣味——那是經年不癒的疾病累積出的惡臭。

「在外面等我，」她輕聲對他說：「我很快就出去。」

他站在街上等，一邊用手套拍打自己的大腿。一等她出現在身邊，他就邁開腳步遠離這個病人家門口。

艾格妮絲看著走向小鎮的他，他可以感覺到她正在解讀他的狀態、分析他的心情。過了一陣子後，他伸手拿走她掛在手臂上的籃子，往裡頭瞄了一眼，發現有個布包中探出一些乾燥植物，還有一個密封起來的瓶子、一些蘑菇，以及一根燒了一半的蠟燭。他壓抑下嘆氣的衝動。「妳不該去那種地方。」他在他們接近市場時說。

她把原本挽起的袖子拉平，沒說話。

「妳不該去的，」他又說了一次，但從頭到尾也知道自己只是白費口舌，「妳該多注意自己的身體才對。」

「他快死了，巴薩洛繆，」她簡潔地回答：「而且沒有家人。他沒有妻子或小孩，他們都死了。」

「如果他都要死了，妳為什麼還要嘗試治療他？」

「我沒有。」她看著他的眼神閃爍。「但我可以讓他這段路走得輕鬆一點，讓他少一點痛苦。在人生走向終點的時候，我們不都值得這樣的對待嗎？」

她伸手嘗試拿回籃子，可是巴薩洛繆不肯放手。

「你今天為什麼脾氣這麼差？」她說。

「什麼意思？」

「是因為瓊安，」她終於放棄毫無意義地跟他爭搶籃子，只是用如同鑽洞錐的銳利目光盯著他，「對吧？」

巴薩洛繆深吸一口氣，把籃子換到另一隻手上，好讓艾格妮絲伸手碰不到，不會再嘗試搶回去。他不是來這裡討論瓊安的事，但自以為艾格妮絲不會注意到他的陰鬱情緒確實是他太傻。他在早餐時跟繼母吵了一架。他多年來一直在存錢想要擴建農舍，除了打算多蓋一層樓之外還想在後方增建幾個房間——畢竟一直以來，他都跟無休無止出現的孩子、總是擺著臭臉的繼母，還有各式各樣的動物一起睡在沒有隔間的大屋子裡。瓊安打從一開始就對這個計畫百般阻撓，她說這地方對你父親來說已經夠好了，這天早上把粥放到餐桌上時還一邊大喊：你到底有什麼不滿？為什麼非得掀起屋頂的茅草，把我們頭上的屋頂給拆掉？

「你想要我的建議嗎？」艾格妮絲問。

巴薩洛繆聳聳肩，嘴巴沒動。

「面對瓊安時，你一定要假裝一件事，」艾格妮絲在他們已經可以看見市場的第一個攤位時說：「不管你想要什麼，都要假裝那根本不是你想要的。」

「啊？」

艾格妮絲停下腳步逛起一排起司，然後跟一位披著黃色披肩的女性打過招呼才繼續走。

「讓她以為你改變心意了，」走在他前方的她一邊在市場人群間穿梭一邊說：「說你不想重新裝修這間大屋子了。就說你覺得處理起來太麻煩、太花錢。」艾格妮絲轉頭看了他一眼。「我跟你保證，不用過一星期，她就會說她覺得這間大屋子實在太擠，家裡真的需要更多房間，而你不願意多蓋一些房間的唯一原因就只是懶惰。」

巴薩洛繆思考著她說的話，此時他們已經走到市場另一頭。「妳覺得這樣會有用？」艾格妮絲等他跟上來後再次與她肩並肩行走。「瓊安這個人永遠不滿足，看到其他人過得心滿意足更讓她寢食難安。唯一能讓她開心的就是把別人變得跟她一樣不開心。她喜歡身邊的人跟她一樣對什麼都不滿意，所以無論有什麼讓你感到快樂，都要隱藏起來，讓她以為你要的是完全相反的事物，這樣一切就會照著你的意思進行。你等著瞧吧。」

就在艾格妮絲打算轉向亨利街時，巴薩洛繆抓住她的手肘、勾住她的手臂，一派自然地把她帶上另一條街，這個方向通往的是行會會館和河邊。

「我們往這邊走吧。」他說。

她稍微猶豫又疑惑地看了他一眼，但仍沉默地任由他帶著走。

他們經過一間文法學校窗外，聽見裡面的學生在誦唸應該是課堂的內容。那可能是一道數學方程式、一個動詞結構，也可能是一段詩文，總之巴薩洛繆聽不出來。那陣聲響充滿韻律、悅耳動聽，就像遠處沼澤地的鳥群在鳴叫。他瞄了姊姊一眼，發現她低著頭、肩膀往內縮，像在躲避落下的冰雹。她抓住他手臂的力道讓他知道她想躲到街道另一邊，所以他們這麼做了。

「妳丈夫寫信給我。」巴薩洛繆在他們等待一匹馬經過時說。

艾格妮絲抬起頭。「他寫信給你？什麼時候？」

「他要我去為他買一棟房子，還有——」

「你為什麼沒告訴我？」

「我正在跟妳說啊。」

「但為什麼沒早點跟我說，早在我——」

「妳想看看嗎？」

她抿起嘴唇。他看得出來她想拒絕，但又覺得好奇。

她最後只選擇聳聳肩，擺出不在乎的樣子。「如果你想讓我看的話。」

「不，」巴薩洛繆說：「除非是妳想看。」

她又聳聳肩。「或許改天吧，等到——」

巴薩洛繆伸出沒拿東西的那隻手指向對街的一棟建築。那是一棟巨大建築，規模堪稱是本鎮最大，中央有一道寬廣的出入口，三層樓，建築的兩側往後方斜斜延伸出去，最前方的交集點正面對著他們。

艾格妮絲沿著他的手指望去。他看著她望向那棟建築後再往兩邊看了看，看見她皺起眉頭。

「哪裡？」她說。

「那裡。」

「那個地方？」

「對。」

她的臉困惑地皺在一起。「其中的哪部分？哪些房間？」

巴薩洛繆放下手上的籃子，他感覺有點不自在，然後終於開口，「全部。」

「你在說什麼啊？」

「那整棟建築，」他說：「都是妳的。」

新房子是個充滿聲音的地方。那裡從來都不安靜。所以到了夜晚，艾格妮絲會光著腳在各個走廊、房間和通道以及階梯上走動，同時仔細聆聽。

在這棟新房子裡，窗戶會在窗框中顫抖，而一陣風就能將煙囪變成笛子，並把漫長、哀怨的音符吹送到大廳，不過木製護牆板的喀噠喀噠聲響在夜晚會暫時消失。狗在睡籃內翻身時偶爾會舒服地大口吐氣。老鼠帶爪的小腳在牆板內看不見的地方飛竄而過。後方那條長形花園內的枝條也會發出颼颼的聲響。

蘇珊娜睡在新房子內走廊的最底端，但會為了抵禦母親像夜行動物一樣的晃蕩行為把房門鎖上。茱蒂絲的房間在艾格妮絲隔壁，她睡得很淺、常常醒來，從來沒辦法真正睡得深沉。如果艾格妮絲開門，光是絞鍊的聲音就足以讓她坐起身問道：誰在那裡？至於兩隻貓咪則是一邊一隻地睡在她的被子上。

在這棟新房子裡，艾格妮絲有辦法相信，假如自己沿著街道走、越過整座市場、再沿著亨利街往北走，走入之前那間公寓的大門，就會發現他們所有人一如往常地生活在裡面：其中包括一個女人帶著兩個女兒和一個兒子。那裡住的不會是伊萊莎和她那位工作是製造女帽的丈夫，完全不是，而是艾格妮絲這家人用原本及現在應有的樣貌住在裡面。那個兒子想必已經年紀更大、身高更高、聲音更為低沉，對自己也更有把握了。他會把靴子擱在一張椅子上後坐在桌邊跟她聊起——他多愛聊天啊——今天在學校發生的事，包括老師說過什麼話、誰被打了，還有誰又受到了稱讚。他會把帽子掛在門後，然後坐下來說他好餓啊有什麼可以吃呢？

艾格妮絲可以任由這個想法浸透她全身。她把這個想法收在自己體內，像收著一個包裹起來的祕密寶藏，而只要到了夜晚，當她在這棟嶄新、巨大的屋子裡走動、獨處時，她就會把這個寶藏拿出來擦亮、欣賞。

她把花園看作她的國土、她的領地。然而這棟建築實在太過巨大，因此招來太多評論、讚嘆和忌妒。大家都對她丈夫起疑問，開始問他到底在做些什麼。他的事業到底做得如何？他真的常去宮廷裡嗎？人們受到這棟房子吸引，但又產生了排斥的情緒。自從她丈夫買下這棟房子，人們就一直無法停止談論這件事。他們會在她面前表達出內心的驚訝，但她很清楚他們在背後是怎麼說的：他怎麼可能自己賺到這些錢？他明明一直都是個沒用的怪人、腦子又有問題，而且一天到晚凝視著天上的雲朵，這麼大一筆錢到底是怎麼來的？難道他在倫敦幹一些非法交易嗎？就算有也不令人驚訝啦，畢竟你看他父親是什麼德性。那麼大一筆錢怎麼可能靠在劇院工作賺到？不可能啦。

艾格妮絲都有聽見。這棟新房子就像一罐總能招來蒼蠅的果醬。她可以住在裡面，但這棟房子永遠不會屬於她。

不過只要走出房子的後門，她就有辦法呼吸。她在高聳的磚牆邊種下一排蘋果樹，在主要通道兩側各種下兩對梨樹，另外還種了李子樹、接骨木樹、樺樹、醋栗灌木叢，與葉莖泛紅的大黃。她從河邊剪了一些野玫瑰種在麥芽製造廠熱烘烘的牆邊，在後門附近種下一株花楸的小樹苗，並在花園的土壤中種滿洋甘菊、金盞花、牛膝草、鼠尾草、琉璃苣、白芷和小白菊。她在花園離屋子最遠的地方設置了七個蜂巢套架，若是遇到七月的溫暖日子，屋內的人就有可能聽見蜜蜂躁動的嗡鳴。

她把原本的釀造房當成風乾植物的地方，並在這裡混和不同的藥用植物，而需要藥方的人們通常會先通過側門再到這裡來找她。她找人來在主屋後方建了一間更大的釀造房，那是這座鎮上最大的。她把院子裡的老舊水井清理乾淨，打造了一座造景用的結紋花園，其中低矮的錦熟黃楊排列成彼此交纏的格紋圖樣，空隙則填滿了上半部長滿紫花的薰衣草。

這棟房子內的父親一年回來兩次，有時候三次。在她們搬進這棟屋子的第二年，他曾回來住了一個月。當時城裡陷入糧食暴動，他說有許多學徒闖進南華克區洗劫當地店鋪，當然啦，他回來也是因為又到了倫敦開始流行瘟疫的季節，因此劇院全部關門，不過沒有人真正把這件事說出口。

茱蒂絲注意到父親回來時從不會提起「瘟疫」這個詞，也注意到父親很愛這棟新房子。他會腳步緩慢、依戀地在屋內到處走動，偶爾抬頭望向煙囪和門楣，還會把一扇扇門關起又打開。如果他是一隻狗，這時候一定會不停搖動尾巴。常會有人在清晨時分看見他出現在庭院，因為他喜歡從井中取出一天當中的第一桶水、喝上一口。這裡的水啊，他說，是他這輩子喝過最鮮甜、最美味的水了。

茱蒂絲也發現母親不會在他回來的前幾天正眼看他。她會在他靠近時退到一旁，也會在他進入某個空間時離開現場。

不過他只要沒關在房內工作就會跟著她，無論是跑去待在釀造房，還是在花園裡跟著她到處晃，還常用手指勾住她的袖口。如果她在主屋外的小屋內工作，他就會站在她身旁低頭看她藏在帽子底下的臉。這時候茱蒂絲會蹲在種滿洋甘菊的花園小徑上除草，但其實是為了偷看，她看見他摘了一籃蘋果帶著微笑遞給她，但艾格妮絲只是不發一語地接過後放到一邊。

可是過了幾天，情況開始有了轉變。坐在椅子上時，她開始允許他經過身邊時把手放上她的肩膀。在花園的時候，她也開始回應他的熱情，在他一直問「這是什麼花？」「這個呢？」「這有什麼用？」的時候願意開口回答。她會拿著一本看起來很古老的書，依序說出一些她稱呼植物的名字，聽他讀出相對應的拉丁文。她也會為他準備鼠尾草製作的萬用藥，以及用獨活草及金雀花泡的茶，讓他把茶帶到樓上他伏案工作的房間後關上房門。兩人一起在街上走動時，她會挽住她的手臂。茱蒂絲也會在主屋外的一些小屋聽見他們的談笑聲。

那種感覺就像是：她的母親需要先將倫敦及其所有相關的事物從他身上抹去，才有辦法真正接受他回到這個家。

花園從不是靜態的，花園總在恆常的變動中。蘋果樹不停伸長手臂，最後樹冠終於高過圍牆。梨樹在第一年有結果，第二年沒有，第三年卻又結出果實。金盞花的鮮亮花瓣每年都不讓人失望地綻放開來，而蜜蜂總會離開蜂巢後飛在各種花朵表面，時不時探進花瓣再飛出來。結紋花園中的薰衣草灌木叢現在莖枝都過度細長，而且木質化了，可是艾格妮絲不願將這些薰衣草拔除，她只是仔細修剪，留下莖枝，雙手因為這段過程沾滿濃重香氣。

茱蒂絲的貓生了小貓，沒過多久那些小貓又生了小貓。廚師想把牠們抓去溺死，可是茱蒂絲不可能讓這種事發生，於是其中一些貓被帶去休蘭茲生活，另外一些被送去亨利街，剩下的貓則分送到小鎮各處，但即便如此，花園裡還是充滿各種年紀和體型的貓，牠們每隻都有著修長尾巴、白色胸襟毛，葉綠色雙眼，而且體態全都柔韌輕巧、肌肉結實又強壯。

這棟房子裡沒有老鼠。就連廚師也必須承認：跟一整個王朝的貓一起生活也是有好處的。

蘇珊娜長得比她母親還高了，開始負責掌管家裡的鑰匙。她把鑰匙都帶在腰間的一個鉤子上，也負責管理帳本、付錢給僕人，同時監督她母親看病的收支狀況，以及他們剛開始萌芽的釀酒及麥芽製作生意。如果有人沒付錢，她會派她其中一個叔叔去對方家裡收款。她會寫信給父親報告家裡的收入、投資、從他的房地產累積的房租數字，以及哪個房客沒付錢或沒準時付錢。她會針對他該寄多少錢回來及留多少錢在倫敦給出建議，如果聽說有田地、屋子或土地要出售也會告訴他。在父親的吩咐下，她主動承擔起為新房子買家具的工作，包括各式各樣的椅子、小床、五斗櫃、壁飾，還有一張全新的大床。但是她母親拒絕放棄原本的床，她說絕不願意放棄原本的婚床，所以那張華麗的大床只能放在客房。

茱蒂絲總是待在母親附近，像衛星一樣環繞著她運行，彷彿這樣能確保一切順利。蘇珊娜其實不知道這樣做有什麼意義。確保她的安全？讓她能繼續活下去？維繫她的生存意志？

茱蒂絲負責幫花園除草、為各種雜事跑腿，也整理母親的工作檯。如果母親要她跑去拿三片月桂葉或一簇墨角蘭花，茱蒂絲會立刻知道要去哪裡拔，換作蘇珊娜是絕對分辨不出來的。茱蒂絲會花上好幾個小時跟貓相處，她常常幫牠們梳毛，用柔情、高頻又如同懇求的語言與牠們溝通。每年春天她都有小貓可以賣，她推銷的方式就是強調這些貓很會抓老鼠。蘇珊娜覺得她有一種大家都會相信她的長相：她的兩隻眼睛分得很開，臉上總能迅速拉出甜美的微笑，眼神機靈但沒有絲毫狡猾的氣息。

花園裡的事總會惹惱蘇珊娜，所以她幾乎都待在屋子裡。那些總是需要除草、照顧和澆水的植物啊，那些總在盤旋、叮咬並且逼近你臉龐的邪惡蜜蜂，還有整天從側門進出來往的訪客，這一切總是讓她焦躁不安。

她努力要自己每天教茱蒂絲認字，這是她答應父親的事。於是每天一次，她會把妹妹從後院叫過來，要她在起居室坐好，然後把一片舊石板擺在她們面前。這是一份吃力不討好的工作，因為茱蒂絲會在她的座位上扭動身體，眼神總是飄向窗外。她拒絕用右手，說她的右手怪怪的，然後開始摳裙襬上的一根線頭，根本不認真聽蘇珊娜說話，就算真有在聽，只要街上出現叫賣蛋糕的男人，她就會立刻分心。茱蒂絲拒絕去理解那些字母，拒絕去看那些字母如何組成意義，反而一天到晚想在這片石板上找到哈姆奈特留下的痕跡。她每天學認字卻還是記不住哪個字母是a，哪個字母是c。她到底要怎麼分辨得出d和b的差別啊？在她看來長得都一樣啊。學識字實在太無趣了，她根本不可能學得起來。她在每個字母之間畫上眼睛和嘴巴，讓它們變成不同的生物，有些生物看起來很憂傷、有些很快樂，又有些顯得迷人可愛。茱蒂絲花了一年才有辦法為自己署名，她簽的是她名字的字首字母J，可是不但寫得彎彎曲曲還上下顛倒，看起來就像捲起來的豬尾巴。最後蘇珊娜終於放棄了。

她去找母親抱怨，說茱蒂絲都不好好學寫字，也不幫忙管帳，一個家要運作得處理很多事，她也沒有承擔任何責任，但艾格妮絲只是輕笑著說，茱蒂絲擁有的能力跟你不一樣，但那也是很重要的能力喔。

為什麼？蘇珊娜一邊用力走回屋內一邊想，為什麼沒人看出她過得有多辛苦？父親總是在離家很遠的地方，弟弟又死了，她有整個家要打理，還得看管那些僕人。她不但必須處理所有事，跟她一起住的還是這兩個……蘇珊娜遲疑了，因為她本來想說「蠢貨」，但母親一點也不笨，只是跟其他人不太一樣。她是個來自鄉下的老派女人，非常固執。她把這地方當成自己出生的房子來住，彷彿這裡也是個外頭環繞著羊群的沒隔間大屋子，就連她的行為舉止也還像個農夫的女兒，比如她一天到晚都在巷弄及田野間悠晃，將各種雜草採進籃子內，身上的裙子又濕又髒，泛紅的臉頰都曬傷了。

蘇珊娜爬樓梯回到房間時心想，家裡都沒人為她著想，從沒有人看見她承受的各種試煉和磨難。她母親正在外頭的花園全心處理樹葉堆肥，父親則在倫敦演出一些據說很下流的戲劇，妹妹在家用優美但夾雜著喘氣音的歌聲唱著一首旋律曲折的自創曲。有這樣的家人，誰還會想追求她？她用力打開大門，任由門在她身後啪一聲關上，然後這樣對著空氣質問。她怎麼可能有機會逃離這棟屋子？誰會想要跟他們任何一個人扯上關係？

艾格妮絲親眼看著小女兒逐漸褪下孩子的外表，過程就像脫掉肩上的披風。她長得比之前高了，修長的身體就像柳條，不過豐滿曲線也逐漸填滿衣袍內的空隙。她失去那種想要小跳步、輕快移動，並飛速跨越房間或院子的渴望，此時的她跟許多人一樣走在變成女人的道路上。她的五官變得更立體，顴骨突出，鼻頭變尖，嘴巴也已經有嘴巴該有的樣子。

艾格妮絲看著她的臉，看了又看。她嘗試去看茱蒂絲此時此刻的樣子，也嘗試去看她未來可能的樣子，但有些時候她只是在問自己：這就是他本來可能長成的樣子嗎？這張臉在一個男孩的身上會有什麼不同呢？如果長了鬍子會如何？如果有個男性的下巴呢？要是這張臉長在一個高大魁梧的小夥子身上會如何？

小鎮入夜了。一陣深邃、黑暗的沉默籠罩在街道上，只有求偶的貓頭鷹會用空靈的叫聲偶爾打破這陣沉默。一陣微風像在尋找入口的小偷般在街道間不停鬼祟穿梭。這陣微風撥弄著樹梢，把枝葉一下子往這邊彎、一下子往那邊搖。這陣微風在教堂的大鐘內輕顫，讓大鐘的黃銅震盪出低沉的音符。有隻孤獨的貓頭鷹坐在教堂附近的屋頂上，這陣微風也搓揉了牠的羽毛。這陣微風還搖動了幾棟房子外的一扇鬆散門框，讓屋裡的人們在床上翻了個身，原本他們在作的夢中也因此闖入令人不安的元素，比如感覺有腳步正在接近，或是出現如同擊鼓的響亮馬蹄聲。

有隻狐狸從一輛空空的小貨車後方衝出來，牠側身沿著黑暗及荒涼的街道移動，但又停下腳步，一隻腳舉在半空中。牠現在在行會會館外，就在哈姆奈特及他父親以前就讀的學校附近，模樣像是聽見了什麼動靜，然後牠繼續前進，突然又往左轉，消失在兩棟屋子間的縫隙中。

這裡的土地曾是片草澤——潮濕、充滿積水，一半是河另一半是陸地。為了建造屋子，人們先是抽乾這裡的水，然後鋪上一層厚厚的燈心草和樹枝，好讓建築物能像船一樣浮在海面。天氣潮濕時，這些屋子會被喚起過往的回憶，它們會因為來自遠古的召喚開始吱吱嘎嘎地往下沉，不但護牆板爆開、蓋住煙囪的牆面出現裂縫，所有出入口也會開始鬆脫、破裂。

小鎮好安靜，小鎮屏住了呼吸。再過大概一個多小時，黑暗就要開始退去，光線即將升起，人們會從床上醒來，準備好——或沒準備好——面對新的一天。不過現在，鎮上的人都還睡著。

只有茱蒂絲例外。沿著街道走來的她身上包著一件斗篷，斗篷的帽子蓋住頭。她經過狐狸剛剛經過的那間學校，但沒看見牠，不過牠從此刻躲藏的巷弄中看見了她。牠用放大的瞳孔望著她，對這個意外出現在夜行世界的生物升起了戒心，緊緊盯著她的披風、她快速移動的腳步，以及行色匆匆的模樣。

她貼著建築物走，急著穿越平常擺滿攤販的廣場，轉進了亨利街。

有個女人今年秋天來找她母親，為的是要治療她腫起的指關節和疼痛的手腕。茱蒂絲為她打開側門時，她跟茱蒂絲說她是產婆。她母親似乎認識那個女人，她盯著她看了好一陣子後露出微笑，然後握起女人的雙手在自己的手中翻看。她的指關節笨重、青紫且已變形，艾格妮絲於是先用紫草葉將那些關節包起來，再用布包好，然後離開房間說要去拿一些藥膏。

女人把她包了布繃帶的雙手放在大腿上。她盯著自己的手看了好一陣子，開口時並沒有抬起眼來。

「有時候，」她的樣子就像是在跟她的手說話：「我必須在深夜時走過整座小鎮。畢竟妳無法控制嬰兒什麼時候出生，對吧？」

茱蒂絲禮貌地點點頭。

那女人對她露出微笑，「我記得妳出生的樣子。我們都以為妳不可能活下來，可是瞧瞧妳。」

「瞧瞧我。」茱蒂絲喃喃地說。

「有好幾次，」她繼續說：「我沿著亨利街走，經過妳出生的那棟房子，都會看到一個東西。」

茱蒂絲盯著她看了好一陣子。她想問那是什麼，又害怕聽到答案。「妳看見了什麼？」她終於還是忍不住問了。

「就是個東西，又或者，我該說是個人。」

「誰？」茱蒂絲問，可是她知道是誰，她已經知道了。

「在跑，他在跑。」

「在跑？」

這位年邁的產婆點點頭。「從那棟大屋子的門口跑到那棟又小又可愛的窄房子門口。我看得很清楚，那是個人影，沒錯，那傢伙跑起來像風一樣快，就像有惡魔在後面追趕。」

茱蒂絲感覺心跳開始加速，彷彿注定要永遠沿著亨利街奔跑的人不是他，而是她自己。

「總是在晚上，」女人一邊說一邊把一隻手交疊在另一隻手上，「從來不會在白天。」

自從那天開始，茱蒂絲每天晚上都過來，她會在入夜後溜出房子，站在這邊等著、看著。她沒把這件事告訴母親或蘇珊娜，畢竟產婆選擇告訴她，而且只告訴她。這是她的祕密，也是她和另一個雙胞胎的連結。有些早晨她感覺到母親看著她，打量她那張疲倦、拉垮的臉，這種時候她都懷疑她可能已經發現了。她知道母親不會大驚小怪，但她不想跟任何人提起，以免最後發現根本沒這回事，或是她找不到他，或者他始終沒在她面前現身。

在那棟窄房子的其中一個房間裡，導致哈姆奈特高燒的毒素在他全身循環，最終讓他全身顫抖、抽搐地死在那裡，不過這些日子以來，裡面放的是許多展示女帽的模型人頭，這些人頭全部面向門口，彷彿是一群沉默、木然又沒有五官的觀察者。茱蒂絲總是望著這扇門，她總是用力盯著這扇門不停地看。

拜託啊，她在心裡想。拜託來吧。一次也好。別把我獨自丟在這裡，拜託。我知道你是代替我離開的，但失去你的我也只剩下一半。讓我看看你吧，就算是最後一次也好。

她無法想像再次見到他會是什麼情況。他可能還是個孩子，而已經長大的她現在幾乎是個女人了。他對這情況會有什麼想法？如果兩人在街上偶遇，他能認出現在的她嗎？那個男孩會永遠是男孩嗎？

幾條街外的貓頭鷹離開原本棲息的地方，眼神警戒的牠迎著清涼的風展開雙翅、乘著氣流起飛。在牠看來，這座小鎮只是個供牠飛行的場所，由一列列屋頂組成，屋頂之間的凹陷則是街道。隨著牠的飛行，一簇簇豐沛的樹葉逐漸現身，一縷縷零星的輕煙時不時從閒置的火堆中冒出。牠看見正在前進的狐狸，那隻狐狸正越過街道；牠看見一隻囓齒動物跨越庭院後消失在坑洞中，大概是老鼠吧；牠看見一個睡在酒館門口的男人正在抓小腿上被跳蚤咬的地方；牠看見某人屋後的籠子裡關了許多兔子；牠看見靠近小旅店的小圍場中站了好幾匹馬，牠還看見茱蒂絲正踏到街上。

她沒有注意到那隻掠過她頭頂天空的貓頭鷹。她的呼吸急促而破碎，覺得自己看到了些什麼。那感覺像是有什麼一閃而過，也像是有人給她的暗示、某種幽微的動態，雖然乍看難以察覺但確實存在，無庸置疑。就像有陣微風吹過玉米田，也像你將窗戶拉近自己時偶然瞄到的窗玻璃反光——彷彿有道意料之外的光線掃過室內。

茱蒂絲越過馬路，連帽斗篷的帽子從頭上滑落。她站在原本的家外面，接著從老家門口踱步到爺爺奶奶家門口。空氣感覺凝滯、飽和，感覺像暴風雨將臨。她閉上雙眼，她可以感覺到他，她很確定。她的手臂和脖子的肌膚全都收縮起來。她真的好想伸出手去摸他、去握住他的雙手，可是她不敢。她聆聽自己巨大的心跳聲，呼吸急促，她確定聽見自己的呼吸聲底下還有另一個人在呼吸。她有聽見。她真的聽見了。

此刻的她在顫抖。她低垂著頭、雙眼緊閉，腦中出現的想法是：我好想你，我好想你，為了讓你回來，我什麼都願意做，真的什麼都願意。

一切就這樣結束了，那個片刻已然消逝。她原本感受到的氣壓像鬆垂的簾幕落地般瞬間驟降。她張開雙眼，一隻手撐在屋牆上穩住自己。他消失了，他又消失了。

隔天清晨，瑪莉打開前門把家裡的狗放到街上，卻在屋前發現一個人頭靠著膝蓋頹喪地蹲在地上。她一瞬間以為那是個醉漢，大概是前晚就倒在這裡了吧。然後她認出了孫女的靴子和裙襬，是茱蒂絲。

她立刻大呼小叫地張羅起來，先是把已經半凍僵的孫女帶進屋內，然後要人拿來毯子和熱湯。老天爺啊。

艾格妮絲正在後院彎腰整理植物，此時有個女僕走了過來，告訴她她的繼母瓊安來訪。

這天的天氣充滿狂亂的風雨，強風不但一陣陣灌入花園，還想盡辦法翻過高牆猛力抽打在她們所有人身上，時不時還有雨水和冰雹隨風捲入，彷彿她們做了什麼激怒老天的事。艾格妮絲清晨就來到屋外為比較脆弱的植物綁上枝條，好讓它們挺過這些攻擊。

她停下動作，手上還拿著刀和細繩，斜眼望向那女孩。「妳說什麼？」

「瓊安女士在起居室等妳。」那女孩又說了一次。她整張臉扭在一起，一隻手還緊緊抓住頭上那頂強風似乎執意要捲走的帽子。

蘇珊娜沿著小徑跑來，低著頭朝她們的方向衝刺。她正在對母親大吼些什麼，可是那些詞彙全被風雨席捲到天上。她伸手指向主屋，一開始用一隻手，接著用另一隻手。

艾格妮絲嘆了一口氣，考量了一下眼前的狀況後把刀子放回口袋。這事一定跟巴薩洛繆有關，不然就是她老家的其中一個孩子出了什麼狀況，再不然就是農場或農舍的改建問題。她知道瓊安會希望她介入，但艾格妮絲必須站穩自己的立場。她不喜歡涉入有關休蘭茲的事情。她不是已經有自己的房子跟家人要照顧了嗎？

她才走進屋子，蘇珊娜就開始扯自己的帽子、圍裙，以及從帽緣逃逸出的髮絲。艾格妮絲揮手要她離開，蘇珊娜卻跟著她一路穿過門廳，一邊悄聲說她這樣一身狼狽沒辦法見客，難道她不會想去整理一下再來嗎？蘇珊娜還說她可以先去招待瓊安，她保證沒問題。

艾格妮絲沒搭理她。她腳步穩當、快速地穿過門廳，推開起居室的門。

眼前出現的是她繼母，她直挺挺地坐在艾格妮絲丈夫的椅子上。在她對面的是坐在地板上的茱蒂絲，大腿上有兩隻貓，另外還有三隻貓環繞在她身邊，這些貓正毫無節制地磨蹭她的身側、背部和雙手。她正口才異常流利地談起不同貓的名字、食物偏好，還有選擇睡覺的地方。

艾格妮絲剛好知道瓊安特別不喜歡貓——她總說牠們讓她壓力很大、害她全身發癢——她走進去時刻意壓下臉上的笑容。

「而且，最令人驚訝的是⋯⋯」茱蒂絲說：「這隻是那隻的弟弟呢，如果遠看一定想不到，對吧？可是如果近看啊，你就會發現牠們眼睛的顏色一模一樣。真的一模一樣。看見了嗎？」

「嗯哼。」瓊安用一隻手壓住嘴巴。她站起身和艾格妮絲打招呼。

這兩個女人一起走向房間中央。瓊安抓住繼女的上臂，姿態堅決又俐落。她一邊親吻她的臉頰一邊眼神閃爍，艾格妮絲必須忍住想把身體抽開的衝動。她們互相問候：妳還好嗎？家人都還好嗎？

「真抱歉，」瓊安回到剛剛的位子坐下，「我大概打擾到你……正在做的某樣工作吧？」她眼神犀利地望向艾格妮絲沾上泥巴的圍裙，和她已經沾滿泥塊的裙襬。

「沒這回事，」艾格妮絲回答後坐下，她在經過茱蒂絲身邊時用手搭了一下茱蒂絲的肩膀。「我在試圖拯救花園裡的一些植物。明明天氣這麼糟，怎麼還有事能讓你跑到鎮上來呢？」

瓊安似乎因為這個提問一度感到措手不及，彷彿沒料到會有這個問題。她整理了一下衣袍上的皺褶，抿起嘴唇。「就是去拜訪一個……朋友，一個身體不舒服的朋友。」

「喔？這消息真讓人遺憾。發生什麼事了？」

瓊安揮揮手。「只是個小……就是支氣管發炎而已，沒什麼好——」

「我很樂意給妳朋友一些松木和接骨木的酊劑，我才剛配好一些，對肺臟非常好喔，尤其是在冬天還有——」

「不用了，」瓊安匆促地打斷她：「很感謝你，但不用。」她清清喉嚨，環顧四周。艾格妮絲看見她在望向天花板、壁爐架、防火鐵，以及牆上畫了圖像的掛布時的眼神閃閃發光，那些掛布上畫了森林、葉片和濃密的枝條，中間還點綴了幾頭正在奔馳跳躍的鹿。那是她丈夫特地在倫敦找人訂製的禮物。艾格妮絲最近意外成為有錢人的事實讓瓊安感到困擾。看見她的繼女住在這麼好的屋子裡就是讓她無法忍受。

瓊安彷彿是接續著腦中的思緒開口，「妳丈夫也都好嗎？」

艾格妮絲盯著繼母看了一陣子，然後才回答：「不錯啊，我想。」

「他還因為劇團而待在倫敦嗎？」

艾格妮絲將兩隻手交握在大腿上，先對瓊安微笑了一下後才點頭。

「他很常寫信給妳？應該是吧？」

艾格妮絲感覺心裡出現了輕微的變化，那是一種極細微的感受，彷彿一隻焦慮的小動物正在掉頭。

「那是當然。」她說。

不過茱蒂絲和蘇珊娜卻出賣了她。她們同時轉頭望向她，而且動作很快，真的太快了，就像兩隻等待接受主人指示的狗。

瓊安當然沒有漏看這個細節。艾格妮絲看見繼母舔舔嘴唇，彷彿剛剛吃到了什麼美食所以嘴唇上還有點甜甜的。她又想到自己多年前跟巴薩洛繆在市場說的話：瓊安喜歡大家跟她一樣永遠過得不滿足。所以這次瓊安又想怎麼打擊她了呢？她和女兒住在這裡，努力面對丈夫難以忽視又令人心煩意亂的缺席現實下盡力生存，而她手上又掌握了什麼樣的情報，足以像寶劍一樣劈開這這間起居室、這棟屋子，也就是她們棲身之地呢？瓊安到底知道什麼？

事實上，艾格妮絲的丈夫已經好幾個月沒寫信來了，期間只有一封短箋保證他目前一切安好，另外還有一封短箋是請蘇珊娜去完成買下另一片土地的交易。艾格妮絲一直告訴自己和兩個女兒，就算他沒寫信來也沒關係，他本來就會愈來愈忙，而且有時信件會在路上寄丟，她還強調他工作很努力，隨時有可能突然回來，但心裡還是默默感到困擾。他到底在哪裡？在做什麼？為什麼都沒寫信來？

艾格妮絲將食指和中指交叉，藏在圍裙的皺褶中。「我們大概一週前有收到他的消息。他說他真的很忙，他們正在準備一齣全新的喜劇，而且——」

「他的新戲不可能是喜劇，」瓊安打斷她：「但這種事妳一定很清楚，我想。」

艾格妮絲沒說話。她體內那頭動物已經無法克制地躁動起來，開始用尖刺的爪子刮擦她的內臟。

「那是一齣悲劇，」瓊安繼續說，她的臉上因為大大的微笑而露出整排牙齒。「我很確定他一定跟妳說過劇名了吧，畢竟都寫了這麼多信來。他要把劇取這個名字一定會先跟妳講吧？不可能在沒獲得妳的允許之下擅自這麼做吧？我很確定妳一定已經看過海報了。他大概也已經寄了一份給妳。鎮上所有人都在討論這件事。我的表哥昨天從倫敦回來就帶了一份。我想妳一定已經有了啦，但我還是帶來了，就跟妳有的一樣，來，給妳。」

瓊安站起身走到房間另一邊，姿態就像一艘風帆全張的船。她把一捲紙丟在艾格妮絲的大腿上。

艾格妮絲看著那張紙，然後伸出兩根手指把海報在沾了泥巴的圍裙上攤平。有那麼一刻，她無法確定自己看到了什麼。那是一張印刷海報，上頭有許多字母，真的太多字母了，這些字母一排排組合成許多字詞，她丈夫的名字排在最上面，還有「悲劇」這個詞。然後正中央的最大字母拼出她兒子、她那個小男孩的名字，那是他在教堂受洗時被誦讀出來的名字、是刻在他墓碑上的名字，也是在雙胞胎出生後沒多久、她的丈夫還沒回來把兩個寶寶抱在大腿上之前，她就已經親自為他取的那個名字。

艾格妮絲無法理解這是什麼意思。這到底是怎麼回事？她兒子的名字怎麼可能印在一張倫敦的海報上？這一定是出了什麼莫名其妙的錯誤。他死了。這是她兒子的名字但他已經死了。他就是他自己，不是一齣戲劇、不是一張紙，也不是什麼要用來訴說、表演或展示的事物。他死了。她丈夫很清楚這件事，瓊安也很清楚。她無法理解。

她感覺茱蒂絲正站在她的背後看，她聽見她說，什麼？這是什麼？當然她讀不懂上面的字母，也沒辦法把這些字母連結成有意義的文字——她認不出自己雙胞胎的名字實在很奇怪——此外她也意識到蘇珊娜正穩穩握住海報的一角。艾格妮絲的手指在顫抖，像在風中搖曳的餘火，但仍努力讓自己讀完整張海報。蘇珊娜努力想把那張海報扯過去，但艾格妮絲不放手，她才不放手，她才不放開這張紙，也不可能任由這個名字離她而去。瓊安張大嘴巴看著她，因為事情的走向出乎意料而大感震驚。她顯然低估了這張海報可能帶來的效果，也不知道可能引發這種反應。艾格妮絲的女兒開始催促瓊安離開，她們說母親現在狀態不太好，瓊安應該之後再找時間來，而艾格妮絲儘管盯著那張海報、那個印在海報上的名字，現場又極度混亂，卻同時還能聽見瓊安一邊跟她們道別，一邊在語氣間流露出虛情假意的關心。

艾格妮絲開始臥床不起，這是她生平第一次這樣。她走回房間躺下後再也不肯起來，無論是為了吃飯、見訪客，或是回應前來敲側門的病人都不願意。她沒有換上睡衣，只是直接躺在一疊毯子上。光線從一格格窗戶透進來，直達床邊垂簾的每道縫隙深處。她把那張折起來的海報握在雙手之間。

她可以聽見屋外街道上的聲響、房內的各種動靜、僕役在走廊來回移動的腳步聲，還有兩個女兒壓低音量說話的聲音。可是她感覺自己像在水底，其他人都在水面上、在空氣中俯視她。

到了晚上，她會起身走到屋外，在蜂巢套編織緊密堅硬的那一側坐下。蜂巢內的震顫嗡鳴是從破曉開始響起，在她聽來那就是最有說服力、表達能力最佳，而且最完美的一種語言。

蘇珊娜怒火中燒地坐在箱型桌前，桌上擺著一張空白的紙。你怎麼可以這樣？她在給父親的信上寫道。為什麼你要這樣？這種事你怎麼可以不告訴我們？

茱蒂絲則是把一碗碗湯端到母親床邊，還時不時還會帶去一簇薰衣草、插在花瓶裡的一朵玫瑰，或是一整籃新鮮但外殼緊閉難剝的核桃。

*

麵包師傅的妻子來了，帶來一些麵包捲和一塊蜂蜜蛋糕。她假裝沒注意到艾格妮絲有多邋遢，包括她沒梳的頭髮和那張滿是睡痕又明顯失眠的臉龐。她坐在床邊將裙子在身邊整理好，用溫暖、乾燥的手握住艾格妮絲的手，她說：他本來就是個特立獨行的人嘛，妳也很清楚。艾格妮絲沒說話，只是盯著床頂的綢緞。綢緞上又有更多的樹木圖樣，其中有些枝條還掛著蘋果。

「妳都不會好奇內容嗎？」麵包師傅的妻子問，同時扯下一大塊麵包遞給艾格妮絲。

「什麼內容？」艾格妮絲無視那塊麵包，基本上也沒什麼在聽對方說話。

麵包師傅的妻子把一小片麵包從自己的齒間塞進去、咀嚼、吞下，然後又撕下一小片麵包，然後才回答：「那齣戲。」

艾格妮絲才終於正眼看向她。

那麼，當然是要去倫敦了。

她不打算帶任何人一起去，不帶女兒、朋友、妹妹、任何姻親，甚至連巴薩洛繆都不打算帶。

瑪莉說這樣做根本是瘋了，她說艾格妮絲會在路上遭到攻擊，或在途中的旅館床上遭人謀殺。茱蒂絲因此開始哭，蘇珊娜試圖讓她安靜下來，但她看起來也很擔心。約翰搖搖頭，他要艾格妮絲別做傻事。艾格妮絲坐在公公婆婆家的桌子旁，姿態篤定，雙手放在大腿上，彷彿完全聽不見他們說的這些話。

「我要去。」她只這樣說。

她派人把巴薩洛繆找來。他和艾格妮絲在花園裡走了好幾圈，經過一棵棵蘋果樹、那對修剪整枝過的梨樹、那些蜂巢套、金盞花床，然後又繞回來。蘇珊娜、茱蒂絲和瑪莉則在蘇珊娜房內的窗前看著這一切。

艾格妮絲的手勾著弟弟的手臂，兩人的頭都低垂著。他們曾在釀造房旁停下腳步，在那裡站了一陣子，好像在檢查小徑上的一些什麼，然後兩人繼續往前走。

「她會聽他的話，」瑪莉說。她努力用乾脆俐落的口氣說話：「他絕對不會允許她去的。」

茱蒂絲把手指放在朦朧的窗玻璃上。用一根大拇指抹消他們的存在是多容易的事啊。

當後門關上的聲音響起時，她們都衝到樓下，但只看見巴薩洛繆，他正準備戴上帽子離開。

「所以呢？」瑪莉問。

巴薩洛繆抬頭望向站在樓梯上的她們。

「你說服她了嗎？」

「說服她什麼？」

「別去倫敦啊。要她放棄這種瘋狂的想法啊。」

巴薩洛繆整理了一下帽子的頂部。「我們明天出發，」他說：「我會負責幫我們兩人把馬找好。」

瑪莉說：「什麼意思？」茱蒂絲又開始啜泣，蘇珊娜則雙手交握，說：「我們？你會跟她一起去？」

「沒錯。」

這三個女人像雲朵簇擁著月亮般圍繞著他，並不停對他拋出各種反對、質疑及懇求的話語，可是巴薩洛繆只是推開她們，走向大門。「我明天會再過來，我們約在清晨見面。」他說完就走了出去。

艾格妮絲平常沒花很多時間騎馬，但技術仍然很好。她算是喜歡馬這種野獸，可是覺得身處半空中實在不算是令人舒適的體驗，因為快速流逝的地面風景讓她覺得暈眩。在抵達倫敦之前，她得不停倒數這趟旅程還有多久才會結束，因為必須忍受一個生物在她下方動來動去又喘氣、馬鞍皮料發出的尖細摩擦聲響，以及馬鬃毛散發出的乾硬塵土味。

巴薩洛繆堅持那條偷過牛津的路線比較安全，也可以比較快抵達倫敦，他說這是一個羊肉商人告訴他的。於是他們騎馬穿越奇爾特恩丘陵地平緩起伏道路，還穿越了一場暴風雨跟一小鎮冰雹。抵達基德靈頓時，艾格妮絲的馬開始跛腳，所以她換了一匹雜色母馬，這匹馬的臀部比較窄，如果在路上遇到鳥會激動地抬高腳步。他們在牛津的一間旅館過夜，但因為牆壁裡的老鼠聲響和隔壁某人的打呼聲，艾格妮絲幾乎整晚沒睡。

第三天的騎馬行程完成一半時，她終於看到了第一抹炊煙，那陣煙就像灰布一樣覆蓋在山谷上。我們到了，她對巴薩洛繆說，他點點頭。他們在接近時聽見嘹亮的鐘聲，也聞到城市的氣味——潮濕的蔬果、動物、萊姆，還有其他艾格妮絲說不出名字的事物——然後看見一簇簇建築聚集又散落在山谷內的廣袤城市中，那條大河也穿梭其中。城市中的一縷縷炊煙往上延伸到雲層中。

他們騎馬經過一座名叫牧羊人叢林的村莊，這個名字讓巴薩洛繆不禁微笑起來，然後他們經過肯辛頓的一座座砂石坑，還跨過瑪莉伯恩當地的一條小溪。在泰伯恩的絞刑臺附近，巴薩洛繆坐在馬鞍上彎身問路，他想知道前往主教門的聖海倫教區要怎麼走。幾個經過的人都沒回答他，另外有個年輕人笑了笑，踩著傷痕累累的光腳小跳步消失在一扇門後。

在前往霍本的路上，道路變得愈來愈窄、街景也愈來愈汙黑。艾格妮絲不敢相信這裡的噪音和惡臭可以如此誇張。她的四周都是店鋪、工場、酒館和擠滿人群的出入口。商人會直接拿著商品向他們兜售——馬鈴薯、蛋糕、硬山楂果，或是一整盆栗子。人們隔著街道彼此叫喊，甚至在建築間的狹窄空隙中，艾格妮絲很確定自己看見一對男女正在交媾。有個男人在水溝旁尿尿，艾格妮絲剛好看到從他身上垂下的那根蒼白皺東西，於是別開了眼神。有許多年輕人站在店門外，她想應該是學徒，他們都在拜託路人到店裡去逛逛。還沒換牙的小孩子一邊在路上推著小手推車一邊大喊裡頭裝的貨物，坐在路邊的年邁男男女女周遭擺放著扭曲長瘤的紅蘿蔔、去殼堅果，還有一條條麵包。

在艾格妮絲雙手抓住韁繩、努力引導自己的馬穿過這一切時，萵苣、燒刻皮料、麵糰，及街道髒污的氣味不停鑽入她的鼻孔。巴薩洛繆伸手抓住她那匹馬的轡頭，以確保兩人不會走散。

艾格妮絲緊貼著弟弟繼續前進，同時腦中開始塞滿各種想法：要是我們找不到他怎麼辦？要是我們迷路了呢？要是在夜幕降臨前沒找到他的租屋處，我們要怎麼辦？我們該去哪裡？我們現在就該找好晚上要住的房間嗎？我們為什麼要來這裡？這實在太瘋狂了。都是我堅持要做這麼瘋狂的事。都是我的錯。

等抵達他們認定他所在的教區時，巴薩洛繆請一位賣蛋糕的商人把他們帶去他的租屋處。他們把地址寫在一張紙上，可是那個賣蛋糕的商人只是對她打發地揮揮手，微笑時還露出缺牙的嘴，他叫他們先往那邊走，然後再這樣走，接著直走，最後在經過教堂後直接轉進旁邊的小巷。

艾格妮絲抓住韁繩，努力在馬鞍上坐得更挺直。只要有辦法讓自己下馬並讓這趟旅程趕快結束，她真的什麼都願意做。她的背很痛，雙腳、雙手和肩膀也一樣。她的口好渴，肚子很餓，她都到這裡了、都快見到他了，卻又很想在此刻抓住轡頭直接回斯特拉特福。她之前到底都在想什麼？她和巴薩洛繆怎麼可能就這樣出現在他的住處門口？這真是個糟糕透頂的點子。這個計畫太可怕了。

「巴薩洛繆。」她開口，可是在她面前的他已經下馬。他把馬綁在一根柱子上，走向一扇門口。

她又喊了一次他的名字，但他在敲門沒聽見。她感覺心臟正在用力敲擊自己的骨頭。她要跟他說什麼？他會對他們說什麼？她已經想不起來自己本來要問他什麼了。她再次摸了摸裝在馬鞍袋裡頭的海報，抬眼瞄了那棟房子，這棟房子大概有三、四層樓，上頭有一些形狀不對稱的窗戶，外牆也有些髒污。周遭的街道非常狹窄，這裡的幾棟房子幾乎可說緊貼在一起。有個女人出現在自家門口，她盯著他們的眼神透露出赤裸裸的好奇心。再往更遠處看，兩個孩子正在拉著一條長繩子玩遊戲。

光想到這些人每天都能見到他在這附近走動，也能看見他一大早就離開住處，她就有一種奇怪的感覺。他會跟這些人交談嗎？他曾在這些人的家裡用餐嗎？

他們頭頂有扇窗戶打開了，艾格妮絲和巴薩洛繆抬頭往上看。那是個九或十歲的女孩，臉上的氣色不好，但中分的頭髮梳得很整齊，下背還揹著一個嬰孩。

巴薩洛繆說了她丈夫的名字，那女孩聳聳肩，同時搖晃了一下哭起來的嬰兒。「直接把門推開，」她說：「走樓梯上來。他在閣樓上。」

巴薩洛繆朝她甩了一下頭，那動作表示她得進去，而他會留在街上等。他在她滑下馬時抓住她那匹馬的轡頭。

那道階梯很狹窄，她一邊爬一邊感覺雙腿在發抖，不知道是因為這趟旅程實在太漫長還是一切都太不尋常，總之她必須抓住樓梯把手才能把自己拖上去。

爬到樓梯頂端後，她站在那裡讓自己順一口氣。她的眼前有一扇門，門上貼了木飾板，流動的木紋中有一顆顆樹幹的節瘤切面。她伸出手輕拍了一下，喊出他的名字，然後又喊了一次。

沒有反應。沒有任何人回答。她轉頭望向樓梯下方，只差一點就要下樓了。說不定她並不想看見門後有什麼。說不定房內留有他過著另一種人生的痕跡、又甚至是另一個女人留下的痕跡？門後很可能有一些她一點也不想知道的事物。

但她又把頭轉回來，拉起門閂走了進去。這房間的天花板很低，而且從四面八方往中間斜斜地凹陷進來。房內有張低矮的床靠牆擺著，另外有張小小的地毯和櫥櫃。她認出一頂擱在小箱櫃頂端的帽子，還有一件男性緊身短上衣攤開在床上。在窗戶射進來的光線底下擺了張方桌，桌下收靠著一張椅子。桌上有個收納箱開著，她可以看見裡面有筆盒、墨水池和一把筆刀。幾枝羽毛筆平行擺在大概三、四本他親手裝捆的書旁。她可以看出那些綁結和縫捆的手法是他偏好的方式。椅子前方的桌面上放著一張紙。

她不知道自己預期看到什麼，總之不是這種場面。這裡如此樸素、如此單調，簡直像僧侶的牢房，或是學者的書房。根據她的觀察，空氣中瀰漫著從沒有其他人來過的強烈氣息。這個男人明明在斯特拉特福擁有一間當地最大的房子和另外很多土地啊，怎麼可能住在這種地方？

艾格妮絲伸手摸了摸那件上衣和床上的枕頭，再轉頭將整個房間盡收眼底。她走向書桌，彎腰檢視那張紙，感覺從心臟打出的血液正敲打著她的頭。在那張紙的最上方，她看見這些字：

我所親愛的——

她幾乎像是被燙到一樣往後彈開，但在下一行看見了：

艾格妮絲

接下來就什麼都沒寫了。除了以上那兩行字，整張紙是一片空白。

他本來打算在這封給她的信裡寫什麼呢？她將手指壓在紙張的空白處，彷彿想藉此蒐集到一些線索，好得知如果他有寫下去的話會說些什麼。她感受到紙張的粗糙質地，桌面的木頭被陽光曬得暖暖的，她用大拇指掃過組成她名字的那幾個字母，感覺他的羽毛筆在紙面留下的凹痕。

她被一陣喊叫聲嚇到了，那是有人在高喊的聲音。她站直身體，手從紙面離開。巴薩洛繆在大叫她的名字。

她走過房間、走出房門，然後走下樓梯。她弟弟正站在敞開的門前等她。他說剛剛站在面街門口的那個女人跟他說，他們是不可能在屋內找到艾格妮絲的丈夫的，還說他要到晚上才會回來。

艾格妮絲瞄了那個女人一眼，還倚靠在自家門框邊的她對艾格妮絲搖搖頭。「妳沒辦法在這裡找到他的，我告訴你，如果真的需要找他，就去劇院吧。」她舉起手臂揮往某個方向。「就在河的那一邊，再過去一點就是了。他在那裡。」

她閃進屋內後砰一聲把門關上。

艾格妮絲和巴薩洛繆彼此對看了一陣子，然後巴薩洛繆去把兩匹馬牽過來。

那位站在門口的鄰居沒說錯，就跟她預測的一樣，他在劇院。

他正站在演員的更衣室中，那間更衣室位在樂手表演的包廂後方，有個小小的窗口可以讓人看到整座劇院內部。其他演員知道他有這個習慣，所以從來不會把戲服或道具收在那個窗口附近，也不會在那裡堆放任何可能佔空間的東西。

他們覺得他是站在那邊看觀眾入場。他們相信他是喜歡分析進場人數、猜測每場演出的可能觀眾有多少，以及觀察座位的銷售狀況。

可是那不是他待在那裡的原因。對他來說，那是表演前最適合待的地方，因為整個舞臺都在他的下方，他可以看見觀眾逐漸將環形座位填滿，而聚在他身後的演員正把自己從一般人變身成精靈、王子、士兵、淑女或怪物。那是在人群中唯一有可能獨處的地方。他覺得自己像飛離地面的鳥，此刻正在什麼都沒有的半空中休息著。他不屬於這個地方，而是在這個地方之上，彷彿身處於一切人事物之外的旁觀者。他因此想起他妻子以前養的那隻紅隼，牠常會迎風盤旋，乘著高處的氣流停在半空中，然後在距離所有樹頂都很遙遠的地方展開翅膀，往下俯視著周遭的一切。

他雙手搭著窗口上方的橫樑等待著。在他底下很遠的地方，人們開始逐漸聚集。他可以聽見他們的叫喊聲及喃喃低語，也可以聽見他們大吼、打招呼、買堅果或甜食，又或者吵架的聲響一次次快速累積起來，接著又逐漸退去。

在他身後出現一陣碰撞聲，有人咒罵，接著許多人爆笑出聲。有人因為絆到另一個人的腳後跌倒了，於是有人說了個跟跌倒和處女有關的下流笑話，接著人群中又傳來一陣笑聲。另外有個人跑上階梯來問大家，有人看見我的劍嗎？我的劍不見了。你們哪個狗娘養的傢伙拿走啦？

再沒過多久，他就得脫下身上的衣服，他得除去日常走在街道上時穿的尋常衣物後換上戲服。他將被迫直面自己在鏡子裡的影像再將其轉變成別的模樣。他會拿一片白堊石灰粉塊塗抹自己的臉頰、鼻子和鬍子，另外用炭塊將眼窩跟眉毛畫深。他會穿上胸鎧、套上頭盔，並將一條捲捲的床單布披在肩膀上。然後他會等待、聆聽，仔細確認每一句講出的臺詞，直到準備上場的提示出現，然後他會踏出去、踏入舞臺的燈光裡，並在那裡成為另一個人。他會先深吸一口氣，然後說出他的臺詞。

他站在那裡，此刻的他實在無法確認這齣戲究竟好不好。有時他聽著劇團成員讀出那些臺詞，覺得成果已經很接近他的理想，但有些時候又覺得自己根本完全搞錯方向。這齣戲很好？這齣戲很糟？這齣戲介於很好和很糟之間？大家到底要怎麼分辨這件事？他能做的只是將一個個字寫到紙上——他就是一週一週寫下去，這是他唯一能做的事，所以他幾乎不離開房間、幾乎不吃飯，也從不跟任何人說話——然後暗自希望自己的努力可以獲得一些歪打正著的成就。這齣劇可說從頭到尾都塞滿他的思緒，他必須用盡全力才能將其撐起來，就像用一根手指頂著一盤豐盛的食物。這齣劇在他體內流動——跟他所有其他寫過的劇相比，這齣尤其如此——就像穿過他全身血管的血液。

有道渺茫的薄霧降在那條倫敦大河上，他可以在微風中聞到霧的氣息。那陰冷又充滿雜草的水氣一陣陣朝他飄來。

可能是這陣霧的緣故，也就是此刻環繞在他身邊又充滿河水氣味的空氣，他也不太清楚，總之他覺得今天很不對勁。他覺得心神不寧，甚至有種不祥的預感，似乎有什麼糟糕的事即將發生。是這場演出的問題嗎？難道是自己漏掉了什麼？他皺眉思考著，腦中一幕幕播放著可能忘記排演或準備不周的片段，但都不是。他們準備得很好，此刻早已隨時準備好要上臺，他很清楚，因為就是他本人督促他們做好準備，而且還一次又一次地反覆確認過。

那到底是怎麼回事？為什麼他覺得有什麼事即將發生？就好像有人正準備要算計他，他只好一直轉頭注意身後？

室內很熱又有很多人擠在一起，他仍打起寒顫。他將雙手穿過髮絲，還不小心扯到穿在耳朵上的耳環。

毫無來由地，他決定今晚結束後要直接回房間。他不會跟朋友一起去喝酒，而是直接回到他的租屋處，點燃蠟燭，削尖羽毛筆。他絕不會跟劇團的其他人一起去酒吧，他會堅定拒絕，如果他們嘗試把他拖去，他會甩開他們抓住他手臂的手。他會跨越過那條大河，回到主教門，寫信給他的妻子，這是他最近一直都努力要做的事。他不會再迴避了。他會跟她說明這齣戲，他會把一切都告訴她，就在今晚。他很確定。

橋才過了一半，艾格妮絲就覺得走不下去。她不確定自己原本預期的是什麼場面——可能是座木造拱橋，大概吧，總之是跨越在河水上方的橋——反正不是這樣。倫敦橋本身就像一座小鎮，而且還是一座充滿壓迫感的討人厭小鎮。橋的兩邊都有房子和店鋪，有些還突出到河面上。這些建築也突出在人們通行的道路上方，有時讓通道陷入徹底的黑暗，彷彿他們走一走就突然掉入黑夜。河水時不時會在建築間的縫隙閃現，而且比她這輩子想像過的河流都更為寬廣、深邃又危險。這條大河流過他們的腳下、流過馬匹的蹄子下，就連現在他們努力穿過人群時，河水也仍流動個不停。

每棟建築或店鋪的門口都有小販在對他們大聲嚷嚷，他們會拿著布料、麵包、珠子或烤豬腳向他們跑來。巴薩洛繆把馬的轡頭朝他們的反方向拉，動作俐落。在艾格妮絲眼中的他跟平常一樣面無表情，但她知道他的內心跟她一樣焦躁不安。

「或許，」她在兩人經過一堆看似排泄物的小山時低聲對他說：「我們剛剛應該搭船才對。」

巴薩洛繆悶哼了一聲。「或許吧，但如果搭船，我們可能就得——」他突然安靜下來，本來打算說的話語還來不及說出口。「別看。」他眼神先往上飄，然後才望向她。

艾格妮絲張大眼睛，兩隻眼睛緊盯著他的臉。「怎麼了？」她悄聲說：「是他出現了嗎？你看見他了？他跟誰在一起嗎？」

「不是，」巴薩洛繆又瞄了一眼後說，「就是……算了。反正別看。」

艾格妮絲就是忍不住。坐在馬鞍上的她轉頭望去：那裡有一坨坨像是灰雲的物體穿刺在一根根長棍上，在微風中瑟瑟抖動，長棍頂端的每一坨物體乍看像是石頭或大頭菜。她瞇眼望去，那一坨坨東西看來泛黑、殘破，而且有種詭異的笨重感。她可以感覺它們正在發出一種細弱、無聲的哀號，就像一群受困的動物，但這些到底是什麼？然後她看見最靠近她的一坨物體上有排牙齒，她才意識到，啊，這些物體有人類的嘴巴、鼻孔，而曾經有眼球的地方現在只剩兩個凹洞。

她尖叫，轉頭望向她弟弟，抬起一隻手摀住嘴巴。

巴薩洛繆聳聳肩，「我就叫你別看了。」

等他們走到河的另一邊，艾格妮絲彎身從馬鞍袋內拿出瓊安給她的那張海報。

展開海報後，她兒子的名字再次出現。那些黑色字母就跟之前一樣排列出一個個字詞，而她看到的感覺也跟初次看到時一樣震驚。

她把海報的正面轉到自己看不見的方向，但仍緊握在手上，並對下一個經過她馬匹旁的路人揮了一下。那個人——他的鬍子梳理得很尖，背後垂落的披風固定在肩膀上——伸手指向一條小街。往那邊走，他說，然後左轉再左轉，妳就會看到那個地方了。

她一眼就認出他丈夫描述過的劇院，那是一座佇立於河邊的圓形木造建築。她從馬背上滑下來，讓巴薩洛繆拉住兩匹馬的韁繩，站在地面的她感覺腿骨像是在這段長途旅程中消失了。她身邊的場景——街道、河岸、馬匹、劇院——似乎都在搖擺、晃動，雙眼一下對焦一下又失焦。巴薩洛繆正在說話，他說他會在這裡等她，總之在她回來之前，他會動也不動地待在這個地方。她有聽懂嗎？他把臉逼近她的臉，似乎正在等待某種回應，所以艾格妮絲點點頭。她從他身邊走開，進入對開的巨大門扉，付了看戲的錢。

在她穿過那道高聳的入口時，迎接她的是一排又一排的臉孔。劇院內大概有好幾百張臉，而且每張臉都在說話或高聲喊叫。她現在處於一個周圍牆壁極度高聳的封閉空間內，其中塞滿了人，眼前有座舞臺突出到聚集的人群中間，所有人上方的屋頂就是天空，天空上有快速移動的雲，以及只看得出朦朧形影的鳥正從屋頂的一邊快速飛往另一邊。

艾格妮絲在這群男男女女的肩膀及身體中努力移動，其中有人將一隻雞夾在腋下，有個女人的胸口抱著一個半藏在披肩下的嬰兒，另外有個男人正在兜售托盤上的派餅。她側身從人群間穿過，終於盡她所能抵達了一個最靠近舞臺的地方。

許多人的身體、手肘及手臂從四面八方向她壓迫過來。愈來愈多人從門口湧入。有些在一樓的人對著其他在高處包廂的人比手畫腳、大吼大叫。人群變得更密集且往不同方向起伏湧動，一開始往這邊，接著又往另一邊，艾格妮絲於是不停被往後又往前推擠，但還是努力讓自己站穩腳步，訣竅似乎就是隨著一波波起伏移動，而不是全力抗拒。她覺得這種感覺就像站在河裡：你必須讓自己屈服於水流，而不是與其對抗。坐在最上層的一群人將一條繩子從大老遠的地方降下來，接著是一陣大吼、叫囂及笑聲，然後那個賣派餅的男人將裝滿的籃子綁在繩子末端，讓那群高處的觀眾把籃子拉上去，但籃子還沒完全拉上去，群眾中就有幾個人作勢要撲過去搶，似乎是在笑鬧但也可能真的很餓，於是賣派餅的男人對他們每個人快速使出一記重拳。上面那群人丟下一枚硬幣，賣派餅的男人撲過去接，但剛剛他揍的其中一個男人先撿到硬幣，所以賣派餅的男人立刻掐住他的喉頭，那男人也對他下巴回敬了一拳。他們兩人重重摔在地上，身影被人群吞沒，周遭響起一陣陣嘈雜的吆喝聲。

艾格妮絲旁邊的女人聳聳肩，她在對她咧嘴笑時露出一嘴發黑的歪扭牙齒。她的肩膀上靠著一個小男孩，那孩子一隻手抓住母親的頭髮，另一隻手抓著一根東西，艾格妮絲覺得應該是羊的小腿骨。他啃著那根小腿骨，模樣滿足卻又帶著一種呆滯的淡漠。他用木然的雙眼凝視她，同時用又小又尖的牙齒啃著那根骨頭。

突然有陣嘹亮的聲響嚇得艾格妮絲跳起來。那是小喇叭的聲音從某處傳來。群眾模糊不清的話語聲於是洶湧匯聚成斷斷續續的歡呼，許多人舉起手臂。掌聲零零落落地出現，夾雜一些歡呼，還有人吹出刺耳的口哨。艾格妮絲身後傳來一陣無禮的吵鬧聲，有人咒罵，有人大吼著催促這場戲趕快開演，拜託啊看在老天的份上吧。

小喇叭又吹了一次剛剛的旋律，那是不停重複的樂段，不過最後一個音符拉得很長。群眾逐漸沉默下來，兩個男人走上舞臺。

艾格妮絲眨眨眼。不知為何，她已經忘記自己是來看戲的，可是她人就在這裡，就在她丈夫的劇院內，而這齣戲即將開演。

那兩位演員站到木造舞臺上，開始像是沒人在觀賞一樣地彼此對話。他們的模樣就像兩人身邊沒有其他人。

她仔細觀察他們，也仔細聆聽，而且非常專注。他們看起來很緊張、躁動，不但不停掃視四周，一隻手還緊握著劍。誰在那裡？其中一人對著另一人大吼，另一個人也吼回去：立刻給我出來喔。更多演員出現在舞臺上，大家看起來都很緊張，他們都在觀察周遭的狀況。

她無法克制地注意到身邊人群已經完全靜止下來。沒有人說話、沒有人移動，所有人都專注地看著這些演員、聆聽他們說的話。原本那些不是在推擠、吹哨、打鬧就是在嚼派的群眾消失了，取而代之的是沉默又讚嘆地望向臺上的一群信眾。那種感覺就像魔術師或巫師往某處揮動手杖，就把這些人全變成了石頭。

既然她已身處此地，戲也已開演，她在旅程中及站在他租屋處時感受到的陌生與疏離都像沙塵般被沖刷殆盡。她覺得自己準備好了，她感受到內心的怒火。那就來吧，她心想，就讓我看看你到底幹了什麼好事。

臺上的演員們正對著彼此發言。他們又是指手畫腳，又是矯揉做作地來回對話，時不時還抓住他們的武器。有人說出一句臺詞，接著是另一個人，然後又輪到一開始那個人說話。她一邊看一邊感到迷惑。她以為會看到某些熟悉的內容，跟兒子有關的內容。不然這齣戲是要演什麼？可是這些人所在的場景是一座城堡的城垛上，爭辯的也是些無關緊要的事。

她就像是唯一沒有受到巫師咒語影響的人。這齣戲的魔法無法施展在她身上。她好想起鬨大吵、好想對一切嗤之以鼻。她知道是她的丈夫寫下了這些字句、這些對話，可是這跟他們的兒子到底有什麼關係？她想對臺上的人大叫。你啊，她想這樣開口，還有你啊，跟我的兒子相比，你們根本無關緊要，這齣戲也無關緊要。你們都不准說他的名字。

她感到極度疲倦，意識到雙腿和屁股都在痛，畢竟她在馬背上實在坐了太久又缺乏睡眠，就連光線似乎都在刺痛她的眼睛。她實在沒有力氣或意願去忍受這些不停在推擠她的身體、臺上那些漫長的發言，還有那些如潮水般不停湧來的話語。她一秒都不想再待下去了。她打算離開，而她丈夫永遠不會明白她的感受。

突然之間，臺上的演員描述了一個恐怖的場景，她則因為領悟到一件事而全身起滿雞皮疙瘩。這些男人在追尋、討論、期待見到的是一個鬼魂、一個亡靈。他們想找到這個鬼魂，同時又感到害怕。

她想辦法讓自己一動也不動地觀察著他們的動作、聆聽他們說的每一個字。她把雙臂交抱在胸前，這樣才不會有人不小心碰觸或摩擦到她，她不想因此分心。她需要專注。她一個聲響都不願錯過。

鬼魂出現時，觀眾當中有許多人倒抽了一口氣，艾格妮絲卻沒有任何畏懼或想要逃躲的感受。她直盯著那個鬼魂，那個鬼魂全身穿滿盔甲，頭盔的面甲也往下拉，全身有一半隱藏在裹屍布當中。她沒在聽城垛上那些男人因為驚嚇而發出的咆哮或哀號，只是瞇著眼望向那個鬼魂。

她仔細看著那個鬼魂。她觀察他的身高、雙臂揮舞的動作、手往上扭的姿勢、指頭扭曲的特定角度，還有肩膀轉動的樣子，於是等他掀起面甲後，她所感受到的不是驚訝或「原來如此」，只是一種確認了自己原先想法的空虛。他的臉塗得像鬼魂一樣慘白，鬍子也抹成灰色，而且像是要上戰場一樣全身穿戴著盔甲和頭盔，可是她一秒都沒被騙過。她完全知道在那套戲服底下試圖偽裝成別人的人是誰。

她心想：果然啊，你在這裡。你打算搞什麼把戲？

彷彿她的思緒從腦中出發，穿越了所有嘈雜的人群——他們現在都在大喊、在吼叫著警告城垛上的那些男人——傳送到他的腦中，於是那個鬼魂突然轉頭望過來。此時那片面甲已完全掀起，那對眼睛正往觀眾窺探。

沒錯，艾格妮絲告訴他，我就在這裡。你打算怎麼做？

鬼魂離開了。他似乎沒找到自己在尋求的事物。觀眾之間浮現一陣失望的低語。臺上那些男人繼續說話，說個不停。艾格妮絲動了動雙腳又踮起腳來，心想那個鬼魂不知何時會再回來。她想要他留在她的視線內，她想要他回來，她想要他向自己解釋這一切。

她伸長脖子，想辦法讓頭越過前面一個男人的頭跟肩膀，卻不小心踩到隔壁女人的腳趾。那個女人小聲喊痛，蹣跚地往旁邊移了一步，趴在她肩膀上的孩子也因此弄掉了手上的羊骨。艾格妮絲對她道歉，她扶住那女人的手肘讓她站穩，然後彎腰撿起那根骨頭，就在此時，臺上有人說的一個名字讓她站起身來，那根羊骨也從她指間滑落。

哈姆雷特，其中一個演員說。

她聽見了，那聲音就像從遠處傳來的鐘聲一樣清晰、一樣宏亮。

然後又是一次：哈姆雷特。

艾格妮絲咬住自己的嘴唇，直到口中嚐到一絲血的味道才鬆開。她的兩隻手緊緊交握在一起。

那個名字啊，那些舞臺上的男人啊，他們不停輪流提起那個名字，像是在一場比賽中來回出拳。哈姆雷特、哈姆雷特、哈姆雷特。這個名字指的似乎是那個鬼魂、那個死去的男人，也就是那個已然離去的人影。

艾格妮絲無法理解這是什麼意思：她從這些從不認識也永遠不會認識的人口中聽見那個名字，而且還是用來指稱一個死去的老國王。為什麼她的丈夫會這麼做？為什麼他要假裝這個名字對他來說只不過是一些字母的組合般毫無意義？他怎麼可以偷走這個名字、徹底剝除其代表的所有意涵，然後將曾經含括其中的那段人生直接拋棄掉？他怎麼可以提筆將這個名字寫在紙上，卻將這個名字和他們兒子之間的連結徹底斬斷？這根本毫無道理。她感覺這一切正在刺穿她的心臟、掏空她的內在，甚至威脅著要將她與自身、與他、與他們所擁有的一切，以及他們曾活出的那段人生割裂開來。她想起橋上那些可憐的頭顱、想著那些頭顱露出的牙齒、那些凝結住的驚恐表情，她覺得自己就像是其中一員。她可以感覺到河水的顫動，感覺到那些沒有身體的頭顱在搖動並一次次下沉，以及他們毫無意義的無聲悔恨。

她會走。她會離開這個地方。她會找到巴薩洛繆、爬上那匹筋疲力盡的馬，騎回斯特拉特福後寫信給她丈夫，信的內容會是：別回家了，永遠別回來，就留在倫敦吧，我們受夠你了。她已經看到所有她需要看的內容。一切就跟她害怕的一樣：他取用了那個最為神聖、柔美的名字，在一場露天歷史劇中把它跟一堆其他莫名其妙的語句丟在一起。

她本來以為只要來到這裡看過這齣戲，就能讓她一窺丈夫的心思，幫助她找出重新親近他的方法。她以為海報上的那個名字很可能包含著他想跟她溝通的訊息。她以為其中包含某種徵兆、訊號、想要示好的意圖，或是對她的召喚。在她前來倫敦的路上，她以為自己可能有辦法理解他自從兒子死後所表現出的疏離和沉默。不過她現在有種感覺，她丈夫心中可能沒有任何值得她理解的事物，那裡只有一個木造舞臺、一些慷慨激昂的演員、一些背誦下來的語句、崇拜著看著演員的群眾，以及這些穿著戲服的傻子。一直以來她追求的都只是幻象，是引人誤入歧途的鬼火。

她收攏裙襬、圍好披肩，準備轉身丟下她的丈夫和他的劇團，但此時她的注意力被一個正走上舞臺的男孩吸引。她一邊解開又重新綁起披肩一邊想，這次是個男孩啊，然後又想，不，應該是個男人。接著又想，不對，還是個小夥子吧——總之是介於男人和男孩之間的年紀。

她感覺像是皮膚被猛力鞭打了一下。他額頭上的黃色髮絲翹翹的，走路的步伐輕快、活潑，頭會以有點不耐煩的姿態甩動。艾格妮絲任由雙手垂落，披肩從肩膀滑到地上，但她沒有彎腰去撿。她的眼神始終凝視著那個男孩，不停、不停盯著他看，彷彿永遠不願意把眼神移開。她感覺胸腔慢慢失去空氣，血管裡的血液也開始凝結，頭上的那片圓形天空似乎瞬間往她的頭頂壓迫下來，就像一只大鍋蓋壓住他們所有人。她動彈不得，悶熱得幾乎吸不到空氣。她一定得離開，不然她將永遠站在這裡一步也無法移動。

當那個國王稱呼他為「哈姆雷特，我的兒子」時，她一點也沒有感到驚訝。他當然就是哈姆雷特，當然，不然他還會是誰？她這段時間到處尋找兒子，過去四年來無休無止地找，而他就在這裡。

那就是他。那不是他。那就是他。那不是他。這兩個想法像一把槌子不停來回敲開她的身體。她的兒子啊，她的哈姆奈特或是哈姆雷特都好，總之他已經死了，被埋在教堂的墓園裡了。他死的時候還是個孩子，現在墳墓裡只剩一堆光裸的白骨。然而眼前這個人又是他，是他幾乎要長成成年人的模樣，如果他還活著就會是這樣啊，這個人用他兒子的輕盈步態行走、用他兒子的聲音說話，還說著她兒子的父親為他書寫的語句。

她用雙手壓住自己的兩邊臉頰，不知道該怎麼辦，不確定如何承受這一切，也不知道要如何向自己解釋。她不知道怎麼辦。有那麼一刻她以為自己要倒下了，她以為自己會消失在這片由人頭及身體組成的大海中，躺在堅實的地面遭到無數經過的人踐踏。

但之後那個鬼魂又回來了，名叫哈姆雷特的男孩開始跟他說話。那男孩看起來非常驚恐、怒火沖天、心煩意亂，艾格妮絲心中開始注滿一種老派又熟悉的衝動，就像河水湧進乾涸的河床。她想撫摸那個男孩，想把他抱在懷中安撫、讓他獲得慰藉——如果這是她此生能做的最後一件事，那她當然非這麼做不可。

臺上年輕的哈姆雷特正在聽年邁的哈姆雷特說故事，年邁的鬼魂正在描述自己是怎麼死的，他說是因為有種毒藥「像水銀一樣」流遍他全身，而年輕的哈姆雷特聆聽的樣子就跟她兒子一樣。他歪著頭、把頭倚向一邊的姿態跟她的兒子一模一樣，而且在聽見無法立刻理解的內容時，也一樣會將指關節壓在嘴唇上。這怎麼可能？她不明白，她真的一點也不明白。這個演員怎麼會知道如何扮演她的哈姆奈特？這個年輕人明明從未看過、見過我的兒子啊。

她走向那些演員，在穿過擁擠的群眾時，有個頓悟如同細雨灑落在她身上：她丈夫使出了像是煉金術的把戲。他找到了這男孩，教導他、示範如何說話、站立，並以正確的姿勢抬起下巴，對，就像這樣、就像那樣。他幫助他排練、提供他指示，讓他做好準備，並寫下讓他訴說及聆聽的各種文字。她嘗試去想像這些排練的過程，想像丈夫可能是如何精準、確切地指導他，當男孩展現出正確成果時他又有什麼感受，比如他第一次能用正確的姿態走路時？做出那令人心碎的轉頭姿勢時？難道她丈夫必須對他說「緊身襯衣絕不能扣好、領結也必須鬆垂著，靴子也應該拖著地走，還有，把頭髮沾溼，這樣才不會塌塌的」？

這個舞臺上有兩個哈姆雷特，年輕的這位還活著，父親則已經死了。因此他同時處於活著及死去的狀態。這是她丈夫透過唯一可以的方式讓他死而復生。隨著鬼魂在臺上走動，她能看出她的丈夫是透過書寫這部戲並扮演這個鬼魂的角色，來讓他和兒子角色互換。他接收了兒子的死亡，將其變成自己的死亡，他把自己放入死神的魔爪中好讓兒子復活。「啊，可怕！啊，可怕！真是可怕至極！」她丈夫用恐怖的聲音低聲說，這讓她回想起兒子死亡帶來的痛苦。艾格妮絲可以看出他做了所有父親都想做但做不到的事：他讓孩子的苦難變成他的苦難，他代替兒子迎接死亡，好讓兒子活下去。

她會把這一切告訴她的丈夫，只要等到這齣戲結束、等到最終的沉默降臨，以及所有死者現身跟其他演員一起排列站在舞臺邊緣之後；等到她丈夫和那個男孩手牽手，面對著觀眾如雷的掌聲一次次鞠躬之後；等到舞臺上終於空蕩無人，不再有城垛、墳墓或城堡之後；等到臉上還留著化妝塗料的痕跡的他來找她，擠過人群走向她之後；等到他握住她的手、抱住她，讓她緊貼住他盔甲上的帶釦及皮件之後；等到他們一起站在露天的圓形劇場內，天空在他們頭頂，而周遭已經完全無人之後，她就會把領悟到的這一切告訴她丈夫。

現在的她站在人群最前方，就在舞臺邊，雙手緊抓住木造舞臺的突出邊緣。在一臂之遙的距離外，也有可能是兩臂之遙吧，哈姆雷特就在那裡，她的哈姆雷特啊，要是他還活著那就是他了，另外在那裡的還有那個鬼魂，那個鬼魂擁有她丈夫的雙手、她丈夫的鬍子，還用她丈夫的聲音說話。

她伸出一隻手，像是要跟他們打招呼、像是要感受他們三人之間的空氣質地，又像是希望能刺穿觀眾與演員之間的隔閡、跨越真實人生和戲劇之間的藩籬。

那個鬼魂正準備結束這幕戲走下臺，他把頭轉向她，直直望向她。他迎向她的視線，說出最後的臺詞：

「記住我。」

作者說明

這是一本虛構小說，靈感取自一五九六年夏天在沃里克郡的斯特拉特福過世的一個男孩及他的短暫人生。我盡可能地忠於哈姆奈特及其家人所留下的少量史實，不過我選擇將一些細節——尤其是人名——進行更動或略而不提。

大多數人都知道他的母親名叫「安」（Anne），可是在她父親理查德．海瑟威（Richard Hathaway）的遺囑中，她被命名為「艾格妮絲」，所以我決定跟隨他的腳步。有些人相信瓊安是艾格妮絲的母親，但又有另一些人認為她是她的繼母，不過無論我們是想支持或推翻這兩種理論，現有的證據都不夠充分。

哈姆奈特唯一有活著長大的姑姑其實不叫伊萊莎，而是瓊安（跟她之前死去的姊姊同名），但我自作主張改掉了她的名字，因為儘管當時的教區紀錄資料中常出現同樣的人名，這種情況還是可能讓小說讀者感到混淆。

在莎士比亞出生地信託基金會（Shakespeare's Birthplace Trust）的幾位導遊都曾告訴我，茱蒂絲和蘇珊娜是在她們位於亨利街的祖父母家裡長大，另外有些人似乎確信她們是住在緊鄰祖父母家的住處。無論如何，這兩棟建築物都緊緊相連，而我選擇用後者的背景來書寫故事。

最後，沒有人知道哈姆奈特的死因：他的葬禮有紀錄在案，但並未列出死因。無論是在莎士比亞的戲劇還是詩歌作品中，我們已知在十六世紀晚期流行的「黑死病」或「瘟疫」都從未現身。我總是猜想這種病為何會在他的作品中缺席及其背後可能的關鍵原因，這本小說就是我天馬行空推測下的產物。

致謝詞

感謝妳，瑪莉・安・哈靈頓（Mary-Anne Harrington）。

感謝妳，維多莉亞・哈布斯（Victoria Hobbs）。

感謝你，喬登・帕夫林（Jordan Pavlin）。

感謝妳，喬吉娜・穆爾（Georgina Moore）。

感謝你們，海索・歐爾姆（Hazel Orme）、耶提・蘭姆伯列格茲（Yeti Lambregts）、艾米・珀金斯（Amy Perkins）、維奇・亞伯特（Vicky Abbott），還有火種出版社（Tinder Press）的所有人。

感謝莎士比亞出生地信託基金會的員工，還有斯特拉特福聖三一教堂（Holy Trinity Church）的導遊，在面對各種提問時，他們都展現出了無窮無盡的慷慨胸襟及耐性。

感謝妳，布麗姬特・歐菲瑞爾（Bridget O'Farrell），謝謝妳讓我借用那張煮飯房的餐桌。

感謝你們，夏洛特・孟德爾森（Charlotte Mendelson）和朱爾斯・布雷德柏里（Jules Bradbury），感謝你們針對藥草及植物所提供的各種建議。

在書寫這本小說的過程中，以下著作為我提供了極為寶貴的幫助：The Herball or General Historie of Plantes by John Gerard, 1597 (arranged by Marcus Woodward, © Bodley Head, 1927)；Shakespeare's Restless World by Neil McGregor (Allen Lane, 2012)；A Shakespeare Botanical by Margaret Willes (Bodleian Library, 2015)；The Book of Faulconrie or Hauking by George Turberville (London, 1575); Shakespeare's Wife by Germaine Greer

(Bloomsbury, 2007)；Shakespeare by Bill Bryson (Harper Press, 2007)；Shakespeare: The Biography by Peter Ackroyd (Vintage, 2006)；How To Be a Tudor by Ruth Goodman (Penguin, 2015)；1599: A Year in the Life of William Shakespeare by James Shapiro (Faber & Faber, 2005)；以下這個網站對我也幫助甚大：Shakespeare Documented, shakespearedocumented.folger.edu/。

另外也特別感謝韓德桑先生，在他一九八九年的英語課堂上，我第一次聽說了哈姆奈特這個人的存在。我希望他能為這本書打個「表現還不錯」的分數。

感謝你們，SS、IZ和JA。

也感謝你，威爾・薩特克里夫（Will Sutcliffe），很謝謝你為我所做的一切。

文學森林 LF0176

哈姆奈特
Hamnet

作者

瑪姬・歐法洛（Maggie O'Farrell）

已著有九部小說。處女作《你走了以後》一出版即廣受國際讚賞，獲頒二〇〇二年的貝蒂特拉斯克獎（Betty Trask Award）；繼第二本作品《我愛人的愛人》之後，第三本著作《我們之間的距離》則獲頒二〇〇五年的毛姆文學獎；第四本小說《消失的艾思蜜》獲選二〇〇七年亞馬遜網路書店的年度選書；第五本《在你曾在的地方》則為她奪得二〇一〇年科斯塔文學大獎（Costa Book Awards）。其他已出版小說著作：《Instructions for a Heatwave》、《This Must Be the Place》。

另著有回憶錄《我是，我是，我是》，兒童繪本《Where Snow Angels Go》《The Boy Who Lost His Spark》。最新出版小說著作為《婚姻的肖像》，獲瑞絲・薇斯朋讀書俱樂部選書，並入圍水石書店二〇二二年度好書獎。

她曾在香港擔任過記者，擔任《週日獨立報》副總編輯，也在考文垂的華威大學和倫敦大學金匠學院教授創意寫作課程。現與丈夫——小說家威廉・薩克利夫（William Sutcliffe）與三名子女住在愛丁堡。

譯者

葉佳怡

臺北木柵人，曾為《聯合文學》雜誌主編，現為專職譯者。已出版小說集《溢出》、《染》；散文集《不安全的慾望》。譯作有長篇小說《我彌留之際》、《激情》、《消失的她們》；短篇小說集《恐怖老年性愛》、《她的身體與其它派對》；人類學作品《卡塔莉娜：關於生命療養院，以及人們如何被遺棄的故事》、《尋找尊嚴：關於販毒、種族、貧窮與暴力的民族誌》；圖像小說《歡樂之家》等。

封面設計　陳恩安
內頁排版　立全排版
責任編輯　陳彥廷
行銷企劃　黃蕾玲
版權負責　陳柏昌、李家騏
副總編輯　梁心愉

初版一刷　二〇二三年七月三十一日
定價　新臺幣四六〇元

ThinKingDom 新經典文化
發行人　葉美瑤
出版　新經典圖文傳播有限公司
地址　10045臺北市中正區重慶南路一段五七號十一樓之四
電話　886-2-2331-1830　傳真　886-2-2331-1831
讀者服務信箱　thinkingdomtw@gmail.com
臉書專頁　http://www.facebook.com/thinkingdom/

總經銷　高寶書版集團
地址　11493臺北市內湖區洲子街八八號三樓
電話　886-2-2799-2788　傳真　886-2-2799-0909
海外總經銷　時報文化出版企業股份有限公司
地址　桃園市龜山區萬壽路二段三五一號
電話　886-2-2306-6842　傳真　886-2-2304-9301

版權所有，不得擅自以文字或有聲形式轉載、複製、翻印，違者必究
裝訂錯誤或破損的書，請寄回新經典文化更換

Copyright © 2020, Maggie O'Farrell
This edition arranged with A.M. Heath & Co. Ltd.
through Andrew Nurnberg Associates International Limited
ALL RIGHTS RESERVED

Printed in Taiwan

哈姆奈特 / 瑪姬．歐法洛 (Maggie O'Farrell) 著 ; 葉佳怡譯. -- 初版. -- 臺北市 : 新經典圖文傳播有限公司, 2023.08
352面 ; 14.8×21公分. -- (文學森林 ; LF0176)
譯自 : Hamnet.
ISBN 978-626-7061-80-0(平裝)

873.57　　112009526